LA MUE

14, boulevard de la Madeleine – CS 62204
75373 Paris cedex 08
www.michel-lafon.com

CÉLINE DENJEAN

LA MUE

POLAR

Michel Lafon

De la même auteure

Voulez-vous tuer avec moi ce soir ?
Nouvelles Plumes, 2015. Pocket, 2016

La Fille de Kali,
Marabout, coll. « Black Lab », 2016. Pocket, 2021

Le Cheptel,
Marabout, coll. « Black Lab », 2018. Pocket, 2020

Double amnésie,
Marabout, coll. « Black Lab », 2019. Pocket, 2021

Le Cercle des mensonges,
Marabout, coll. « Black Lab », 2021. Pocket, 2022

Matrices,
Marabout, coll. « Black Lab », 2022. Pocket, 2023

Précipice,
Michel Lafon, 2023. Pocket, 2024

Châtiment,
Michel Lafon, 2024. Pocket, 2025

J'suis resté qu'un enfant
Qu'aurait grandi trop vite
Dans un monde en super plastique
J'veux retrouver... maman !
Qu'elle m'raconte des histoires
De Jane et de Tarzan
De princesses et de cerfs-volants
J'veux du soleil dans ma mémoire.

J'veux du soleil

J'veux traverser des océans
Devenir Monte-Cristo
Au clair de lune, m'échapper
D'la citadelle
J'veux devenir roi des marécages
Me sortir de ma cage
Un père Noël pour Cendrillon
Sans escarpins...

J'veux du soleil

J'veux faire danser maman
Au son clair des grillons
J'veux retrouver mon sourire d'enfant
Perdu dans le tourbillon
Dans le tourbillon de la vie
Qui fait que l'on oublie
Que l'on est resté des mômes
Bien au fond de nos abris.

J'veux du soleil

J'veux du soleil *par Au P'tit Bonheur*

À David Pujo,
vieil et fidèle Ami avec un grand A.
Que la route soit encore belle et longue…

Préambule

Les yeux braqués sur le grand écran mural, il observe le saisissant spectacle. La vipère heurtante avance silencieusement dans une ondulation aussi vive que fluide. Le serpent s'écarte de la berge, glisse sur la surface de l'eau avec aisance, sinue entre les roseaux qui dardent. Promesse mortelle, sa fine langue noire et fourchue pointe régulièrement, fouettant l'air de bas en haut dans un mouvement tellement rapide qu'il est à peine perceptible, et disparaît, chargée des informations olfactives utiles à l'analyse de son environnement. Attentif à tous les signaux autour de lui, le prédateur cherche un abri protégé et loin des regards. Il le sait, dans quelques secondes, il sera vulnérable. Il se décide pour une petite enclave entourée d'herbes hautes où gît un vieux tronçon de bois sec.

– C'est à nous, monsieur. Vous vous sentez prêt ?

Une pression sur la télécommande pour figer l'image, puis un simple mouvement du menton en guise de réponse. Bien sûr qu'il est prêt. Après toutes les étapes, le processus s'achève aujourd'hui. Il ne vit et ne respire plus que pour cette imminente finalité.

– Bien. Approchez, s'il vous plaît, et asseyez-vous là.

Il obéit.

– On va y aller, d'accord ? Pas trop stressé ?

– Absolument pas, murmure-t-il.

– Parfait.

Une main accompagne les mots et se pose amicalement sur l'épaule.

– Vous me dites, monsieur, si je vous fais mal ?

Cette réflexion l'amuse. La douleur ? Cela fait bien longtemps qu'il vit avec. Elle est son membre fantôme. Mais elle est aussi son carburant.

– Fermez les yeux, s'il vous plaît.

Le noir. Comme celui qui précède le lever du rideau. Des doigts, légers, précautionneux, passent derrière son crâne et s'agitent autour de sa tête. L'air, soudain plus frais, se plaque sur sa peau. Il frémit, c'est agréable. La délivrance est proche. Il sent malgré lui son cœur battre plus fort.

– On y est, monsieur, et c'est très, très bien. Dès que vous le voulez, vous pouvez rouvrir les yeux.

Il prend une grande inspiration. Puis il relève les paupières. Devant lui, un homme qu'il ne connaît pas, qu'il n'a jamais vu. Un étranger.

– C'est parfait.

– Vraiment ?

– Oui. Merci, docteur.

– Comme vous pouvez le const…

– Pardon, mais j'aimerais être seul, un petit moment.

– Euh… Bien sûr, je comprends. N'hésitez pas à m'appeler.

Des pas feutrés sur l'épaisse moquette. Le bruit d'une porte qui s'ouvre et se referme.

Il se lève. Défait son peignoir. Le laisse tomber au sol. Se place devant la glace et contemple le reflet de l'homme neuf. Des mois de travail acharné. Il s'est épaissi, il a pris du muscle, il est devenu fort. Ce nouveau visage finit de le séparer de son vieux moi. Il appuie sur la télécommande et le film reprend dans son dos, reflété par le miroir mural.

Le serpent racle son ventre contre le morceau de bois sec, laissant sa vieille peau dans son sillage.

Il sourit.

À l'instar du prédateur, sa mue est achevée.

Dès maintenant, il est un Autre.

1

Une pluie drue le douche et la fraîcheur de la nuit le transperce. Mais il s'en fout. L'excitation fourmille en lui. Puissante. Qui lui hérisse la peau par vagues. Qui l'inonde, comme une marée montante.

*

* *

La vibration de son téléphone l'interrompt dans son travail et lui fait quitter l'écran des yeux. Elle prend alors conscience que la pièce est plongée dans l'obscurité. D'un geste machinal, elle attrape son portable. Elle sourit, c'est Valentin : « Hello Mum, dispo pour un call ? » Elle enregistre la version 4 du contrat en cours de rédaction, se lève et active l'interrupteur. Le rez-de-chaussée cossu surgit des ombres. « Appeler Valentin » dit-elle à son iPhone, en maintenant un appui long sur le bouton central. Puis, le portable collé à l'oreille, elle se dirige vers la cuisine et allume la bouilloire.

Son fils décroche à la première sonnerie. Voix enjouée, les nouvelles sont bonnes. Courchevel est une magnifique station, il va s'y plaire, il en est sûr, et elle aussi quand elle viendra, *Le K2 Palace* appartient à un grand groupe qui offre de belles perspectives d'évolution…

Elle sait déjà tout cela, mais l'enthousiasme de Valentin lui procure un plaisir qu'elle ne saurait bouder. L'eau frémit. Dans une succession de gestes machinaux, elle achève la préparation de son infusion. Un coup d'œil par la fenêtre. Il est à peine 18 heures, et déjà novembre a englouti toute clarté. Une pluie fine et persistante asperge la ville. Les halos des réverbères se reflètent en taches floues sur le bitume détrempé. Les passants pressent le pas dans un ballet de parapluies. Les fenêtres éclairées des maisons de ville forment un puzzle de géométries lumineuses. Elle laisse retomber le rideau, se retourne et, sa tasse fumante à la main, se rend au salon.

*

* *

Elle apparaît enfin. Submergé par un pic d'exaltation, il plaque une main contre sa bouche pour contenir un glapissement. D'un œil dévorateur, il détaille sa frêle silhouette, son élégance racée, son aisance naturelle. Elle est au téléphone, la mine heureuse. Depuis le temps qu'il l'observe, il lui connaît cette expression.

C'est celle qu'elle réserve à son fils. *Son fils…*

Il plisse très fort les yeux, se mord la paume de la main et récite à voix basse : *Pique nique-douille, c'est toi l'andouille, dans un plat de nouilles… Pique nique-douille, c'est toi l'andouille, dans un plat de nouilles…*

Les secondes s'égrènent. Le fils bien-aimé est éjecté du jeu. Ça va mieux. Il rouvre les yeux.

*

* *

Réflexe de femme seule, elle contourne le confortable canapé d'angle qui court sous la longue baie vitrée et active la lumière extérieure. En lieu et place du gouffre de ténèbres, se matérialise le jardin familier – une centaine de mètres carrés de verdure ceints d'un haut mur de galets. Sans vraiment les regarder, elle voit le petit cabanon de jardin, le squelette de tubulures de la balancelle sous le mûrier platane, les buissons d'hortensias…

*

* *

La lumière extérieure vient de jaillir, repoussant les ombres du jardin, et il a tout juste le temps de reculer d'un pas pour disparaître derrière le cabanon. Il patiente. Ça lui paraît une éternité. Puis, prudemment, il approche son visage jusqu'à l'angle de l'abri et jette un coup d'œil rapide vers la maison.

*

* *

À l'autre bout du fil, Valentin est intarissable. Il a enfin trouvé une location pour effectuer la saison, un grand T2 à un quart d'heure de la station, en rez-de-chaussée d'un grand chalet, avec une vraie chambre séparée, et puis il y a un excellent canapé-lit dans un coin de la pièce à vivre. Il pourra donc l'accueillir sans problème, et ça, c'est génial, il signe le bail le lendemain matin et il rentre à Toulouse dans la foulée… À la perspective de passer le week-end avec son fils, son expression passe d'heureuse à radieuse. Seul point noir au tableau, lui précise Valentin, son trousseau de clés qu'il a égaré : il faudra qu'elle soit présente à son arrivée, sauf s'il parvient à le retrouver, bien sûr… Elle glousse.

Évidemment qu'elle sera là, elle piaffe déjà d'impatience ! Elle s'écarte de la baie vitrée, mais, du coin de l'œil, croit percevoir un glissement d'ombre près de l'abri de jardin. Son cœur cogne. Elle se dévisse le cou et se fige. Scrute du côté du cabanon, fouille du regard les recoins obscurs tout autour. *N'importe quoi… Il n'y a rien.*

*

* *

Le rez-de-chaussée est plongé dans l'obscurité depuis plus de dix minutes. Au premier, les contrevents ajourés laissent filtrer la lumière de la chambre. Malgré l'excitation qui bouillonne en lui, il attend, la main refermée sur le trousseau de clés qu'il a subtilisé la veille à Courchevel.

*

* *

22 heures. Elle éteint la lampe de chevet. La journée du lendemain promet d'être chargée. La liste des provisions pour son repas avec Valentin défile dans sa tête, remplaçant le comptage de moutons. Rapidement, ses paupières se font lourdes, et sa respiration s'apaise. Elle s'endort.

*

* *

Il entre dans la chambre à pas de loup. La faible clarté diffusée à travers les persiennes est amplement suffisante. Durant quelques instants, il la contemple depuis le seuil. Elle dort profondément. Ses traits sont détendus, laissant transparaître la douceur et la vulnérabilité qu'elle a pris l'habitude de dissimuler derrière un masque de dureté.

Il étire un sourire. Bientôt, elle sera toute à lui. D'un pas léger pour sa puissante corpulence, il se glisse près du lit king size. Elle dort seule, mais, étrangement, n'occupe qu'une part congrue du côté gauche. Il est à hauteur de la tête de lit désormais et, d'un mouvement délicat, il retire l'oreiller qui ne sert à personne et le pose par terre. Puis il s'assoit doucement et l'observe avec adoration. Un frisson l'électrise. Le moment est venu. Il approche sa grande main de la chevelure dorée éparpillée sur l'oreiller, écarte une mèche et lui caresse la joue.

*

* *

Elle sursaute et entrouvre les yeux. Elle tourne la tête. Le réveille-matin sur sa table de nuit indique 23 h 17 en chiffres rouges. Quelque chose l'a brusquement tirée de ses rêves. Elle se redresse et scrute la pénombre devant elle. Rien. *Évidemment.*

Un malaise diffus persiste pourtant, et elle tend l'oreille. Les trépidations nocturnes de la ville lui parviennent, étouffées par le double vitrage. Vrombissements lointains de moteurs. Clameurs en provenance de la place des Carmes toute proche.

Rien d'inhabituel, non…

Rien, sinon ce souffle tiède qui vient subitement se poser sur sa nuque. Elle pousse un cri de terreur en bondissant, se débat, mais un bras puissant se plaque contre son ventre et la tire violemment vers l'arrière. L'instant d'après, une piqûre lui transperce l'épaule. Les contours de la pièce se floutent. Son corps s'alourdit. Ses cris sont des râles.

Quelques mots l'accompagnent quand elle sombre : « Chuuut, n'aie pas peur… je ne te ferai aucun mal… je t'aime, ma petite maman. »

2

Un ultime lacet délivra la voiture du versant ombreux de la montagne, et une route de crête surgit dans un éclat lumineux amplifié par le manteau neigeux. Violaine rabattit le pare-soleil tandis que Louise chaussait ses lunettes noires et se laissait absorber par le panorama. Balayés par le soleil levant, les sommets blancs et dentelés semblaient flotter sur une mer d'ombres abyssales.

– C'est vraiment le bout du monde, ici ! Pas sûr qu'on ait tiré le gros lot avec cette affaire, dit Violaine, le regard braqué sur la chaussée.

Louise s'arracha à la contemplation de la chaîne des Pyrénées et tourna la tête vers sa jeune coéquipière.

– Le procureur n'avait guère l'embarras du choix, la majorité de nos collègues est réquisitionnée pour la traque de Bardouin.

Deux jours plus tôt, un ancien militaire campanois[1] avait tué femme et enfants avant de prendre la fuite. Plusieurs signalements étaient remontés la veille au soir. Le fugitif avait été repéré dans la vallée de Lesponne, et les trois quarts des brigades de gendarmerie du 65 ainsi que la brigade cynophile étaient mobilisées sous

1. Habitant de Campan, village situé dans la vallée de Campan, dans le département des Hautes-Pyrénées.

le commandement de la BR[2] de Bagnères-de-Bigorre. Barrages, battues, porte-à-porte, contrôles routiers et tout le toutim, sous l'œil avide des médias qui couvraient l'événement.

– Si j'en crois le GPS, on sera sur place dans vingt minutes, énonça Violaine en bifurquant devant le panneau Comba retirat.

La vallée retirée, traduisit mentalement Louise, comme le véhicule plongeait dans une voie étroite descendant à flanc de montagne. Quelques secondes plus tard, une pénombre glaciale les engloutit de nouveau. Louise remonta ses lunettes et risqua un coup d'œil vers le dévers escarpé où s'agrippaient quelques sapins aux ramages alourdis et blanchis par l'assaut neigeux. Gagnée par un léger vertige, la gendarme reporta son regard devant elle, sur la langue tortueuse de bitume qui luisait sous le pinceau des codes. Son esprit revint à l'affaire qui les amenait ici : la découverte d'un corps dans les entrailles rocheuses d'un contrefort escarpé juché au-dessus de la station de ski de fond de Comba retirat. Elle ne savait pas grand-chose, sinon que le cadavre avait été retrouvé par un montagnard. Concernant le caractère criminel de la mort, le commandant Zigler du PGHM[3], dépêché le premier sur les lieux, n'avait pas eu le moindre doute : le macchabée avait une partie du crâne défoncée.

La voiture parvint à un carrefour. Côté droit, en contrebas, s'étendait la station de ski de fond. Violaine s'engagea, à l'opposé, sur un raidillon qui serpentait vers les hauteurs. Un vieux panneau signalétique indiquait *Thermes de la Comba retirat*, mais ils avaient fermé depuis belle lurette. Aujourd'hui, la petite station balnéaire n'était plus qu'un hameau à l'agonie.

---

2. Brigade de recherches.
3. Peloton de gendarmerie de haute montagne.

Après une énième épingle, en surplomb d'un lac d'altitude dont la forme rappelait une banane, la route s'acheva sur un parking devant les anciens thermes – une longue bâtisse à colonnades au charme suranné derrière laquelle se dressait un nouveau pan de montagne. De hautes fenêtres en alcôve encadrées de pilastres ponctuaient la façade en pierres de taille grises. Un 4×4 du PGHM et des véhicules de l'équipe scientifique stationnaient devant un large escalier. En haut des marches se découpait une double porte vitrée dont le verre encrassé laissait à peine entrevoir les contours de lustres anciens suspendus au plafond d'un grand hall fantomatique. Violaine coupa le moteur à deux pas des véhicules devant lesquels les attendait un jeune gendarme.

– Major Caumont, BR de Tarbes, se présenta Louise, alors qu'une gangue de froid l'enserrait, et voici ma collègue, la major Menou.

– Adjudant Nicolas Merlin, PGHM. Je ne suis pas fâché de vous voir arriver !

Louise observa rapidement les environs. Le parking dominait le lac qu'elles avaient contourné quelques minutes plus tôt – il portait le nom de Saphir, à cause de son bleu intense. À la faveur d'une large trouée au cœur d'un dévers hérissé de sapins, quelques chalets de la station de ski se dessinaient sur le plateau en contrebas. Malgré le sarcophage sombre et glacial que constituaient les faces nord et ouest des montagnes, le point de vue était imprenable. Louise détacha son regard du paysage et avisa les nombreuses traces de pas dans la neige qui se rejoignaient pour contourner l'établissement thermal.

– C'est par là, je suppose ?

– Oui, répondit Merlin en détaillant les gendarmes. Heureusement que vous êtes équipées, parce que ça grimpe sévère.

– Le commandant Zigler a fait passer le mot, lui retourna Violaine.

Les gendarmes emboîtèrent le pas à Merlin. Elles longèrent les thermes et, parvenues à l'angle du bâtiment, découvrirent un nouveau corps à la perpendiculaire.

– Cette partie-là correspondait à l'*Hôtellerie des Sources*, expliqua Merlin. Les curistes pouvaient ainsi séjourner sur place, plutôt qu'en bas, à la station de ski.

Louise devina les majuscules rouges délavées par les intempéries qui en ornaient la façade grisâtre. La peinture des volets condamnés était écaillée, et les boiseries à nu pourrissaient lentement. Face à l'hôtel, derrière une galerie d'arceaux en fer grignotés par la rouille, s'étendait un jardin à l'abandon qu'une végétation broussailleuse avait colonisé. Suivant leur guide, Louise et Violaine laissèrent le bâtiment derrière elles pour s'engager, en bordure de forêt, sur une étroite sente à découvert qui grimpait vers les hauteurs. Le tapis neigeux crissait sous les pas et rendait l'ascension plus physique encore. Silencieux, concentrés sur leurs appuis, les gendarmes exhalaient des petits nuages de buée à chaque respiration. Ils cheminèrent une bonne dizaine de minutes avant de parvenir à un carrefour.

– On y est presque, leur lança Merlin, essoufflé, en bifurquant vers la forêt. C'est à deux cents mètres, et à partir de là c'est plat !

À l'embranchement, Louise qui fermait la marche s'arrêta devant un petit panonceau en bois recouvert de neige et qui pointait la direction empruntée par Merlin. Elle le frotta de sa main gantée et découvrit trois indications : *Sources de la Comba retirat, 5 minutes ; Vierge de la Comba retirat, 1 heure ; Vallée de la Coume, 1 h 30.* Elle se retourna, admira le panorama durant quelques secondes, puis entra dans les bois. Le jeune gendarme n'avait pas menti : ils parvinrent rapidement à une clairière au centre de laquelle se trouvait une table de pique-nique prise d'assaut par les TIC[4]. Deux thermos de café passaient de main en main et les conversations allaient bon train. En les voyant arriver, un type balèze s'avança.

– Commandant Zigler, PGHM.

Louise fit les présentations et entra dans le vif :

– Delgado, le chef de la scientifique, n'est pas là ?

– Il vous attend sur la scène de crime, répondit Zigler en pointant un escarpement en bordure de clairière. Je vous y conduis.

*

* *

Louise et Violaine furent encordées pour gravir le raidillon rocheux rendu glissant par la neige tassée. Une fois en haut, elles découvrirent l'entrée d'une vaste cavité qu'un spot sur pied arrosait d'une lumière crue. Vêtu de sa combinaison blanche, Delgado les attendait à l'intérieur.

– Enfin !

– Salut, Delgado. Pourquoi n'es-tu pas redescendu ?

– Je vous attendais pour vous montrer notre macchabée avant qu'on le manipule.

Éclairés grâce aux lampes disséminées par la scientifique, les gendarmes s'engagèrent sur la pente douce qui descendait vers les profondeurs.

– Je rêve, ou cette grotte dégage de la chaleur ? demanda Louise, en s'enfonçant sous la voûte pierreuse.

– Vous ne rêvez pas ! répondit Zigler. Et vous n'avez encore rien vu. Au bord de la rivière souterraine, la température avoisine les trente-sept degrés.

– Des sources d'eau chaude ?

– Oui. Elles alimentaient les thermes de la Comba retirat.

---

4. Techniciens en investigation criminelle.

– Et aujourd'hui ces sources attirent encore les gens ?

– Le sentier de randonnée qui traverse la forêt passe juste en bas. Alors, oui, certains marcheurs se hissent parfois jusqu'ici par curiosité, ou pour remplir un bidon – l'eau aurait des vertus antirhumatismales, précisa-t-il. Mais c'est plutôt rare en hiver. Comme vous avez pu le constater, l'ascension est assez casse-gueule avec la neige.

– Et l'homme qui a trouvé le corps ?

– Verdoux ? C'est un gars du coin. Un grimpeur aguerri. Je lui ai demandé de patienter dans la clairière, j'ai pensé que vous voudriez lui parler.

Plus ils progressaient, plus la température augmentait, tant et si bien qu'ils retirèrent leurs anoraks – à l'exception de Delgado, prisonnier de sa combinaison intégrale. Bientôt, la cavité s'étrécit en un goulet d'étranglement, obligeant les gendarmes à s'engager en file indienne. Une fois passé le boyau long de trois à quatre mètres, une odeur nauséabonde emplit l'air moite et suffocant.

Violaine enfouit son nez dans le creux de son coude, tandis que Louise réprimait un haut-le-cœur et respirait de courtes goulées d'air par la bouche. Elle observa la petite cavité quasi close dans laquelle ils avaient débouché. Un entrelacs d'infimes rigoles fumantes se dessinait sur les parois et le sol de la salle et convergeait pour former un étroit ruisseau qui disparaissait dans une fissure de roche. Delgado désigna une forme dans un recoin.

– Voilà notre cadavre !

Un homme était allongé sur le dos et ressemblait à une sculpture cireuse. Malgré sa répulsion, Louise s'approcha pour observer de plus près l'étrange transformation du corps. Il avait échappé à la putréfaction et dévoilait d'étranges contours intacts de couleur blanchâtre et d'aspect gélatineux.

– Une idée de ce que nous avons là ? demanda-t-elle, perplexe.

– Je n'avais jamais été confronté à ce genre de phénomène, auparavant, dit Delgado. L'environnement est confiné, hyperchaud et humide. C'est sûrement un cas de saponification.

– Saponification ?! réagit Louise. J'en ai entendu parler dans une précédente affaire, mais je n'en avais jamais vu…

Elle s'accroupit et nota la paire de chaussures de ville et les vêtements citadins – jean, chemise blanche sous un pull léger à col V. La gendarme attrapa son portable et prit de nombreux clichés de la scène et du corps. Puis elle zooma au niveau de la face partiellement défoncée. Une pierre de la taille d'une grosse orange logeait dans un des points d'impact, en haut de la cavité crânienne.

– Alors, tu en dis quoi, Caumont ? la défia Delgado, un sourire aux lèvres.

– La pierre qui a défoncé le crâne a été ramassée ici, on est bien d'accord ?

– Il faudra attendre les conclusions du labo pour être formel, mais oui, le caillou provient très probablement de cet amas, dit-il en désignant un petit éboulis. Même aspect général, même couleur légèrement rougeâtre… Pour finir, mes hommes ont relevé quelques projections de sang et de cervelle au sol et sur la voûte, attestant que la tête de notre macchabée a bien été écrabouillée dans cette grotte.

– O.K. Sauf que pour moi, la victime a été transportée.

Le chef de la scientifique lui décocha un clin d'œil de connivence, et Louise reprit :

– Les vêtements ne sont pas appropriés à une virée en montagne, notre homme n'avait pas prévu de randonner. Par ailleurs, ses chaussures de ville sont impeccables. Aucune trace de terre, d'herbes, de boue, aucune aiguille de sapin, pas le moindre fragment de feuille ou résidu dans les reliefs de la semelle. Ce type n'a pas marché dans les bois.

– La neige n'a pas pu nettoyer les semelles ? hasarda Violaine d'une voix assourdie par la manche d'anorak qu'elle maintenait plaquée contre son nez.

– Non, réagit Louise. Les premières chutes de neige ne remontent qu'à cinq jours, et pas besoin d'être légiste pour affirmer que le cadavre a plus de cinq jours !

– Oui, tu as raison.

– Pour finir, les vêtements de notre macchabée sont propres : pas d'accroc, de tache ou salissure, rien qui indique qu'il se soit défendu quand on lui a défoncé le crâne.

Un silence fila avant que Violaine ne reprenne :

– Donc l'assassin aurait transporté le cadavre ici et, une fois sur place, lui aurait fracassé la tête ?

– Difficile à ce stade de savoir si notre victime était inconsciente ou décédée quand elle a été déplacée, fit Delgado, mais oui, l'assassin l'a transportée jusque dans cette cavité. Et c'est ici qu'il lui a asséné plusieurs coups de pierre.

– Eh bien, notre tueur possède une sacrée condition physique ! Vous vous imaginez trimballer un poids mort jusque dans cet escarpement ? Il faut des aides matérielles, ce n'est pas possible autrement !

– Exact… Ce qui signifie une chose : quelles qu'aient été ces aides, le transport du corps n'a pas été improvisé, énonça Louise. Notre assassin a prémédité son crime.

– Mais pourquoi tant d'efforts ? À quoi ça rime ?

– Une mise en scène ? Je ne vois pas d'autre raison. Ce lieu, ou sa symbolique, doit revêtir une importance pour le tueur… Mais il est beaucoup trop tôt pour se perdre en conjectures, il faut attendre les conclusions du légiste sur les causes de la mort, conclut Louise.

Puis elle se tourna vers Delgado.

– Et notre macchabée, il possède des papiers d'identité ?

– Nous n'avons pas encore fouillé les vêtements. Je vous attendais avant de toucher au corps, car je n'ai aucune idée de la façon dont cette chose va réagir à la manipulation !

3

Il était près de 13 heures quand les gendarmes redescendirent à la clairière. Zigler conduisit Violaine et Louise vers un gaillard d'une quarantaine d'années aux allures de montagnard. Assis sur un rocher, il affichait une mine tourmentée. Visiblement, l'homme était encore choqué par sa découverte macabre du matin.

– Monsieur Verdoux, merci d'avoir patienté, lui dit Louise.

Il se redressa et se contenta d'un petit signe de tête. Après avoir recueilli les informations d'usage, la gendarme entra dans le vif du sujet :

– Quelle heure était-il quand vous avez trouvé le corps ?

– Je me suis garé aux thermes vers 8 h 40, la clarté du jour commençait tout juste à poindre dans la vallée. Le temps de monter, il devait être 9 heures quand je suis entré dans la salle des sources.

– Vous venez souvent ici ?

– Plusieurs fois par an, oui.

Verdoux avisa la mine interrogative de la gendarme et ajouta, en désignant un petit jerrycan vide à ses pieds :

– Je prélève régulièrement de l'eau de source pour ma mère qui souffre d'arthrose. Elle dit que ça la soulage, alors que les médicaments n'y font rien.

– Je vois. Vous connaissez d'autres personnes qui montent aux sources, comme vous ?

– Bah, je ne suis pas le seul, ça c'est sûr ! Il m'est arrivé de croiser des gens sur le chemin, des gens que je connais de vue… Mais de là à savoir s'ils font un crochet jusqu'aux sources…

– Et ce matin ? Vous n'avez croisé personne ?

– Non.

Louise griffonna sur son carnet, puis relança :

– Donc, il est environ 9 heures quand vous entrez dans la grotte, et… ?

– Dès que je suis arrivé dans la salle des sources, j'ai cru que j'allais vomir. L'odeur était vraiment infecte, ça n'était pas normal… Du coup, j'ai scruté la cavité grâce à ma frontale… et j'ai vu… j'ai vu ce corps bizarre… de couleur blanche et qui semblait… spongieux.

– Vous l'avez touché ?

– Non ! réagit-il d'un ton écœuré. Dès que j'ai compris qu'il s'agissait d'un homme mort, j'ai foutu le camp ! Une fois dehors, j'ai avancé sur le sentier forestier jusqu'à avoir du réseau. On capte à une centaine de mètres d'ici, fit-il en désignant la direction des thermes. J'ai appelé la gendarmerie d'Arreau, c'est la plus proche. Quand j'ai parlé d'un cadavre aux sources de la Comba retirat, l'homme que j'ai eu au téléphone a dit qu'il m'envoyait des gars spécialisés. Trente minutes après, le peloton de haute montagne arrivait… Et puis, après…

Louise opina. Inutile de lui détailler la chaîne opérationnelle, elle la connaissait. Elle s'apprêtait à délivrer Verdoux, quand son regard s'arrêta sur le petit jerrycan.

– Vous avez indiqué que vous veniez assez régulièrement ici pour prélever de l'eau ?

– Oui.

– Seriez-vous en mesure de vous rappeler quand vous êtes passé aux sources la dernière fois ?

Le montagnard prit quelques secondes de réflexion, puis répondit :

– Mi-octobre, je dirais… Peut-être un peu plus tôt… Ma mère utilise environ la moitié d'un bidon par mois.

Puis comprenant où la gendarme voulait en venir, il précisa :

– Et le corps n'y était pas !

Louise acquiesça, remercia le type et lui fixa rendez-vous pour une déposition en bonne et due forme dans les locaux tarbais. Lorsque Verdoux fut à bonne distance, Violaine lança :

– Donc, notre macchabée n'aurait pas plus de deux mois.

– L'expertise médico-légale devra le confirmer, mais *a priori* non…

– *A priori* ?

– Eh bien… étant donné que le corps a été transporté…

– Tu plaisantes, j'espère ?! Tu imagines le tueur conserver un cadavre durant je ne sais combien de temps, puis décider, un beau matin, de le déplacer jusqu'ici et de lui fracasser la tête !

– Non. Mais peu importe ce que j'imagine ou pas. Pour l'heure, on ne peut pas exclure que notre cadavre date de plus de deux mois.

*

* *

Quand les gendarmes ressortirent de la forêt, le soleil était haut et éclairait les versants montagneux, réchauffant l'air et modifiant sensiblement le paysage. Dépouillée de ses ombres hostiles, la petite vallée rayonnait d'une beauté blanche et sauvage. Louise s'engagea prudemment sur le sentier pentu et enneigé qui dévalait vers les thermes abandonnés. Prisonnière de son cocon neigeux, la station balnéaire inanimée et silencieuse évoquait un vaisseau fantôme échoué au creux de vagues rocheuses qui formaient son sépulcre.

Parvenues à l'arrière du bâtiment à l'issue d'une périlleuse descente, les gendarmes marquèrent une pause : le portable de Louise sonnait.

– C'est Delgado, dit-elle, avant de répondre.

Elle échangea quelques mots et raccrocha, la mine sombre.

– Mauvaise nouvelle, notre défunt n'avait aucun papier sur lui.

– On n'a plus qu'à envoyer ses empreintes génétiques au FNAEG[5] et à fouiller dans le fichier des personnes recherchées.

– Oui. Et si notre individu n'est pas fiché, l'enquête promet d'être coton.

– On pourra toujours transmettre un signalement à l'ensemble des collègues.

– Pas sûr que l'aspect physique de notre défunt facilite son identification ! ironisa Louise.

Les gendarmes parvinrent au parking. Les véhicules des pompiers avaient désormais rejoint ceux du PGHM et des TIC. Les gars allaient en baver pour extraire et transporter le corps, songea Louise en s'installant dans la voiture. Violaine s'apprêtait à démarrer quand son ventre émit une série de bruyants gargouillements.

– Désolée, chère collègue, mais je n'ai pas eu le temps de prendre mon petit déjeuner !

– On peut faire une halte repas à la station de ski, si tu veux ? C'est à deux pas.

– Avec les images peu ragoûtantes du cadavre, je ne me sens pas vraiment en appétit, mais ça devrait aller mieux d'ici une petite demi-heure. Alors, oui !

---

5. Fichier national automatisé des empreintes génétiques.

– Parfait. Et, après le repas, on profitera d'être sur place pour interroger les commerçants, photos du corps à l'appui. La tenue vestimentaire de notre macchabée est suffisamment peu banale pour qu'un autochtone qui connaîtrait la victime l'identifie. Alors, quitte à manger à la station…

– Autant faire *d'une pierre deux coups*, sans mauvais jeu de mots, bien sûr, plaisanta Violaine.

Les deux femmes gloussèrent, puis Violaine démarra et s'engagea sur la route tortueuse descendant à la station de ski. Réchauffée par la franche lumière du soleil, celle-ci exhibait des atours rustiques et douillets. Ses chalets en bois disséminés au creux du vallon cerclaient un petit cœur de bourgade piétonnier où dominaient murs de pierre, toits d'ardoise et cheminées fumantes. Les gendarmes se garèrent sur le parking extérieur et parcoururent à pied les deux cents mètres qui les séparaient des premiers chalets. Un chemin bitumé slalomait entre les habitations et les conduisit jusqu'au centre d'où s'échappaient des odeurs de crêpes et de fritures. Le cœur de la station consistait en une large allée centrale flanquée de commerces – location de matériels et articles de sport, alimentation, vêtements, artisanats, snacks – qui s'achevait sur une grande place circulaire où se trouvaient l'office de tourisme, un grand hôtel-restaurant, une crêperie et deux cafés. Violaine se dirigea vers l'hôtel-restaurant *Chez Mercier* dont la vaste terrasse ensoleillée constituait une véritable invitation. Les récentes chutes de neige avaient attiré les premiers touristes désireux de profiter des sports d'hiver, et bien qu'on fût en milieu de semaine, il ne restait en terrasse qu'une poignée de tables libres.

– Lucas se fait une joie pour samedi ! lança Violaine, dès qu'elles furent installées.

La grimace que lui retourna Louise la fit sourire.

– Louise, enfin !

– Quoi ?

– Réjouis-toi, bon sang ! Lucas est super heureux de te voir, il t'a même confectionné un cadeau !

– Oh ! Que mon filleul de bientôt huit ans se soit lancé dans une hasardeuse série de travaux manuels pour glorifier mon vieillissement est donc censé m'aider à passer ce énième cap douloureux ?!

Violaine laissa échapper un soupir amusé. Elle le savait parfaitement : son amie et ses anniversaires, c'était une affaire compliquée…

– Pfff ! Tu me files du stress supplémentaire, reprit Louise. Je dois m'attendre à quoi, du coup ? Un collier de nouilles, un cendrier en pâte à sel ou un dessous-de-plat en pinces à linge ? Dis-moi, que je me prépare psychologiquement !

– Ce que tu peux être rabat-joie ! Ne compte pas sur moi. Et puis François a prêté main-forte à son fils.

– C'est supposé me rassurer ? Rappelle-moi qui a fixé l'étagère murale de guingois dans votre salon ?

– Sauf que ça, c'était avant que je lui offre *Le Bricolage pour les nuls*. François s'est beaucoup amélioré depuis.

Les deux gendarmes éclatèrent de rire, et le repas se déroula comme une douce parenthèse. Elles parlèrent de tout et de rien, mais surtout de Lucas, qui – lubie inattendue – tannait ses parents depuis six mois parce qu'il voulait une petite sœur. Pas un petit frère, hein, mais une petite sœur… Après avoir réglé l'addition, Louise reprit sa casquette de cheffe de groupe et leur assigna un territoire pour leur porte-à-porte. Violaine hérita des commerces de la place, tandis que Louise se chargeait de ceux de la rue principale. La jeune gendarme démarra sa prospection par l'établissement où elles venaient de déjeuner. L'intérieur de l'hôtel-restaurant Mercier était vaste, rustique, mais agréable. Des odeurs de viandes braisées et de fromages fondus embaumaient l'air. Violaine circula entre les tables où s'attardaient encore quelques clients et parvint au comptoir. Un homme dans la cinquantaine était en train d'essuyer et de ranger des verres. Quand il la vit approcher, il l'accueillit avec un grand sourire franc.

– Madame ?

Violaine sortit sa carte, et la mine du type se teinta d'inquiétude.

– Vous êtes le patron de l'établissement ?

– Oui. Bastien Herbeau. Je suis propriétaire des lieux avec mon épouse. Que se passe-t-il ?

– J'ai quelques questions à vous poser, mais rassurez-vous, ça n'a rien à voir avec vous ou votre commerce.

– D'accord.

– Vous tenez l'hôtel-restaurant depuis longtemps ?

– C'est le moins qu'on puisse dire ! Pour la petite histoire, je n'ai jamais travaillé qu'ici. En fait, j'ai débarqué entre ces murs quand j'avais dix-sept ans, pour faire la saison comme simple commis de cuisine.

– Et aujourd'hui vous êtes le propriétaire !

– Eh bien, je ne suis jamais reparti, répondit-il en souriant. J'ai rencontré Victorine, ma femme : elle est l'une des filles des patrons, m'sieur et m'dame Mercier. Des gens formidables. Ils sont décédés en octobre 1996, précisa-t-il, une lueur de tristesse dans le regard. Vic et moi, on était encore très jeunes, mais on n'a pas voulu vendre leur affaire.

– Vous avez donc repris le flambeau, déduisit Violaine.

– Pour être précis, j'ai repris le flambeau. Mon épouse, elle, est guide de moyenne montagne.

La gendarme approuva tout en inscrivant ces informations sur son carnet.

– Depuis le temps, j'imagine que vous devez connaître un paquet de gens dans la vallée ?

– … Forcément, oui, répondit-il avec une pointe de réticence qui n'échappa pas à Violaine.

– Nous cherchons à identifier un individu dont le corps a été retrouvé au-dessus des thermes.

– Un corps ?

– Oui.

Herbeau pâlit.

– Je vois… Alors, c'est pour cette raison qu'il y a autant de véhicules aux anciens thermes depuis ce matin ?

Les nouvelles circulent vite, songea Violaine.

– Oui… L'homme retrouvé est brun, il mesure environ 1 m 80, de corpulence assez mince. Voici quelques photos.

La gendarme exhiba son téléphone portable et fit défiler plusieurs clichés mettant en évidence chaussures et vêtements.

– Eh bien… c'est difficile, comme ça, de se faire un avis… Si vous me montriez le visage, cela m'aiderait.

Le silence qui suivit renseigna le patron. Mal à l'aise, il se racla la gorge et ajouta d'une voix altérée :

– D'accord, je… je suppose que vous avez de bonnes raisons…

– En effet.

Il étudia alors une nouvelle fois les clichés avec attention.

– Très honnêtement, je doute que ce monsieur soit du coin. Ce genre de vêtements… qui porterait ça, ici ? Non, ces habits correspondent à quelqu'un de la ville. Il s'agit sûrement d'un touriste, vous ne croyez pas ?

Bien qu'elle fût plutôt de son avis, Violaine demanda à Bastien Herbeau de faire venir ceux de ses employés qui habitaient dans la vallée. Le patron obtempéra, et deux salariés examinèrent les photos, tour à tour. Leurs réactions furent identiques : ils ignoraient qui, dans le coin, aurait pu se vêtir de façon aussi smart. Violaine les remercia et quitta l'établissement Mercier. Elle poursuivit son porte-à-porte durant plus d'une heure et se heurta aux mêmes réponses. À 15 h 30, elle attrapa son téléphone et appela Louise. Sa collègue n'avait pas fait meilleure pioche.

4

Deuxième jour de captivité, « Les règles de vie »

Le journal indique lundi 13 novembre. Elle le balance avec hargne par terre et commence à tourner en rond comme un lion en cage. Depuis qu'elle a repris connaissance, la veille, elle l'a lu, relu, scruté, détaillé. Rien ! Nada ! Que dalle ! Aucune mention de sa disparition dans ce foutu torchon régional ! Elle tape la table du plat de la main. La rage bouillonne en elle. Mais pas seulement… Il y a aussi ce sentiment d'impuissance mêlée de terreur qui la ronge à l'intérieur… La cherche-t-on ? Mais, oui, c'est certain ! Valentin se retrouve tout seul à la maison. Il a dû essayer de la joindre mille fois, il doit se faire un sang d'encre. Et il a forcément prévenu la police ! On la recherche et on va la retrouver, ce n'est qu'une question de temps !

Une question de temps, se répète-t-elle, en laissant échapper un ricanement de dépit. La perspective de demeurer enfermée ici à la merci d'un cinglé la terrifie. Son geôlier est un malade ! Un véritable fou ! D'une main tremblante, elle s'empare pour la énième fois de la feuille A4 plastifiée qu'elle a trouvée à son réveil, la veille, soigneusement posée sur la table, juste à côté du journal. Tandis qu'elle en relit le contenu, un nouveau vertige s'empare d'elle. Cet écrit reflète la démence pure. À quoi rime ce *putain* de délire ?!

Ma très chère maman,

Tout d'abord, laisse-moi te dire mon immense joie de te savoir en train de lire ces lignes. J'ai tant espéré ce moment que mon cœur bat la chamade. Je te souhaite la bienvenue chez nous. Je sais que notre maison n'offre qu'un confort minimal, mais c'est le prix de la tranquillité. Et puis, l'essentiel n'est pas là ! Je me réjouis d'avance des précieux moments que nous allons vivre tous les deux dans la complicité et le partage ♥.

Règle n° 1 : toute entorse aux règles donnera lieu à une sévère sanction.

Règle n° 2 : il est strictement interdit de détériorer l'habitat, d'abîmer le mobilier ou de casser des objets.

Règle n° 3 : il est strictement interdit de geindre, se plaindre, pleurer, crier, faire des jérémiades ou la zizanie.

Règle n° 4 : les moments partagés sont des temps familiaux ; ils doivent se dérouler dans l'échange et la bonne humeur. Par exemple, ça me ferait très plaisir que tu m'accueilles en souriant et que tu me demandes comment s'est passée ma journée (ceci est un exemple ☺).

Règle n° 5 : dans un souci d'équité et de répartition des rôles, voici la liste des tâches journalières qui t'incombent :

Tu auras remarqué qu'il n'y a pas d'électricité 😉. Donc le feu doit être entretenu du matin au soir, car c'est l'unique chauffage de la maison. Ne t'inquiète pas ! Rappelle-toi que l'humanité a longtemps vécu sans électricité.

Le couvert doit être mis et le repas, prêt pour 13 heures le midi, et 19 h 30 le soir. Attention : la cuisinière fonctionne au bois, il faut donc bien penser à faire brûler des bûchettes longtemps avant de se mettre à cuisiner. La liste des menus de chaque jour est scotchée à l'intérieur de la porte du garde-manger.

Ton lit doit être fait chaque matin et la maison doit être propre. Le nécessaire à ménage est remisé dans le placard à droite de la fenêtre.

N.B. : En dehors de ces quelques impératifs, tu peux disposer de ton temps libre à ta guise. J'ai aménagé une petite bibliothèque, à côté de la cheminée. Ne connaissant pas tes goûts, j'ai choisi les livres en fonction des miens, mais je suis certain que tu les apprécieras 😉. Tu trouveras également des grilles de mots croisés et des sudokus sur le rebord de la cheminée, ainsi qu'un crayon à papier et une gomme.

Ton fils qui t'aime ♥♥♥.

« Ton fils qui t'aime » ?! *Sérieux ?* Ou bien ce type la prend pour quelqu'un d'autre, et cette situation résulte d'une terrible méprise – *quand bien même aucun individu normalement constitué ne s'arrogerait le droit d'enlever quelqu'un !* raisonne-t-elle… Ou bien son geôlier est une sorte de mythomane qui prend ses fantasmes pour la réalité ! Pourrait-il être assez siphonné pour réellement croire qu'elle est sa mère ?!… *Ou alors, c'est un pervers !* songe-t-elle. Il en existe bien plus qu'on ne le pense ! Un manipulateur qui s'amuserait avec elle, qui jouerait avec ses nerfs, pour son bon plaisir, jusqu'à ce qu'elle craque ?

Mythomane ? Dément ? Pervers ? Elle n'en sait fichtre rien, elle n'est pas psychologue !

Ce qu'elle sait, en revanche, c'est qu'elle n'est pas la mère de ce type ! Alors, si *le Fou* s'imagine qu'elle va respecter ses règles à la con et *jouer à la maman* avec lui, il se met le doigt dans l'œil jusqu'au coude !

5

Installée sur le canapé, Omoko sur ses genoux, Louise couvait la télévision d'un œil morne. L'essentiel de l'actualité était consacrée à la traque lancée pour arrêter Manuel Bardouin, présumé coupable du quadruple assassinat de son épouse et de leurs trois enfants. Bien que les journalistes aient fait en masse le déplacement jusque dans les Hautes-Pyrénées, les mêmes images passaient en boucle. Toutes chaînes confondues, les reportages alternaient les prises de vues extérieures de la maison familiale, théâtre du drame – on voyait notamment les TIC sortir de la demeure avec leurs sachets de prélèvements –, une carte simplifiée du département épinglant le lieu du crime, suivie d'une vue aérienne de la vallée de Lesponne où le fuyard avait été aperçu la veille, et, bien sûr, le colossal déploiement des forces armées dans toute la Bigorre – barrages, contrôles d'identité, fouille des véhicules, gendarmes et brigade cynophile ratissant bois et montagnes. Une voix off commentait les images à coups de *sinistre*, *terrible*, *sanglant*… Venaient ensuite les déclarations d'autochtones aussi apeurés par la gravité du drame et la cavale du criminel présumé que par l'ampleur médiatique de l'événement. Pour finir, le procureur prenait sobrement la parole, et les trois malheureuses phrases qu'il prononçait concernant le dispositif mis en place donnaient lieu sur plateau à une fine dissection par une ribambelle de « spécialistes » et autres experts invités pour l'occasion. Un vrai spectacle télévisuel pour fasciner le public avide de sensations fortes…

Louise laissa échapper un soupir contrarié. Depuis plus de vingt-quatre heures, malgré tous les efforts déployés pour resserrer les filets dans la vallée de Lesponne, Bardouin demeurait introuvable. Réquisitionné pour un barrage routier, Farid venait de l'appeler. D'après les informations qui circulaient au sein des forces de l'ordre, le fugitif était lourdement armé et présentait des troubles dépressifs sévères : en d'autres termes, son niveau de dangerosité était maximal, d'autant qu'il n'avait plus rien à perdre. Plus les heures passaient, plus le risque d'un nouveau passage à l'acte augmentait. Dans le pire des cas, de nouvelles victimes seraient à déplorer. Dans le meilleur des cas, mais c'était loin d'être satisfaisant, Bardouin se ferait sauter le caisson, privant ainsi famille et proches d'une enquête et d'un procès. Au téléphone, Louise avait clairement perçu la nervosité de son compagnon. Tout le monde était sur les charbons ardents… *à de rares exceptions près*, marmonna-t-elle, en pensant à sa propre équipe. Il y avait quelque chose de culpabilisant à ne pas être au cœur de l'action, solidaire des collègues. Elle regarda l'heure et éteignit la télévision. Malgré son dépit, elle devait absolument rester mobilisée sur l'affaire dont elle venait d'hériter – une affaire peu palpitante au regard de la brûlante actualité. Pourtant il y avait eu mort d'homme, et le macchabée sans identité de la Comba retirat méritait des investigations dignes de ce nom. Restait donc à espérer que l'autopsie programmée le lendemain à Toulouse leur donne du grain à moudre.

*

* *

Il était presque 19 heures quand Louise se gara devant les locaux de la BR. L'autopsie prévue à 13 heures avait commencé avec une heure et demie de retard, et elle avait quitté l'IML[6] en pleine heure de pointe. Lorsqu'elle passa la porte du bureau, sous la terne luminosité des plafonniers, la mine lasse de ses collègues qui l'attendaient pour un compte rendu lui sauta aux yeux.

– On a failli attendre ! lui lança Violaine.

– Que veux-tu ? Je n'ai pas résisté à la halte casse-croûte sur le chemin du retour ! Toute cette viande avariée disséquée durant l'autopsie m'avait ouvert l'appétit ! plaisanta Louise.

Thierry leva les yeux au ciel, tandis que les deux femmes échangeaient un regard amusé. Puis Louise suspendit son anorak au portemanteau, attrapa son petit carnet et s'adossa au mur.

– Il est 19 h 05, je vous propose donc de débriefer *rapido*. Ensuite, on tire le rideau jusqu'à demain.

– Ça marche !

– Alors… l'examen médico-légal indique que notre victime est un individu de sexe masculin, en bonne santé, âgé de vingt à trente ans maximum. Taille : 1 m 83, poids : 75 kg. Aucun signe distinctif. Les différents paramètres hydrométriques et thermiques ajoutés à l'atmosphère confinée de la cavité ont provoqué une adipocire du cadavre, d'où l'aspect blanchâtre de savon ramolli du corps. D'après les explications du légiste, ce phénomène empêche la putréfaction des chairs et conserve le corps. En revanche, il rend extrêmement difficile la datation de la mort.

– On va donc devoir se fier aux déclarations de Verdoux ? demanda Thierry.

– Oui… D'ailleurs, il est venu faire sa déposition ?

– En fin de matinée, comme prévu, répondit Violaine. À l'issue de sa première entrevue avec nous, Verdoux a

6. Institut médico-légal.

consulté son agenda : il est allé chercher de l'eau aux sources il y a sept semaines – le lundi 16 octobre 2023, pour être exact.

– Qu'est-ce qui le rend si précis ?

– Il avait posé un après-midi de RTT pour accompagner sa mère chez l'ophtalmo : elle avait rendez-vous le 16 octobre à 16 h 45. Il a profité de sa plage libre pour aller récupérer de l'eau aux sources à la Comba retirat, puis s'est rendu chez sa mère où il a déposé le jerrycan, avant de la conduire à son rendez-vous.

– Je vois.

– Nous savons donc que le 16 octobre, il n'y avait encore aucun cadavre dans la cavité. Cependant, comme tu l'as souligné, le corps a été transporté, donc…

– J'ai évoqué cette hypothèse auprès du légiste, la coupa Louise. Selon lui, l'adipocire du cadavre implique une combinaison de conditions spécifiques qui se révèlent très rares. En d'autres termes, si le corps avait été conservé ailleurs avant d'être amené près des sources, le processus de putréfaction aurait débuté. Ce qui n'est pas le cas chez notre victime.

– Donc, notre homme a été tué dans la cavité, ou très peu de temps avant d'y être amené ?

– Exactement.

– Conclusion, grâce au témoignage de Verdoux, on peut affirmer que notre victime n'était pas encore décédée le 16 octobre.

Louise acquiesça, tout en relisant ses notes. Puis elle releva les yeux et ajouta :

– Le légiste m'a aussi indiqué que la formation de l'adipocire était plutôt lente – entre quinze jours et trois mois. Au regard de l'état du corps, il est certain que notre macchabée n'a pas moins de trois semaines.

Un silence suivit durant lequel Thierry se concentra sur le calendrier rembordé posé sur son bureau. Trente secondes plus tard, il releva la tête et énonça :

– On peut donc situer le décès entre le 17 octobre et il y a trois semaines, c'est-à-dire… le 16 novembre 2023.

– Merci, Thierry, pour ce calcul !

Puis elle laissa filer un instant, les yeux braqués sur ses notes, et reprit :

– Pour en finir avec l'examen médico-légal, sachez que les lésions craniofaciales ont été commises *post mortem*. Nos premières constatations pointaient l'absence de lutte et de blessures de défense, on sait désormais pourquoi. Le légiste a prélevé du sang ainsi que le contenu du bol alimentaire de la victime pour une analyse toxicologique.

– O.K., fit Violaine. Il pense à une mort par empoisonnement ou overdose ?

– Bien qu'il ne puisse l'exclure formellement, le légiste doute d'une mort par empoisonnement, parce que celle-ci est généralement violente et laisse des traces bien visibles après la mort : vomissements, cyanose, hémorragies… ce qui n'est pas le cas chez notre macchabée. Mais tant que la substance mortelle n'a pas été identifiée, un empoisonnement demeure possible.

– Si le légiste a raison, la victime serait donc décédée d'une overdose ?

– Oui, la substance utilisée ayant provoqué un arrêt cardiaque. Quoi qu'il en soit, poursuivit Louise, ces informations nous indiquent que l'assassin a neutralisé et tué la victime grâce à un produit administré par la ruse, ou par la menace.

Louise se décolla du mur et se dirigea vers le tableau blanc. Elle traça une ligne verticale pour former deux colonnes et écrivit « tueur » en haut de l'une d'elles. Puis, elle nota les mots-clés du questionnement qu'elle déroula à voix haute :

– Dès que nous saurons de quelle substance il s'agit, nous effectuerons des recherches sur les moyens de se la procurer et de l'administrer. D'ores et déjà, cela soulève une question : notre coupable appartient-il au milieu médical ou paramédical ?

– Sachant qu'Internet constitue un véritable supermarché de drogues et de médicaments, nul besoin d'être médecin ou infirmier, aujourd'hui, pour faire main basse sur certains produits, commenta Thierry.

– Certes. Mais, alors, qui dit Internet dit traces numériques. Lorsque nous aurons un suspect dans le collimateur, l'analyse de ses achats en ligne pourra nous servir une preuve sur un plateau.

– En effet, oui.

– Par ailleurs, reprit Louise, après son crime, notre assassin a transporté le corps jusqu'aux sources de la Comba retirat.

De nouveau, elle inscrivit des mots-clés sur le tableau.

– Le lieu est isolé et difficilement accessible : pourquoi se donner tant de peine ?

– Tu avais évoqué une possibilité de symbolique du lieu ?

– C'est une hypothèse, oui. Disons que les sources, ou leur configuration, doivent revêtir un sens pour le tueur : reste à savoir lequel…

– Se pose aussi la question des moyens matériels pour le transport du corps, relança Violaine.

– J'allais y venir. Comment notre tueur s'y est-il pris ?

– Une barquette ou une petite remorque tractée par un véhicule motorisé de type quad ?

– Possible, en effet. Ce qui signifie vraisemblablement que le tueur possède ces équipements, ou peut facilement en disposer, énonça Louise. On peut donc déduire qu'il vit à la montagne.

– Pour moi, il vit dans le coin, intervint Thierry. Sinon, comment et pourquoi aurait-il choisi les sources de la Comba retirat comme théâtre de sa mise en scène criminelle ? Soyons clairs, le lieu n'est pas de renommée internationale !

Ses collègues approuvèrent d'un hochement de tête.

– On peut ajouter qu'il est en bonne santé, car même aidé par certains équipements, il a tout de même dû hisser le corps d'un jeune homme pesant soixante-quinze kilos en haut du raidillon séparant la clairière de la cavité, ajouta Violaine.

Louise opina et compléta sa liste avec « homme en bonne santé et robuste ». Elle considéra longuement les éléments de la colonne « tueur », puis se tourna vers ses coéquipiers.

– Je pense qu'on a fait le tour ?

– Il semblerait, oui.

– Alors, intéressons-nous à la victime, fit-elle en écrivant « victime : jeune homme, 20 à 30 ans, brun, 1 m 83, 75 kg » dans la seconde colonne. Quoi d'autre ?

– Au regard de ses vêtements et de ses chaussures, tu peux ajouter « classe sociale aisée » et « citadin ».

– Je penche pour un touriste, enchaîna Thierry, notamment parce que votre porte-à-porte à la station de ski n'a rien donné. Or, si un autochtone avait récemment disparu, j'ai du mal à croire que personne n'aurait fait le lien entre cet homme et les photos d'un corps non identifié trouvé dans les hauteurs de la vallée.

– Tu as raison, les nouvelles circulent vite dans nos montagnes. La disparition d'un local aurait été dans toutes les bouches.

– Bien, on peut donc considérer que notre inconnu de la grotte vit en ville et n'est pas originaire du coin, conclut Louise en griffonnant sur le tableau.

Quelques secondes filèrent, pendant que tous visaient les éléments répertoriés. Puis Violaine lança :

– Un tueur, une victime, pour deux profils quasi contraires ! On se demande bien quel lien les unit.

– Et tant qu'on n'aura pas identifié notre victime, il sera difficile d'avancer sur cette question, clôtura Louise.

6

Les ombres de la nuit rampaient encore dans le jardin, et Louise renonça à ouvrir la fenêtre de la cuisine pour pousser les volets. Elle bâilla, s'étira une nouvelle fois et se dirigea d'un pas fatigué vers la cafetière. Sa nuit avait été courte et son sommeil agité. Elle s'était réveillée plusieurs fois, avec le poids de l'anxiété qui lui comprimait la cage thoracique. La traque de Bardouin, toujours infructueuse, occupait son esprit et distillait les images inquiétantes d'un fou tapi dans les replis obscurs de la forêt, lunette du fusil collée à la rétine et prêt à faire un carnage. Ses collègues étaient en première ligne…

Farid était en première ligne…

Cette pensée lui donna la chair de poule.

Elle alluma la radio. Une chanson pop rompit le silence de la pièce, et des paroles gentillettes à la saveur douce-amère s'élevèrent sur fond de musique entraînante – « c'est la vie, c'est la vie, la vie, dam-dam, c'est la vie… » Louise attrapa son café et alla s'asseoir. Le breuvage corsé lui procura une sensation de chaleur bienvenue. Elle plaqua ses mains contre le mug, les yeux rivés sur son téléphone portable. Le dernier message que lui avait envoyé Farid remontait à la veille au soir. Depuis, elle n'avait reçu aucune nouvelle. Elle avait beau savoir que son compagnon était accaparé par l'opération en cours, les longues plages de silence infusaient en elle, et malgré elle, une sourde angoisse. Chaque heure qui filait rappelait l'habileté et la dangerosité du fuyard, rompu aux techniques militaires et capable d'échapper à un dispositif millimétré. Elle ferma les yeux, souffla longuement en se répétant : *ça va aller, ça va aller, ça va aller, Bardouin n'est pas invincible*... Le jingle accompagné d'une voix féminine annonçant « France Inter, Simon Le Baron, le 7-10 » coupa court au mantra intérieur de Louise qui tendit l'oreille. Le journaliste égrena les titres de l'actualité, et elle sentit son ventre faire une pirouette lorsqu'il énonça : « Fin d'une traque placée sous haute tension dans le département des Hautes-Pyrénées : le corps sans vie de Manuel Bardouin, le fugitif soupçonné d'avoir assassiné femme et enfants, a été retrouvé tôt ce matin – retour dans quelques minutes sur cette chasse à l'homme qui a tenu les Français en haleine... »

Le corps sans vie de Bardouin ! Louise sentit une onde de soulagement la submerger. L'instant suivant, de façon tout à fait irrationnelle, les questions affluèrent en cascade : pourquoi Farid ne l'avait-il pas prévenue ? Où était-il ? Bardouin avait-il *fait un carton* avant de rendre les armes ? La gendarme s'obligea à raisonner : le journaliste n'avait évoqué aucun drame, aucune perte humaine en dehors de celle du fuyard. Un bruit provenant de l'entrée l'interrompit. Lorsqu'elle identifia le cliquetis de la clé dans la serrure, Louise bondit de sa chaise et se précipita vers la porte d'un pas soudain léger. À peine Farid eut-il passé le seuil qu'elle lui sauta au cou.

– Tu aurais pu m'appeler ! le houspilla-t-elle. Je me faisais un sang d'encre !

Puis elle prit conscience de son allure et s'en voulut. Les traits tirés, les yeux cernés, il avait l'air épuisé. Pourtant, il lui offrit un sourire immense en se plaquant contre elle. Il était heureux de la retrouver. Il l'embrassa avec tendresse, enfouit sa tête dans le creux de sa nuque, sous ses cheveux, et respira son odeur.

– C'est fini, lui dit-il à l'oreille. Bardouin est mort.

– Il s'est suicidé ?

– Oui. Un éleveur l'a découvert à 5 heures, ce matin. Il pendouillait au bout d'une corde, dans une grange foraine au-dessus de Lesponne.

– Quand s'est-il donné la mort ?

– Trop tôt pour le dire, ma chérie…

Louise sourit. S'écarta un peu et contempla le visage fatigué de son homme. Elle passa une main sur sa joue, sentit les poils rêches de son début de barbe sous ses doigts et laissa échapper un petit gloussement de joie.

– Tu dois être complètement crevé, non ?

– Oui… Mais je serais bien incapable de trouver le sommeil… trop de tension accumulée. J'ai fait une halte chez le boulanger et je nous ai pris des viennoiseries, ajouta-t-il en brandissant un sachet. Je rêve de ce petit déj en tête à tête avec toi depuis qu'on a appris le suicide de Bardouin !

À cet instant s'éleva le bruit d'Omoko dévalant l'escalier. Parvenu au rez-de-chaussée, le chat commença à faire des huit entre les jambes de sa maîtresse, en émettant de longs miaulements revendicatifs. Elle se baissa pour le caresser et lui murmura :

– Oh, mon gros *chat-grain* !

– Plutôt *chat-loup*, non ? *Che* dis ça, *che* dis rien ! ironisa Farid. Du coup, je ne voudrais pas être de trop… Peut-être devrais-je vous laisser, non ? Qu'en dis-tu ?

– Et ce serait mon chat, le jaloux ?! Je rêve !

Ils rirent, puis Louise lui prit la main et le tira vers la cuisine.

*

* *

Les premières lueurs du jour enflammèrent les nuages de teintes incandescentes, et le ciel se changea en un brasier émaillé, çà et là, de traînées bleues et mauves. Louise scrutait l'horizon, le cœur léger. Ce lever de soleil flamboyant entrait en résonance parfaite avec le sentiment de plénitude qui enflait en elle depuis le retour de Farid, et il lui sembla que des forces supérieures partageaient et alimentaient ses émotions. Cette pensée saugrenue lui tira un sourire qui demeura accroché à sa bouche jusqu'à son arrivée à la BR. Lorsqu'elle sortit de la voiture, un froid de canard la saisit, et elle se hâta vers l'entrée. Elle passait la porte du hall lorsque son portable sonna. *Le labo*, avisa-t-elle, et elle s'empressa de décrocher. Deux minutes plus tard, elle avalait les marches quatre à quatre, s'engageait dans le couloir d'un pas vif et surgissait dans le bureau où elle fit une entrée triomphale.

– Je viens d'avoir le labo, figurez-vous qu'on a une correspondance au FNAEG pour notre inconnu de la grotte !

– Oui, bonjour à toi aussi, Louise, lui retourna Violaine, pince-sans-rire.

Louise suspendit son anorak à la patère, balaya les convenances d'un geste agacé de la main et se précipita devant son ordinateur.

– Bon… il n'est pas directement fiché. Mais…

– Si je me sens d'attaque ? la coupa Thierry. Après une bonne nuit de sommeil, bien sûr que oui !

– Sans compter que l'issue heureuse de la traque de Bardouin nous a remontés à bloc, surenchérit Violaine.

La cheffe d'équipe leva les yeux au ciel tout en laissant échapper un long soupir amusé.

– O.K., c'est bon, vous avez gagné ! Bonjour, Violaine, bonjour, Thierry ! Tout va bien, ce matin ? En forme ?

Ses coéquipiers lui adressèrent un grand sourire.

– On peut se mettre au travail, maintenant ?

– Mais je t'en prie !

– Parfait. Alors, à défaut d'ouvrir vos mails, ouvrez grand vos oreilles ! lança-t-elle, en cliquant sur sa souris. L'empreinte ADN de notre inconnu des sources matche à hauteur de 51 pour cent avec une autre empreinte intégrée au fichier dès sa création, en 1998.

– Avec un tel pourcentage, il s'agit d'un lien de descendance directe !

– Tout à fait. Ne tournons pas autour du pot, le profil est celui d'une femme, il s'agit donc de la mère de notre inconnu.

– O.K. Et je suppose que cette femme n'a pas d'identité, sans quoi tu nous l'aurais déjà donnée ?

– Tu supposes bien... D'après les informations que j'ai sous les yeux, cette femme a été mise en cause dans une affaire de tentative d'infanticide. Son empreinte génétique correspond à 50,4 pour cent à celle de sa victime, un dénommé Sylvestre Clair, son fils.

– Ouah, c'est du lourd ! lâcha Violaine... Notre inconnu de la grotte est donc génétiquement relié à ce Sylvestre Clair par la mère ? Autrement dit, ils sont frères ou demi-frères ?

– Exactement.

Violaine fronça les sourcils et secoua la tête.

– Je ne comprends pas, s'étonna-t-elle quelques secondes plus tard. Comment peut-on posséder l'identité de Sylvestre Clair et ignorer celle de sa mère ?

– Aucune idée, tu as raison, c'est à n'y rien comprendre... On en saura peut-être davantage avec le numéro de la procédure. L'affaire a été instruite par...

– J'ai ! la coupa Thierry qui pianotait sur son ordinateur.

Ses collègues le rejoignirent et se placèrent immédiatement dans son dos.

– Sylvestre Clair... D'après nos fichiers... oh, ça alors...

Thierry se tut tandis que ses yeux continuaient de balayer l'écran. Derrière lui, stupéfaites, ses collègues découvrirent simultanément les quelques lignes d'une synthèse établie début 1998 par un certain Pascal Rochat, adjudant à la brigade de gendarmerie d'Arreau.

– C'est dingue, vous avez vu ça ?! s'exclama Violaine, en pointant l'écran. Un nouveau-né a été retrouvé par un promeneur, le 31 décembre 1997, dans une cavité donnant sur des sources d'eau chaude, en plein bois, au-dessus de la station thermale de la Comba retirat !

– Exactement au même endroit que notre victime d'aujourd'hui !

– Oui, et ce n'est pas le seul point commun… Regardez, la synthèse indique que l'enfant présentait d'importantes blessures craniofaciales causées par une pierre.

Un long silence suivit. L'enquête prenait un tour inattendu : leur homicide concernait le frère ou demi-frère d'un nouveau-né laissé pour mort vingt-six ans plus tôt aux sources de la Comba retirat. Les deux victimes avaient eu le crâne défoncé. Pour couronner le tout, les analyses effectuées en 1998 établissaient que l'ADN extrait du caillou ayant servi à défoncer la tête du nouveau-né était celui de sa mère. Louise fut la première à réagir.

– Voilà pourquoi le nom de la mère demeure inconnu ! Quelques heures seulement après l'accouchement, le bébé a été abandonné près des sources où il a été agressé : la mère n'a jamais été retrouvée, et l'identité « Sylvestre Clair » a donc été créée de toutes pièces par l'état civil.

– L'officier d'état civil n'est pas allé chercher bien loin, il lui a filé le prénom de l'éphéméride du 31 décembre : Sylvestre, commenta Violaine.

– Pfff… Cette histoire de bébé est glauque à souhait, ajouta Thierry. Et dire qu'on vient de la remettre au goût du jour grâce à nos investigations !

– Mieux que ça, lâcha Louise. Si jamais on parvient à déterminer l'identité de notre inconnu des sources, on tiendra peut-être le moyen d'identifier sa mère…

– Ce qui conduirait à la résolution d'un *cold case* de plus de vingt-six ans… déduisit Violaine. Louise, il faut que tu préviennes le procureur !

Tout à ses pensées, la cheffe d'équipe semblait soupeser l'assertion.

– Certes… Mais l'affaire sommeille depuis des années, elle peut bien attendre une journée de plus, non ?

– Quel intérêt ?

– Glaner davantage d'informations et essayer d'avoir un aperçu de l'intrication des deux affaires.

– L'intrication ?

– Tu as toi-même fait le parallèle, Violaine ! Pour le bébé de 1997 et pour notre inconnu des grottes, on a des similitudes plus que troublantes. Ça ne peut pas relever du hasard ! Alors, oui, on n'est pas à quelques heures près… Parce que, si les deux affaires sont bien liées, autant que nous soyons désignés pour conduire aussi l'enquête sur ce *cold case*.

– Très bien. Et on s'y prend comment, alors ? demanda Thierry.

Louise fit quelques va-et-vient dans le bureau, tout en organisant ses pensées.

– La synthèse rédigée début 1998 sur le bébé mentionne que le nourrisson a été transporté aux urgences de l'hôpital de Tarbes, mais rien de plus. Que s'est-il passé après ? Quelles ont été les suites données à l'enquête ? Où est le compte rendu médico-légal ? *Quid* des P-V d'audition ?

– À tous les coups, la numérisation des pièces du dossier n'est pas complète, dit Thierry.

– D'où la nécessité de viser le dossier, lui retourna Louise, et ça, je vais m'en occuper moi-même… Parallèlement, qui est Sylvestre Clair aujourd'hui ? Que fait-il, où vit-il ? Thierry, tu rassembles tout ce que tu peux sur cet individu.

– Entendu !

– Violaine, tu te focalises sur notre inconnu des sources. Il faut absolument qu'on découvre son identité.

La jeune gendarme jeta un regard ahuri à sa collègue.

– Sérieux, Louise ?! Et je m'y prends comment ?

– Je ne sais pas ! Gratte, cherche, fouille ! Fais turbiner ton cerveau ! Et trouve-moi son nom !

Louise se dirigeait déjà vers la porte. Tout en attrapant son anorak, elle lança :

– De mon côté, je vais suivre la trace de cette sombre histoire de nouveau-né. Avec le dernier rebondissement dans l'affaire Bardouin, inutile de chercher à joindre le CCB[7] de Bagnères-de-Bigorre. Je file jusqu'à la gendarmerie d'Arreau pour mettre la main sur le dossier d'enquête. À toute !

– Louise, je te rappelle que je dois absolument lever le camp à 17 heures ! lança Violaine, avant que la porte ne se referme. Lucas joue dans le spectacle de fin d'année de l'école !

7. Commandant de communauté de brigades.

7

Quatrième jour de captivité, « Tu vas voir ce que tu vas voir ! »

– Au secours ! hurle-t-elle à s'en briser les cordes vocales. Est-ce que quelqu'un m'entend ?! Au secoooours !!! Je veux sortir !

L'écho de ses cris se propage dans ses oreilles. Puis se meurt. Aussi bruyant que vain. Mais elle n'en a pas fini, oh non ! *Je vais le tuer, je jure que je vais le tuer !* Pour la énième fois depuis qu'elle est là, elle attrape une chaise et la balance de toutes ses forces contre la fenêtre. Un bruit mat atteste de nouveau que le matériau n'est pas du verre, mais un mélange de composants rendant la vitre incassable. Celle-ci absorbe le choc et fait presque rebondir la chaise qui, fatiguée par les dizaines de coups qu'elle a encaissés en quatre jours, se déboîte en heurtant la dalle de ciment. Étrangement, les claquements sinistres du bois qui valdingue l'apaisent un peu. *Voilà, enfoiré de merde !* conclut-elle, pantelante.

Puis les larmes montent subitement, elle hoquette et éclate en sanglots. C'est l'instant précis que choisit le réveille-matin pour sonner. Elle sursaute – la stridence lui vrille les tympans ! – et détaille d'un œil mauvais l'objet rouge sang tout droit issu du fond des âges, ou d'un vieux dessin animé de Disney : une demi-sphère sertissant un cadran rond à aiguilles, surmontée de deux oreilles circulaires et creuses. C'est *le Fou* qui l'a activé avant de partir, ce matin. Et elle sait parfaitement pourquoi ! D'un geste nerveux, elle abat la petite manette pour le faire taire. Elle adorerait éclater cette chose immonde contre un mur, mais elle a conscience qu'elle constitue son seul et unique repère temporel. Bien sûr, il y a le journal. Ça l'aide aussi. Par-delà les infos, il lui sert de calendrier : on est le jeudi 16 novembre, puisque le journal que *le Fou* lui a rapporté la veille à midi date du mercredi 15. Mais le journal ne lui permet pas de repérer le passage du temps dans une seule et même journée. Or, ici, les minutes s'égrènent à une lenteur terrifiante… Seul ce fichu réveille-matin scande les secondes qui se succèdent, lui indiquant que le temps ne s'est pas arrêté et que la vie se poursuit. Et, tant qu'il y a de la vie, il y a de l'espoir. Or, l'espoir fait vivre. Mais alors… *Arrête ça de suite !* lui ordonne Madame-la-raisonneuse. Heureusement qu'elle est là, celle-là. Parce qu'il y a de quoi devenir dingue entre ces quatre murs. Un cerveau normalement constitué ne peut pas se représenter la dinguerie de sa situation et la menace de *« dingrène »* qui en résulte. Dans ce contexte, Madame-la-raisonneuse est encore son meilleur atout. Elle l'empêche de sombrer, l'aide à réfléchir et à résister aux ruminations qui s'invitent en permanence.

Il est 11 heures, lui rappelle Madame-la-raisonneuse. Le Fou *t'a prévenue ce matin en partant. Si tu ne prépares pas le repas de midi, ça va très mal se passer pour toi.* Elle frissonne. Elle revoit encore ses petits yeux froids quand il s'est adressé à elle le tout premier soir :

« Je te laisse trois jours, *maman*. Parce que je peux comprendre que tu sois déstabilisée par ce changement brutal, et aussi parce que je suis un fils gentil et attentionné. Tu as trois jours, pas un de plus. À compter de jeudi, tu devras assumer ton rôle, conformément aux règles fixées. »

Elle l'avait agoni d'insultes, avait hurlé comme une folle furieuse qu'elle ne jouerait jamais le jeu, qu'il pouvait aller se faire mettre. Plus tard, dans la soirée, elle s'était effondrée et avait commencé à le supplier. Il devait revenir à la raison, la situation pouvait être sauvée, rien d'irréparable ne s'était encore produit, et elle ne dirait rien à personne s'il la laissait partir.

Mais, voilà, *le Fou* est aussi hermétique à ses gesticulations, supplications ou colères qu'un morceau de bois. *Non, ce n'est pas tout à fait exact.* Elle a bien vu que ses mots et sa résistance le blessaient... *Non, mais tu t'entends ! Tu ne vas pas commencer à trouver des excuses à ce taré, non plus ! Bannis-moi ce syndrome de Stockholm à la noix, si tu veux t'en sortir !* réagit immédiatement Madame-la-raisonneuse. *Tu dois fuir, sauver ta peau !*

Pour la centième fois, elle scrute la pièce dans ses moindres recoins. Le conduit de la cheminée est bien trop étroit pour espérer s'y hisser, et en dehors des deux ouvertures – fenêtre incassable et porte blindée – aucun accès extérieur, sinon le fenestron des W.-C. qui est solidement barreaudé. *Quant à l'antre du* Fou, *il se résume à une petite pièce borgne*, se dit-elle en avisant l'échelle qui dessert, en surplomb de son propre lit, une sorte de mezzanine. Celle-ci a été fermée par une palissade grossière plaquée à même l'arrière du garde-corps à traverses. Une porte fabriquée à partir d'un vieux contrevent empêche l'accès à la plate-forme. Aucune poignée, mais *le Fou* a pris soin de fixer un verrou à l'intérieur de la pièce. *Ce type n'est pas idiot, il s'enferme dès qu'il monte, s'évitant ainsi tout risque d'attaque-surprise en pleine nuit.* Lorsqu'il est absent, le contrevent reste ouvert, mais, pour avoir fait un saut en haut, elle sait que l'endroit n'offre aucun intérêt. Son regard se tourne alors une énième fois vers la porte d'entrée, seule issue vers le dehors. Inutile de tourner autour du pot, l'unique moyen de l'ouvrir est de récupérer la clé. Une longue tige d'acier poinçonnée de façon complexe afin de multiplier les points de sécurité. Pour forcer la serrure, un spécialiste outillé aurait besoin de plusieurs heures de travail. Alors y parvenir elle-même… Il n'y a pas trente-six options : elle doit lui soustraire la clé, mais celle-ci fait partie d'un trousseau que *le Fou* porte en permanence sur lui, et ledit trousseau est relié à un attache porte-clés étirable et mousquetonné à un passant de son jean. Conclusion : pour faire main basse sur la clé, elle doit neutraliser *le Fou.*

« Je te souhaite une belle matinée, maman ! » lui avait-il lancé, le matin, en se dirigeant vers la porte. Il avait ensuite marqué un arrêt, s'était tourné vers elle et, de sa voix nasillarde, avait précisé : « Les trois jours sont passés. Maintenant, les règles s'appliquent à la lettre. Aujourd'hui, le repas doit être prêt pour 13 heures. »

Il avait alors inséré la clé dans la serrure et tiré la porte. S'était figé sur le seuil. Et, sans la regarder, avait ajouté : « Ne m'oblige pas à te punir, maman. » Enfin, il était sorti en criant : « À tout à l'heure ! Je t'aaaime, mamaaaan ! »

Comme à chaque fois, elle avait eu envie de vomir.

« Ne m'oblige pas à te punir, maman. » *Il s'attend à ce que tu le déçoives… Alors, maintenant, réfléchis bien à la carte que tu dois jouer !*

Du coin de l'œil, elle avise la chaise démantibulée au sol. Une idée germe et s'épanouit dans son esprit rebelle. Ses lèvres se plissent en un rictus roublard. *D'accord, je vais te préparer le repas, mon gars… Le premier, mais aussi le dernier. Tu vas voir ce que tu vas voir !*

8

De minuscules flocons de neige voletaient derrière le pare-brise, brouillant la vue sur les montagnes alentour. Plus Louise s'enfonçait dans la vallée, plus les paillettes blanches s'agrippaient aux toits d'ardoise et aux bas-côtés herbus. Passé Sarrancolin, un duvet immaculé molletonnait le paysage, et la gendarme se laissa absorber par ses songes. L'affaire en cours commençait à révéler des aspects intrigants et effrayants. Elle se représenta la cavité qu'elle avait visitée l'avant-veille et imagina l'effroi du promeneur qui avait découvert le nouveau-né abandonné comme une vulgaire poupée de chiffons dans ce tombeau de roche humide et noir. Elle pensa aussi aux violences qu'avait subies ce petit bout sans défense retrouvé le crâne fracturé… Qu'avait en tête celle qui avait fait ça ? Quels sentiments pouvaient provoquer de tels agissements ? Elle repensa au lien de parenté existant entre ce bébé du 31 décembre 1997 et le jeune inconnu d'aujourd'hui. *Frères ou demi-frères*, se dit-elle. Ces deux affaires dissimulaient-elles des violences intrafamiliales ?… En réalité, elle était loin de posséder les éléments suffisants pour échafauder la moindre théorie. La gendarmerie d'Arreau se découpa en bordure de route, et l'enquêtrice interrompit son raisonnement en se présentant à l'interphone.

L'adjudant-chef Morel la reçut dans son bureau. Après quelques minutes d'explications, il disparut et revint avec le dossier d'enquête de 1998. Dès qu'elle vit la minceur de la chemise, Louise comprit qu'elle n'en apprendrait guère plus. Elle prit rapidement connaissance des pièces du dossier qui se limitaient à la déposition de Bertrand Dussolier, le promeneur qui avait découvert le nouveau-né, à la maigre synthèse des investigations conduites après l'autosaisine du procureur et aux conclusions médico-légales établies par le médecin-pédiatre urgentiste de l'hôpital de Tarbes qui avait pris en charge l'enfant avant son transfert vers le CHU de Purpan, à Toulouse. Un jeu de photographies complétait ces quelques écrits. Il s'agissait d'une chaînette en or rehaussée d'un médaillon. Le bijou avait été retrouvé non loin du nouveau-né, près des sources. Impossible d'affirmer qu'il était en lien avec l'affaire, mais Rochat, l'enquêteur de l'époque, avait tout de même pris la précaution d'en faire une pièce à conviction. Louise observa attentivement les clichés. Sur l'une des faces du médaillon apparaissait en surimpression une fleur que la gendarme identifia comme un edelweiss. Sur l'autre figurait une deuxième fleur qu'elle ne sut nommer.

– Si j'en crois ces photos, vous devriez posséder un scellé de l'époque contenant ce collier, demanda-t-elle à l'adjudant.

Morel observa les images et laissa échapper un soupir.

– Il va falloir que je fasse une incursion à la salle des scellés. L'affaire a vingt-six ans, elle est prescrite… Pas sûr que cette pièce à conviction ait été conservée. Il vous faut ça pour quand ?

– Le plus tôt sera le mieux.

– Écoutez, major, fit-il en grimaçant, avec la traque de Bardouin, les affaires courantes se sont accumulées.

On commence à peine à respirer... Est-ce que ça peut attendre deux ou trois jours ?

Bien que frustrée, Louise acquiesça. Elle savait que le dispositif déployé avait mis toutes les brigades sous tension, et qu'il leur faudrait une bonne semaine pour retrouver un fonctionnement habituel.

– Pourriez-vous me faire des photocopies du dossier ?

– Vu l'épaisseur, je peux vous le numériser et vous l'envoyer par mail.

– Merci... Dites-moi, poursuivit-elle, l'adjudant Pascal Rochat, vous le connaissez ?

– Non, je ne suis ici que depuis trois ans, et quand je suis arrivé, Rochat était en longue maladie. Il est mort quatre mois plus tard d'une tumeur au cerveau.

– O.K. Et Dussolier, le type qui a retrouvé le bébé, ça vous dit quelque chose ?

– C'est un enfant du pays, photographe, historien et pyrénéiste, une vraie figure locale... De ce que je sais, il a publié pas mal d'ouvrages sur les Pyrénées. Je le connais uniquement de réputation. Vous voulez que je me renseigne ?

– Si ça peut me faire gagner du temps, je ne dis pas non !

Morel décrocha alors son téléphone fixe et demanda à une certaine Pyrène de les rejoindre dans son bureau. Un instant plus tard, une jeune femme dans la vingtaine au regard pétillant et à la mine joviale entrait dans la pièce.

– Ah, Pyrène ! l'accueillit Morel. Voici la major Caumont de la BR de Tarbes. Elle enquête sur un homicide et elle aurait besoin de tes lumières.

– Enchantée. Pyrène Leloup, se présenta la jeune gendarme. Je vous écoute.

– Est-ce que vous connaissez un certain Bertrand Dussolier ?

– Bien sûr. Que voulez-vous savoir ?

– Je voudrais le rencontrer.

– O.K. Il habite à Saint-Lary-Soulan, mais il vaut mieux l'appeler pour fixer un rendez-vous. Avec sa chaire d'histoire à l'université de Pau, il est absent la moitié de la semaine.

Louise fit un rapide calcul : Saint-Lary se situait plus haut dans la vallée, inutile de faire la route si Dussolier n'était pas chez lui.

– Je peux l'appeler, si vous voulez ? proposa spontanément Pyrène. Et même vous y conduire ? ajouta-t-elle en jetant un coup d'œil à sa montre. Je finis mon service dans dix minutes, et je suis de repos pour le week-end.

– Pyrène a grandi ici, intervint Morel. Elle connaît tout le monde.

L'affectation d'un gendarme dans sa région d'origine était extrêmement rare, mais Louise masqua son étonnement, préférant opter pour un chaperonnage qu'elle espérait instructif.

– Je vous remercie, adjudante Leloup. Tentez de le joindre, s'il vous plaît, et s'il est à son domicile, je veux bien que vous m'accompagniez.

– Avec plaisir.

Quelques secondes plus tard, sa voix claire s'éleva :

– Monsieur Dussolier ?... Pyrène Leloup à l'appareil... Oui, la petite-fille de Jean-Claude, c'est ça... Oui, oui, il va bien... Myriam aussi, merci... En fait, je vous téléphone parce qu'une gendarme de la brigade de recherches de Tarbes aurait besoin de vous voir...

Dussolier dut lui demander des précisions, car Pyrène Leloup adressa un regard interrogateur à Louise. Celle-ci prit alors le téléphone et expliqua rapidement qu'une affaire en cours l'incitait à s'intéresser à celle du nouveau-né du dernier jour de l'année 1997. La voix jusque-là assurée de son interlocuteur se voila perceptiblement sous le feu des émotions liées à ce souvenir. Une minute plus tard, Louise raccrocha.

– Il peut nous recevoir à 15 heures, expliqua-t-elle.

– Parfait. Rendez-vous dehors dans cinq minutes !

Louise regarda la jeune gendarme quitter le bureau d'un pas vif. Elle dégageait une énergie qui n'était pas sans lui rappeler celle de Violaine lorsqu'elle avait débarqué à la BR – une vraie tornade ! L'enquêtrice remercia Morel et se rendit à l'extérieur. Emmitouflée dans une grosse parka, bonnet enfoncé jusqu'aux yeux, Pyrène l'attendait déjà.

– Tenez ! fit Louise en lui lançant les clés du véhicule. Je vous laisse le volant.

Dès que la voiture s'engagea sur la route qui grimpait vers Saint-Lary, elle décida de poser quelques questions.

– Vous êtes une véritable mine d'informations, Pyrène !

– Ma famille est installée dans le coin depuis la nuit des temps. Donc, forcément, je connais bien les gens de la vallée. Mais, de vous à moi, c'est un plus autant qu'un moins.

Louise coula un regard vers la jeune femme. Son front haut et ses cheveux bruns attachés en queue-de-cheval faisaient ressortir son regard noisette, franc et volontaire.

– Quand les gens vous connaissent, c'est parfois compliqué d'incarner une figure d'autorité, ajouta-t-elle. Mais, bon, de manière générale, et malgré mes vingt-quatre ans, j'arrive tout de même à me faire respecter.

– Je n'en doute pas un instant. Vous semblez avoir du caractère !

Pyrène Leloup sourit. Ça ne devait pas être la première fois que quelqu'un faisait allusion à son tempérament.

– Vous avez entendu parler d'une affaire concernant un nouveau-né abandonné aux sources de la Comba retirat, le soir du réveillon de 1997 ?

– Un bébé abandonné ?! Non… C'est étrange, d'ailleurs, quand on y pense ! Ce genre d'événement ne se produit pas tous les jours.

– Mmm, je suis bien d'accord… Et Pascal Rochat, l'ancien gendarme ?

– Que voulez-vous savoir exactement ?

– En fait, j'ai photocopié le dossier du nouveau-né et, pour être sincère, il est aussi mince qu'un papier à cigarettes. Du coup, je me demandais si… comment dire…

– Si Pascal était plutôt du genre tire-au-flanc, c'est ça ?! proposa Pyrène, avec un franc-parler qui amusa Louise.

– Vous avez saisi l'idée, oui.

– Je ne le connaissais pas personnellement, mais il avait bonne réputation. J'ai toujours entendu parler de lui comme d'un homme intègre et travailleur.

– Voilà qui épaissit encore le mystère, marmonna Louise en songeant aux nombreuses investigations qui auraient pu être conduites et ne l'avaient visiblement pas été.

La fin du trajet se déroula dans le silence. La jeune gendarme fixait attentivement la route sinueuse que la neige commençait à tapisser, tandis que Louise laissait son regard errer sur le bas des versants blanchis. Lorsque le panneau *Saint-Lary-Soulan* apparut, Pyrène obliqua sur une petite route qui filait en direction du Pla d'Adet invisibilisé par le crachin neigeux. Une minute plus tard, elle s'engagea sur un chemin au bout duquel se dessinaient les contours d'une ancienne et vaste grange rénovée, nichée au creux d'un vallon. Murs de pierre, pignon à redents, linteaux en bois massif, la demeure de caractère se fondait dans le paysage montagnard. À peine furent-elles sorties du véhicule qu'un homme d'une soixantaine d'années sortit sur le perron. De taille moyenne, mais très mince, Dussolier avait un physique noueux et sportif. Son visage buriné par le grand air ajoutait à ses allures de Pyrénéen endurci. Il leur tendit une main calleuse en étirant un mince sourire, mais son regard tourmenté trahissait l'ombre que jetaient dans son esprit les réminiscences du nouveau-né de la Comba retirat.

9

À la gare, une dame l'attend. Exprès pour lui. Elle se présente : *je suis la* sistante *sociale*. Il connaît ! Des *sistantes sociales*, il en a déjà vu plein ! Ce sont des dames gentilles qui offrent souvent des bonbons. Dans la voiture, elle lui explique : *tu as de la chance, Sylvestre, il y a une place en famille d'accueil pour toi !*

La porte s'ouvre et il lève les yeux. Il y a une dame très mince et un grand monsieur. La dame s'accroupit et le regarde dans les yeux. *Alors, te voilà, Sylvestre ? Je m'appelle Amandine, et le monsieur, là, c'est mon mari, Henri. Nous te souhaitons la bienvenue chez nous. Entre donc.* Il avance d'un pas, et la dame l'arrête. *Alors, Sylvestre, la règle de vie n°1 dans cette maison, c'est de se déchausser quand on entre. D'accord ?* Elle lui montre la rangée de chaussures soigneusement alignées sur les étagères d'un petit meuble. *Regarde, j'ai acheté ça pour toi.* Elle lui tend une paire de pantoufles toutes neuves. Dessus, il y a Spiderman ! Il ressent une grande joie.

Dedans, ça sent le propre, et tout est très bien rangé. Sur la table de la salle à manger est posée une assiette avec des biscuits et des boissons. *Tu veux goûter, Sylvestre ?* Oui, après son interminable voyage, il a faim. Amandine lui explique alors la règle de vie n°2 : se laver soigneusement les mains avant de passer à table. Elle lui désigne l'évier de la cuisine et lui enjoint de la suivre. Elle ouvre les portes du placard sous l'évier et en sort un petit rehausseur qu'elle déplie pour qu'il monte dessus. Elle a tout prévu, Amandine !

Il prend son goûter et les biscuits sont très bons. Ensuite, Amandine et Henri lui font voir sa chambre. Il découvre une pièce vraiment chouette. Sur le lit s'étale une couette ornée de représentations de superhéros. Dans un angle se trouve un coffre en bois multicolore – le couvercle est relevé, et il aperçoit un monticule de jouets.

Nous avons une petite fille, Alice, qui a ton âge. Elle va bientôt rentrer de l'école. Regarde, Sylvestre, sa chambre est juste à côté de la tienne. Une sœur ? Ça ne l'enchante pas trop. Avec les autres enfants, c'est toujours compliqué. À cause de son visage tout cabossé. Les filles, elles ont peur. Les garçons, ils se moquent. Bon… une sœur, c'est toujours mieux qu'un frère.

Vos chambres sont vos espaces personnels. Ça veut dire que vous pouvez jouer, faire du bruit et la zizanie, mettre du désordre. Mais tous les soirs, avant d'aller vous coucher, vous devez ranger, c'est la règle. Encore une règle. Il y en a beaucoup dans cette maison. Alors, le soir, avant de s'endormir, il les récite en boucle dans sa tête. Règle n°1, se déchausser. Règle n°2, se laver les mains pour pouvoir se mettre à table. Règle n°3, ranger sa chambre avant de se coucher.

Au fil des jours, d'autres s'y ajoutent, et il les apprend par cœur. Parce qu'il se rend compte qu'il aime les règles. Ça le rassure. Ça le soulage même. Grâce à elles, il sait comment se comporter. Les règles lui disent ce qu'on attend de lui, et c'est plus facile d'être aimé et de *faire sa place* quand on les connaît et qu'on les respecte. Or, il a très, très envie qu'Amandine et Henri l'aiment et lui fassent une *place*…

10

Le salon de Bertrand Dussolier était agréable, bien qu'au fil des ans la bibliothèque y ait étendu ses rayonnages comme une pieuvre ses tentacules. Des étagères en chêne massif couraient du sol au plafond, contournant portes et fenêtres et tapissant les murs. Et, faute de place, des piles de livres envahissaient aussi chaque surface horizontale. Installée dans un confortable fauteuil, à proximité du poêle à bois dans lequel les flammes dansaient, Louise attrapa son calepin et son stylo. Puis elle laissa filer quelques secondes, préparant mentalement l'échange. L'enquête commençait tout juste, elle choisit donc de ne pas trop en révéler sur l'homicide de l'inconnu des sources.

– Je travaille actuellement sur une affaire qui pourrait être liée à l'abandon du nouveau-né que vous avez trouvé, il y a vingt-six ans. Bien sûr, j'ai lu la synthèse établie par la gendarmerie à l'époque… mais j'aimerais aussi entendre votre témoignage et vous poser quelques questions.

L'homme hocha nerveusement la tête. Il posa ses coudes sur ses genoux et plongea son regard dans l'insert.

– Depuis que je vous ai eue au téléphone, les sombres images de ce souvenir rejaillissent dans mon esprit, et, croyez-moi, cet épisode est de loin le plus glauque que j'ai vécu, entama-t-il, d'une voix hésitante.

– Au vu des quelques éléments auxquels j'ai eu accès, je m'en doute, l'encouragea Louise.

– C'étaient les vacances de Noël 1997. Mon épouse était allée passer une semaine chez son frère à Strasbourg. Moi, j'étais resté seul ici parce que j'avais des travaux de recherches à achever... et puis, autant être sincère, je ne suis pas très fana des fêtes de fin d'année, donc ça m'arrangeait bien... Le 31 décembre, ayant bouclé mes recherches, j'ai décidé de partir en randonnée. J'ai opté pour une grande boucle dans les hauteurs de la Comba retirat pour la simple et bonne raison que j'avais accepté l'invitation de Claude, un ami, à passer boire un verre chez lui pour la Saint-Sylvestre. Il n'y habite pas à l'année, mais il possède un studio à la station de ski de fond. Je suis donc parti dans la matinée, profitant d'un soleil radieux. J'ai longé le lac Saphir, je suis monté jusqu'au refuge de la Coume et, de là, j'ai fait l'ascension jusqu'à la Vierge de la Comba retirat. J'ai mangé là-haut. Vers 15 h 30, j'ai entamé la redescente. Je n'étais plus qu'à une dizaine de minutes de la forêt quand le temps a commencé à tourner. Le vent s'est levé, de gros nuages ont obscurci le ciel et la température a brutalement chuté, comme c'est fréquent en montagne. J'ai donc accéléré la cadence, mais une brume glaciale m'a rattrapé, et la neige s'est mise à tomber.

Dussolier marqua un temps. À la manière qu'il avait de noyer son regard dans les flammes, Louise comprit que son esprit était retourné au 31 décembre 1997, au cœur de la tempête de neige qui s'était abattue sur la vallée retirée. Lorsqu'il reprit, sa voix n'était plus qu'un souffle grave et lointain.

*

* *

Fouettés par les bourrasques, les flocons sont des gravillons qui lui cinglent le corps. Il se protège le visage en remontant son passe-montagne, et ses yeux se plissent derrière l'étroite fente de laine. Autour de lui, la tempête engloutit contours et reliefs, brouillant tout repère. Il ne panique pas, il connaît son affaire. La forêt est toute proche, deux cents mètres en contrebas. Aidé de ses bâtons, il assure ses appuis pour éviter de se tordre une cheville. S'il continue à descendre en conservant son cap, il sera bientôt à couvert. Sous les arbres, il gagnera en visibilité et sera moins exposé aux intempéries. Sa progression est lente, précautionneuse, mais aguerri par l'expérience, il détecte les premiers conifères après cinq minutes d'une bataille placide contre la tourmente blanche. Attentif, il longe la clairière et repère enfin, malgré la pellicule neigeuse, le sentier sur lequel il s'engage.

Sous l'abri des feuillages persistants et des ramages de résineux, il avance déjà plus rapidement. Prenant appui sur ses bâtons, il dévale le versant boisé avec le vent aux trousses. Celui-ci s'engouffre entre les troncs, siffle et soulève des tourbillons de poudreuse. Les branchages malmenés s'ébrouent, gémissent et craquent, tandis que les flocons s'amassent et tapissent le sol d'un épais duvet blanc. Il vient de chausser ses raquettes et s'est enfoncé dans le ventre de la forêt quand le calme s'invite. En quelques minutes seulement, las de son tumulte, le vent s'est couché, laissant place au silence cotonneux de la neige. Dans la touffeur assourdie des bois, les flocons se déversent comme une douche raide et muette. Les seuls bruits sont ceux de ses pas qui s'enfoncent en crissant dans l'amas prolifère de cristaux blancs. Il parvient à un embranchement. Sur sa droite, le sentier mène au refuge de la Coume. Il prend à gauche, vers les vieux thermes. Sans ses raquettes, la neige lui arriverait désormais à mi-mollet. Quelques minutes plus tard, il débouche sur la clairière. La table de pique-nique ressemble à une meringue géante. D'un balayage du bras, il en déblaie un angle, pose son sac à dos et l'ouvre pour y piocher quelques fruits secs. Dans moins d'une heure, il sera à la station, au chaud chez Claude, et se jettera un whisky bien mérité.

Un braillement balafre soudain la chape de silence. Suivi d'un autre, plus long, plus éraillé. Un instant après s'élève une série de plaintes déchirantes qui lui font penser aux miaulements désespérés d'un chat. D'instinct, il scrute les sous-bois à la recherche d'un animal blessé ou piégé, mais ne détecte rien derrière le rideau floconneux. Il se concentre, tend l'oreille : les cris pourraient bien provenir des sources d'eau chaude. Il hésite. L'heure avance, la pénombre aussi. Il fera nuit bientôt. Mais les braillements redoublent et le mettent mal à l'aise… on dirait… on dirait presque des pleurs. Un frisson le parcourt, il a comme un mauvais pressentiment. La forêt, soudain, se resserre et lui semble aussi hostile que le théâtre d'un drame imminent. Alors, il fixe sa frontale, reprend ses bâtons et se lance à l'assaut du raidillon menant à la grotte. Malgré ses raquettes, il s'enfonce profondément dans la haute couche de neige, mais la poudreuse assure ses pas et il gravit le dévers en quelques enjambées. Devant la bouche sombre en surplomb de la clairière, il comprend qu'il a vu juste. Les plaintes surgissent bien des entrailles de la terre, et la cavité agit comme une caisse de résonance, portant et déformant l'écho des braillements. Qu'y a-t-il là-dedans ? Que va-t-il trouver ? Une bête à l'agonie ?

Il détache ses raquettes, allume sa frontale et s'enfonce dans les profondeurs, serrant fermement ses bâtons, prêt à se défendre en cas d'attaque. La grotte l'engloutit quand il s'engage dans le goulet de roche, puis le recrache dans la salle des sources. Là, au cœur de la sinistre cacophonie de cris qui ricochent sous la voûte, une odeur abjecte de viande avariée lui monte au nez. Il hoquette. La salle est chaude, moite et nauséabonde, comme les viscères d'un monstre. Hurlante comme une bouche cariée. Au bord de l'évanouissement, le cœur cognant, il balaie la cavité de son faisceau lumineux. Le jet de clarté asperge soudain une forme glabre et visqueuse au sol. Pic de stress. Les yeux écarquillés, le teint blême, il s'avance. Un pas prudent. Un deuxième. Sous le choc, son cerveau refuse de nommer l'être vivant qui se tortille par terre, marbré de sang coagulé, de fluides et de mucosités. Hébété, il pose un regard réticent sur la forme ronde d'où s'échappent les hurlements, mais il se heurte à une bouillie de chairs et d'hémoglobine. Puis ses yeux détectent une poche marron reliée à un boyau qui serpente jusqu'au… *nombril*, se dit-il en laissant échapper un glapissement horrifié.

Son esprit trébuche et balbutie, puis les mots « placenta » et « bébé » se forment et le percutent de plein fouet. Shoot d'adrénaline ! Paniqué, il recule en étouffant un cri et se rue vers l'extérieur, alors que son cœur bondit et palpite au niveau de sa gorge.

11

Quatrième jour de captivité, « Le tisonnier »

Le réveille-matin indique 12 h 55 lorsque le ronron d'un moteur s'élève et se rapproche. *Le voilà.* Elle se précipite vers la cuisinière à bois – merci bien, l'esclavagisme –, attrape la casserole de macaronis fumants et la sauteuse où elle a fait brûler deux dos de cabillaud, puis pose le tout sur les dessous-de-plat au centre de la table. Elle jette un dernier coup d'œil autour d'elle, ça devrait aller. Son cœur est un tambour, mais elle tente de ne pas trahir sa nervosité. Elle se tient debout, derrière la table, dos à la cheminée. Elle a entretenu le feu. Des odeurs de friture et de beurre fondu flottent dans la pièce. La table est mise. *Règle n°2 : il est strictement interdit de détériorer l'habitat, d'abîmer le mobilier ou de casser des objets.* Elle a donc rafistolé la chaise qu'elle a cassée deux heures plus tôt. Elle s'effondrera dès qu'il s'assiéra dessus, bien sûr, mais c'est le but. Elle répète mentalement l'enchaînement de gestes qu'elle va devoir opérer. Elle l'a effectué une bonne vingtaine de fois. Si elle canalise son stress, et elle le canalisera, dans une poignée de minutes elle sera libre.

Nous sommes le jeudi 16 novembre 2023, il est 13 heures, et ta captivité va prendre fin. Tu es la plus forte, tu es la meilleure, tu vas y arriver ! se martèle-t-elle.

Un cliquetis dans la serrure l'incite à relever brièvement les yeux. Elle imagine son regard qui la scrute à travers l'œilleton. Avec ses mains croisées sur le ventre, son corps droit et raide, sa tête inclinée vers le sol, elle a tout d'une pénitente, et c'est exactement l'image qu'elle veut renvoyer.

Il entre. Son expression est agréablement surprise. Il sourit, ce qui accentue un instant l'infime dissymétrie de son visage. D'ailleurs, elle a remarqué que son œil droit était étrange, comme voilé. C'est un peu dérangeant au départ, puis on s'y fait. Elle sait ce qu'il attend d'elle, mais c'est au-dessus de ses forces. Elle n'est pas actrice de cinéma, bon sang ! Elle parvient tout de même à bredouiller quelques mots :

– Je… J'espère que ça a été au travail… je t'ai… le repas est prêt…

Il avance de quelques pas. Visiblement ému. Avec son mètre quatre-vingt-cinq et ses cent kilos, il fait penser à un nounours emprunté qui ne sait pas trop comment recevoir le pot de miel convoité qu'il n'espérait plus.

– Eh bien… Je t'en prie, assieds-toi, murmure-t-elle en désignant la chaise.

Il retire sa doudoune et la suspend à la patère. Puis, gagné par une irrépressible montée d'émotion, il se frotte les mains et se tortille comme un enfant excité de rencontrer le père Noël pour la première fois. Cette jubilation puérile qui anime le corps d'un type taillé comme un bûcheron offre une vision tellement extravagante et dissonante qu'elle trahit la folie pure. *Ne flanche pas*, s'intime-t-elle, alors que l'effroi menace de la paralyser.

– Merci, maman !

Il n'a pas parlé, il a glapi. Son regard dégoulinant de reconnaissance et d'amour est braqué sur elle. Insistant. Elle sent bien qu'elle devrait parler, dire quelque chose, trouver une formule adaptée. Mais quelle réaction avoir dans une situation aussi délirante ? Comment se comporter ? Quels foutus mots pourraient ne pas sonner faux, hein ?!

– … De rien, s'étrangle-t-elle enfin, les yeux obstinément braqués vers le sol.

Le silence s'installe. Elle devine qu'il la scrute. À cet instant précis, elle se sait à sa merci. Il doit percevoir sa fausseté comme un chien renifleur détecte l'odeur d'une proie. Il lit dans son jeu. Il va découvrir son misérable stratagème. Il…

– Je me lave les mains et j'arrive, répond-il d'un ton léger.

L'air s'engouffre alors dans ses poumons, son cœur caracole, elle prend conscience qu'elle était en apnée. Toujours immobile, elle l'observe à la dérobée. *Le Fou* est bourré de rituels et, niveau ordre et propreté, il a tout d'un obsessionnel. Posté devant l'évier, il se savonne consciencieusement les mains. Son dos est large et puissant, son cou, épais. Elle le mesure, elle n'aura pas de deuxième chance. Tout repose sur l'effet de surprise. Il s'essuie les mains. Effectue trois pas vers sa chaise et la tire un peu plus vers l'arrière. *Pourvu qu'elle ne lâche pas avant qu'il pose ses fesses dessus*. Mais non. Il s'apprête à s'asseoir mais interrompt son mouvement.

– Tu… tu comptes rester debout, maman ?

Ses mains transpirent d'un coup, à l'approche du moment fatidique.

– Non, bien sûr que non…

Elle esquisse alors un mouvement qui l'incite, lui, à achever le sien. Il amorce un nouveau sourire joyeux, mais sous son poids, la chaise explose, et il chute dans un fracas de bois démantibulé.

Tout s'enchaîne à une vitesse incroyable. Elle bondit en arrière, s'empare du tisonnier dans un mouvement trop brusque, et le manche manque de lui glisser des mains.

Elle le rattrape *in extremis*, se retourne vers *le Fou* au sol et lève haut son arme pour lui asséner le coup le plus puissant possible. *Fracasse-lui le crâne !* hurle alors en elle une voix qui ne lui appartient pas et lui fait presque peur. *Éclate-lui la tronche ! Vas-y, tu peux le faire, tu en es capable !* Elle rabat le tisonnier vers la tête du *Fou*. Mais l'action se déroule comme au ralenti : elle a le temps de voir fondre son sourire naissant, puis la stupeur s'imprimer sur ses traits, et enfin sa stupeur se changer en une immense déception quand le tisonnier s'invite dans son champ de vision. Pourquoi, comment, par quel truchement de l'esprit ?! L'expression qu'elle perçoit durant une fraction de seconde lui rappelle Valentin, et son mouvement perd légèrement en intensité. Face à elle, mû par un puissant instinct de survie, *le Fou* lève une main large comme un battoir et parvient à stopper la tige de fer avant qu'elle ne lui percute le front.

De là, le combat est perdu, bien sûr. Il lui arrache le tisonnier des mains, le balance à l'autre bout de la pièce, puis se relève avec une aisance surprenante. Son corps est une montagne. Ses yeux sont deux boulets rouges, pourtant glacials. D'ailleurs, c'est une voix posée, métallique et désincarnée qui sort de sa gorge :

– Très bien. Puisque tu fais encore la zizanie, tu ne me donnes pas d'autre choix que te punir.

12

Durant l'effroyable récit de Dussolier, Louise avait senti la chair de poule lui hérisser la peau. Les images du nouveau-né des sources s'étaient matérialisées dans son esprit avec un réalisme glaçant, et elle accusait violemment le coup. Une vague d'émotions anciennes et familières, liées au bébé qu'elle avait perdu quand elle n'avait que seize ans, la balaya sans prévenir, et elle dut aller chercher loin au fond d'elle les forces nécessaires pour endiguer une montée de larmes. Quand elle voulut parler, sa gorge se serra et aucun son ne franchit ses lèvres. Heureusement, Dussolier reprit d'une voix devenue râpeuse :

– Je ne l'ai déduit que bien plus tard, mais le bébé était né sur place… Puisqu'il y avait le cordon ombilical et la poche placentaire, la mère avait forcément accouché dans la cavité…

Le regard sombre et tourmenté, la mine défaite, l'homme se tut. Les deux gendarmes s'observèrent dans un silence pesant qui avait tout d'un recueillement funéraire. Puis le désarroi de Pyrène électrisa Louise, l'obligeant à sortir de sa propre torpeur. La jeune gendarme n'était pas préparée à ce genre de situation, contrairement à elle ! Elle inspira longuement pour dominer ses émotions et relança Dussolier d'une voix douce :

– Que s'est-il passé ensuite ?

– J'ai chaussé mes raquettes, dévalé le raidillon et j'ai couru comme un dératé. Il n'y avait pas encore de portables à l'époque… Mes souvenirs du trajet jusqu'à la station de ski sont très flous. Mes oreilles bourdonnaient. Après être sorti de la forêt, j'ai chuté à plusieurs reprises, parce que je ne levais pas assez les pieds au regard du niveau de la neige.

– Vous êtes redescendu jusqu'à la station de ski, j'en déduis donc qu'il n'y avait personne aux thermes ?

– Non, ils étaient fermés depuis plusieurs années, déjà !

– Je ne pensais pas que leur fermeture remontait aussi loin dans le temps.

– Parce qu'ils ont rouvert par la suite, la renseigna Pyrène, après qu'une chaîne anglaise a racheté les bâtiments à la régie municipale et rénové le site… Mais les marges liées à l'activité se sont révélées insuffisantes, et le complexe a définitivement fermé ses portes en 2006 ou 2007. Depuis, il est à l'abandon.

– Merci pour ces précisions, fit Louise, avant de se tourner de nouveau vers Dussolier. Votre course vous a donc mené jusqu'à la station de ski ?

– Oui, par le chemin le plus direct, j'y suis arrivé vers 17 h 45. J'ai déboulé chez Claude et j'ai alerté les secours. Un hélicoptère a rapidement été envoyé, et l'enfant a été secouru *in extremis*…

Dussolier se tut, l'air aussi accablé que songeur. Les secondes passèrent, et Louise s'apprêtait à le relancer, quand il lâcha dans un mouvement de tête incrédule :

– C'est fou, quand on y pense ! Ça s'est joué à un jour près…

– Que voulez-vous dire ?

– Eh bien, le drame de Barèges et Sers !

– Mais oui, exact ! s'exclama Pyrène. C'était le 1er janvier 1998 !

Totalement perdue, Louise lança un regard interloqué à la jeune gendarme.

– L'avion de tourisme qui s'est crashé au-dessus de Barèges, vous en avez forcément entendu parler ?

À ces mots, Louise se rappela le terrible accident. Elle n'avait que vingt-neuf ans à l'époque et travaillait dans le nord de la France – sa première affectation en BR. L'événement avait fait la une de tous les médias, et la France entière avait suivi le drame.

– Oui, je me souviens maintenant. Le crash a provoqué une colossale avalanche qui a balayé une partie de la station de ski de Barèges et englouti un village entier.

– Hélas, oui, fit Dussolier. Après un redoux de plusieurs jours, une vague de froid s'est abattue, entraînant d'abondantes chutes de neige, le 31 décembre. Ces fluctuations de température ont fragilisé le manteau neigeux. Quand l'avion s'est écrasé sur la crête montagneuse, il a provoqué une avalanche de plaque. Partie des hauteurs, elle a pris une vitesse très importante et a grossi, emportant tout dans son sillage.

– J'ai entendu le récit de cette catastrophe un paquet de fois depuis ma naissance, intervint Pyrène. La vie d'une centaine de personnes était en jeu.

– Le préfet a déclenché le plan ORSEC, mobilisant toutes les forces vives des Hautes-Pyrénées et des départements voisins… Autant vous dire que si cet événement s'était produit un jour plus tôt, le nourrisson n'aurait jamais reçu les soins à temps, conclut Dussolier d'une voix altérée.

L'homme avait probablement raison. Face à l'ampleur du drame, les autorités en avaient appelé à toutes les aides techniques et humaines disponibles… Dans un tel contexte, chaque minute comptait, et tous s'étaient mobilisés du côté de Barèges, loin de la Comba retirat.

La survie de l'enfant n'avait certainement tenu qu'à la chronologie des événements.

– Durant votre descente du refuge aux sources, avez-vous croisé ou aperçu quelqu'un ? demanda Louise.

– Non, je n'ai vu personne.

Qui plus est, les chutes de neige avaient recouvert toutes traces de passage de la mère, songea la gendarme.

– Avez-vous repéré un détail inhabituel ?

– … Non, je ne crois pas… je n'en ai pas le souvenir, en tout cas.

– O.K… Une dernière chose, reprit Louise avec un soupçon d'embarras, ce bébé, savez-vous ce qu'il est devenu ?

Les yeux de Dussolier s'embuèrent d'un coup. L'homme serra les mâchoires, inspira longuement par le nez et parvint à maîtriser sa subite montée d'émotions.

– J'ai… j'ai eu besoin de lui rendre visite… Je suis allé à Toulouse, il avait été transféré au CHU de Purpan, en néonatologie. Douze jours étaient passés depuis que je l'avais trouvé aux sources. Il était toujours en soins intensifs. On m'a autorisé à le voir… Et, en réalité, ça a été une nouvelle épreuve… Il y avait des tuyaux, des perfusions, des machines, et au milieu de tout ça, ce petit corps de bébé surmonté d'une figure à moitié bandée. Une infirmière m'a expliqué que son état général s'était stabilisé, mais que l'équipe redoutait des séquelles. Théo était très déshydraté à son arrivée…

– Théo ?! le coupa Louise.

– Eh bien… oui, Théo. Pourquoi ?

– Son prénom est Sylvestre.

Il y eut un blanc, puis Dussolier haussa les épaules.

– Alors, je dois me tromper. Je ne sais pas pourquoi j'ai gardé ce prénom en tête…

– Vous disiez qu'il était très déshydraté ?

– Oui, c'est ce que m'a affirmé l'infirmière. Elle a précisé qu'il avait frôlé une septicémie à cause de la macération du placenta dans un environnement chaud et humide. Elle m'a aussi indiqué qu'il avait subi deux interventions du crâne et de la face, grâce auxquelles l'ablation de l'œil droit avait été évitée. Mais, a-t-elle précisé, le nerf optique était irréversiblement endommagé. Pour finir, elle a ajouté que, lorsque l'enfant serait assez robuste, une équipe pluridisciplinaire travaillerait avec des chirurgiens lyonnais spécialisés dans la reconstruction du visage. Sur le plan du développement neurologique et psychomoteur, il était encore trop tôt pour se prononcer.

Dussolier marqua un temps et conclut :

– C'est difficile à expliquer, même encore aujourd'hui... mais la sollicitude de cette soignante, sa manière bienveillante de s'adresser à moi comme si... comme si j'étais le père, d'une certaine façon... ça m'a fait paniquer. Je n'étais pas préparé et je ne voulais pas me sentir responsable de ce bébé. J'ai tourné les talons et je n'ai plus jamais cherché à prendre de nouvelles.

– C'est tout à fait compréhensible.

– Sauf que ça m'a hanté toute ma vie, reprit-il d'un ton amer. Parce que, on peut le prendre dans tous les sens – et croyez-moi, je l'ai fait –, la probabilité que cet enfant soit sauvé était infime ! Or, c'est moi qui suis passé par là, moi qui ai entendu les cris, moi qui ai monté le raidillon, moi qui ai trouvé ce nouveau-né... Les Arabes diraient *Mektoub*. Et ils auraient raison, car, oui, c'était écrit ! Mais la panique s'est emparée de moi et j'ai fui. Je l'ai abandonné à son triste sort.

– Je vous trouve bien sévère avec vous, Bertrand, intervint la jeune gendarme. Que pense Régine de tout ça ? ajouta-t-elle avec douceur.

L'homme braqua ses yeux sur Pyrène et répondit :

– Je ne lui en ai jamais touché le moindre mot, figure-toi. Et je compte sur toi pour garder le silence. Après tout, tu agis dans le cadre de tes fonctions.

– Votre épouse n'en a jamais entendu parler ?! réagit Louise.

– Jamais.

– Que vous n'ayez pas voulu raconter cet effroyable épisode à votre femme, je peux le comprendre. Mais que cette histoire n'ait, par ailleurs, jamais filtré, c'est très étonnant !

– Ça peut paraître fou, mais c'est la vérité. La catastrophe de Barèges et Sers a focalisé l'attention des médias, des politiques et des autorités. Dès le lendemain du drame, alors même que les recherches de survivants se poursuivaient, des plaintes pour négligence, mise en danger de la vie d'autrui et que sais-je encore arrivaient déjà sur le bureau du procureur. Le maire de Barèges, celui de Sers, mais également toutes les personnes morales en charge de la sécurité des biens et des personnes étaient mis en cause.

Louise hocha la tête. Le débat avait été porté à l'écran : élus, politiques, avocats, experts et analystes bataillaient pour faire entendre leurs voix. Plus le compteur des victimes s'affolait, plus il fallait pointer la responsabilité des autres et se soustraire aux siennes.

– Bref, le bureau du procureur était au bord de l'implosion. J'ai appris par la suite qu'il avait fallu une semaine entière avant que le procureur s'autosaisisse et diligente une enquête sur l'affaire du bébé. Alors que l'avalanche avait provoqué douze morts et une cinquantaine de blessés, l'enfant des sources avait, lui, survécu. Autant vous dire que l'affaire était enterrée avant même d'être examinée.

– Oui… Je comprends mieux pourquoi l'adjudant Rochat a conduit si peu d'investigations à l'époque.

– Ce pauvre Pascal a découvert le dossier sur son bureau un beau matin, expliqua Dussolier. Personne n'en voulait. Quand il a pris connaissance des faits, dix jours étaient passés, les vacances étaient terminées et la majorité des vacanciers était déjà repartie.

En conséquence, raisonna Louise, *les éventuels témoins susceptibles d'orienter le gendarme sur la piste d'une femme enceinte s'étaient éparpillés dans la nature.*

– Quand Pascal a pris ma déposition, il m'a laissé entendre que, dans le contexte, cette affaire de tentative d'infanticide était loin d'être prioritaire pour sa hiérarchie. Disons qu'il a fait ce qu'il a pu. Il a pris ma déposition, a récupéré les éléments médico-légaux et s'est rendu à la Comba retirat, sur les lieux du drame… Je me souviens d'ailleurs qu'il m'a téléphoné par la suite. Il avait trouvé un collier sur le lieu de l'agression. Il m'a demandé si ce bijou était déjà là lorsque j'avais découvert l'enfant. Ma foi, j'ai été bien incapable de répondre…

Louise raisonna : en interrogeant Dussolier, Rochat avait cherché à déterminer si le pendentif appartenait à la mère. Celle-ci aurait pu le perdre au moment de son accouchement dans la grotte. Dans l'impossibilité de connaître la réponse, l'adjudant avait tout de même versé cet élément au dossier.

– Je vous remercie, monsieur, conclut Louise en se levant. Je vous laisse ma carte. Appelez-moi si quoi que ce soit vous revient.

L'homme opina et fourra le bristol dans la poche arrière de son pantalon. Puis il raccompagna les gendarmes jusqu'à la porte et tenta sa chance au moment où elles passaient le seuil.

– Vous avez indiqué que vous enquêtiez sur une affaire en lien avec l'histoire de ce nouveau-né ?

– C'est exact. Mais je ne peux pas vous en dire davantage… pour l'instant, en tout cas.

Une ombre passa sur son visage, et Louise décela une lueur d'inquiétude dans son regard. Avait-elle ressuscité les vieux fantômes d'une culpabilité que Dussolier avait tenté de museler durant des années ? L'homme était allé jusqu'à taire ce sombre épisode à son épouse, redoutait-il que cette nouvelle enquête le mette au grand jour ? Ou bien y avait-il autre chose ?

– Monsieur ? l'interrogea-t-elle.

– Je me demandais si j'avais des raisons de redouter que l'affaire du nouveau-né ressurgisse... Auquel cas...

– Auquel cas ?

– Je préférerais que Régine apprenne cette histoire de ma propre voix.

– Vous me demandez conseil ?

– Eh bien... je crois, oui.

Quelle était la probabilité qu'un fait divers mettant en scène deux victimes du même sang, agressées de la même manière au même endroit à vingt-six ans d'intervalle, l'une d'elles étant un nouveau-né dont le bourreau était la mère, passe sous les radars médiatiques ? Bardouin s'était fait sauter le caisson la veille, donc, à moins d'un nouveau crash d'avion provoquant une avalanche mortelle, cette probabilité était infinitésimale... Elle regarda Dussolier dans les yeux et lança :

– Cette affaire présente une dimension sensationnelle... Je serais étonnée que les journalistes ne s'y intéressent pas.

L'expression de l'homme devint grave. Il adressa un léger signe de tête aux gendarmes et referma la porte. Lorsque Louise claqua la portière conducteur, Pyrène Leloup lui lança un regard interrogateur.

– En fait, nous enquêtons sur un homicide qui s'est déroulé aux sources de la Comba retirat. Notre victime est un jeune homme. Il n'avait aucun papier sur lui, et son aspect extérieur ne permettait pas une identification par photographie. Nous avons donc versé son ADN au FNAEG.

– Et ça a matché ! raisonna la jeune gendarme d'une voix teintée d'excitation.

Louise lui exposa alors ce que le fichier national leur avait révélé. Au fur et à mesure qu'elle déroulait ses explications, le visage de Pyrène Leloup se teintait d'effarement.

– Votre victime et le bébé sont issus de la même mère !

– Oui.

– Et il y a aussi cette histoire de crâne fracassé ! Ainsi que la Comba retirat comme lieu des deux agressions ! Qu'est-ce que tout ça veut dire, d'après vous ?!

Louise partit d'un petit rire spontané.

– Ça vous plaît, n'est-ce pas ?

– Pardon ?

– Cette enquête, Pyrène. Elle excite votre curiosité, je me trompe ?

– … Disons que ça me change des querelles de voisinage ou des infractions de première classe…

Elle se mordilla la lèvre et confessa en s'empourprant :

– En fait, oui, vous avez raison, ça me plaît…

– Allez, vous avez vu l'heure ?! Redescendons !

La jeune gendarme démarra et s'engagea sur la route, tandis que Louise consultait son téléphone. Violaine l'avait appelée quatre fois et lui avait laissé deux messages. Dans le premier, à 16 h 15, elle lui rappelait qu'elle devait quitter la BR pour aller assister au spectacle de Noël de Lucas et lui enjoignait donc de la rappeler au plus vite : Thierry et elle avaient beaucoup d'éléments à lui communiquer. Dans le second, à 16 h 58, Violaine lui demandait si tout allait bien et si le débriefing était reporté au lundi matin. Louise consulta sa montre et laissa échapper un soupir. Puis elle tapota un texto pour ses deux collègues en leur fixant rendez-vous après le week-end.

13

Louise se fit couler un café qu'elle but lentement, les yeux dans le vague et l'air maussade. On était le lundi 11 décembre, et elle accusait une année de plus au compteur. La petite enveloppe bariolée intitulée « Joyeux anniversaire » que Farid lui avait laissée sur la table de la cuisine avant de partir tôt ce matin avait anéanti en elle toute velléité de faire l'autruche. Elle laissa échapper un soupir, rangea sa tasse dans le lave-vaisselle et se résigna à ouvrir l'enveloppe. À l'intérieur, elle découvrit une carte qui mentionnait : « Bon pour un mini-séjour à deux à Glasgow. Dates à fixer très vite ! Je t'aime. » Elle se surprit à sourire.

– Vois le bon côté des choses, tu ne prends pas un an pour rien ! se dit-elle. Elle envoya un texto à Farid pour le remercier.

Puis elle versa une rasade de croquettes dans le bol d'Omoko et fila dans l'entrée. Le pêle-mêle géant que lui avait fabriqué Lucas pour sa fête d'anniversaire célébrée la veille y trônait toujours, appuyé contre un mur, sous le compteur d'électricité. Tout en enfilant son anorak, elle balaya des yeux la rétrospective de ses sept dernières années de vie, de la naissance de son filleul à aujourd'hui, et estima que, décidément, les années ne glissaient pas sur elle ! Sans l'ombre d'une malice, le môme avait sélectionné des clichés où il apparaissait systématiquement aux côtés de sa tata…

Elle aurait bien rangé le cadre au fond d'un placard, histoire de l'oublier, mais Lucas lui avait confectionné ce cadeau avec cœur et sincérité. Quoi qu'il lui en coûte, elle allait devoir le fixer au mur ! La sombre perspective de contempler chaque jour – images à l'appui – son avancée en âge lui arracha un nouveau soupir de contrariété. Elle se hâta alors vers l'extérieur et monta dans sa voiture, bien décidée à mettre de côté l'épineuse question de l'emplacement mural du pêle-mêle en se focalisant sur son enquête…

*

* *

Quand elle arriva à la BR, Thierry et Violaine l'attendaient déjà. À peine eut-elle franchi la porte qu'ils lancèrent en chœur un « Joyeux anniversaire ! » tonitruant. Louise leur retourna un merci du bout des lèvres en se fendant d'un sourire de pure forme qui provoqua l'hilarité de ses collègues. Elle leva les yeux au ciel, suspendit son anorak à la patère et attaqua direct :

– Merci pour cet accueil ! Maintenant, si vous le voulez bien, je vous propose qu'on fasse l'impasse sur le récit de nos week-ends respectifs et qu'on s'attelle à notre enquête, hein ? Il paraît que vous avez avancé ?

Violaine et Thierry échangèrent un regard, et Thierry lui fit signe de commencer.

– O.K. ! Alors, notre victime des sources pourrait bien s'appeler Valentin Mercier.

– Mercier ? tiqua Louise.

– Oui. Le patronyme m'a fait tilt, également ! Mercier, comme l'hôtel-restaurant de la station de ski où nous avons déjeuné mercredi dernier.

– Exact ! Et notre Valentin Mercier est lié aux Mercier de cet établissement ?

– Tout à fait, même si Bastien Herbeau, le patron actuel, n'a pas réussi à l'identifier à partir des photos du corps.

– Quel est le lien entre ce Herbeau et la victime ?

– Bastien Herbeau est marié à Victorine – nom de jeune fille : Mercier – qui est la tante de Valentin Mercier.

– Entendu, on reviendra sur les liens familiaux après. Reprenons par le début, comment as-tu identifié notre homme ?

– Grâce aux chaussures de la marque Loake qui, chance inouïe, n'est vendue en France que dans sept magasins !

Louise laissa échapper un sifflement entre ses dents.

– Je les ai tous contactés. Les chaussures de notre victime avaient l'air neuves. J'ai donc posé la même question à chaque magasin : avez-vous la trace d'achat d'un modèle *Burford* de la marque Loake, pointure 44, couleur marron, dans les trois derniers mois ? Et j'ai fini par faire bonne pioche avec le magasin *British Shoes* à Paris, qui a vendu ce modèle précis le samedi 14 octobre. Coup de bol, l'acheteur détenait un compte fidélité chez eux. Les achats sont répertoriés, car ils donnent lieu à des avantages.

– Sacrée veine, en effet !

– La vendeuse m'a alors donné le nom de Valentin Mercier. J'ai procédé à quelques vérifications sur notre individu et, comme son profil correspondait, j'ai ensuite creusé du côté de la famille Mercier, installée de longue date à la Comba retirat.

– Je t'écoute.

– Alors, courte rétrospective : Jacques Mercier épouse Caroline Wagner en 1965. Ils s'installent à la station de ski de la Comba retirat au moment de son ouverture en 1967 et font construire l'hôtel-restaurant qu'ils gèrent ensemble de 1968 à 1996. En octobre 1996, ils profitent de leurs vacances pour se rendre en Savoie chez le frère de madame, Frédéric Wagner, et son épouse. Dans la nuit du 10 octobre, un court-circuit électrique provoque un incendie, et la maison des Wagner est réduite en cendres. Il n'y a aucun survivant. Les Mercier laissent trois enfants derrière eux : Martin, né en septembre 1970, et Marion et Victorine, nées en juillet 1972.

– Et notre Valentin Mercier, c'est le fils de qui ?

– De Marion Mercier.

– Elle serait donc également la mère biologique de Sylvestre Clair, celle dont l'ADN sommeille dans le FNAEG depuis 1998 pour tentative d'infanticide ?

– Elle… ou sa sœur jumelle, Victorine Mercier, épouse Herbeau, qui possède la même empreinte génétique.

– Pff, quel bordel ! Il fallait qu'on ait affaire à des jumelles ! tempêta Louise.

Un ange passa. Puis elle relança sa collègue :

– Bon, recentrons-nous sur notre macchabée des sources et sa mère. On a quoi sur cette femme et son fils ?

– Marion Mercier, cinquante ans depuis juillet, célibataire, avocate spécialisée en droit des affaires international. Après avoir bossé une quinzaine d'années pour de gros cabinets à New York, elle revient en France, il y a six ans, et intègre un cabinet parisien de renom. Elle en démissionne en juin 2021 et déménage à Toulouse où elle ouvre un petit cabinet indépendant de conseil en droit des affaires.

– O.K. Et côté fiston ?

– Valentin Mercier, né le 6 juin 1999. Pas de reconnaissance de paternité à l'état civil. Après l'obtention de son *High School Diploma* à New York, il intègre le prestigieux Institut culinaire Ferrandi à Paris, dont il sort diplômé, en 2021, d'un *Master of Science of Hospitality Management.*

– Ferrandi, *le Harvard de la gastronomie* ! commenta Louise. Ceci explique pourquoi le môme a quitté les

États-Unis pour la France… D'ailleurs, si je comprends bien, Marion Mercier a suivi son fils à Paris ?

– Ça m'en a tout l'air. Et lorsqu'il a pris son premier poste à Toulouse, elle a quitté le cabinet parisien et créé son propre cabinet pour s'installer avec lui.

– Eh bien, c'est fusionnel entre la mère et le fils ! Donc, maintenant, Valentin Mercier bosse à Toulouse ?

– Bossait, corrigea Violaine. Il a travaillé de juillet 2021 à fin août 2023 en tant que responsable hébergement à l'hôtel de luxe *La Cour des Consuls*. D'après son profil sur LinkedIn, il devait prendre de nouvelles fonctions au *K2 Palace* à Courchevel, le 1er décembre. J'ai réussi à avoir le directeur au téléphone. Il m'a indiqué que Valentin Mercier ne s'était jamais présenté et qu'il n'avait pas réussi à le joindre, malgré ses appels répétés depuis dix jours.

– Je vois. Tu as joint la mère ?

Violaine marqua une courte pause, coula un regard à Thierry, puis d'une voix nerveuse reprit :

– Figure-toi que Marion Mercier s'est également volatilisée.

– Comment ça ?

– Mes appels atterrissant directement sur sa messagerie, j'ai demandé aux collègues toulousains de faire un saut au domicile des Mercier ce week-end : porte close, volets fermés, boîte aux lettres pleine à ras bord… Plusieurs voisins leur ont dit ne pas avoir vu le moindre mouvement depuis des semaines…

– Et ça n'a alerté personne ?!

– Les Mercier vivent au centre-ville depuis deux ans à peine et n'ont pas forcément tissé de vraies relations de voisinage. De plus, madame travaille comme indépendante, et son fils était entre deux postes. Donc, pour les deux, aucun employeur susceptible de donner l'alerte.

– Et la famille, alors ?

– Il faut l'interroger…

Louise laissa échapper un soupir contrarié et commença à faire les çent pas dans le bureau. Puis elle énonça :

– D'après les éléments révélés par le FNAEG, Marion Mercier pourrait être cette mère qui a frappé son nouveau-né au visage, le laissant pour mort dans une grotte le 31 décembre 1997. Aujourd'hui, son fils Valentin est retrouvé au même endroit, assassiné, le visage défoncé. Question simple : est-ce que Marion Mercier peut être la coupable ?

Un court silence suivit, et Thierry répondit :

– Non. Ou, en tout cas, pas seule ! N'oublie pas qu'il a fallu hisser jusqu'aux sources de la Comba retirat un jeune homme de la corpulence de Valentin Mercier !

– Exact.

– Par ailleurs, un nourrisson est un être sans défense. Mais prendre le dessus sur un type de vingt-quatre ans en pleine santé, c'est une autre paire de manches, renchérit Violaine.

– Bon, fit Louise d'une voix ferme, pour commencer, nous devons obtenir la preuve irréfutable que notre macchabée des sources est bien Valentin Mercier.

– On a besoin de comparer l'ADN du cadavre à un objet appartenant à Valentin Mercier. En d'autres termes, il faut obtenir l'autorisation de fouiller le domicile des Mercier, conclut Thierry.

– On a une affaire à tiroirs comprenant la probable disparition de Marion Mercier, l'homicide de son fils et un *cold case*. Avec la synthèse que je vais lui faire, je pense que le procureur passera la main à la juge avec l'ouverture d'une information judiciaire. On agira sous CR[8] avec toute la latitude requise pour investiguer au domicile des Mercier.

---

8. Commission rogatoire.

Elle marqua un temps, fit mentalement le point, et demanda :

– Bon, et côté Sylvestre Clair, alors ?

14

Douzième jour de captivité, « La boule à neige »

Aujourd'hui, le soleil perce à travers les vitres. Sales. L'une d'elles est maculée de coulures grasses d'origine indéfinissable, mais impossibles à nettoyer : la souillure est à l'extérieur du carreau. Elle laisse courir son regard sur le camaïeu automnal que la lumière embrase. Les reliefs rapprochés lui coupent la vue. Les montagnes sont comme une main refermée sur la petite habitation. Malgré tout, le dehors semble moins hostile les jours de beau temps. La lumière blanche lui fait plisser les yeux, et la caresse du soleil sur sa peau est agréable. Elle ferme les paupières.

Douze jours que je croupis dans ce trou à rats avec ce fou furieux, songe-t-elle. *Espèce de salopard ! Si je parviens à sortir d'ici, tu paieras le prix fort, crois-moi…*

Douze jours… Oui, malgré le journal qui lui donne la date, elle compte. Elle a mis en place ce rituel : chaque matin, dès que *le Fou* part travailler, elle grave un petit trait au couteau sous le plateau de la table. Les week-ends, elle attend qu'il soit dans la salle de bains pour tailler son encoche. Ça fait partie des petites choses qui l'aident à ne pas sombrer. Compter le temps lui donne l'illusion d'une maîtrise. Et graver le bois constitue un minuscule espace de protestation. Car, ce faisant, elle désobéit à la règle n° 2 qui interdit toute dégradation du mobilier. Désobéir, c'est résister. Résister, c'est rester libre.

Évidemment, elle a ajusté le tir, renonçant aux oppositions frontales. Son attaque ratée lui a remis les pendules à l'heure. Malgré les huit jours écoulés, la douleur la surprend encore. C'est étrange, d'ailleurs. Elle s'atténue jusqu'à se faire oublier, puis surgit de nouveau telle une lame de fond impossible à voir venir. Un peu comme si son corps avait une mémoire propre et décidait de la rappeler régulièrement à l'ordre : n'oublie pas de quoi *le Fou* est capable ! Un pic lancinant la foudroie alors. Elle a l'impression de ressentir une nouvelle fois l'atroce souffrance de cette amputation à vif, puis la morsure implacable du feu dans sa chair meurtrie, en même temps que s'élève dans l'air l'odeur caractéristique d'une viande saisie au gril. Dans ces moments de résurgence imprévisibles, elle se fige net, le cœur au bord des lèvres, puis serre les dents à s'en faire éclater la mâchoire. Et, aussi impossible que ce soit, les effluves de barbecue lui tapissent le palais avec un réalisme saisissant. Il n'y a rien à faire, sinon endurer et attendre que la douleur et l'odeur acceptent de refluer…

La nuit, c'est pire. Délié des attaches de la conscience, son esprit est totalement libre de divaguer. Il la transporte alors dans un univers onirique terrifiant. Enfermée dans une maison labyrinthique où s'enchevêtrent corridors et escaliers ne menant nulle part, elle cherche désespérément une porte, mais n'en trouve aucune. C'est pourtant une question de vie ou de mort, elle le sent, elle le sait, cette sinistre baraque contient un danger. Informe, invisible, et pourtant bien réel. Mais elle a beau courir à perdre haleine, bifurquer d'un côté et de l'autre, monter des marches, en descendre, elle ne détecte aucune issue, et l'écrasante menace qui pèse sur elle s'intensifie chaque seconde un peu plus. Soudain, alors que son cœur pulse à un rythme frénétique, elle entend le grincement lointain et inquiétant d'une porte qui s'ouvre. L'instant suivant, un courant d'air glacial rampe au sol, siffle dans le mikado d'escaliers imbriqués sens dessus dessous, soulevant des feuilles mortes venues du dehors et qui font un bruit d'insectes en glissant sur la dalle. Puis un claquement assourdissant de porte en fer répercute son écho caverneux dans les entrailles de l'immense maison, et une voix nasillarde transpirant la folie s'élève et lui hérisse la peau : « Mamaaan ! » L'appel criard envahit l'espace et semble ne jamais s'éteindre. Ses vibrations se répandent comme une onde maléfique, rebondissant sur les parois, s'engouffrant dans les corridors, se répercutant dans les cages d'escalier. Bientôt les « Mamaaan ! » jaillissent en haut, en bas, de tous les côtés, pour se confondre dans une cacophonie menaçante. La panique s'empare d'elle, et elle plaque une main contre sa bouche pour juguler un hurlement de terreur. Le monstre est là, il se rapproche, il connaît la maison par cœur, c'est la sienne ! Pétrifiée, elle se ratatine dans l'angle d'une soupente d'escalier, et ses yeux agrandis par l'effroi balaient frénétiquement chaque recoin de pénombre autour d'elle. « Mamaaan, je suis làààà ! » crie de nouveau la voix facétieuse et suraiguë du monstre. Ses pas lents et pesants résonnent ensuite sur les marches, *pon-pon-pon*. Ils semblent lointains et proches à la fois. En vérité, elle ne sait pas ! Dévorée par une terreur incontrôlable, elle plisse très fort les paupières et implore un dieu tout-puissant dans le noir de sa tête. Et d'un coup, le silence s'installe – long, plus effroyable encore que le funeste écho des appels et des pas. Parce que, dans ce silence aussi épais et lourd qu'un suaire, elle perçoit l'indomptable gémissement terrorisé qui s'échappe d'entre ses lèvres pincées. De terribles secondes s'écoulent ainsi, et lorsqu'elle parvient enfin à soulever ses paupières, le monstre est là, accroupi juste devant elle, qui la couve d'un œil amusé. « Trouvé ! » susurre-t-il, avec un sourire malicieux. Il lève alors sa main droite pour que son geste soit bien visible et actionne un sécateur à la lame luisante. Tchac-tchac-tchac. Elle se réveille en hurlant. Chaque nuit, depuis qu'il l'a mutilée.

Une sonnerie stridente dissout son cauchemar éveillé. Elle sursaute. Son cœur tambourine. De l'index, elle rabat nerveusement le petit levier à l'arrière du réveille-matin qui braille, et le calme revient. Il est midi pile. Dans le silence égrené par les tic-tac du réveil, elle se met en ordre de bataille. Ce quotidien millimétré d'esclave domestique lui plombe le moral et lui demande d'incroyables efforts, mais elle s'y contraint. Il y a la peur bien entendu – elle a éprouvé jusque dans sa chair la folie tyrannique du *Fou* – mais il y a aussi la raison élémentaire. Si elle refuse d'obéir, elle sera punie. Les sévices corporels qu'il pourrait lui faire subir l'affaibliront. Et si elle est affaiblie, elle aura moins de chances de s'en sortir, donc moins de chances de retrouver Valentin... Voilà ce que Madame-la-raisonneuse lui répète à longueur de journée. Pour le moment, elle n'a pas le choix, elle doit se conformer aux exigences de son geôlier. Mais, dès qu'une opportunité se présentera, elle saura la saisir. *Crois-moi, tu ne paies rien pour attendre...*

Les dents serrées, elle ignore la douleur qui s'invite à chacun de ses pas et va chercher la marmite dans le placard. Puis elle se traîne jusqu'à l'évier, remplit la marmite d'eau – elle est tellement froide qu'il lui faudra pas mal de temps pour monter à ébullition – et la pose sur la cuisinière à bois. Elle récupère ensuite deux bûchettes dans l'alcôve sous la cheminée pour alimenter l'insert. Enfin, elle s'empare du sac de pommes de terre stocké dans le garde-manger – le vendredi midi, c'est patates bouillies avec des côtes de porc fraîches que *le Fou* rapporte de chez un boucher qui s'appelle *Félix Boucherie* à en croire l'inscription sur l'emballage papier – et s'assoit à table pour les éplucher. Elle en pèle six, deux pour elle, quatre pour *le Fou* qui mange beaucoup. Un coup d'œil au réveil lui indique qu'il est 12 h 31. L'eau commence à frémir, elle est dans les temps. Elle jette les patates dans la marmite, débarrasse les épluchures, nettoie la table et la dresse – le tout à un rythme de sénateur souffreteux.

À 12 h 55, elle s'affale dans le vieux fauteuil qui trône à côté de la cheminée. La nausée lui soulève l'estomac, elle appréhende. Elle sait que le moment à venir sera extrêmement pénible. Elle va encore devoir prendre sur elle, donner le change, trouver la force – en dépit de sa haine, de sa terreur et du délire absolu que sous-tend la situation – de s'adonner au simulacre le plus scabreux que l'on puisse concevoir. Mais c'est le prix à payer pour éviter les foudres de son tortionnaire. *Sois forte, tiens bon, joue le jeu*, s'intime-t-elle.

Un instant plus tard, l'écho d'un moteur lui parvient. Il est 12 h 58 : *le Fou* a la régularité d'un métronome. D'un geste nerveux, elle pioche un livre au hasard sur l'étagère d'angle branlante et regarde le titre, *Le Secret de Barbara* de Mélody Mitchell – le nom laisse croire à une autrice anglo-saxonne, mais il n'en est rien, Mélody Mitchell, de son vrai nom Muriel Dabat, a grandi dans le Gard, c'est indiqué dans sa courte biographie en quatrième de couverture. Elle le sait, car elle a déjà parcouru tous les romans posés sur l'étagère, des textes mièvres pleins de clichés et de bons sentiments déroulant des histoires d'amour ou de la famille idéale. Elle ouvre le livre vers le début, laissant ainsi croire qu'elle a déjà lu une trentaine de pages, balaie rapidement des yeux quelques paragraphes – il y est question de Barbara, d'un dénommé Brian, et des difficultés du jeune couple fougueux à concevoir leur premier enfant. Elle convoque ses souvenirs, se rappelle vaguement les contours d'une intrigue aussi rebattue qu'anémique et tente de prendre un air absorbé. Avec *le Fou*, il faut savoir faire semblant. Depuis l'attaque-surprise ratée, il n'est d'ailleurs question que de cela…

Le cliquetis d'une clé dans la serrure résonne – elle réprime un haut-le-cœur en se composant un visage. Le monde selon *le Fou* s'apparente à une boule à neige parfaite contenant deux petites figurines au cœur d'un décor miniaturisé – une sphère invariable et fantasmatique qu'il ne faut surtout pas casser. Ainsi, dans une fraction de seconde, elle sourira et il faudra que ça ait l'air vrai. Un sourire heureux et bienveillant digne des acteurs hollywoodiens qui, par la magie du cinéma, deviennent des personnes réelles qui s'aiment pour de vrai. Elle conserve le regard baissé sur les lettres d'imprimerie qui tremblotent malgré elle et s'apprête à jouer son meilleur rôle dans la sitcom quotidienne de 13 heures – une adaptation à mi-chemin entre *La Petite Maison dans la prairie* et *La Quatrième Dimension*.

La porte s'ouvre. Un serpent d'air glacial sinue jusqu'à elle, et depuis le seuil, s'élève la voix aigrelette du *Fou* aux inflexions exagérément enjouées :

– Coucou, c'est moi ! Je suis rentré, mamaaaan !

Elle pense *Tu peux le faire, tu* dois *le faire !*, relève le nez de son livre au moment même où il entre dans la pièce, son petit paquet de chez *Félix Boucherie* à la main. Action ! Elle étire un sourire qui singe le contentement, ignore le nœud qui lui obstrue la gorge et lui répond d'un ton dont elle essaie de masquer l'hypocrisie :

– Ah, mon grand, te voilà ! Ta matinée s'est bien passée ?

Il affiche alors une mimique joviale qui prêterait presque à rire si son œil droit étrangement inexpressif ne la rendait inquiétante.

– Impeccable, merci !

– Tant mieux, mon grand, tant mieux.

– Je ne sais pas pour toi, mais moi, j'ai une faim de loup !

Il s'affaire alors devant la cuisinière et lance la cuisson des côtes de porc en sifflotant de cette manière faussement décontractée qui, pense-t-il, lui donne une contenance. Ensuite, ils passent à table et le repas ressemble à la même et incontournable mascarade. Entre deux bouchées, *le Fou* déblatère, lui détaillant par le menu le déroulé de sa matinée au guichet de la Poste. Mais son récit n'a rien de la logorrhée compulsive que présentent certaines personnes. Non. C'est une sorte de discours d'emprunt autoalimenté. Il se fait un devoir irréfragable de faire la conversation. *Car c'est bien comme cela que ça se passe, un déjeuner en tête à tête.* Elle l'écoute et malgré son impassibilité, durant tout ce temps, elle a peur. Parce qu'il y a dans l'impériosité de cet effort social quelque chose d'effrayant, un mélange d'urgence à combler le vide et de piètre imitation de la normalité. Cet impératif à *faire comme si* soulève en elle une question, celle du vide abyssal qui menace à tout instant d'engloutir *le Fou* – que se passerait-il si la mécanique bien huilée du semblant se grippait et s'il se retrouvait face à son propre néant ? Cet échec le plongerait-il dans un vide tellement désespérant qu'il mettrait fin à ses jours ou, au contraire, réveillerait-il en lui la colère et la violence inouïes nécessaires à un meurtre, *son* meurtre ? Évidemment, elle préfère ne pas savoir. Alors, elle l'encourage comme elle peut – un acquiescement, une onomatopée, une expression feignant l'intérêt, une interjection pour le relancer. Elle a bien essayé de répondre, avec des vrais mots, mais elle n'y parvient pas. C'est au-dessus de ses forces. Elle aurait l'impression d'embrasser la folie à pleine bouche. *Déjà que…*

– Oula ! Je parle, je parle, et l'heure avance !

C'est le signal, le moment du dessert. Elle se lève, va chercher la corbeille de fruits posée sur un guéridon et la pose sur la table.

– Tu boîtes toujours, *maman*, constate-t-il, sourcils froncés, la mine préoccupée.

Comme si tu n'avais pas, toi-même, sectionné un de mes petits orteils à la pince coupante et cautérisé ma chair avec le tisonnier chauffé à blanc ! Enfoiré de psychopathe de merde !

– Va t'asseoir sur le fauteuil, *maman*, je vais te faire les soins.

Elle s'exécute, malgré la rage qu'elle sent sourdre face à cette sollicitude en toc. Si elle s'écoutait, elle lui sauterait à la gorge. *Tu es stupide, ou quoi ?!* la morigène Madame-la-raisonneuse. *Tu veux qu'il te réduise en miettes ? Ou qu'il t'ampute d'un autre orteil ? Ou d'autre chose ? Un doigt ? Une main entière, peut-être, va savoir !?*

– Allez ! dit-il en enfilant une paire de gants en latex. Montre-moi ce bobo, ma petite *maman*.

Sa voix caressante lui fait l'effet d'une râpe sur une plaie à vif. Elle serre les dents et le laisse lui retirer le bandage. *Pour ça, c'est certain, il connaît son affaire,* le Fou. *Il a dû être soignant dans une autre vie.*

– C'est propre et en bonne voie, l'encourage-t-il. Dans quelques semaines, il n'y paraîtra plus.

Il n'y paraîtra plus ?! Elle n'a plus que neuf orteils sur dix, et il ose lui sortir ça !

– Je remets un peu de consoude, ça accélère la cicatrisation et ça apaise la douleur, poursuit-il en attrapant le pot d'une mixture maison.

Elle l'observe prendre soin du minuscule moignon brûlé en arborant un petit air satisfait et elle en a la nausée. Cette situation est totalement aliénante. Si elle ne parvient pas à s'enfuir très vite, elle finira aussi cramée que lui.

– Et voilà ! *Am, stram, gram, pic et pic et colegram, bourre et bourre et ratatam, am, stram, gram !* ânonne-t-il en tapotant de l'index chacun des orteils qui lui restent.

La douleur que provoquent les vibrations sur son pied meurtri est lancinante. Elle jugule *in extremis* le réflexe de le frapper. Sa respiration s'accélère, et les larmes lui montent aux yeux.

– Oh, pardon, *ma mamounette chérie* ! Je t'ai fait mal ?

Il se redresse, va jeter dans la poubelle les gants usagés, puis se retourne.

– Je file, je vais être en retard !

Il passe son manteau, tire sur son porte-clés spirale et déverrouille la porte blindée. Une fois sur le seuil, il marque un temps, la fixe d'un regard vide et insaisissable et lui balance :

– J'aime mieux, *maman*, quand tu es sage.

Puis il disparaît en criant :

– À ce soir, *mamaaan* !

15

Dans le bureau, l'air sembla soudain s'épaissir. La mine préoccupée, Thierry consulta ses notes et se lança :

– Avec Sylvestre Clair, l'équation se corse encore davantage, puisque ce type a disparu de la circulation depuis environ douze mois.

– Encore une disparition ?! réagit Louise.

– Ce n'est pas du tout la même chose. Pour Clair, on serait *a priori* sur une démarche organisée. Je te la fais rapide. Notre gusse étant un enfant de l'ASE[9], j'ai directement contacté le département qui m'a renvoyé vers le dernier service s'étant occupé de Clair, celui de l'accompagnement aux jeunes majeurs. Son ancienne éducatrice référente m'a donné quelques infos.

– Tu as réquisitionné le dossier de Sylvestre Clair ?

– Bien sûr. Il devrait nous arriver dans la matinée.

– D'accord. Et donc ?

– Sylvestre Clair est sorti diplômé de l'IFSI[10] de Tarbes en 2018 et s'est inscrit dans une agence d'intérim tarbaise pour effectuer des remplacements en tant qu'infirmier.

– Voilà qui fait un point commun avec les premiers éléments de profil que nous avions dressés sur le meurtrier de l'inconnu des sources.

9. Aide sociale à l'enfance.

10. Institut de formation en soins infirmiers.

– Tout à fait… J'ai eu la responsable de l'agence d'intérim au téléphone : Clair était un bosseur invétéré, il acceptait toutes les missions, se rendait disponible au pied levé et il travaillait très bien… Bref, il incarnait le prototype idéal de l'intérimaire. Fin février 2022, il s'est rendu à l'agence pour informer qu'il arrêtait de travailler. Grâce à l'agence d'intérim, j'ai récupéré l'adresse de Clair quand il faisait encore partie de leur vivier professionnel. Il occupait alors un logement dans un immeuble de Tarbes géré par l'OPH[11] des Hautes-Pyrénées. Il s'avère que Clair a donné congé à son bailleur par lettre recommandée le 1er septembre 2022 et a quitté son appartement tarbais le 30 novembre suivant. Parallèlement, il a résilié tous ses abonnements : Internet, téléphonie…

– Quelques mois après qu'il a démissionné de l'agence, donc.

– Exactement. Le hic, c'est qu'à partir de décembre 2022, je perds sa trace. J'ai donc demandé une habilitation à l'IGGN[12] pour accéder au Ficoba[13] et j'ai reçu les codes.

Thierry planta son regard dans celui de Louise et conclut :

– Sylvestre Clair ne possède plus aucun compte en banque actif. Début décembre 2022, il a clôturé son compte courant et son compte épargne de la BNP. Et depuis, nada !

– Mais il vit comment ?!

– Attends, ce n'est pas tout, fit Thierry. Au moment de la fermeture de ses comptes, il disposait de 45 000 euros sur son compte courant et de 60 000 euros sur son compte épargne.

– Soit plus de 100 000 balles ! Mais une telle somme n'a pas pu se volatiliser comme ça !

---

11. Office public de l'habitat.
12. Inspection générale de la gendarmerie nationale.
13. Fichier national des comptes bancaires.

– Je pensais solliciter l'aide de la brigade financière.

– Oui, et il faut également s'intéresser à l'activité de ses comptes avant sa volatilisation : notre gusse a peut-être effectué des dépenses ou virements qui peuvent nous ouvrir des pistes… En attendant, le mystère reste entier : comment Clair peut-il vivre sans compte bancaire ?

Les gendarmes échangèrent un regard médusé, puis Violaine déroula à haute voix :

– Démission, résiliation de bail et d'abonnements, clôture de ses comptes, il n'existe pas trente-six options ! Ou bien Clair a mis de l'ordre dans sa vie avant d'en finir, ou bien il a œuvré à son invisibilisation…

– S'il s'était suicidé, on aurait retrouvé son corps, non ?

– Pas forcément, raisonna Louise. Cela étant, cette hypothèse me semble assez scabreuse. Qui met de l'ordre dans ses affaires ? Une personne en fin de vie qui pense à l'après, en d'autres termes, qui a des descendants et un patrimoine… pas un type de vingt-six ans, célibataire sans enfant, inscrit dans la stabilité, avec l'avenir devant lui !

– Dans ce cas, il nous reste l'option de l'invisibilisation, fit Thierry. Notre homme serait devenu une sorte de grand marginal dormant sous la voûte étoilée, un sac à dos sur les épaules et une mallette de cash à la main ?! Tout cela me semble bien improbable, et, surtout, ça n'a aucun sens !

– … Ou alors, reprit Violaine après un moment de réflexion, Sylvestre Clair continue de vivre normalement sous une autre identité. Il a pu en usurper une, voire s'en créer une nouvelle de toutes pièces…

L'hypothèse de Violaine avait certainement fait mouche, car Louise se remit à arpenter la pièce, d'un air songeur. Inutile de lui parler dans ces moments-là, elle cherchait à articuler entre elles les données que l'équipe avait glanées. Un laps de temps fila dans un silence rythmé par le bruit de ses pas, puis elle releva la tête et se lança :

– Imaginons que tu aies raison, chère amie… En dehors du cas des clandestins qui cherchent à obtenir une existence légale dans un pays d'accueil, qu'est-ce qui motive généralement la création d'une nouvelle identité ?

– Échapper à ses responsabilités ! répondit Violaine. Une personne commet un acte répréhensible, elle change d'identité pour ne pas être retrouvée.

– Sauf que notre Sylvestre Clair n'a pas de casserole ! fit Thierry. Il n'est pas fiché et n'est mis en cause dans aucune affaire louche.

– Jusqu'à maintenant, du moins, intervint Louise. Notre homme est blanc comme neige, pourtant – et il le sait – l'ADN de sa mère a été versé au FNAEG, car elle est passible d'une condamnation pour tentative d'infanticide.

– Oui, et alors ?

– Alors… comme toute personne un tant soit peu renseignée, Clair sait aussi que, si la victime d'un homicide n'est pas identifiée, la police verse son ADN au FNAEG dans l'espoir d'une identification. En conséquence, si Sylvestre Clair avait pour projet d'assassiner Valentin Mercier, il devait absolument opérer un changement d'identité, parce qu'il savait que le FNAEG révélerait la correspondance génétique entre le fils Mercier et sa mère, et que, par ricochet, nous nous intéresserions à lui.

– Sauf que ça ne tient pas ! réagit immédiatement Thierry. Si notre victime des sources avait été retrouvée avec des papiers d'identité au nom de Valentin Mercier, nous nous serions contentés de comparer l'ADN du cadavre avec celui de la brosse à cheveux ou de la brosse à dents dudit Valentin Mercier, et nous aurions été fixés sans avoir à consulter le FNAEG ! Le lien génétique entre Valentin Mercier, sa mère et Sylvestre Clair n'aurait alors jamais été établi, et ce dernier aurait pu continuer à vivre sa vie en tant que Sylvestre Clair !

Avec un sourire malicieux, Louise lui suggéra :

– Mais qui te dit que Sylvestre Clair voulait continuer à vivre sa vie en tant que Sylvestre Clair ? Et si l'anonymat du cadavre de Valentin Mercier constituait justement l'élément nécessaire pour que nous utilisions la banque de données du FNAEG ?

Thierry écarquilla les yeux.

– Tu sous-entends que Sylvestre Clair *voulait* que nous établissions le lien de parenté existant entre Valentin Mercier et lui ?

– Oui et non... Disons plutôt : le lien de parenté existant entre Marion Mercier et lui... Maintenant, laissez-moi vous dérouler ce que j'ai appris vendredi dernier.

Louise rapporta alors le récit détaillé de Dussolier. Quand elle eut terminé, Violaine réagit en premier :

– Le nourrisson était encore relié à la poche placentaire, ce qui signifie que sa mère l'a mis au monde là-haut ?! Et qu'elle l'a abandonné après lui avoir fracassé le crâne !

La cheffe d'équipe opina, affichant une expression grave, puis elle alla s'asseoir derrière son bureau. Une fois installée, elle reprit :

– Soyons méthodiques. Sylvestre Clair et Valentin Mercier seraient *a priori* frères ou demi-frères par leur mère.

– Ou cousins, parce que leurs mères sont sœurs jumelles, intervint Thierry.

– D'où le conditionnel et le *a priori*, lui retourna Louise. Mais laisse-moi finir, tu vas voir. Nous avons deux scènes de crime comparables, celle de 2023 et celle de 1997. Pourquoi ?

– Eh bien, si tu as raison et que Clair est l'assassin de Valentin Mercier, il est évident qu'il a dupliqué ce qu'il a vécu quand il était nourrisson.

– Nous sommes bien d'accord ! En outre, nous savons que Clair et Mercier sont nés à dix-huit mois d'intervalle et que Marion Mercier est *possiblement* la mère des deux. Or, le premier a été abandonné comme un détritus et a grossi les rangs de l'ASE, le second a grandi, aimé et choyé, dans un environnement préservé et bourgeois.

– Je vois, tu en déduis que Clair aurait éliminé son demi-frère par jalousie ! lança Thierry.

– Selon moi, c'est plus profond que cela. Sylvestre Clair ne s'est pas contenté d'*éliminer* son demi-frère, il s'est donné beaucoup de mal pour théâtraliser sa mort. Le résultat de ses efforts est un tableau, celui de sa naissance !

Louise se redressa sur sa chaise et reprit :

– Le sentiment d'injustice, voilà son moteur ! Notre suspect est avant tout une victime animée par un profond besoin de réhabilitation. Il veut que la vérité se sache, en même temps qu'il cherche à réparer le préjudice qu'il a subi ! Il mène une croisade personnelle.

– Personnelle et, à ses yeux, légitime, compléta Violaine.

– Tout à fait ! Et si, comme je le crois, il s'est arrangé pour que nous comprenions sa croisade, c'est parce qu'il la revendique ! Mais cette revendication implique la création d'une nouvelle identité pour échapper à l'arrestation.

– Ça se tient… Bien sûr, si les prélèvements effectués par les TIC sur la scène de crime pouvaient matcher avec l'ADN de Sylvestre Clair, ce serait encore mieux !

– Ce n'est qu'une question de jours, répondit Louise. Les résultats d'analyse devraient nous parvenir bientôt… En attendant, Sylvestre Clair coche les cases du suspect idéal, et nous allons tout mettre en œuvre pour essayer de remonter jusqu'à lui !

– Mais comment un gamin abandonné dès la naissance et placé à l'ASE a-t-il pu remonter jusqu'à son demi-frère et sa mère inconnus ? intervint Thierry.

Les gendarmes échangèrent un regard perplexe. Après un silence, Louise ouvrit les mains en signe d'ignorance.

– Le dicton énonce : *qui cherche trouve.* Comme beaucoup de mômes abandonnés, Clair a dû passer une bonne partie de son existence à tenter de percer à jour les secrets de ses origines. Il semble bien qu'il y soit parvenu, mais comment… je n'en ai pas encore la moindre idée, concéda-t-elle.

Puis elle marqua un temps et relança :

– Thierry, tu as une photo de notre gusse ?

– Une seule, et elle date du service « jeunes majeurs » de l'ASE lors de l'obtention du permis de conduire, répondit-il en tournant son écran d'ordinateur. Voilà, il avait dix-neuf ans.

Le visage oblong et fin d'un jeune homme s'affichait. Une dissymétrie, accentuée par une arcade droite enfoncée au-dessus d'un œil terne, parasitait le regard, empêchant de voir la figure dans sa globalité.

Louise détacha ses yeux de l'écran et posa à haute voix une des questions qui la taraudaient :

– Que penser de la disparition de Marion Mercier dans ce contexte ? Joue-t-elle un rôle dans la mort de son fils ? Ou bien a-t-elle été enlevée ? Si oui, est-elle encore en vie et jusqu'à quand ? Et enfin, si Clair est bien derrière tout cela, quel but poursuit-il avec elle ?

16

Moi, je crois que je sais comment elle s'appelle, ta maman. J'ai entendu papa et maman en parler. Alice se lève et traverse la chambre sur la pointe des pieds. Elle referme la porte sans bruit et revient s'asseoir en tailleur près de lui. Elle place ses mains autour de son oreille et elle chuchote : *Je vais te le dire, mais c'est un secret entre nous, d'accord ?* Il fait oui de la tête. *Promis, juré ?* Et il promet, c'est juré. Elle lui répète alors ce qu'elle a entendu : *Ta maman, elle s'appelle Personne.* Et comme il la regarde d'un air sceptique, Alice ajoute : *Si, c'est vrai ! C'est maman qui l'a dit à papa : « Henri, tu te vois lui dire qu'il est le fils de Personne ! »*

Alors durant quelques années, il nomme sa maman *Personne.* Et comme il ignore toujours pourquoi elle n'est pas avec lui, il imagine une histoire.

Il était une fois, sa maman avait été attaquée. Lui, il était tout bébé, alors il ne s'en souvenait pas. Sa maman le tenait dans ses bras quand des bandits lui avaient sauté dessus. Ils avaient des capes, des grandes épées, et même des gourdins – les gourdins, c'est pour taper, ça ressemble un peu à des ballons de rugby en bois avec un manche. Sa maman avait livré une féroce bataille, mais les méchants étaient très nombreux et très forts aussi. Alors, malgré qu'elle avait essayé de le défendre, Personne l'avait laissé tomber par terre sans faire exprès. C'est comme ça qu'il s'était fracassé le crâne.

Et après, les méchants avaient enlevé sa maman. Parce qu'elle savait où était caché le trésor du Royaume, et aussi, parce qu'elle était très belle. Et comme le chef des bandits voulait se marier avec elle et que, elle, elle ne voulait pas, il avait décidé de la garder prisonnière.

En grandissant, il ajuste le contexte. Les bandits sont les gars d'un gang, les gourdins disparaissent au profit des flingues. Sa mère est exploitée. Ou retenue prisonnière. On lui a arraché son enfant à la naissance. Un type, plus sadique que les autres, a passé ses nerfs sur lui à coups de poing. Les hommes sont capables du pire, la violence palpite dans leurs veines, il n'y a qu'à regarder les infos…

17

La juge d'instruction Alexa Berton accueillit Louise dans son bureau comme à l'accoutumée encombré de dossiers et paperasses. Lorsque la gendarme se fut avancée, la magistrate retira ses lunettes en demi-lunes et esquissa un mouvement pour s'extirper de son fauteuil. Louise lui épargna cette peine en étirant son bras par-dessus le grand bureau.

– Madame la juge.

– Major Caumont. Asseyez-vous, je vous en prie.

Puis Berton marqua un temps, se fendit d'un sourire sans joie et lança :

– Le procureur m'a remis votre synthèse, hier. Vous avez le chic pour vous fourrer dans des affaires complexes ! Nous avons le meurtre de l'inconnu des sources, la probable disparition de Marion Mercier et une tentative d'infanticide sur un dénommé Sylvestre Clair remontant à 1997… Je n'oublie rien ? conclut Berton d'un ton pince-sans-rire.

– À ce stade, non… mais qui sait pour la suite ? s'amusa Louise.

Berton sourit en coin et reprit :

– Bien. Si vous êtes là, c'est que vous avez eu le procureur au téléphone. Vous savez donc que les résultats du labo sur les prélèvements de la scène de crime de la Comba retirat sont arrivés ce matin à la première heure. L'ADN de Clair a été retrouvé sur le caillou incrusté dans le crâne de la victime, ainsi que sur ses vêtements.

Louise acquiesça.

– J'ai longuement échangé avec le procureur, hier, reprit la magistrate. Nous étions convenus que, si les résultats de la scientifique vous donnaient raison, il ouvrirait une information judiciaire et que j'hériterais alors de ces deux affaires.

– Question de cohérence.

– Et d'efficacité, ajouta Berton. Même si les chefs d'inculpation sont distincts, les domaines d'investigation du *cold case* de 97 et de l'homicide de 2023 se superposent : enquête approfondie sur les Mercier et sur Sylvestre Clair. Ces protagonistes sont liés par le sang… celui qui coule dans leurs veines et celui qui a été versé.

– Je n'aurais pas mieux dit.

La magistrate glissa une branche de ses lunettes au coin de sa bouche et, l'air songeur, commença à faire des petits mouvements de rotation sur son fauteuil pivotant.

– On vous confie une banale affaire de meurtre, et vous revenez avec tous les ingrédients d'un drame en huit volumes ! Le caractère sordide d'*Oliver Twist* avec notre orphelin des grottes ! La petite touche épique du changement d'identité digne de *La Disparition de Josef Mengele* avec la volatilisation de Clair. Le parfum de tragédie grecque avec un probable fratricide… Ne manque que le sensationnalisme d'un matricide, n'est-ce pas ?

Surprise, la gendarme lança un regard interloqué à la magistrate.

– La CIC[14] est prête à ratisser le domicile des Mercier, expliqua la juge, et Dieu seul sait si les techniciens ne vont pas découvrir le cadavre de Marion Mercier ! Bon,

14. Cellule d'identification criminelle.

trêve d'humour noir, reprit-elle, un instant plus tard. J'ai diligenté la CIC pour effectuer des prélèvements dans les affaires de Valentin Mercier afin d'établir qu'il est bien notre victime des sources, et d'autres dans celles de Marion Mercier afin de vérifier qu'ils sont bien semblables à l'empreinte stockée dans le FNAEG depuis 1998.

– Entendu.

– Si tel est le cas, reste que la sœur jumelle… Victorine Herbeau, fit-elle après avoir approché ses lunettes de ses yeux comme s'il s'était agi d'une lorgnette et plongé son regard dans le dossier, sera tout autant concernée.

– N'oublions pas que Sylvestre Clair s'en est pris au fils de Marion, et non à celui de Victorine. Je gage qu'il n'a pas frappé au hasard… Cet homme a longuement préparé son coup, vous l'imaginez se tromper de cible ?

– Votre raisonnement s'apparente à un argument juridique ? rétorqua la juge d'un ton narquois.

– Certes, non. Mais l'enquête de terrain et l'accès aux dossiers médicaux nous indiqueront qui des deux sœurs était enceinte en 1997.

– J'aime mieux ça. Et donc, supposons que l'enquête établisse que Marion Mercier est bien la mère biologique de Sylvestre Clair. Cela signifierait qu'elle a été capable de porter atteinte à son nouveau-né en 1997. Serait-il alors permis de penser qu'elle soit impliquée aujourd'hui dans l'homicide de son fils, Valentin ?

– Ce serait possible, mais peu probable… Elle a élevé et choyé cet enfant pendant vingt-quatre ans. Mais surtout, son ADN n'a pas été retrouvé sur la scène de crime de la Comba retirat.

– Alors, pourquoi n'a-t-elle pas alerté les autorités lorsque son fils a disparu de la circulation ? Où est-elle aujourd'hui ? A-t-elle, elle aussi, été assassinée ?

– Pour le moment, nous n'avons pas de corps.

– Pensez-vous qu'il y ait la moindre chance pour qu'elle soit en vie ?

– Eh bien… tant qu'il n'y a pas de cadavre, c'est une éventualité, oui… Écoutez, l'hypothèse est saugrenue, mais peut-être que Sylvestre Clair la retient quelque part ?

La juge fit claquer sa langue pour exprimer son désarroi.

– Enlèvement et séquestration ! Il ne manquerait plus que ça ! Vous savez que plusieurs journalistes ont déjà cherché à obtenir des informations sur le corps trouvé à la Comba retirat, mercredi dernier ?

– Le procureur m'en a touché un mot, oui.

– Il les a informés qu'il s'agit d'un meurtre, et les journalistes sont déjà surexcités… Alors, imaginez ce qui nous attend s'ils apprennent que la vie de Marion Mercier est peut-être en jeu !

Louise conserva le silence. L'apparent cynisme de la magistrate faisait en réalité écho à sa profonde inquiétude. Et force était d'admettre que Berton avait raison : si l'avocate était encore de ce monde, l'affaire exacerberait l'intérêt médiatique, plaçant ainsi les enquêteurs sous pression maximale.

– Ils ignorent encore tout du lien entre cet homicide et le *cold case* de 1997 ? demanda-t-elle.

– Absolument. Mais, ne nous leurrons pas, major, nous parlons là d'une enquête au cœur de la Comba retirat… Dès que vous commencerez à poser des questions là-haut, les gens parleront et la rumeur se répandra comme une traînée de poudre. L'affaire du bébé des grottes va enfin connaître l'essor médiatique qui lui a été volé il y a vingt-six ans.

Louise se contenta d'un sobre hochement de tête.

– Revenons à Sylvestre Clair… Cet homme présente un grand niveau de dangerosité. Parce que nous avons affaire ici à un individu déterminé et qui a sans doute préparé son coup de longue date. S'il vit désormais sous le couvert d'une identité fictive et qu'il est aussi intelligent que les premiers éléments laissent à le croire, remonter jusqu'à lui ne sera pas chose facile.

– Le dossier de l'ASE a été réquisitionné, nous y trouverons les éléments de son parcours, de sa naissance à sa sortie du service. Clair a forcément tissé des liens – éducateurs, famille d'accueil, copains d'école ou de foyer, *et cætera* –, nous allons interroger tout le monde. Nous passerons également au crible la sphère professionnelle et les relations que notre suspect a pu nouer à l'âge adulte.

– Mmm… Bien qu'il n'ait pas de casier judiciaire, Clair est un enfant de l'ASE. Il y a forcément rencontré des jeunes délinquants en lien avec des voyous plus aguerris… autrement dit, des individus susceptibles de lui avoir fourni des faux papiers ! Fouillez bien de ce côté-là.

Berton inséra de nouveau une branche de ses lunettes dans l'angle de sa bouche et reprit son mouvement de rotation sur son fauteuil. Puis, le regard lointain, elle indiqua :

– Pour Marion Mercier, on n'est encore sûr de rien, mais les hypothèses sont funestes : ou bien elle a joué un rôle dans l'assassinat de son fils Valentin, ou bien elle est la seconde victime de Clair… Dans tous les cas de figure, vous allez devoir mettre les bouchées doubles, major.

La gendarme acquiesça.

– Bien. Alors, sur ce, je…

– J'ai une requête, madame la juge.

– Je vous écoute.

– Il ne vous a pas échappé que la scène de crime est assez éloignée de Tarbes. Par ailleurs, bien que touristique, la Comba retirat est une vallée plutôt refermée sur elle-même. Les gens du coin parlent entre eux, mais je ne suis pas certaine qu'ils soient très prolixes avec nous…

– Où voulez-vous en venir ?

– Un gendarme du cru, inscrit dans le décor et bénéficiant d'un tissu relationnel local, nous serait très utile.

– Vous voudriez que je détache un des vieux briscards de la gendarmerie d'Arreau sur votre enquête ?

– En effet, je…

– Je n'y vois pas d'inconvénient. Laissez-moi appeler le commandant de brigades et…

– En fait, l'interrompit Louise, lors de mon passage à la gendarmerie d'Arreau, j'ai fait la rencontre d'une jeune gendarme dynamique, volontaire et issue d'une famille du coin. Elle m'a d'ailleurs été fort utile lorsque je…

Berton leva une main autoritaire pour stopper le déroulé de Louise.

– Son nom.

– L'adjudante Pyrène Leloup.

– Je règle ça dans la matinée.

18

Seizième jour de captivité, « Mauvais rêve »

La nuit est claire, la lune projette une lumière diaphane à travers la fenêtre, et la silhouette des meubles se découpe dans la pièce austère qui constitue sa geôle. Elle tourne dans son lit, incapable de trouver le sommeil. Ses pensées entières sont pour son fils. Que devient Valentin sans elle ? Tient-il le choc ? Comment gère-t-il la situation ? Elle imagine son inquiétude face à sa disparition, les dizaines de questions qu'il doit se poser, avec l'angoisse pour seule réponse… Cette idée lui serre le cœur. Ils ont toujours été là l'un pour l'autre ! Unis, inséparables. Elle l'a juré dès sa naissance : jamais elle ne l'abandonnerait, elle serait toujours là pour ce petit bout à qui elle devait tant. Parce qu'elle lui avait peut-être donné la vie, mais lui avait sauvé la sienne. La découverte de sa grossesse avait tout changé. C'est grâce à Valentin qu'elle avait réussi à fuir Romain Delages, à prendre ce vol pour New York, à se reconstruire et à bâtir une nouvelle vie, stable et heureuse. Elle qui, à vingt-cinq ans à peine, n'était déjà plus qu'une âme en perdition. Une gamine réduite en cendres après le flamboiement d'une jeunesse arrogante, et qui n'avait guère plus de valeur qu'un mégot consumé qu'on balance d'une pichenette dans le caniveau. Elle était morte à l'intérieur. Et pourtant, Valentin avait pris vie en elle, comme une fleur sauvage et vivace qui s'enracine et croît sur une terre brûlée. Oui, c'est elle qui lui doit la vie, et non l'inverse. Il est ce qu'elle a de plus précieux au monde. Et elle sacrifierait, sans l'ombre d'une hésitation, les neuf orteils qui lui restent, ses dix doigts, ses deux mains, pour retourner auprès de Valentin, continuer de l'aimer et de le protéger comme elle l'a toujours fait…

Une vague de désespoir la balaie sans prévenir, et ses yeux s'embuent. Et si elle ne sortait jamais d'ici ? Et si elle était condamnée à vivre avec un fou qui se prend pour le bon *fifils à sa maman* ?! Un dingue qui l'a choisie elle, parmi des millions de femmes sur Terre !!! Mais pourquoi, bon sang, pourquoi ?! Et qu'espère-t-il, ce taré ? À moins qu'il ne compte la découper, petit bout par petit bout, au motif qu'elle ne ferait pas ce qu'il attend d'elle, ou que, tout simplement, elle chercherait à retrouver la liberté qu'il lui a volée ? *Hein, c'est ça, ton projet ?!* l'invective-t-elle dans sa tête. Le grand malade qui exige d'elle qu'elle joue à la maman prévoit-il de la débiter en tranches au fil des jours ? Les images de son supplice s'imposent et défilent d'un coup dans son esprit, aussi nettes que si elle regardait un film.

Il a dû l'assommer, car lorsqu'elle ouvre les yeux, elle est attachée sur son lit, l'arrière du crâne palpitant de douleur. Les cordelettes qui nouent ses poignets et ses chevilles sont extrêmement serrées, elles lui mordent la peau et coupent sa circulation sanguine. Lui est assis sur une chaise, immobile, le visage inexpressif, se contentant de la fixer d'un œil impavide. Alors, elle hurle, remue, se tortille et se cabre, tire comme un diable sur ses liens pour tenter de les défaire. Mais plus elle persiste, plus les entraves lui abrasent la peau et lui entament la chair. Les minutes s'écoulent au rythme de sa fureur. Elle est en nage, et bientôt son corps réclame une trêve. Ses poignets et ses chevilles sont en feu, tous ses muscles sont douloureux. Et surtout, ses gesticulations sont vaines. Pantelante, elle cesse de se débattre, et le calme envahit la pièce. Au bout de longues secondes, la voix nasillarde du *Fou* rompt le silence :

– Bien. Je suis désolé de devoir en arriver à de telles extrémités, *maman*, mais je t'avais prévenue.

– Désolé ?! Mon cul ! lui retourne-t-elle avec hargne. Détache-moi, salopard !

Il laisse échapper un soupir excédé, se lève et se dirige vers la table. Son lit est trop bas, elle ne voit pas le dessus du plateau, mais comprend que *le Fou* vient d'attraper quelque chose.

– Ce sera douloureux, mais ça te servira de leçon, dit-il d'une voix plate, en se tournant vers elle.

Elle avise alors le sécateur qu'il a saisi. Ses yeux s'agrandissent et une coulée de terreur pure inonde son cerveau.

– Mais, qu'est-ce que… non, non, non ! Tu ne peux pas… NON… S'IL TE PLAÎT ! JE T'EN SUPPLIE !

Ses mots sont montés crescendo, se transformant en cris, puis en braillements désespérés. Mais lui ne semble pas les entendre. Armé de son sécateur, le regard inhabité, il s'assoit calmement au bout du lit et referme une main robuste sur son pied. Elle beugle à s'en faire péter les cordes vocales, tente vainement de se dégager et sent bientôt le contact froid et mordant des lames effilées contre son petit orteil. L'horreur qui se profile lui retourne le ventre. Elle explose en sanglots, lui demande pardon, l'implore de toutes ses forces d'une voix larmoyante et éraillée, puis hurle de douleur lorsque le sécateur fend sa chair jusqu'à rencontrer l'os qu'il sectionne dans un craquement sec. Le bruit atroce semble se propager dans tout son corps jusqu'à l'intérieur de ses oreilles. Irradiée par la souffrance, elle voit un éclair blanc, puis sa vision se brouille et elle s'évanouit au moment même où un flot de sang jaillit de la blessure. Elle se réveille un laps de temps après en poussant un cri inhumain, parce qu'une brûlure ardente l'extirpe de son état comateux. Son corps dessine un arc au-dessus du lit, l'empêchant de distinguer ce qui se passe, mais elle ressent jusqu'au fond de ses entrailles la morsure du feu dans sa chair. Une sale odeur de viande brûlée lui envahit les narines. Elle perd de nouveau connaissance.

Les yeux brouillés de larmes, elle doit se rendre à l'évidence : l'infâme souvenir est intact. À jamais gravé dans sa mémoire… *au fer rouge*, ajoute-t-elle avec cynisme. *C'est exactement ce qu'il voulait*, énonce Madame-la-raisonneuse. *Te terroriser pour anéantir chez toi toute velléité de te battre. Mais, c'est mal te connaître, hein ! Il y aura forcément un moment où il baissera sa garde, où il commettra une erreur ! Et là, il faudra que tu sois capable de réagir, de saisir la balle au bond, comme on dit. Il n'y aura aucune place pour l'hésitation… alors, tiens-toi prête, ne lâche rien, et chasse-moi cette déprime stérile et contreproductive !*

Des gémissements provenant de la mezzanine, juste au-dessus de son lit, mettent fin à ce dialogue intérieur. Elle tend l'oreille. À en croire les bruissements de draps et les grincements du lit, *le Fou* s'agite dans son sommeil. Bientôt, ses mouvements désordonnés s'accompagnent de petits cris effrayés. On dirait les couinements d'une bête blessée. Les plaintes augmentent en intensité, témoignant d'un mauvais rêve. *Bien fait pour ta gueule ! Au moins, je ne suis pas la seule à mal dormir ! Et tu sais quoi, enfoiré ? Je te souhaite le pire du pire des cauchemars !* Quelques mots s'élèvent, inaudibles à travers le plancher. Puis un effroyable braillement perfore le calme de la nuit.

Après un long silence, le remue-ménage au-dessus lui indique que *le Fou* s'est réveillé. La lumière falote de la lampe à huile perce à travers les lattes, puis des pas lourds font grincer le bois jusqu'à la porte de la mezzanine. Suivent les claquements mats de la gâche que l'on tourne. Elle tressaille. *Que fait-il, bon sang ?* Le gémissement de la rochelle répond à sa question : *le Fou* est en train de descendre. C'est peut-être irrationnel, mais cette irruption nocturne dans l'espace intime qui lui est habituellement réservé provoque en elle un pic d'angoisse. Prise au dépourvu, elle referme les yeux et feint de dormir. Deux secondes plus tard, les pieds du *Fou* se posent sur la chape de ciment. À travers la peau fine de ses paupières, elle distingue le halo de sa lampe. Il se tient au bout du lit. Immobile. Est-il en train de l'observer ? Quelle idée tordue son cerveau malade conçoit-il donc en ce moment même ? Les secondes s'égrènent, rythmées par les cognements sourds de son cœur dans ses tympans. Alors même qu'elle ne peut s'empêcher de redouter le pire, le léger fourmillement lumineux de la lampe se met en mouvement. *Il vient vers toi, réagis !*

– *Maman ?* Tu dors ? chuchote *le Fou*, tout près de son oreille.

Elle sursaute, et son ventre se tord.

– Pardon, *maman*… je ne voulais pas te réveiller… mais…

– Que… que se passe-t-il ? demande-t-elle, en ravalant sa peur.

Le Fou s'assoit sur le bord du lit. Mue par un mélange de crainte et d'aversion, elle se tasse contre le mur. Puis, dans la clarté de la lampe, elle le distingue. Il est simplement vêtu d'un caleçon. Son torse est celui d'un homme développé et puissant. Mais son visage est celui d'un enfant chiffonné.

– J'ai fait un mauvais rêve, se plaint-il dans un souffle geignard.

La stupéfaction lui coupe toute réaction, et son cerveau mouline dans le vide.

– Dis, *maman*… je peux dormir avec toi ?… S'il te plaît ! ajoute-t-il d'un ton implorant.

A-t-elle bien entendu ?! L'incongruité de cette demande la fait frémir. Ce type est complètement cintré ! Combien de paliers va-t-elle encore gravir en faisant semblant de lui tenir la main, hein ?! À combien de tonnes de folie l'esprit humain peut-il résister avant de couler à pic ? Non, ça suffit ! C'est instinctif, indomptable, elle se redresse et quitte le lit dans un élan véloce chargé d'adrénaline.

– Je vais plutôt te préparer une tisane ! dit-elle avec une rudesse qu'elle ne peut contrôler.

Elle a tout juste le temps de faire un pas que la main puissante du *Fou* se referme sur son poignet droit. Sa prise est un étau, et elle se fige net. Dans la faible lumière de la lampe, leurs yeux se croisent. Elle découvre ce même regard cave qu'il avait lors de la séance de torture. L'effroi grimpe alors dans son corps, une colonie de fourmis rouges lui mordille la peau. Au même instant, son orteil manquant crépite de douleur tel un nœud de nerfs irradié par un courant électrique.

– Est-ce que tu vas me consoler, *maman*… oui ou non ?

Le timbre est métallique, et la tournure de la question est en soi une menace. La peur explose en elle et la tétanise. Elle est une statue, incapable de parler, incapable de bouger, incapable de penser. Mais lui est bien décidé à obtenir ce qu'il veut. D'un geste autoritaire, il la tire vers le lit et l'oblige à s'allonger. Puis il la bascule en chien de fusil, remonte la couverture, éteint la lumière et vient se lover contre elle. Ce premier contact physique l'horrifie, et elle tremble comme une feuille au vent.

– Ma petite *maman* chérie, susurre-t-il près de son oreille.

Elle sent son souffle tiède sur sa nuque. Et cette caresse d'air est presque aussi monstrueuse que s'il la touchait de ses mains.

– Je vais te raconter mon mauvais rêve, *maman*, d'accord ?

Un ange passe.

– Ça commence dans une grotte sombre et chaude, et…

Les chuchotements s'écoulent comme un ruisseau de sons étrangers et épars. Elle n'écoute plus. Son cerveau s'est déconnecté. Les yeux grands ouverts baignés de larmes, elle fixe le mur de pierre sans le voir.

19

Le dossier ASE de Sylvestre Clair devait bien mesurer dix centimètres d'épaisseur. Sur le premier document, l'en-tête qui garnissait les trois quarts du haut de la page s'étalait en capitales stylisées ornées d'arabesques, comme si les contours esthétisants de la police d'écriture pouvaient atténuer la dimension glaçante des mots inscrits : *Pouponnière départementale à caractère social – Centre Les Pâquerettes.* Violaine détailla de nouveau la photo agrafée sous l'en-tête et sentit son cœur se serrer devant ce visage de bébé qui portait les stigmates de la violence ayant entouré sa venue au monde.

– Bon, je te fais un rapide récapitulatif, dit-elle à l'attention de Thierry qui conduisait. Après sa naissance, Sylvestre Clair a passé plusieurs semaines à l'hôpital de Purpan à Toulouse. Lorsque son état de santé a été stabilisé, l'ASE du 65 a signé une convention avec le département de la Haute-Vienne qui disposait d'une pouponnière.

– Il n'y en a pas dans les Hautes-Pyrénées ?

– Apparemment, non… Clair est resté à la pouponnière Les Pâquerettes jusqu'à ses deux ans et demi. Il a ensuite été placé dans un dispositif alternant la crèche et une famille d'accueil de Limoges. Enfin, à ses cinq ans, il a été rapatrié dans le 65 et placé dans une nouvelle famille à Vic-en-Bigorre. Il s'agit des Fournier. Ils l'ont gardé jusqu'à sa majorité, et c'est à eux que nous rendons visite.

Thierry hocha la tête, le regard braqué sur la longue route qui traçait un sillon parfait au milieu d'une vaste plaine agricole. Les champs labourés hibernaient sous une pellicule de givre qu'une lumière glaciale arrosait mollement. La lande de terre griffée expirait ses derniers souffles, et de ses tièdes entrailles naissaient en s'éparpillant des fumerolles rasantes. Parfois, rompant la monotonie d'un horizon sans ampleur, se découpait la silhouette décharnée d'un arbre agonisant.

– Ce paysage me colle le bourdon ! lança Violaine.

– On est bientôt arrivés, lui retourna son collègue.

Une minute plus tard, juste avant de passer le panneau indiquant *Vic-en-Bigorre*, il quitta la départementale et s'engagea sur un chemin propret bordé de futaies. Un lotissement apparut bientôt au détour d'un virage – amas de maisons standardisées réparties le long d'un grand U.

– Nous y voilà !

Amandine Fournier sortit sur le seuil pour les accueillir. Prévenue de leur passage, elle n'avait pour autant fait aucun effort de présentation. Ses vêtements étaient si dépareillés que la bonne femme semblait les avoir piochés au hasard dans sa garde-robe. D'une maigreur presque maladive, elle dégageait pourtant l'énergie propre aux femmes de caractère. Son regard d'un bleu topaze brillait d'une dureté minérale. Quand Violaine et Thierry approchèrent, elle leur adressa un petit signe de tête en amorçant un sourire inexpressif qui s'évanouit dans l'instant.

– Rentrez, dit-elle d'une voix rauque de fumeuse. Et merci de vous déchausser, il y a des pantoufles si vous voulez.

Quelle proposition saugrenue, songea Violaine, *chaque pied dans sa chausse et les mycoses seront bien gardées !* Elle scruta Thierry d'un œil rond quand elle le vit enfiler sans ciller une paire de savates issue de la rangée de pantoufles impeccablement alignées. Qu'elles fussent trop courtes et que son talon dépassât de la semelle de manière grotesque ne semblait guère le gêner. La jeune gendarme pinça les lèvres pour ne pas rire et lui emboîta le pas, arborant fièrement ses chaussettes noires ornées de coccinelles. L'intérieur de la maison était sans âme – mobilier bas de gamme, décoration minimaliste –, mais d'une propreté irréprochable. Amandine Fournier les fit s'installer autour de la table ronde et demanda :

– Eh bien, qu'est-ce qui vous amène ?

– Nous essayons de glaner des informations sur Sylvestre Clair.

Le regard de Mme Fournier s'agrandit, elle était visiblement surprise.

– Sylvestre ?! Ah ben ça alors ! Si on m'avait dit qu'il aurait un jour des ennuis ! réagit-elle, tandis qu'un voile d'inquiétude se posait sur son regard. Mais il aurait fait quoi, le p'tit ?

– Nous ne pouvons pas en parler pour le moment, éluda Violaine. Vous disiez être surprise que Sylvestre Clair puisse avoir des ennuis. Pourquoi ?

– Parce que… Sylvestre, c'est un des p'tits qui s'en est le mieux sorti. *Pis*, l'était pas du genre à faire la zizanie, voyez ?… De toute façon, avec moi, vaut mieux filer droit ! Mais bon, pour Sylvestre, faut dire la vérité, Henri et moi, on n'avait pas besoin de serrer la vis, il était pas du genre à faire le con !

La femme leur dressa alors le portrait d'un garçon puis d'un adolescent plutôt solitaire, sage et obéissant, cherchant toujours à bien faire. À l'école, précisa-t-elle, il se montrait studieux et ses bulletins étaient bons. Les professeurs étaient unanimes, Sylvestre était un élève sérieux et appliqué.

– Comme quoi, il en avait dans le ciboulot, malgré qu'il avait vraiment pas eu de chance dans la vie, si vous voyez ce que j'veux dire !

Bien que l'envie la démangeât, Violaine se retint de corriger sa syntaxe. Amandine Fournier n'était peut-être pas d'une grande éloquence, mais elle avait une forme de sensibilité que son regard un peu dur ne parvenait pas à démentir.

– Durant les treize années qu'il a passées chez vous, Sylvestre vous a-t-il parlé de son ressenti d'enfant abandonné ?

– Il était pas très bavard. *Pis*, pour ce genre de trucs, y avait la psychologue de l'ASE... chacun son métier, voyez ?

– Peut-être, mais en dehors de l'école, Sylvestre passait son temps dans cette maison. Vous n'avez jamais entendu ou remarqué quoi que ce soit qui puisse indiquer chez lui une colère, une souffrance, un sentiment d'injustice ?

– Vous savez, ce que vous dites là, tous les gamins placés vivent avec. Des fois, c'est les services sociaux qui retirent un enfant parce que les parents savent pas s'en occuper, des fois, c'est les parents qui abandonnent l'enfant... mais au final, ça revient au même : ces gamins, ils se retrouvent coupés de leur famille, seuls en quelque sorte. Alors, forcément, ils en bavent.

– Je comprends. Mais je vous parle de Sylvestre, pas des autres, insista Violaine. Nous avons be...

Le bruit de la porte d'entrée interrompit la gendarme.

– Ah, c'est Henri, mon mari, qui rentre de l'usine. C'est sa semaine de matin, il finit à 15 heures.

Henri Fournier apparut sur le seuil. Violaine nota qu'il s'était déchaussé pour passer des pantoufles – règle d'or de la maison. L'homme était un grand gaillard au visage rond et amène que couronnait une toison frisottée et grisonnante. À la vue des gendarmes, il marqua un arrêt.

– C'est des enquêteurs de Tarbes. Rapport à Sylvestre, expliqua laconiquement l'épouse.

– Ah ! Qu'est-ce qu'il a fait le jeunot ? demanda l'homme, surpris.

– À ce stade de l'enquête, nous ne sommes pas autorisés à vous fournir des informations, lui retourna Thierry.

Fournier plissa le front en signe d'incompréhension, mais n'insista pas.

– Je t'ai préparé ton tupperware, l'est au frigo. Cinq minutes au micro-ondes, et c'est bon.

L'homme passa côté cuisine. Il y eut quelques bruits de portes de placard, puis celui caractéristique du micro-ondes qui tourne. Pendant que le four ronronnait, Fournier s'appuya sur le chambranle de la porte de communication.

– Comme je vous le disais, reprit Violaine, nous avons besoin de cerner la manière dont Sylvestre ressentait sa situation personnelle. Après tout, son histoire est loin d'être commune.

– Si vous faites référence aux circonstances de sa naissance, ben… c'est pas le genre de trucs qu'on raconte à un enfant, expliqua l'épouse, en haussant les épaules. Le p'tit, il savait pas pour ces horreurs. Déjà qu'il était sans famille, on n'allait pas en plus en rajouter une louche.

Le mari approuva d'un franc hochement de tête.

– Vous voulez dire que Sylvestre n'a jamais été informé de son histoire ?

– Pas par nous, en tout cas. On a préféré lui laisser ses rêves, ça pouvait pas lui faire de mal de se raconter l'histoire qui lui plaisait !

– Quels rêves, quelle histoire ?

– Bah, des trucs de môme ! C'est sa maîtresse de cours élémentaire qui nous l'a raconté, répondit-elle avant de rapporter le récit d'une mère attaquée et enlevée par des bandits.

– De toute façon, après ses dix-huit ans, je crois bien qu'il a appris la vérité, ajouta Henri Fournier.

L'attention se reporta d'un coup sur l'époux.

– J'étais passé le voir, au début qu'il était à l'école d'infirmiers. Tu sais, ma louloute, la fois qu'on s'était rendu compte qu'il avait oublié un manteau dans le placard de l'entrée. (L'épouse lui fit signe que oui.) J'ai profité d'avoir un rendez-vous sur Tarbes pour lui ramener. Il était installé dans un studio du service « jeunes majeurs », poursuivit-il à l'adresse des gendarmes. Le môme m'a offert un café, on a discuté un peu, normal, quoi – les études, l'autonomie, tout ça… Bref, je me rappelle plus comment, le môme me demande : « Tu savais que j'avais 100 000 euros sur un compte ? » Alors, moi, j'ai dit que non… j'ai pas osé lui dire la vérité, vous comprenez ?

– 100 000 euros ?

– L'argent versé par le fonds de garantie aux victimes, à cause du préjudice physique causé par son agression, intervint l'épouse. Ça marche quand l'agresseur est pas solvable et, aussi, quand on connaît pas l'agresseur, voyez ? Henri et moi, on était au courant, mais bon, c'était pas à nous de lui dire.

Violaine s'empressa de noter cette information sur son calepin. Tout ou partie de la somme dont disposait Sylvestre Clair au moment où il avait clôturé ses comptes provenait donc de là…

– Du coup, le petit, il m'a expliqué qu'il s'était mis en lien avec un monsieur… un administrateur je-sais-pas-quoi.

– *Administrateur ad hoc*, à tous les coups, intervint Amandine Fournier. Je crois que j'ai vu passer un papier avec ça. De ce que je sais, l'administrateur *ad hoc* est nommé pour représenter les intérêts de l'enfant en justice.

– Amandine est plus renseignée que moi pour les trucs administratifs et juridiques, consentit le mari. En tout cas,

Sylvestre m'a appris qu'il avait un rendez-vous avec ce monsieur. « Je vais peut-être en apprendre un peu plus sur mes origines », qu'il a ajouté. Voilà pourquoi je pense qu'il a appris la vérité à cette période…

Les gendarmes échangèrent un regard entendu : le mythe que s'était construit Sylvestre Clair avait dû s'effondrer à ce moment-là… Comment avait-il réagi face à la cruelle vérité ? Le fameux administrateur *ad hoc* pourrait peut-être les éclairer sur ce point. Le cling du micro-ondes retentit et Henri Fournier alla récupérer son repas. Il revint, un plateau entre les mains, s'installer à table avec tout le monde.

– Donc, avant sa majorité, Sylvestre ignorait la vérité. Mais il ne vous a jamais posé de questions sur ses origines ?

– Une ou deux fois, il a demandé qui était sa mère et où elle se trouvait, répondit Mme Fournier. On n'en savait rien ! Donc, on évitait le sujet…

– Et ses blessures au visage ? reprit Thierry. Il les a évoquées auprès de vous ?

Un long silence suivit, et les gendarmes comprirent qu'ils venaient de toucher un point sensible.

20

Pyrène Leloup était déjà postée à l'entrée de la gendarmerie d'Arreau quand Louise arriva. Emmitouflée dans un épais anorak, la jeune femme avait enfilé écharpe et gants et enfoncé son bonnet jusqu'à la lisière des yeux pour affronter le froid mordant de cet après-midi. Lorsqu'elle aperçut la Clio, elle leva une main en signe de salut, ramassa un petit sac à dos posé entre ses pieds et s'engouffra dans l'habitacle dès que Louise stoppa devant elle.

– Ravie de vous voir arriver, je suis glacée jusqu'aux os !

– Vous auriez dû m'attendre à l'intérieur.

Pyrène répondit par une mimique embarrassée qui éclaira Louise.

– Je vois… Vos collègues n'ont pas très bien réagi à votre détachement, c'est ça ? Ils sont juste jaloux, conclut Louise en empruntant un pont qui enjambait la Neste, direction la Comba retirat.

– Si je puis me permettre, vous attendez quoi de moi, major Caumont ?

– Déjà, vous allez commencer par m'appeler Louise. Et, si ça vous convient, j'aimerais autant qu'on passe au tutoiement.

– Ça me va.

– Bien. Sinon, c'est plutôt simple : tu vas me seconder à chaque fois que j'aurai à venir ici. Lorsque je serai absente, tu seras mon oreille et mon œil dans la vallée. Et enfin, tu devras recueillir un maximum de renseignements sur les personnes et les événements en lien avec l'enquête.

– Comme tu me l'as demandé avec les sœurs Mercier !

– Exactement. Tu as eu le temps de glaner des informations ?

– Ma foi, j'ai rencontré quelques Aurois[15] – anciens élèves, copains de village, relations professionnelles – et rassemblé les principaux éléments sur les jumelles. S'il y a des points précis à creuser, il faudra me le dire. Tu veux que je te fasse un topo ?

– Je vais d'abord te mettre au parfum. Mieux tu comprendras le dossier, plus ton aide sera pertinente.

Louise se lança dans un récapitulatif de l'enquête. Lorsqu'elle eut fini son exposé, la jeune gendarme émit un sifflement médusé.

– Donc Sylvestre Clair est notre tueur ?

– Oui.

– Et avec vos collègues, vous n'êtes pas parvenus à loger ce type ?

– Il s'est volatilisé, et tout laisse croire à un changement d'identité organisé, expliqua Louise, avant de détailler les circonstances de sa disparition.

Un long silence coula durant lequel la jeune gendarme griffonna quelques notes sur le carnet qu'elle avait extirpé de son sac à dos.

– Cette histoire est vraiment dingue ! Et Marion Mercier, la mère de Clair, est peut-être toujours en vie ?!

– La mère *présumée*, la corrigea Louise. Puisqu'on en est à ce genre de considération, sache que les journalistes commencent à s'intéresser à l'affaire. Pour l'heure, la juge

15. Habitants de la commune d'Arreau.

Berton fait écran, mais ça ne pourra pas durer. Moralité, les médias vont bientôt nous fondre dessus comme des vautours. Alors, permets-moi d'insister : le silence est d'or, et si tu es obligée de parler, le conditionnel doit être ton meilleur ami.

Pyrène opina avec gravité tandis que Louise s'engageait sur une route de col aux virages en épingle. Une brume épaisse rampait au sol, et les sapins semblaient s'enraciner dans un marécage nuageux.

– Maintenant qu'on a fait le tour, je t'écoute sur les jumelles, dit Louise.

La jeune gendarme plongea les yeux dans son carnet et se lança. Victorine était décrite comme enjouée, nature-pomme, très sportive et attachée à ses montagnes. Pour Marion, les choses étaient différentes. Dotée d'un profil intello, elle était en avance sur les apprentissages scolaires, et avait glissé du CP au CE1 en cours d'année. Elle avait donc mené la course avec un an d'avance sur sa jumelle. Par ailleurs, Marion rêvait de quitter la vallée. Contrairement à Victorine, elle ne se sentait pas à sa place dans le milieu montagnard et rebattait les oreilles à tout le monde des attraits de la ville : musées, spectacles, théâtre, expositions... Chez les Mercier, les disputes étaient fréquentes entre Marion et son père. L'homme avait beaucoup de mal à admettre qu'un de ses enfants préfère avoir le nez dans les bouquins plutôt que d'aider au service ou en cuisine. Les tensions père-fille étaient devenues tellement fortes que Marion n'aspirait plus qu'à partir de chez elle. Ce qu'elle avait fait grâce à ses études supérieures à Toulouse. Mais dès lors, ses visites à la Comba retirat s'étaient révélées extrêmement rares.

– Je vois, commenta Louise. Et si l'on en croit leurs situations respectives, l'écart entre les deux filles ne s'est pas vraiment réduit, puisqu'on a, d'un côté, une guide de montagne dont le mari a repris l'hôtel-restaurant familial, et de l'autre, une ancienne avocate ayant passé la moitié de sa vie à New York.

Louise parvint enfin au sommet du col, mais contrairement à la fois précédente, le ciel gris et brumeux bouchait le panorama.

– Et sur les Herbeau, que sais-tu ? relança-t-elle.

– Ils sont appréciés, bien intégrés et perçus comme méritants et travailleurs. Ils forment un couple soudé et amoureux. Et heureusement, parce qu'ils n'ont pas eu des débuts faciles !

– C'est-à-dire ?

– Leur affaire est aujourd'hui prospère, mais le démarrage a été difficile. Je le tiens d'une Auroise qui a été leur comptable jusqu'à sa retraite. Quand ils ont décidé de reprendre l'hôtel-restaurant, il leur a fallu racheter les parts de Martin, l'aîné de la fratrie, et de Marion, puis effectuer certains travaux. Bref, ils ont dû emprunter une somme considérable, alors même qu'ils avaient déjà trois enfants à charge. Les six ou sept premières années d'exploitation leur ont donc demandé beaucoup de sacrifices. D'ailleurs, les anciens craignaient qu'ils se cassent la figure, mais ils ont tenu bon.

Le panneau « Comba retirat » apparut sur le bas-côté, pointant une route étroite descendant à flanc de montagne. Louise s'y engagea, et la main opaque et filandreuse de la brume se referma rapidement sur la voiture. Les yeux rivés sur le serpent de bitume à peine visible dans le brouillard, la gendarme ralentit et cessa de parler. Elle ne le voyait pas, mais elle savait que la route flirtait avec un dévers impressionnant. Quelques minutes plus tard, les premiers contours du parking de la station de ski de fond se matérialisèrent derrière le rideau vaporeux. La conductrice put enfin relâcher son attention et se gara au plus près du chemin pédestre descendant vers la station.

*

* *

Il était 15 heures, et la morosité du ciel se fondait avec les toits d'ardoise dans un sinistre dégradé de gris embrumé. La longue artère centrale du village de montagne était quasiment déserte. Les néons d'enseignes et les fenêtres éclairées formaient une enfilade de halos lumineux qui peinaient à égayer l'ambiance. Sur la place, la vaste terrasse soigneusement rangée de l'hôtel-restaurant Mercier avait perdu charme et attrait, et l'établissement semblait fermé. Les deux gendarmes longèrent un côté de la terrasse en direction d'une simple porte vitrée surmontée de lettres lumineuses indiquant « Hôtel ». Elle coulissa, offrant l'accès à un vaste hall décoré dans un esprit chalet cosy : poutrelles et mobilier en bois clair, tapis blancs à poils longs, canapés ornés de coussins et de plaids en patchwork… Louise avança jusqu'au comptoir d'accueil et repéra une petite sonnette sur laquelle elle appuya. Des bruits lui parvinrent alors depuis un endroit dissimulé par une épaisse tenture, de derrière laquelle un homme surgit bientôt. Grand et plutôt bien bâti, dans les cinquante ans environ, il arborait un sourire accueillant.

– Mesdames ?

Louise tendit sa carte de gendarme, et l'expression du type s'ombra.

– Ah, je vois… c'est à cause de cette histoire de corps retrouvé aux sources ?

– En effet. Et vous êtes ?

– Bastien Herbeau. Je gère l'hôtel-restaurant. Mais j'ai déjà parlé avec une de vos collègues, précisa-t-il en s'accoudant au comptoir.

Louise signifia par un hochement du menton qu'elle ne l'ignorait pas et que sa présence n'était pas fortuite.

– Votre épouse est-elle présente ?

– Euh... oui, elle est chez nous, répondit-il en pointant le plafond. Mais qu'est-ce que...

– Nous souhaiterions nous entretenir avec elle et avec vous.

Herbeau plissa le front dans une expression soucieuse trahissant son appréhension. Puis il posa la main sur le combiné du téléphone fixe.

– Le mieux serait dans un lieu plus confidentiel qu'ici, intervint Louise.

– D'accord... J'ai encore un saisonnier dans les cuisines, je lui demande de venir me remplacer à la réception.

Louise opina et l'homme passa son appel, avant de conduire les gendarmes dans un grand bureau situé derrière le rideau. Un escalier droit longeait l'un des murs, distribuant une partie privée de l'établissement qu'occupait la famille Herbeau. Il s'agissait d'un vaste appartement aux tonalités rustiques et chaleureuses. Un pan de mur entier en baies vitrées devait offrir une vue imprenable sur les montagnes les jours de beau temps. Cet après-midi-là, une brouillasse uniforme s'élevait en un rempart opaque et morose. Les gendarmes s'installèrent côté salon pendant que le patron allait chercher son épouse. Une minute plus tard, il réapparut accompagné d'une jolie quinquagénaire aux allures sportives. Sous les vêtements simples – jean, pull en laine – on devinait un corps façonné par la marche intensive. Malgré son expression inquiète, Victorine Herbeau ne manquait pas de charme : visage fin et oblong encadré de mèches échappées d'un chignon pagailleux, regard noisette et franc, bouche charnue. Sans fard ni sophistication, la guide de montagne dégageait une beauté naturelle. Elle salua les gendarmes et prit place dans un fauteuil, imitée par son mari.

– Que se passe-t-il ? demanda-t-elle d'une voix légèrement nerveuse. C'est en lien avec le corps retrouvé aux sources ? C'est quelqu'un que nous connaissons, c'est ça ?

Une légère tension électrisa l'atmosphère, et Pyrène tourna la tête vers Louise, femme d'expérience rompue à ce genre d'exercice et dont elle avait tout à apprendre.

– Avant toute chose, sachez que nous attendons encore la confirmation ADN et qu'une marge d'erreur existe bel et bien. Entendu ?

Le couple hocha la tête dans un mouvement synchrone.

– Le corps que nous avons retrouvé au pied des sources serait, madame, celui de votre neveu Valentin.

Les yeux et la bouche de Victorine Mercier s'agrandirent sous le choc.

– Mon... neveu ?! Vous voulez dire que Marion a eu un fils... et qu'il était ici ?! Mais... Oh, mon Dieu ! Et Marion ? Où est-elle ? Elle est en France aussi ? demanda-t-elle d'une voix chevrotante qui trahissait un début de panique.

– Mais... à quand remontent les dernières nouvelles que vous avez eues de votre sœur ?

– À... très longtemps, je...

Elle hoqueta et s'interrompit. Sous le feu de l'émotion, les yeux embués, Victorine Herbeau paraissait totalement désorientée. Son mari se leva immédiatement pour s'asseoir sur le large accoudoir du fauteuil où elle était installée et posa un bras sur ses épaules en signe de soutien. Puis il prit le relais.

– Ça remonte à des années. Dès que Marion a quitté la Comba retirat pour ses études, elle a mis beaucoup de distance avec sa famille. Il faut dire que ses rapports avec son père étaient plutôt conflictuels... Bref, avec sa vie à l'étranger, le fossé a continué de se creuser, malgré les sollicitations de ma femme et de Martin. Martin est le grand frère de Vic et Marion, précisa-t-il. Au final, on a perdu tout contact… au grand dam de Vic, d'ailleurs.

Louise nota chez l'homme des accents d'amertume. Visiblement, tout ce qui affectait sa femme réveillait son instinct protecteur.

– Donc, vous ignoriez que Marion avait un fils nommé Valentin et que tous deux étaient revenus en France ?

– Bon sang, elle ne nous a rien dit, non ! réagit le mari. Ni pour son enfant ni pour son retour ! Et… et depuis quand est-elle rentrée ?!

– Sept ans, monsieur. Cinq années à Paris, et les deux dernières à Toulouse.

Victorine Herbeau porta une main devant sa bouche pour retenir ses sanglots.

– Vous n'avez donc jamais eu écho de la grossesse de votre sœur ? insista Louise.

– Non, non, ja… jamais… ânonna-t-elle. Quel âge avait-il ? Et qui est le papa ? Un Américain ?

– Nous ne connaissons pas le père… Valentin avait vingt-quatre ans. Il est né à New York, mais a été conçu en France, peu de temps avant le départ de votre sœur pour les États-Unis.

Les larmes, cette fois-ci, coulèrent pour de bon. Cette discussion avait tout d'un coup de pied dans un lac sédimenteux, faisant remonter à la surface le lit de blessures émotionnelles qui s'était déposé au fil du temps. Le mari caressa le dos de sa femme d'une main douce et bienveillante, puis relança :

– Vous dites que le corps des sources de la Comba retirat pourrait être celui de Valentin ?

– En effet.

– Le petit est donc venu ici, dans la vallée ?! Ce n'est pas un hasard ! Pourquoi n'est-il pas passé nous voir ? s'étrangla Herbeau.

– Calmez-vous, monsieur, intima Louise d'une voix douce et ferme à la fois. Ce que j'ai à vous dire nécessite que vous gardiez votre sang-froid.

Leurs regards se croisèrent, et l'homme respira un grand coup en opinant du chef. Oui, il comprenait l'avertissement de la gendarme. Oui, il allait conserver son calme et reprendre son rôle de soutien auprès de son épouse.

– L'individu retrouvé aux sources a été victime d'un homicide.

Monsieur ferma les yeux en soufflant. Madame, elle, laissa échapper un petit gémissement horrifié. Louise profita de la stupeur pour poursuivre.

– Nous avons toutes les raisons de croire que le corps a été transporté près des sources. S'il s'agit bien de Valentin, il aura donc été enlevé à Toulouse et conduit là-haut où il aura été… supprimé.

Un silence sidéré suivit sa déclaration. Bastien Herbeau était blafard, et Victorine secouait la tête, incrédule, le visage baigné de larmes, tout en frottant nerveusement son collier entre ses doigts.

– Et… Mais… alors, Marion… elle est où ? demanda le mari, hébété. Est-ce que, elle aussi, a…

– Pour le moment, nous l'ignorons… Nous la recherchons.

Louise imaginait sans peine le chaos que ses déclarations provoquaient dans leurs esprits. Sachant qu'elle n'était pas encore entrée dans le dur, elle leur proposa de faire une petite pause.

21

Amandine Fournier se gratta nerveusement le crâne, ébouriffant davantage encore sa tignasse hirsute, puis elle prit la parole d'une voix légèrement étranglée.

– Henri et moi, on a eu une fille, Alice. Il y a eu des complications pendant l'accouchement et… le docteur m'a expliqué que je ne pourrais plus avoir d'enfants.

Ses yeux s'embuèrent, et elle jeta un regard vers son mari qui prit alors le relais.

– Ça a été un coup dur, parce que Louloute et moi, on avait projeté d'avoir une grande famille, avec trois ou quatre mômes… Finalement, quand Alice a eu deux ans, on s'est décidé et on s'est mis famille d'accueil. D'abord, on a eu des gamins en placement temporaire… Ensuite, on a reçu Sylvestre, il avait cinq ans, le même âge qu'Alice. Il était le premier enfant qu'on recevait à être pupille. Ça veut dire qu'il était adoptable. En plus de lui, on accueillait aussi une petite Manon… On s'en sortait bien avec les mômes, même avec ceux qui restaient que quelques mois… Alors, on nous a proposé une troisième place d'agrément. On a dit oui. C'est là que Damien est arrivé chez nous.

L'homme se racla la gorge, visiblement embarrassé, puis il reprit :

– C'était en janvier 2004, Damien avait quatre ans et demi. Comme Sylvestre, il était pupille. Très rapidement, Amandine et moi, on a… on a su qu'on voulait l'adopter.

– En fait, précisa la mère de famille, Damien pouvait être adopté à tout moment. Et nous, on s'était vraiment attaché à lui, voyez, et on voulait pas risquer qu'il s'en aille…

– Alors, on a monté le dossier de demande d'adoption. Et un an et demi plus tard, Damien est légalement devenu notre fils…

Violaine laissa filer quelques secondes, et comme rien ne venait, elle relança :

– Quel rapport avec Sylvestre ?

Henri Fournier posa sur le plateau la boulette de mie de pain qu'il venait de confectionner et releva les yeux.

– Huit mois après l'adoption de Damien, Sylvestre a écrit une lettre au père Noël, et ça nous a mis un coup.

– Il avait écrit qu'il avait été sage et obéissant, poursuivit madame. Après, il avait ajouté : « Papa Noël, je veux un seul cadeau, être *pipille*, comme Damien, pour être adopté. »

La mère se tut, laissant aux enquêteurs le temps d'assimiler cette douloureuse révélation. Violaine sentit la chair de poule lui hérisser la peau des bras. Dans sa tête d'enfant, Sylvestre avait simplifié l'équation.

– On a montré la lettre à la psychologue, expliqua le père. Elle a reçu Sylvestre en séance, et après, elle nous a dit qu'elle avait repris cette histoire de pupille et d'adoption avec lui, pour bien lui expliquer la réalité.

– Oui, et elle a ajouté qu'on la tienne au courant si Sylvestre remettait ça, précisa Amandine Fournier d'une voix gênée.

– Peu de temps après, c'était un soir, Alice et Sylvestre étaient à l'étage, ils jouaient tous les deux. Je suis monté chercher un truc et j'ai entendu Sylvestre qui disait : « Avec ma femme, on a une grande maison et beaucoup de sous.

Alors, on voudrait adopter, s'il vous plaît. » Ça m'a mis la puce à l'oreille, et je me suis approché sans bruit. La porte était entrouverte. Sylvestre tenait un Playmobil et lui faisait faire des allers-retours devant deux figurines. Alice jouait l'assistante sociale avec sa poupée Barbie. Elle lui a répondu : « D'accord. Je vois que vous avez les papiers. Choisissez un enfant, monsieur. » Sylvestre a répondu : « Celui-là. » « D'accord. Vous avez bien réfléchi ? » a demandé Alice. C'est là que Sylvestre a dit quelque chose comme : « Oui, madame. On préfère l'enfant qui a une tête normale. »

Un silence de plomb coula, augmentant encore le malaise qui infusait la pièce.

– Vous en avez parlé avec Sylvestre ? relança finalement Violaine.

– Pour lui dire quoi ?! réagit Mme Fournier, le feu aux joues. On adopte un enfant par désir, pas par pitié ! Et puis, malgré que c'est cruel, c'était la vérité : aucun couple d'adoptants choisirait un enfant au visage fracassé ! La preuve, malgré qu'il était pupille, personne ne s'est jamais intéressé à lui !

En invitation à s'apaiser, le mari posa une main précautionneuse sur celle de sa femme. Puis, d'un ton grave, il poursuivit :

– Avec Louloute, on a discuté de ça, vous savez. Ça nous faisait de la peine que le petit ressente ce genre de choses, sauf que, en même temps, il avait pas foncièrement tort... On a réfléchi et on a préféré rien dire aux services sociaux. Parce qu'on avait peur que ça lui joue un sale tour.

– Comment ça ?

– Ils auraient pu dire que c'était mieux pour Sylvestre d'aller ailleurs, pour plus qu'il ait Damien à côté de lui, fit l'épouse.

– Et ce n'aurait pas été mieux, selon vous ?

Amandine Fournier lança à Violaine un regard qui avait tout d'un uppercut.

– Écoutez, madame, je n'ai peut-être pas fait de grandes études, mais je ne suis pas non plus stupide. La vérité, elle est moche, mais c'est la vérité quand même. Sylvestre, il a démarré dans la vie avec, comme qui dirait, un gros handicap. Entre ses cinq ans et ses douze ans, il a subi quatre opérations au visage ! À l'école, son surnom, c'était Frankenstein, voyez ?! Alors, que ce soit chez nous ou dans une autre famille, il aurait fait face aux mêmes problèmes. Le risque, s'il partait d'ici, c'était qu'il atterrisse en foyer, renchérit-elle d'une voix dure. Et là, vous croyez quoi ?! Qu'il aurait eu la vie facile avec tous ces petits cons qui se seraient foutus de sa gueule, hein ?! On en a accueilli, nous, des mômes qui étaient passés par les foyers ! Croyez-moi, c'était pas des tendres !

– Au moins, chez nous, il avait la paix, ajouta le père.

Les yeux luisants, Amandine Fournier acquiesça avec conviction, puis conclut :

– Donc, malgré que c'était pas facile, on a préféré pas cafter pour être sûr de garder le p'tit ici, en sécurité.

Les gendarmes échangèrent un regard de connivence. Les Fournier n'étaient pas de grands penseurs, mais ils avaient cherché à faire au mieux. D'une certaine manière, l'adoption du petit Damien les avait confrontés à leur propre paradoxe, insoluble et culpabilisant à la fois.

– Pourquoi dites-vous que ce n'était pas facile ? questionna Thierry après un temps.

– Eh bien... Sylvestre, il faisait tout pour nous plaire, tout le temps, soupira Mme Fournier. Il ne désobéissait jamais. Il faisait toujours ce que les adultes lui demandaient... C'était... *too much*, confia-t-elle après une hésitation, et le choix de cet anglicisme dans sa bouche aux accents bigourdans avait quelque chose d'incongru.

– Au quotidien, ce genre d'attitude, ça peut vite devenir… pénible, ajouta le mari, avec embarras.

– Le besoin de se faire aimer pour un enfant abandonné est plutôt classique, non ? relança Thierry.

– Oui, mais avec Sylvestre, c'était… autre chose, reprit la femme, en réfléchissant. C'est comme s'il cherchait à imiter le modèle d'un enfant parfait. *C'est ça qu'il faut dire. C'est ça qu'il faut faire. C'est ça qu'on attend de moi…* Un peu comme s'il avait aucune personnalité, voyez ? Par exemple, si on achetait des vêtements avec lui, il choisissait toujours ce qu'il croyait qui nous plaisait à nous. Et c'était comme ça en permanence et pour tout ! Pour le menu si on allait au restaurant, pour le choix du club de sport, pour la coupe de cheveux… Si on insistait en lui disant : « Mais toi, Sylvestre, tu veux quoi ? », il avait l'air perdu, il était comme vide… Parce que, pour lui, la seule chose qui comptait, c'était plaire.

– Ça me fait penser à quand il a dû choisir ses études après le bac, enchaîna l'homme. Avec son bulletin, il pouvait faire ce qu'il voulait. Mais voilà, il se trouve que moi, quand j'étais jeune, j'avais essayé le concours d'infirmier et que j'avais pas été reçu. Mes parents, ils étaient pas du genre à me laisser sans rien faire, alors ils m'ont envoyé à l'usine gagner ma vie. Et j'y suis toujours trente ans plus tard ! Bref, j'avais raconté ça, un soir, à table. Ça m'était sorti de la tête, mais quand Sylvestre a dit qu'il s'était inscrit au concours pour l'école d'infirmier, je me suis rappelé cet épisode…

Un silence fila. Violaine observa les Fournier et s'arrêta sur le visage songeur de l'épouse. Sous son front plissé, une ombre ternissait son regard.

– Vous pensez à quelque chose, madame ?

– Je pensais à comment Sylvestre est venu au monde… Au moment de la naissance, un bébé, c'est un peu comme un animal. Il parle pas, il pense pas, mais il ressent. Les odeurs de sa mère, le son de sa voix, la caresse d'une main sur la peau, toutes ces choses qui font que le bébé, il se sent accueilli, aimé et en sécurité, voyez… Mais Sylvestre, qu'est-ce qu'il a ressenti, lui ? À peine il est né, il s'est fait fracasser la tête ! Ce qu'il a vécu, c'est le rejet et la violence de sa propre mère… Alors, même si les choses s'arrangent après, le traumatisme, il reste quelque part par là, fit-elle en pointant sa tête. Quand on pense à ça, voyez, c'est normal que Sylvestre il a tout le temps eu peur du rejet et qu'il faisait tout pour plaire.

Violaine acquiesça. Ces propos faisaient écho à un compte rendu de la psychologue qu'elle avait lu en parcourant le dossier de l'ASE. La psy parlait de stratégie d'évitement inconsciente. Selon elle, suite au trauma de l'abandon de sa naissance, Sylvestre était gouverné par la peur d'être rejeté et agissait donc de façon à plaire aux adultes, collant à l'image de l'enfant modèle. Mais, toujours d'après la spécialiste, cette parade l'avait empêché de se définir en tant qu'individu à part entière… La gendarme coupa court à ses pensées et balaya ses notes des yeux. Il restait une dernière question liée au probable changement d'identité de Sylvestre Clair.

– Il faudrait que vous nous listiez les noms des enfants qui sont passés par chez vous et qui auraient, disons, plutôt mal tourné.

– Quel rapport avec votre enquête ?

– Il est possible que Sylvestre ait reçu l'aide d'un ancien gamin passé par chez vous.

22

Vingt-deuxième jour de captivité, « Miracle »

D'un geste machinal, elle râpe une dernière carotte au-dessus du saladier. Ensuite, elle s'essuie les mains en regardant l'heure. Ça y est, les œufs sont durs. Elle se lève, retire la casserole de la cuisinière et la pose au fond de l'évier avant d'ouvrir en grand le robinet d'une eau plus glaciale que froide. Les yeux dans le vague, le visage marqué par une succession de nuits sans sommeil, elle patiente une trentaine de secondes pour que la coquille ne soit plus brûlante, puis commence à écaler les œufs qu'elle laisse tremper pour qu'ils refroidissent. Coup d'œil réflexe au réveille-matin, elle dispose d'une grosse demi-heure. *Tant mieux, parce qu'elle en a vraiment ras le pompon de toutes ces conneries !*

Elle se dirige d'un pas las vers le fauteuil, s'empare au passage du réveille-matin et se laisse choir. Elle programme la sonnerie pour ne pas se laisser déborder – *ce connard d'esclavagiste a fait de moi un chien de Pavlov !* Cette pensée la fait grimacer. Vingt-deux jours de réclusion… six depuis l'épisode glaçant où *le Fou* est venu se faire consoler en pleine nuit. Ce souvenir lui laisse un goût de fiel. Parce que, en un instant, elle a basculé de l'état de personne victime à celui de poupée de chiffon dépourvue d'âme : cette nuit-là, il ne l'a pas amputée d'un membre, mais d'une part d'intime.

L'avocate en elle appelle ça « violences portant atteinte à l'intégrité psychique ». Malgré la terreur et la fulgurante souffrance physique qu'elle a ressenties au moment où *le Fou* la torturait, la cajolerie qu'il lui a imposée – le contact de sa peau dans son dos, l'effleurement de son souffle sur son cou, le ton de pseudo-connivence qu'il a choisi d'employer en lui racontant son mauvais rêve – laisse en elle une marque plus indélébile et impardonnable encore. À sa haine s'ajoute désormais une répugnance qui lui soulève l'estomac.

Combien de temps pourra-t-elle encore endurer ce calvaire ? Et pourquoi le devrait-elle, au fond ? Pour rester en vie ?! Mais rester en vie dans de telles conditions, à quoi ça sert, hein ? *Non, il ne s'agit pas de ça ! Il s'agit de Valentin : il t'attend, il a besoin de toi,* intervient Madame-la-raisonneuse. *Alors, oui, tu dois te battre de toutes tes forces pour lui, ton fils, le seul et l'unique.* Madame-la-raisonneuse a raison, bien sûr, mais la perspective de continuer à vivre à la solde des émotions du *Fou*, un être hybride entre l'enfant tyran et le tortionnaire sans état d'âme, la plonge dans un profond marasme. *Ça ne durera pas éternellement ! Tôt ou tard, tu parviendras à prendre la fuite ! Alors, tu pourras...* La sonnerie criarde du réveille-matin interrompt son monologue intérieur. Dans quinze minutes, *le Fou* sera là. Inutile de stresser, le repas est prêt, elle n'a plus qu'à mettre la table. Elle se lève, direction les W.-C., parce que, *ô joie*, elle a même le temps de passer aux toilettes – *que demande le peuple, hein ?*

Elle s'apprête à tirer la chasse lorsque lui parviennent des grattements depuis l'extérieur. Elle se fige, regarde à travers le fenestron barreaudé qui surplombe la cuvette des W.-C. et tend l'oreille pour tenter d'identifier le bruit. Pour être montée sur la cuvette et avoir testé la solidité des barreaux, elle sait que des bûches sont entreposées le long du mur protégé par un avant-toit et qu'elles forment un tas affleurant à hauteur de l'ouverture. Elle en déduit qu'un animal a escaladé l'amas de bois et furète en quête de pitance. Ses réflexions tournent court lorsque apparaît, derrière la fenêtre, la queue poilue et panachée d'un animal. Son cœur fait un bond, elle se hisse sur la pointe des pieds, mais ne distingue rien de plus. D'un geste précautionneux, elle abaisse alors l'abattant, monte dessus sans faire de bruit et approche son visage du carreau. Au même instant surgit un museau qui passe entre deux barreaux extérieurs. Elle pousse un petit cri de surprise, et son mouvement de recul manque de lui faire perdre l'équilibre. Puis son cerveau opère une mise au point, et elle laisse échapper un petit rire réjoui. C'est un chat !

Contrairement à sa sœur qui préfère les chiens, elle, elle adore les chats – de toute manière, Vic et elle ont toujours été opposées en tout ! Les félins ont du panache, du caractère, se montrent affectueux tout en étant autonomes. Enfant, Valentin la tannait pour qu'ils en prennent un. Malgré son insistance, elle avait résisté. Il existait alors mille bonnes raisons – les touffes de poils sur les tissus, la litière à changer, les contraintes pour pouvoir partir en vacances. Quand elle y pense aujourd'hui, elle se dit qu'elle a manqué l'occasion de faire plaisir à son fils... et à elle aussi, tout bien considéré. Le chat qui se tient derrière le fenestron est jeune et superbe avec sa fourrure d'un gris anthracite, épaisse, longue et soyeuse. Ses yeux, d'un bleu arctique, la détaillent avec curiosité. Il ne semble aucunement effrayé, et son allure flamboyante atteste qu'il n'a rien d'un chat sauvage. Alors, elle approche sa main de la vitre et tapote dessus du bout des ongles. Il incline la tête sur le côté, ses yeux vifs suivent les mouvements, puis il approche une patte joueuse du carreau et cherche à attraper les doigts qui se déplacent en pianotant. Une bonne minute passe ainsi, puis las de ce jeu de dupes, il la fixe de nouveau et miaule.

– Tu veux un câlin, petit chat ? dit-elle en tournant la poignée de la fenêtre.

L'air froid et humide du dehors s'engouffre dans les toilettes. Elle passe sa main par l'ouverture, paume ouverte, et l'approche doucement du joli museau. Curieux, le chat renifle son odeur. Elle sent sur sa peau le contact fugace de sa truffe humide, puis la caresse de ses moustaches, et enfin le contact de sa langue rêche. Il pactise longuement avec elle en lui léchant le bout des doigts. Ce contact soulève en elle une gerbe d'émotions. Une joie douce et un profond réconfort qu'elle est libre de ressentir sans aucun contrôle l'envahissent, à l'opposé total de l'énorme pieuvre qui lui phagocyte le cœur et étend ses tentacules d'angoisse dans chaque instant de la comédie familiale qu'elle joue avec *le Fou*. Ses expressions, ses intonations, ses sourires, les mots qu'elle prononce et ceux qu'elle tait, tout, absolument tout lui demande un calcul et relève du semblant. Elle est comme une funambule sur le fil d'un simulacre, ajustant en permanence chacune de ses postures, pour conserver le précaire équilibre d'une relation factice.

À cet instant précis, l'affection gratuite d'un chat la bouleverse : pour la première fois depuis vingt-deux jours, elle est en contact avec un autre être vivant sans avoir rien à craindre. Émue aux larmes, elle plonge alors sa main sous la mâchoire du félin pour le gratouiller, provoquant ses ronronnements. Rapidement, ses doigts entrent en contact avec une matière rigide. Elle comprend, il s'agit d'un collier que son épaisse fourrure dissimule… Son cœur accélère d'un coup sa cadence, parce qu'une idée lui percute l'esprit. Mais elle doit se dépêcher ! De sa main droite soudain fébrile, elle continue de flatter l'animal, tandis qu'elle passe la gauche à l'extérieur. Pas de geste brusque, surtout ! Les chats ont un sixième sens, et si l'animal ressent sa nervosité, il risque de vouloir déguerpir. D'ailleurs, elle le sent qui se rétracte un peu.

– N'aie pas peur, mon minou, chuuut… Comment tu t'appelles, hein ?… Je vais t'appeler « Miracle », d'accord ?… Parce que tu ne le sais pas encore, mais tu vas accomplir le miracle dont j'ai besoin…

Elle referme doucement les mains derrière ses pattes avant et fait glisser son corps fin entre les barreaux. Le chat ne se débat pas, mais miaule avec insistance. Le message est clair, ce n'est pas sa maison, il n'avait pas prévu d'entrer. Elle plaque l'animal contre sa poitrine et le caresse en murmurant des mots apaisants à son oreille. Il se détend légèrement, mais émet de petits miaulements teintés d'inquiétude. Elle referme la fenêtre, descend des toilettes et se rend dans la pièce principale. Le réveille-matin indique 12 h 50. Dix minutes, c'est tout ce qui lui reste ! La panique explose en elle et lui tord le ventre. Elle pose le chat par terre. Il se montre craintif, la pièce est pleine d'odeurs étrangères.

– Ne t'inquiète pas, mon petit Miracle, je vais te libérer très bientôt, hein ?

Mais l'intonation qu'elle veut rassurante sonne totalement faux, et le chat l'observe d'un regard méfiant, oreilles inclinées vers l'arrière. Tant pis, ça urge, elle n'a pas une seconde à perdre ! Elle attrape le crayon à papier sur le rebord de la cheminée, le balance sur la table et se met en quête de quelque chose sur quoi écrire. Affolée, elle trépigne, tourne en rond, scrutant chaque recoin de la pièce. Elle envisage un instant d'arracher une des pages du magazine de mots croisés, mais se réfrène. *Le Fou* remplit quelques grilles chaque week-end. S'il repère qu'il manque une page, il va se méfier. Le journal de la veille est sur la table, mais les marges sont très étroites et le papier est trop fragile, d'autant qu'il a plu et que le sol est détrempé. Il ne résistera pas bien longtemps à la promenade d'un chat au milieu des hautes herbes. Elle se précipite alors vers la poubelle. Ses gestes sont empressés, nerveux, bruyants, et Miracle se carapate dans un angle en feulant.

– N'aie pas peur, Miracle ! lance-t-elle d'une voix qui transpire l'urgence.

Un nouveau miaulement plaintif lui répond. Tant pis, le chat sera bientôt dehors et il aura tôt fait d'oublier ce court épisode de sa vie féline ! De son côté, elle doit absolument saisir cette chance inespérée ! Les mains souillées par les détritus, elle finit par extirper un emballage cartonné de yaourts à peu près intact. *Impeccable ! C'est exactement ce qu'il te faut !* Elle se rince rapidement les mains, s'installe à table, hésite – un manège infernal tournoie dans sa tête, brouillant ses pensées ! *Bon sang, bouge-toi !* lui hurle Madame-la-raisonneuse. Elle se lance alors d'une main tremblante et trace les premières lettres capitales de son message :

S.O.S ! JE M'APPELLE MARION MERCIER. JE SUIS RETENUE PRI

Crac ! La mine casse, elle a appuyé trop fort !

– Et merde ! crie-t-elle. Merde, merde, merde !

Elle bondit de sa chaise et récupère le taille-crayon posé sur le magazine de mots croisés. Du coin de l'œil, elle aperçoit Miracle qui file sous le lit.

– Ça va aller… ça va aller, mon chat, hein… n'aie pas peur, je… je… je ne te veux aucun mal, tu comprends ? hoquette-t-elle tout en taillant nerveusement le crayon au-dessus de la cheminée.

Puis elle retourne à table et reprend :

SONNIÈRE DANS UNE PETITE MAISON AU PIED D'UN PAN DE MONTAGNE.

Que pourrait-elle dire de plus ? Elle n'a aucune indication précise sur le lieu où elle se trouve ! Son regard agrippe le réveille-matin, il lui reste six minutes avant que *le Fou* ne revienne ! *Le Fou*, voilà ! Oui, elle doit le décrire !

L'HOMME QUI ME RETIENT A 30 ANS MAX, 1 M 85, 100 KG. IL A UN ŒIL BIZARRE. IL TRAVAILLE À LA POSTE.

Elle marque un nouveau temps. Le tic-tac de la trotteuse a tout d'un funeste décompte. Il lui reste cinq minutes ! Une onde de stress l'envahit. C'est peu ! C'est trop peu ! À la hâte, elle ajoute :

AIDEZ-MOI SVP, CONTACTEZ LA POLICE !!!

Puis elle plie grossièrement en trois l'emballage cartonné et le fourre dans la poche du bas de jogging informe qui lui sert de vêtement. Elle attrape ensuite la vaisselle posée à côté de l'évier et bazarde deux assiettes, deux verres et les couverts sur la table. Le rendu est expéditif, mais elle s'en fout, parce qu'il ne lui reste que quatre misérables minutes ! Gagnée par la panique, les yeux humides, le corps tremblant, elle s'agenouille alors sur la dalle, près du lit. Effrayé par ses cris et son agitation, Miracle s'est roulé en une petite boule contre le mur. Elle aperçoit ses pupilles luisantes qui la fixent avec appréhension.

– Oh, mon Miracle, je t'en supplie… je t'en supplie, pardonne-moi, je ne voulais pas te faire peur…

Elle déplie lentement son bras sous le lit, tout en regardant le chat dans les yeux.

– Viens, mon petit Miracle, viens… approche…

Il ne bouge pas, mais il miaule, et elle perçoit sa détresse. Il veut partir d'ici. Et c'est exactement ce qu'elle veut aussi, bon sang ! Elle se mord les lèvres pour ne pas lui hurler dessus. Les larmes commencent à rouler sur ses joues, et elle l'implore :

– Tu es ma première chance de contacter l'extérieur… Viens, s'il te plaît… Il faut que tu m'aides, mon petit chat…

Alors qu'elle est en train de perdre tout espoir, le miracle se produit : Miracle se rapproche de sa main et la renifle de nouveau. Elle aimerait le coincer par la peau du cou, mais il est encore trop loin d'elle. Malgré la tempête qui la secoue, elle ramène lentement sa main vers elle. Le chat avance un peu, puis encore un peu, et elle finit par l'attraper. Elle se redresse et, au même instant, entend le ronronnement d'un moteur. *Le Fou* arrive !

– Allez, Miracle, je vais bientôt te délivrer ! dit-elle en se précipitant vers les toilettes.

Elle referme la porte derrière elle. Dans une série de gestes pressés et maladroits, elle parvient à glisser le mot sous le collier du chat. La pliure de carton est rigide, épaisse et tout en longueur. Miracle est visiblement gêné et se tortille en protestant.

– Je suis là, mamaaan ! Couuucouuu !

Elle sursaute, et un pic de stress lui vrille le ventre. *Le Fou* vient de faire son entrée tonitruante ! Miracle, lui, est terrorisé par cette soudaine irruption sonore. Dans un réflexe de survie, elle tire la chasse d'eau, couvrant ainsi l'écho des petits miaulements apeurés qu'il pousse. Dans la foulée, elle ouvre la fenêtre, libère le chat et referme derrière lui. Elle a les mains moites, les jambes en coton, son cœur bat à rompre. Mais elle a réussi.

– Je suis aux toilettes, mon grand ! J'arrive !

Elle jette un coup d'œil rapide par le fenestron. Miracle est encore posté sur le tas de bûches et, agacé par l'objet rigide qui entrave ses mouvements de tête, il gratte le carton avec sa patte arrière et secoue vivement la tête. *Je t'en supplie, pas ça !* prie-t-elle. Au même instant, le chat semble se résigner et déguerpit. *Merci mon Dieu*, souffle-t-elle. Elle prend alors une longue inspiration, se recompose un visage, et pousse la porte.

– Je suis là, *mon grand* ! Tu as passé une bonne matinée ?

– Impeccable, *maman* ! Je vais te raconter ça.

23

Un jeune homme sérieux, disponible et très travailleur.

Telle était l'élogieuse description de Sylvestre Clair que lui avait brossée Mme Quintat, la responsable de l'agence d'intérim. La mine renfrognée, Violaine s'inséra dans la circulation du périphérique tarbais. Elle n'avait rien appris d'intéressant pour l'enquête, l'ex-patronne ayant été incapable de la renseigner sur les hobbies, relations professionnelles ou extraprofessionnelles du jeune homme. En revanche, la gendarme était repartie avec le listing des cliniques et hôpitaux dans lesquels l'infirmier avait effectué des remplacements durant les trois dernières années. Autant l'admettre, l'intérim constituait un désavantage majeur : non seulement il démultipliait les pistes à explorer d'un point de vue professionnel, mais il limitait aussi l'établissement de relations entre collègues. Un intérimaire n'était qu'un personnel de passage… Tout en amorçant un créneau dans la rue Carnot, Violaine tenta de se rassurer en se disant qu'ils privilégieraient les missions les plus longues et, le cas échéant, les endroits dans lesquels Sylvestre Clair était intervenu à plusieurs reprises.

Avec sa façade en reliefs, ses fenêtres arrondies et ouvragées, sa verrière et sa marquise, le petit manoir de Loïc Gaudin constituait un joyau de l'Art nouveau.

Comme l'ancien administrateur *ad hoc* le lui avait indiqué au téléphone, Violaine trouva le portillon ouvert. Elle le poussa, s'engagea sur l'allée gravillonnée qui traversait un jardin de taille modeste, puis avala une flopée de marches jusqu'au perron et sonna. Gaudin lui ouvrit immédiatement. Elle découvrit une vaste entrée riche en courbes et arabesques, aux tapisseries murales pastel et fleuries, puis un immense salon de forme circulaire coiffé d'une coupole ornementée de vitraux dont les motifs floraux entouraient des visages de femmes de style Belle Époque. Gaudin la fit asseoir dans un coin salon débordant de plantes vertes. Ne sachant plus où poser le regard à cause de l'omniprésence de fioritures décoratives, Violaine décida de focaliser son attention sur l'homme qui venait de s'installer face à elle. Dans les soixante-dix ans tassés, Gaudin la lorgnait d'un œil amusé.

– J'ai tenté de préserver l'esprit de cette maison de famille dont j'ai eu le privilège d'hériter à mes trente ans.

La gendarme acquiesça, charmée par ce personnage à l'élégance désuète et aux manières un soupçon affectées. Jambes croisées, vêtu d'un costume trois-pièces impeccable, un œillet à la boutonnière, Gaudin renvoyait l'image d'un homme hors du temps, délivré des basses contingences d'un monde auquel il n'avait probablement jamais appartenu.

– Alors, madame, vous avez demandé à me rencontrer pour parler du jeune Sylvestre Clair, c'est bien cela ?

– Parfaitement. Nous travaillons actuellement sur une affaire grave qui nous incite à nous intéresser à cet individu.

Gaudin attendit, mais la gendarme n'en révéla pas davantage. Il inclina légèrement le menton, comme pour signifier « dont acte », et ouvrit les deux mains.

– En quoi puis-je vous aider ?

– D'après nos informations, vous avez été nommé administrateur *ad hoc* de Sylvestre Clair ?

– En effet. L'affaire remonte au 31 décembre 1997. J'ai été nommé par décision de justice, courant février 1998, pour assurer la protection des intérêts d'un nouveau-né ayant survécu à une mise au monde particulièrement affreuse… Mais je suppose que je ne vous apprends rien ?

– Nous avons pris connaissance des éléments du dossier, en effet.

– Bien. La dimension criminelle entourant cette naissance, puisqu'il y avait eu coups et blessures volontaires, m'a incité à porter plainte contre X et à recourir à un avocat pénaliste. Ainsi Me Lassales a défendu les intérêts de l'enfant en justice et beaucoup œuvré auprès du juge d'instruction pour que le dossier d'enquête reste ouvert le plus longtemps possible, malgré l'absence de preuves. En juin 1998, avec la création du FNAEG, Me Lassales a demandé que des prélèvements ADN soient effectués sur l'arme du crime, à savoir le caillou dont s'était servi l'agresseur. Le scellé a donc été envoyé au laboratoire d'analyse de la gendarmerie à Pontoise.

– Et cela a fonctionné puisqu'une empreinte génétique différente de celle de Sylvestre a été isolée.

– Exactement. Le comparatif ADN a par ailleurs établi que cette empreinte était celle de la mère biologique de Sylvestre. Elle a ensuite été versée au FNAEG, et depuis 1998, nous espérons qu'elle parle un jour.

L'homme marqua un temps, mais Violaine ne mordit pas à l'hameçon.

– Pour finir, reprit-il, j'ai également prié Me Lassales de monter un dossier de demande d'indemnisation auprès du fonds de garantie des victimes, le préjudice corporel subi par l'enfant étant considérable. Outre le préjudice esthétique, Sylvestre Clair avait, de manière irréversible, perdu la vue de l'œil droit. Par ailleurs, il pouvait y avoir de possibles séquelles sur le plan du développement neurologique.

La mention du fonds permit à Violaine de poser sa première question.

– D'un point de vue pécuniaire, justement, il semblerait que Sylvestre Clair ait touché des sommes relativement importantes ?

– En effet. Le fonds de garantie des victimes a versé près de 110 000 euros de dommages et intérêts. Il faut dire que les dommages étaient conséquents et qu'il a fallu plusieurs opérations en chirurgie réparatrice de la face. De mémoire, la dernière a eu lieu aux dix-sept ans de Sylvestre, suite à une récidive de MOT des muscles de la face – MOT signifiant myosite ossifiante traumatique.

La gendarme lança un regard intrigué à Gaudin qui s'expliqua :

– En substance, cette pathologie, très rare sur les muscles faciaux, peut se développer chez un sujet à la suite d'un traumatisme important, ou de traumatismes mineurs à répétition. Dans le cas de Sylvestre, on serait face à ce second cas de figure – les nombreuses interventions subies en seraient à l'origine. Bref… La MOT est caractérisée par le développement d'un tissu osseux extrasquelettique. Sur la face, les symptômes sont un trismus, une asymétrie faciale, un œdème persistant et des douleurs.

– Il pleut toujours sur les mouillés, comme on dit, commenta Violaine d'une voix terne.

– Je ne connaissais pas l'expression, mais elle est hélas assez juste, lui retourna Gaudin, un sourire désabusé au coin des lèvres. Sylvestre a donc été opéré pour la première fois à l'âge de douze ans, un an après l'apparition de la MOT, puis une nouvelle fois à ses dix-sept ans.

– En quoi ont consisté ces opérations ?

– En une excision chirurgicale de la lésion. Dès la première opération, les toubibs ont fait du bon boulot. Mais une récidive s'est produite, ce qui a lieu dans 35 pour cent des cas. D'où la seconde intervention.

– Je vois. Et il n'y a pas eu de récidive, cette fois-ci ?

– Pas à ma connaissance. Cela étant, une fois que Sylvestre a été placé chez les Fournier, je ne l'ai rencontré qu'une seule et unique fois, à sa majorité, et je ne l'ai plus revu depuis.

– J'aurais pensé que vous occupiez une place plus importante...

– Probablement parce que vous confondez tuteur et administrateur *ad hoc*. Le rôle de ce dernier est de protéger les intérêts d'une victime mineure, de l'accompagner dans les actes de justice, de l'informer de l'état d'avancement de la procédure et d'exercer en son nom les droits reconnus à la partie civile.

– C'est très judiciaire, en somme ?

– Oui. Fin 1999, la commission d'indemnisation des victimes d'infraction a adressé son offre d'indemnisation, puis en 2000, le juge d'instruction a prononcé une ordonnance de non-lieu, faute de preuves. De là, mon rôle a pris fin, comme celui de Me Lassales.

– Mais alors, comment savez-vous autant de choses sur Sylvestre Clair et son parcours de soins ? Et pourquoi Sylvestre Clair est-il venu vous voir, vous, à sa majorité ?

Un éclat malicieux brilla dans le regard de Gaudin.

– Je suppose que cette sinistre affaire aura laissé en moi des marques suffisantes pour que je m'enquisse, au moins une fois par an, de savoir comment ce pauvre enfant grandissait. Tarbes est une petite ville, et les gens qui fréquentent les circuits judiciaires dédiés à la protection de l'enfance finissent tous par se connaître... Quant aux raisons qui ont amené Sylvestre à venir me rencontrer à sa majorité, l'histoire est fort simple : il venait d'apprendre qu'il possédait un compte garni de 110 000 euros ! Forcément, cette découverte a provoqué un déluge de questions. Comme mon nom apparaissait dans certains documents du dossier ASE produits entre 1998 et 2000, son éducatrice référente l'a renvoyé vers moi. Après tout, elle ne maîtrisait que très peu le volet judiciaire, puisque les actes d'un dossier d'instruction n'ont pas à figurer dans un dossier de l'ASE.

Gaudin disait vrai, Violaine était bien placée pour le savoir, puisqu'elle avait feuilleté le dossier de Clair.

– J'ai donc reçu Sylvestre pour lui donner un éclairage sur la dimension pécuniaire et judiciaire de son passé... Mais je ne m'attendais pas à être celui qui révélerait à ce jeune homme les circonstances détaillées de son arrivée au monde, dit Gaudin d'une voix altérée.

– Je viens de rencontrer les Fournier, l'ancienne famille d'accueil de Sylvestre. Eux-mêmes n'ont jamais fait savoir à Sylvestre que sa mère était l'auteure des coups qu'il avait reçus au visage. Pour eux, c'était à la psychologue de lui en parler. Or, si je comprends bien, elle ne l'avait pas fait ?

– Non, puisque Sylvestre a pris connaissance de son dossier devant moi... Le pauvre môme a accusé le coup. Il avait beaucoup de mal à admettre la vérité pénale. Je lui ai fait part des preuves génétiques avec autant de tact qu'il était possible dans de telles circonstances.

– A-t-il emporté un double du dossier ?

– Parfaitement, oui, et c'était son droit le plus strict.

– D'accord. Et a-t-il, à un moment ou un autre, réagi d'une manière qui vous aurait inquiété ?

– Vous faites référence à son bien-être psychique ?

– Non, je... pense plutôt à une manifestation de colère et d'agressivité qui aurait pu laisser craindre qu'il veuille... se venger ?

Gaudin haussa haut ses sourcils pour marquer son vif étonnement.

– Pas que j'aie remarqué. Cela étant, le ciel venait de lui tomber sur la tête ! Sylvestre était tellement abasourdi que je suis bien incapable de vous dire quel a pu être son ressenti, après coup…

– Je comprends.

– Mais, pour se venger, madame, il faut connaître sa proie. Or, en l'espèce, sa mère demeure une inconnue… À moins qu'il y ait un nouvel élément ?

Cette fois-ci, Violaine n'esquiva pas. Gaudin respirait l'intégrité, rien ne servait de lui cacher ce qu'il apprendrait tôt ou tard par les médias. Elle lui résuma donc l'affaire. L'homme l'écouta sans l'interrompre, mais sans dissimuler ses émotions non plus. Elle lut sur son visage la surprise, l'incrédulité, puis la gravité.

– À la lumière de ce que je viens de vous révéler, avez-vous la moindre idée de comment a fait Sylvestre Clair pour remonter jusqu'à sa mère biologique ?

Gaudin prit une longue inspiration, croisa ses mains sur son ventre et finit par répondre :

– Mon esprit cartésien m'oblige à passer en revue le maigre champ des possibles dans cette affaire. En premier, la piste génétique : ne nous fatiguons pas, elle est exclue ! Le FNAEG n'a jamais parlé en vingt-six ans, et s'il parle aujourd'hui, c'est à la faveur de l'ADN de votre victime d'homicide.

– O.K. Sur ce point, je vous suis.

– En second, la piste d'une dénonciation par un tiers ; le père, par exemple, qui serait sorti du bois et aurait révélé à son fils l'identité de sa mère. Cela impliquerait que cet individu ait eu connaissance de l'identité donnée au bébé des sources, ce qui me paraît très improbable.

– Pourquoi ?! Il y a les registres de l'état civil, non ?

Gaudin partit d'un petit rire moqueur.

– En premier lieu, je vous rappelle que les fichiers de l'état civil ne tombent dans le domaine public qu'au bout de soixante-quinze ans. Avant cette échéance, ils ne sont consultables que par des généalogistes professionnels agissant dans un cadre légal précis.

– Certes... mais pensez-vous vraiment que l'officier d'état civil de la commune d'Arreau, où tout le monde se connaît, soit incapable d'une indiscrétion après trois bières au bistrot du coin et pour une affaire aussi exceptionnelle ?

– Peut-être pas, mais ce serait fâcheux... En tout état de cause, c'est impossible dans notre affaire !

– Pourquoi donc ?

– Notre nouveau-né a été secouru *in extremis* aux sources de la Comba retirat, admis aux urgences de Tarbes, puis envoyé une heure plus tard à Toulouse, à l'hôpital de Purpan, en néonatologie où il est resté durant de longues semaines. Parallèlement, le procureur s'est autosaisi dix jours seulement après l'événement.

– À cause de cette histoire d'avalanche.

– En effet... Il en résulte que les démarches auprès de l'état civil ont été entreprises douze jours après la naissance de l'enfant. Or, pour effectuer une inscription à l'état civil, il faut un acte de naissance établi par un médecin. Qui, dans ce contexte, a effectué cet acte de naissance, selon vous ?

– Eh bien... Je suppose que c'est un médecin de Purpan, puisque c'est là-bas que l'enfant a été soigné dès la nuit de sa venue au monde ?

– Un point pour vous ! Un médecin de Purpan a effectivement signé l'acte de naissance en le rétrodatant, et la procédure administrative a suivi son cours. C'est donc l'état civil de Toulouse qui a intégré le nouveau-né dans ses registres.

– Vous voulez dire que les papiers de Sylvestre Clair indiquent que celui-ci est né le 31 décembre 1997 à Toulouse ?!

– Tout à fait. Et Sylvestre Clair n'a su qu'il était né aux sources de la Comba retirat qu'après être sorti de chez moi, alors qu'il avait dix-huit ans… Mais là n'est pas la question. Revenons-en à notre tiers éventuel. Durant ses deux premières semaines de vie, Sylvestre n'avait pas d'identité officielle. Tant et si bien que les soignants de l'hôpital de Purpan avaient fini par lui attribuer un prénom : Théo.

– Comment savez-vous cela ?

– Par Me Lassales. Lorsqu'il est entré dans la boucle pour bâtir un dossier de demande d'indemnisation, l'avocat a fait le déplacement jusqu'à Purpan pour rencontrer les premiers spécialistes ayant eu en charge Sylvestre. C'est un des médecins qui lui a fait part de cette anecdote.

– D'accord… Et donc ?

– Nous avons donc un enfant né à la Comba retirat, que tout le monde a appelé Théo quand il était soigné à Purpan, mais qui a finalement été nommé Sylvestre Clair par l'état civil de Toulouse, ville dans laquelle il n'était pas né. Suite à quoi, l'enfant a été placé cinq ans à Limoges, pour revenir dans le 65 et intégrer une nouvelle famille d'accueil. Comment quelqu'un de l'extérieur aurait-il pu connaître la véritable identité de l'enfant dans un tel micmac administratif ?

Violaine griffonna à la va-vite et releva la tête. Aussi séduisante que fût la piste d'un tiers, il y avait peu de chance qu'elle soit la bonne.

– Alors, quelle hypothèse reste-t-il ?! relança-t-elle. Sylvestre Clair n'a pas pu remonter la piste de sa mère par l'opération du Saint-Esprit !

L'homme lui retourna un regard indiquant qu'il n'avait pas la réponse, et Violaine décida de consulter les notes qu'elle avait prises lors du débriefing de Louise. Un mot lui sauta rapidement aux yeux, et elle demanda :

– Et ce bijou retrouvé dans la grotte, près du nouveau-né, alors ? Aurait-il pu servir de piste à Sylvestre ?

– Le collier, exact. Il figurait bien au dossier pénal… Cependant, il n'a pas donné lieu à des investigations poussées, énonça-t-il, songeur. Mmm… Vous avez peut-être raison. Ce bijou est le seul élément matériel du dossier, il a pu ouvrir une piste du côté de la Comba retirat, allez savoir…

24

Il a dix-huit ans. Il sort de chez M. Gaudin, l'administrateur *ad hoc.* L'homme détenait de cruelles vérités sur ses origines, et cette rencontre l'a terrassé. Il vient d'essuyer l'inouïe violence des révélations de Gaudin, comme un boxeur épuisé et prisonnier des cordes qui encaisse l'avalanche de coups de son adversaire sans pouvoir riposter. Il a envie de hurler. Il ressent une colère et une haine dont il ne se serait pas cru capable. Son dossier judiciaire à la main et l'âme en miettes, il s'empresse de déguerpir vers sa voiture. Au fond de lui retentissent les premiers éboulis d'un étrange chaos. Il se sent tout bizarre. Oppressé. Il s'assoit sur le siège conducteur, l'horloge de la voiture indique 17 h 11. Quelque chose est en train de se produire en lui, mais il ignore quoi.

Ça commence par une désagréable sensation d'étau physique. Il est comprimé, à l'étroit, il manque d'air et d'amplitude, l'atmosphère se densifie, l'enserre et l'écrase. Il est littéralement sous pression. Au moment même où il se sent paralysé et que sa cage thoracique menace d'imploser, une stridence comparable au sifflement d'une cocotte-minute s'élève à l'intérieur de son conduit auditif. Elle monte crescendo jusqu'à lui vriller les tympans. Se boucher les oreilles est un réflexe inutile, et la stridence devient tellement douloureuse qu'elle lui fait monter les larmes. Puis, d'un coup, quelque chose cède en lui, dans un craquement mat qui le délivre de la douleur et de l'écrasement. Un silence blanc surgit alors, et il n'est plus. Enfin, si, il continue d'être, évidemment, mais dans une dimension différente. Il ne perçoit plus son corps, ce qui est aussi bizarre qu'appréciable et aussi appréciable qu'inquiétant. L'instant suivant, le monde autour de lui tournoie, se réduit et s'étrécit, comme aspiré par un vortex. Lui devient un pur esprit flottant dans une matière invisible. Il n'y a ni haut, ni bas, ni aucun contour ou limite. Juste une onde épaisse qui le relie à d'autres esprits invisibles comme lui. D'où la mélasse de chuchotements qui se superposent et se mélangent en une pâtée de mots indistincts. Dans le flot inarrêtable et confus de murmures qui l'assaillent, il perçoit de temps en temps l'éclat étouffé de gloussements moqueurs. Le sifflement revient, et tout ce fourmillement de sons finit par s'éloigner et disparaître. C'est un peu comme si la matière invisible qui l'avait capturé et éloigné du monde se désagrégeait. D'abord, des taches de couleur apparaissent, puis certains contours se dessinent, baveux, auréolés – des reflets dans une flaque –, avant de se préciser. Ensuite, le sifflement s'atténue, et les bruits du monde ordinaire ressurgissent et se clarifient. Et paf ! en un instant, il est *de retour*. Les chiffres lumineux de l'horloge de bord indiquent 19 h 39.

Son cœur bondit dans sa poitrine. L'étrange expérience de décorporation a paru durer une minuscule minute, pourtant, il est *parti* pendant deux heures et demie ! Le pouls filant, l'esprit sens dessus dessous, comme sortant d'une machine à laver, il patiente de longues minutes pour *redevenir normal*. Puis il démarre et rentre chez lui.

25

Accoudées à la rambarde du balcon, anoraks fermés jusqu'au menton, Louise et Pyrène scrutaient les filoches de brume entortillées autour des rameaux de sapins tout proches et qui s'élevaient bien au-dessus de leur modeste piédestal, jusqu'au sommet de l'hôtel-restaurant comprenant trois étages.

– Alors, Pyrène, tes impressions ?

– Je dirais qu'ils ont l'air sincère. Ils ont vraiment accusé le coup face à nos révélations… Qui plus est, leur déclaration sur le départ de Marion Mercier à l'étranger est raccord avec les informations que j'ai glanées. J'ignorais, cependant, que celle-ci avait coupé les ponts.

– D'ailleurs, si on en croit leurs dires, ils ne savaient rien de l'existence de Valentin.

– Pourquoi cette rupture de la part de Marion Mercier ? Pourquoi avoir caché la naissance de son fils ? Pourquoi cette installation à New York ? Et pourquoi ce silence concernant son retour en France ? déroula Pyrène.

– Il existe sûrement des zones d'ombre que nous n'avons pas encore découvertes dans la vie de cette femme, il va falloir creuser…

– Des zones d'ombre que sa propre jumelle ignore ?

– C'est ce que nous allons vérifier… Quoi qu'il en soit, les relations dans une fratrie ne sont pas toujours harmonieuses. La complicité et l'affection ne se décrètent pas… En parlant de fratrie, poursuivit Louise après un silence, il faudra aussi nous rapprocher de Martin, l'aîné des jumelles. Il aura peut-être des choses à nous apprendre.

– De ce que je sais, il vit à Pau. Il est prof de maths dans un collège. Mais il vient très fréquemment à la Comba retirat où il possède une maison secondaire, la renseigna Pyrène.

– Tu es vraiment une mine d'informations !

– Disons que je prends mon job au sérieux.

Quelques secondes filèrent, puis Louise jeta un coup d'œil à sa montre.

– Allez, on y retourne. On va désormais s'intéresser à l'année 1997… et traquer les zones d'ombre !

À peine eurent-elles refermé la baie vitrée que Bastien Herbeau entra dans la pièce, un plateau à la main.

– Je vous sers quelque chose ? Café ? Thé ? Infusion ? proposa-t-il d'une voix émue, en déposant un mug fumant devant sa femme.

Louise déclina, Pyrène opta pour un thé. Tandis que le mari la servait, la jeune gendarme observa la quinquagénaire tourmentée par le drame qui frappait sa famille et dont les traits s'étaient délités. Prostrée, elle n'avait pas bougé de son fauteuil. Une main désormais fermée sur l'anse de son mug fumant, l'autre occupée à caresser nerveusement son pendentif, elle buvait sa boisson chaude du bout des lèvres, les yeux rougis et perdus dans le vague. Prise d'une soudaine inspiration, Pyrène se racla la gorge et osa :

– Madame Herbeau ? Je vois que vous touchez sans cesse votre collier, vous pourriez nous le montrer, s'il vous plaît ?

La femme afficha son incompréhension, puis haussa les épaules, l'air résigné. Elle défit l'attache à l'arrière de son cou et tendit le bijou à Pyrène, sous le regard estomaqué de sa collègue.

– D'où provient ce collier ? s'enquit Louise.

– C'est un médaillon de naissance. Marion et moi avons exactement le même. Il s'agit d'un cadeau conçu et fabriqué par notre grand-père maternel qui était joaillier dans les Alpes. Sur l'une des faces, il y a un edelweiss, sur l'autre, avec les pétales en forme de cœur, une potentille des montagnes.

– Il a été fabriqué à combien d'exemplaires ?

– Eh bien, deux : un pour Marion, un pour moi. Pourquoi ?

Sans le savoir, Victorine Herbeau venait de leur transmettre un élément incriminant sa sœur jumelle, et pas des moindres…

– Je répondrai à certaines de vos interrogations à l'issue de notre échange, lui répondit Louise, mais, d'abord, je dois vous poser des questions importantes.

L'air chiffonné, l'épouse acquiesça néanmoins. Puis elle raccrocha le collier à son cou et attendit.

– À partir de quand Marion a-t-elle rompu toute relation avec vous ? entama Louise.

Les époux plongèrent dans un abîme de réflexion, puis Victorine avança d'une voix hésitante :

– C'est difficile à dire, ça s'est fait progressivement… J'aurais cru que la mort de nos parents lui aurait permis de s'apaiser et de revenir vers nous, mais non…

Elle sonda son époux.

– Tes parents sont décédés en octobre 1996 et, lors des obsèques, Marion t'avait dit qu'elle viendrait pour le réveillon suivant, mais elle s'est désistée au dernier moment.

– Oui, je m'en souviens maintenant, agréa sa femme d'une voix peinée. En revanche, elle est venue l'année suivante. Elle est même restée une semaine entière.

Son mari fronça les sourcils, il avait du mal à se souvenir.

– Tu travaillais ici, et on avait confié les enfants à tes parents pour les vacances. Antoine et Haruki venaient de racheter l'*Hôtellerie des Sources*, et Marion et moi avons passé la semaine là-haut pour les aider à trier et vider les lieux.

– Exact, oui ! Et vous êtes tous descendus à la station pour le 31 ! D'ailleurs, je crois bien que c'est la dernière fois que Marion nous a rendu visite, non ?

Louise et Pyrène avaient suivi l'échange avec un vif intérêt. Au bijou retrouvé dans la grotte s'ajoutaient de nouveaux éléments : non seulement Marion était présente à la Comba retirat lors de la naissance de Sylvestre Clair, mais en plus l'épouse avait mentionné l'*Hôtellerie des Sources* située au plus près de la grotte. L'étau se resserrait.

– Vous êtes formels ? demanda Louise avec empressement. Marion était présente ici avec vous le 31 décembre 1997 ?

Le mari plissa les yeux, pressentant l'importance de leur déclaration.

– Bon sang, vous me faites douter ! Attendez, ça va être vite vu, ajouta-t-il en se levant.

Il se dirigea vers un bahut dont il ouvrit une porte et commença à farfouiller à l'intérieur. Louise profita de l'intermède pour continuer d'interroger Victorine Herbeau :

– Vous avez parlé de l'*Hôtellerie des Sources*...

– Oui, Antoine, notre cousin, avait décidé de se réinstaller dans le coin. Ses parents avaient péri dans l'incendie de leur maison, en même temps que les nôtres.

– Vous parlez des époux Wagner ?

– Oui, c'est ça. Antoine est leur fils. Cet incendie... ça a été un choc terrible pour toute la famille... Début 1997, Antoine a quitté le Japon où il vivait depuis cinq ans. Avec son compagnon, Haruki, ils ont décidé de reprendre l'*Hôtellerie des Sources* qui était à l'abandon, parce qu'un consortium venait de racheter les thermes pour les réhabiliter et leur donner une seconde vie.

Bastien Herbeau revint à ce moment-là, tenant trois épais albums entre ses mains. Il s'assit de nouveau sur l'accoudoir et laissa son épouse achever ses explications.

– Ils voulaient profiter de la réouverture des thermes pour relancer l'activité de l'Hôtellerie. Haruki étant chef cuisinier, l'idée était bonne… Leur affaire a fonctionné quelques années, mais le groupe qui avait repris le complexe thermal a finalement mis la clé sous la porte, et l'Hôtellerie a vite périclité. Aujourd'hui, Antoine et Haruki ont ouvert un bed and breakfast en haut de la vallée du Louron, à Loudenvielle.

– Je vois. Donc, d'après vos souvenirs, votre sœur et vous étiez là-haut durant les vacances de Noël 1997 ?

– Oui, je suis quasi sûre que c'était cette année-là… Mais oui, puisqu'il y a eu le crash du 1er janvier 1998 ! J'ai passé trois jours à Barèges avec l'ensemble des secouristes. Je me rappelle avoir quitté précipitamment la table du petit déjeuner dès l'appel à la mobilisation et, j'en suis certaine, Marion était là, assise face à moi…

– Regarde ça, Vic ! Avec les albums, on trouvera sûrement une confirmation, non ? intervint l'époux.

Sa femme s'en empara, en écarta deux avec l'assurance de celle qui en connaît parfaitement le contenu et ouvrit le troisième. Elle fit défiler les pages – à la vue de certains clichés, son regard se chargea de tendresse ou de nostalgie – puis elle s'arrêta enfin. Du bout de l'index, elle tapota une photo précise avant de l'extirper de son film transparent. Elle jeta un coup d'œil rapide au verso, hocha la tête et tendit le cliché aux gendarmes.

– 30 décembre 1997, 18 h 03, l'horodatage apparaît derrière. C'est Antoine, notre cousin, qui a pris cette photo à l'*Hôtellerie des Sources*. On était en train de faire les essayages pour la soirée du lendemain.

Dès qu'elle découvrit le cliché, Louise écarquilla les yeux. Percevant son trouble, Pyrène se rapprocha et regarda par-dessus son épaule. La surprise s'imprima également sur ses traits.

– Qu'y a-t-il ?

– C'est votre sœur et vous ? Sur cette photo ?

– Nous nous ressemblons suffisamment, il me semble…

La question pouvait effectivement paraître stupide. Cependant Louise dut lutter pour ne pas demander à son interlocutrice si elle était vraiment sûre d'elle. Parce que la photo révélait deux jeunes femmes très ressemblantes, chacune vêtue d'une robe moulante noire. Or, au regard de leurs silhouettes, aucune des deux n'était enceinte et prête à accoucher le lendemain… Après avoir vérifié par trois fois l'horodatage au verso, Louise secoua la tête, totalement désarçonnée.

26

Vingt-sixième jour de captivité, « Tu es à moi »

Depuis quatre jours, son esprit tourne en rond aussi sûrement qu'un tourniquet. En boucle dans sa tête, une locution mêlant crainte et espoir – *pourvu que* – constitue l'entame d'une imprécation obsessionnelle à la formulation variable : *pourvu que Miracle ait délivré mon message, pourvu que mon message ne se soit pas détaché du collier en chemin, pourvu que les indications que j'ai écrites suffisent à me retrouver, pourvu que…*

Lorsqu'elle se lève à cause de la sonnerie stridente du réveille-matin, *pourvu que.* Ou qu'elle se frictionne la peau au gant, *pourvu que.* Ou qu'elle passe le balai, *pourvu que.* Ou qu'elle épluche des légumes, *pourvu que.* Ou qu'elle met la table, *pourvu que.* Ou qu'elle alimente la cuisinière, ou qu'elle lave la vaisselle, ou qu'elle nettoie la cheminée, ou qu'elle trompe l'ennui en re-re-relisant un des navets de Mélody Mitchell, ou qu'elle s'allonge sur le lit, son orteil fantôme crépitant de douleur, *pourvu que…* Chaque instant de son existence aliénante s'épuise dans le mantra de son *pourvu que.* Comment pourrait-il en être autrement ? Après vingt-six jours de détention, sa délivrance a quitté le statut de projet pour celui de perspective. Et celle-ci exacerbe ses rêves de vengeance.

Lorsque *le Fou* pérore d'un ton supposément badin sur sa journée de travail, qu'il lui sourit avec cet air d'emprunt enfantin – et surtout, faussement inoffensif –, qu'il lui jette des « *mamaaan !* » de cette voix haut perchée et dissonante, des images surgissent dans sa tête comme des bulles crevant la surface de l'eau dormante, et elle voit une cohorte de types cagoulés donner l'assaut et fondre sur lui avec la technicité et la furtivité de militaires surentraînés. Elle imagine le visage du *Fou* écrasé au sol sous l'épaisse semelle crantée d'une Ranger, ou visualise sa tête traversée par un projectile dans une giclée de sang et de cervelle. *Ben alors, mon grand, tu fais moins le malin, maintenant, hein ?...* Oh, oui, *pourvu que* !

Le déclin précoce des soleils d'hiver plonge la pièce dans la pénombre. Il n'est pas 18 heures, mais déjà, à l'extérieur, le ciel et la haute ligne de crête qui surplombe l'habitation se fondent dans un dégradé d'ombres rampantes. D'ici quelques minutes, elle ne distinguera plus rien. Elle s'écarte de la fenêtre et allume tour à tour les quatre lampes à huile disséminées dans la pièce. Une lumière basse et chaude s'épanouit et repousse l'obscurité dans les angles. Elle attise le feu, ajoute une bûche et se perd dans la contemplation des flammes dansantes. Mais le spectacle hypnotique ne lui procure pas l'apaisement espéré. On est vendredi, et comme chaque fin de semaine, la perspective d'un long week-end en tête à tête avec *le Fou* l'angoisse. Sa seule consolation est qu'elle n'a rien à préparer pour le souper. Dans l'inusable routine qui préside leur existence, le vendredi soir, c'est *impro*, comme il se plaît à le dire avec cet air détendu de mec hyper *flex* qu'il a dû travailler des heures devant le miroir. Qu'il ne trouve pas paradoxal de ritualiser le fait d'improviser en dit long sur sa cohérence mentale – bien sûr, elle s'abstient de tout commentaire. De plus, nul besoin d'un haut diplôme en psychologie pour comprendre que, dans un esprit aussi obsessionnel que le sien, l'absence d'un menu défini à l'avance constitue la forme la plus aiguë qui soit d'improvisation. *On en revient à cette histoire de vide en lui. Ses putains de menus, ses règles de vie à la con, ce quotidien invariable et millimétré, c'est son cadre fonctionnel, le socle de sa « boule à neige » créée de toutes pièces, et dans laquelle chaque chose est à sa place et chaque personnage tient son rôle.* Il n'a pas de *maman*, qu'à cela ne tienne, il s'en choisit une ! Il ne sait pas être, alors il imite ! Et tout ce bordel mensonger, là, il faut que ça tienne. *Sinon...* Elle s'interdit d'aller plus loin. Elle ne veut pas savoir ce que ça ferait si ce joli petit univers en carton-pâte se disloquait. *Ce serait terrible, un vrai carnage...*

Le bruit du moteur en approche l'extirpe de ses songes. Elle frémit. Elle va encore devoir trouver en elle la force d'un semblant qui menace de la rendre folle. Alors, une fois encore, *pourvu que...*

– Coucou *mamaaan* ! C'est moiii !

Quelle surprise.

– Bonsoir, mon grand, ça va ?

– *Tranquillou bilou.* La semaine est finie, alors !

Apparemment, ce soir, il a renoncé à la pizza ou au traiteur chinois, car il pose un sac de commissions sur la table, puis s'approche du feu, frictionne ses mains au-dessus de l'âtre.

– Il fait un froid de canard ! Et encore, ce n'est rien à côté de ce qui est annoncé pour la semaine prochaine !

La météo. Un de ses sujets de *conversation* préférés, avec les mauvais conducteurs et les incivilités au volant, la flambée du prix de l'électricité depuis la guerre en Ukraine et, bien sûr, ses collègues de travail – Roger, le vieux bougon de la CGT, Chloé qui n'arrête pas de manger des bonbons en cachette, Philippe débordé à l'accueil...

– … épisode d'orage cévenol, jeudi prochain. Bref, tout se détraque, même le climat ! conclut-il.

Elle fait « mmm », la mine préoccupée. Son ventre se contracte, il faut que toute cette folie s'arrête très vite. *Pourvu que.*

– Bon, c'est pas le tout, mais le repas ne va pas se faire tout seul !

Il commence à déballer ses achats – des échalotes, des champignons et du persil frais, de la crème, du vin blanc, un sachet de viande de chez *Félix Boucherie*… Monsieur a donc décidé de se lancer en cuisine, c'est une première !

– Tu as besoin d'aide ? demande-t-elle face à cette situation nouvelle dans laquelle elle ignore le rôle qu'il attend qu'elle joue.

Il lève une main qui dit non et précise d'un ton mêlant complicité et condescendance :

– Tu en fais bien assez comme ça, *maman* ! Ce soir, c'est moi qui m'occupe de toi… Laisse-moi donc te choyer un peu, tu veux ?

Elle étire un sourire censé marquer sa reconnaissance et ajoute – parce que, avec lui, on ne sait jamais :

– Comme tu préfères… Mais n'hésite pas si tu as besoin.

Il hoche la tête et commence sa préparation en sifflotant, *en mode cool – après tout, ce vendredi soir n'est rien d'autre qu'un épisode ordinaire dans l'écoulement de leur vie à deux sous le même toit – mère et fils naturellement unis dans la tranquillité d'un foyer lambda, n'est-ce pas ?* La douleur de son orteil fantôme se réveille sans crier gare, attestant encore une fois que son corps a une mémoire propre et que le délire ambiant porte le germe de tous les dangers. Elle plisse les yeux à cause des ondes algiques qui martyrisent son membre pourtant disparu – elle pourrait jurer sur sa vie qu'il n'en est rien, que son petit doigt de pied est toujours présent et qu'il constitue précisément l'endroit de sa souffrance… Les dents serrées, le regard embué, elle observe *le Fou* qui hache menu quelques brins de persil, et chaque claquement de la lame sur la planche à découper lui rappelle le tchac-tchac-tchac du sécateur de ses cauchemars. Une sueur froide inonde son corps, elle vit dans une peur permanente. Le *qui-vive* qui infuse son quotidien génère un état de stress intense et constant – depuis l'épisode du *mauvais rêve*, elle n'est même plus certaine d'être tranquille la nuit –, et elle se sent soudain comme une corde tendue à l'extrême, prête à casser. Combien de temps son esprit pourra-t-il encore tenir, avant que de rompre les amarres et de partir à la dérive sur l'indomptable océan de la folie pure ? Cette éventualité l'électrise. *Non ! Pense à Valentin ! Il est venu au monde pour te sauver de toi-même et il a toujours été ton ancrage le plus solide. C'est à lui que tu dois t'accrocher.* Elle dirige ses pensées vers son fils, parvient à se représenter son visage, son sourire espiègle, le regard amusé et moqueur qu'il lui renvoie lorsqu'il la surprend en train de le contempler comme s'il était la huitième merveille du monde – ce qu'il est, pour elle, incontestablement… La peur reflue légèrement. Elle s'accroche, elle va tenir, elle le lui promet. *Pourvu que…*

Des effluves savoureux s'échappent de la marmite et lui ouvrent l'appétit. Cela fait vingt-six jours qu'elle prépare et mange sans faim les plats basiques du menu établi par *le Fou*. Elle en avait oublié les senteurs de l'échalote qui sue, le bouquet du vin qui s'évapore, le parfum de l'ail écrasé, l'odeur de la viande qui mijote lentement. Bien évidemment, le résultat n'aura jamais le raffinement et l'audace des créations de chefs étoilés qu'elle a expérimentées grâce au parcours professionnel de Valentin. Mais, elle doit bien l'admettre, cette parenthèse culinaire réveille ses sens et rompt avec la fadeur de son quotidien alimentaire.

– C'est prêt, *maman* ! À table !

Elle se lève, s'installe et affiche une mine reconnaissante – *comme la gentille maman que tu es, hein…* Lui fait le service. Une cuillerée de riz blanc et une cuisse de lapin – vu la forme – qu'il nappe généreusement de sa sauce chasseur. Puis il s'assoit et guette une réaction.

– Ça a l'air fameux, se force-t-elle à dire, merci.

Il arbore un large et fier sourire, et ses yeux pétillent à la manière des enfants qui font une surprise à leurs parents. Puis il attend en l'observant, comme s'il venait de lui offrir un cadeau et qu'elle était censée l'ouvrir devant lui. Elle détache alors un morceau de chair de lapin de son os et goûte. Globalement, c'est assez réussi. Il manque un soupçon de poivre, peut-être, et la viande est un peu sèche, *dommage.*

– C'est excellent, commente-t-elle, en dissimulant ses minuscules réserves.

– Ah, super ! fait-il, et il se frictionne les mains à la manière d'un enfant survolté.

Malgré les imperfections du plat, elle prend plaisir à manger. Bien entendu, durant tout le repas, elle doit supporter le récit sans intérêt et inarrêtable du *Fou.*

– Je te ressers, *maman* ?

– Non, merci… C'était délicieux, mais je n'ai plus faim.

L'expression du *Fou* change d'un coup. Il est contrarié, il aimerait *vraiment* qu'elle en reprenne. Elle marque une hésitation – *si tu tiens à tes orteils, tu devrais peut-être faire un petit effort,* lui souffle Madame-la-raisonneuse.

– Une gigolette, alors, consent-elle. Par pure gourmandise.

– À la bonne heure ! lance-t-il d'un ton enjoué.

Il la ressert, et elle se force à manger la patte avant, pendant qu'il la regarde, le visage épanoui, les yeux brillant d'une joie exagérée, presque féroce. Elle se sent comme un insecte dans un vivarium. Elle repose enfin ses couverts en laissant échapper un soupir d'une manière qui signifie : « Une bouchée de plus, et j'explose. »

– Ravi que ça t'ait plu…

Elle hoche la tête.

– Maintenant, tu peux débarrasser…

La phrase ne s'achève pas sur un point d'interrogation. D'ailleurs, les inflexions du *Fou* lui semblent soudain dénuées de toute tendresse, brisant l'ambiance *conviviale et intimiste du repas familial.* Tous les voyants en elle passent au rouge, mais elle ne comprend pas pourquoi. Qu'a-t-elle fait ou dit de travers ? À moins que ce ne soit l'inverse : que n'a-t-elle pas dit ou pas fait ? Elle vit sous la houlette d'un déséquilibré, et son cerveau malade produit souvent d'étranges réactions… Elle se lève, rassemble les os dans une seule assiette – sa main tremble un peu à cause de la tension qui plane dans l'air – et se rend jusqu'à la poubelle. Un appui du pied sur la pédale et le couvercle s'ouvre. Elle pousse alors un cri d'épouvante et laisse tomber l'assiette qui se fracasse au sol dans un bruit cristallin. Bien visible sur les pelures d'échalotes et de champignons, repose la tête de Miracle, ses yeux d'un bleu arctique ternes et inexpressifs. Enroulé sur lui-même, le pelage du chat est constellé d'hémoglobine dont les coulées ont aggloméré les poils en touffes rougeâtres. Elle recule. Ébranlée. Anéantie. Incapable de la moindre pensée cohérente.

– En rentrant du bois lundi dernier, j'ai trouvé ton petit mot au pied des bûches.

La voix du *Fou* est celle qui ne semble pas humaine – plate et désincarnée.

– J'ai mis un moment à comprendre que tu avais dû missionner un messager… Après, il m'a fallu poser un piège et patienter trois jours pour l'attraper. Un chat. Un jeune chat.

– Et… tu… tu l'as… tué, balbutie-t-elle en le fixant avec horreur.

Il hoche lentement la tête. Ses yeux sont vides, froids.

– Tué. Dépecé. Débité… Et cuisiné… Apparemment, tu as aimé ? Tu en as même repris…

L'évidence qu'elle refusait de voir lui saute à la gorge. Son estomac se retourne comme un gant. Elle se plie en deux et vomit. Plusieurs fois, jusqu'à la bile.

– J'ai voulu te donner une petite leçon, *maman*… pour que tu *ravales* tout espoir… Tu dois absolument l'accepter, maintenant : tu es à moi.

27

Louise poussa la porte de chez elle aux alentours de 23 heures, à l'issue d'un long débriefing où les enquêteurs avaient mis en commun leurs dernières découvertes. D'un pas fatigué, elle traversa le salon – quelque chose, un détail, l'alerta, mais son esprit était trop saturé pour qu'elle mît le doigt dessus – et rejoignit la cuisine. Sur la table, elle découvrit un mot de Farid. « Déplacement imprévu dans le Jura dans le cadre d'une grosse affaire. Petit clin d'œil postanniversaire au salon. Je t'aime. »

Anniversaire… Le cadeau de Lucas ! tilta-t-elle. Elle se précipita au salon et laissa échapper un « Non ! » atterré en découvrant le pêle-mêle géant fixé au mur au-dessus du long bahut. Voilà donc le fameux « détail » qui l'avait inconsciemment titillée. Farid pensait-il *vraiment* lui faire plaisir en exposant, à la vue de tous, la rétrospective des sept dernières années de sa vie ?! Louise laissa échapper un long soupir contrarié.

Indifférent aux états d'âme de sa maîtresse, Omoko pointa le bout du museau et miaula avec insistance pour réclamer son content de caresses.

– Ben alors, mon *chat-foin* ! Tu veux des câlins ?

Elle attrapa l'animal, se laissa choir dans le canapé et plongea ses doigts dans son pelage roux. Ravi, le félin se lova sur les genoux de sa maîtresse, gorge offerte, en émettant des ronronnements satisfaits. Bercée par ses propres caresses, Louise commençait à s'assoupir quand son téléphone vibra. Elle se tortilla pour le retirer de sa poche arrière sous le regard mécontent d'Omoko et découvrit un texto de Pyrène : « Mon oncle peut nous recevoir demain en fin de matinée. Ça te va ? » Désireuse de bénéficier au plus tôt des éclairages d'un psychiatre, la gendarme s'empressa de lui répondre par l'affirmative. Puis elle se leva, son chat dans les bras, et monta se coucher. La journée du lendemain s'annonçait chargée.

*

* *

Le soleil régnait sur un ciel sans nuages et les sommets blanchis se profilaient, dentelant une portion d'horizon par-delà les premiers escarpements qui encaissaient la vallée. Louise suivit les indications de son GPS jusqu'au village d'Estarvielle. En dépassant le panneau de la commune, elle découvrit une église dont la tour carrée était chapeautée d'un toit pointu, lui-même surmonté d'un cochet. Le coq perché dans les airs semblait vouloir se hisser jusqu'aux cimes montagneuses à l'arrière-plan. Comme le lui avait indiqué Pyrène, elle quitta la D25 et emprunta le Carré de Peyrouton, une étroite ruelle distribuant une flopée de maisons. La jeune gendarme l'attendait tout au bout, appuyée contre un muret de pierres sèches. Lorsqu'elle quitta l'habitacle et que le froid mordant s'abattit sur elle, Louise regretta de ne pas avoir opté pour une polaire sous son anorak.

– Je te rassure, on n'a que le jardin à traverser, la maison est juste là.

Pyrène poussa le portail et s'engagea sur un chemin de lauzes grossièrement taillées qui affleuraient du gazon. Une longue maison en pierre de plain-pied leur tournait le dos. Suivant le chemin qui la contournait, les deux gendarmes parvinrent devant une haute double porte en forme d'ogive, évoquant les vestiges d'un temps passé. Pyrène actionna le heurtoir et poussa le battant droit, révélant une vaste pièce rustique au sol inégal fait de grandes et vieilles tomettes. Plafonds hauts, poutres sombres et massives, murs de chaux, grande cheminée, mobilier ancien, bibelots en étain ou en faïence. Un homme plutôt petit et très mince surgit d'un angle ouvert de la pièce. Légèrement voûté, le cheveu rare, il avait les traits fripés par les années, mais un regard vif et rieur qui le rajeunissait.

– Ma petite Pyrène ! s'exclama-t-il en arborant un grand sourire qui illumina son visage de sharpeï. Viens dans mes bras, mon trésor ! Tu es toujours aussi belle, à ce que je vois !

Puis il posa un œil intrigué sur Louise qui se tenait en retrait et s'approcha.

– Major Louise Caumont, je suppose ?

– Tout à fait. Merci de nous recevoir aussi vite. Et appelez-moi Louise, s'il vous plaît !

Il lui serra la main d'une poigne étonnamment vigoureuse, sans cesser de sourire. Puis il les fit s'asseoir près du feu, dans un vieux canapé fatigué. Louise eut l'impression que ses genoux flirtaient avec sa mâchoire. Lui opta pour un fauteuil ferme avec accoudoirs – *pas fou, notre homme, il tient à pouvoir se relever !* songea-t-elle avec amusement. Après quelques échanges d'usage, le docteur Achille Salazar se tourna vers Louise et entra dans le vif du sujet :

– Suite à l'appel de Pyrène, hier soir, je me suis penché sur le sujet qui vous préoccupe, Louise. J'ai passé quelques appels et fait des recherches, dit-il en désignant un petit tas de notes posé sur la table basse. Mais avant toute chose, pourrais-je voir la fameuse photographie ? demanda-t-il.

Louise récupéra le cliché dans sa sacoche. L'homme l'examina attentivement et laissa échapper un petit sifflement médusé.

– Et cette photo date de la veille de l'accouchement sauvage, c'est bien ça ?

– Absolument, regardez au verso.

– Incroyable... marmonna-t-il. Mais puisque l'ADN établit le lien génétique...

– Il n'existe qu'une seule explication : le déni de grossesse, conclut Louise.

Salazar opina avec gravité.

– Le hic, reprit la gendarme, est que nous sommes en présence de sœurs jumelles. Si l'ADN ne ment pas, en l'espèce, il ne départage pas. D'où notre demande d'éclairage. Que pouvez-vous nous dire sur le déni de grossesse, existe-t-il un profil de femme plus susceptible d'opérer un déni ?

– Commençons par le commencement, voulez-vous ? D'abord, le déni de grossesse en lui-même qui donne généralement lieu à des représentations erronées... Certains faits divers « hors norme » ont fait l'objet d'un véritable battage médiatique qui a permis de rendre tangible et accessible au grand public cette notion de déni de grossesse, mais avec tous les écueils qu'emporte un traitement sensationnaliste. Il en résulte que l'évocation d'un déni de grossesse aujourd'hui crée l'image mentale de bébés congelés ou enterrés au fond d'un jardin... Il me semble donc important de préciser certains éléments de base.

Le psychiatre s'empara de ses notes et reprit :

– La plupart des dénis de grossesse sont partiels, c'est-à-dire découverts avant le terme. Un examen gynécologique, une visite chez le toubib à la suite de symptômes qu'on attribue à autre chose, et la grossesse est découverte ! Une fois qu'elle est débusquée, il ne faut que quelques heures au corps pour changer d'apparence et prendre les formes liées à l'avancement de la gestation. Dans les cas extrêmement rares de déni total, c'est-à-dire où la grossesse est conduite à son terme, un accouchement inattendu se produit. Le plus souvent, il s'opère aux urgences. On pense à une crise d'appendicite, la femme est transportée à l'hôpital, et paf ! l'enfant naît. Évidemment, c'est un choc, un ébranlement total ! La mère n'a pas eu le temps de construire psychiquement sa maternité. Elle n'y est pas préparée…

– En fait, l'absence de transformation de son corps l'a empêchée de se projeter en tant que mère et d'élaborer une quelconque relation avec le bébé qui grandissait dans son ventre, énonça Pyrène.

– Et c'est pour ça que certaines femmes, celles qui se retrouvent seules, réagissent de manière inappropriée et violente, comme dans l'affaire des bébés du congélateur, enchaîna Louise.

– Non, en établissant ce lien causal, vous prenez un raccourci, la reprit le vieil homme d'un air docte.

– Mais vous ne pouvez pas dissocier le meurtre du bébé et le contexte de déni dans lequel il a été commis ?

– Je ne cherche pas à le faire, cependant on estime à moins d'un pour cent les dénis totaux suivis de néonaticides. Un pour cent, répéta-t-il. Il n'existe donc pas de corrélation nette entre l'absence de grossesse psychique – à savoir la représentation de son enfant à naître pour une femme – et le passage à l'acte criminel. Certaines mères tuent leur enfant alors qu'il n'y a jamais eu de déni de grossesse, et l'écrasante majorité des femmes ayant vécu un déni total de grossesse ne tue pas son enfant après l'accouchement.

– D'accord, admit Louise. Alors, qu'en est-il de ce fameux un pour cent de femmes commettant un néonaticide après un déni total de grossesse ?

– Penchons-nous sur votre histoire d'accouchement, proposa Salazar. C'est l'hiver, les températures avoisinent le zéro. Une femme se promène dans la forêt. Surprise par des douleurs, elle se réfugie dans une grotte qu'elle connaît et qui présente l'avantage de produire de la chaleur. Une fois à l'abri, un laps de temps s'écoule. Les douleurs ne cessent d'augmenter, le travail commence. La mémoire ancestrale du corps, l'instinct animal dictent une conduite : il faut pousser, quelque chose veut et doit sortir. La femme se déshabille et pousse. Finalement, un enfant naît. La suite, je vous écoute ? dit-il.

– Elle est en état de choc, avança Pyrène.

– Elle ne comprend pas ce qui vient de se passer, ajouta Louise.

– Vraiment ? Pourtant, l'enfant est là, sous ses yeux, qui pleure probablement, contra fermement le psychiatre.

– Oui, mais elle ne peut pas y croire ! Son cerveau est totalement obscurci, avança Louise.

– Admettons. Donc, quels sont factuellement les choix qui s'ouvrent à cette femme ?

– Fuir, proposa Pyrène.

– … Oui, fuir, admit Louise. Et éventuellement aller chercher de l'aide.

– Or, dans votre cas, la maman défonce le crâne du bébé à coups de pierre. Dans certains autres faits divers de cet acabit, on a l'étranglement avec le cordon ombilical, ou l'étouffement avec la main ou un coussin. Qu'est-ce que ça vient nous dire, d'après vous ?

– Que ces femmes sont sous le choc ? Qu'elles essaient de… d'effacer ce que leur esprit ne peut pas admettre ! À savoir qu'elles viennent de donner la vie ! hasarda Louise.

– Qu'elles viennent de donner la vie, répéta-t-il lentement en détachant bien ses mots. Donc elles ont conscience d'avoir enfanté ?

– Oui… enfin non ! Bon sang, je… je n'en sais rien !

L'émotion l'étreignit d'un coup, et la gendarme se sentit bouleversée. Dans un flash douloureux, elle revit les terribles images de sa fausse couche, se rappela l'insoutenable sensation de vide au creux de son ventre. Elle avait vécu l'exact opposé : la perte d'un bébé attendu et déjà aimé.

– En tout cas, intervint Pyrène, ces femmes sont dans un état de grande confusion et ne raisonnent pas comme elles le feraient d'ordinaire !

– Sur ce point, je suis d'accord. Parce que si elles raisonnaient, elles feraient le choix de laisser l'enfant à l'entrée d'un hôpital et de procéder à un abandon, ce que la loi autorise. Or, elles le tuent.

Le psychiatre étira un sourire sans joie et reprit :

– Tout le monde dit « déni de grossesse », mais dès que l'enfant naît, la grossesse devient une réalité révolue. En conséquence, on quitte le champ du déni de grossesse pour entrer dans celui du *déni d'enfant*, ou plutôt d'un déni de la *qualité d'enfant* – « enfant » étant ici entendu dans son acception d'altérité, c'est-à-dire un être, un *autre*, en vie.

Louise et Pyrène marquèrent un temps de réflexion. Au bout de longues secondes, Louise finit par acquiescer.

– Je vois… Comme les chiffres l'indiquent, le déni de grossesse ne détermine pas le sort qui sera réservé au nouveau-né. La plupart des femmes concernées se prennent la réalité en pleine face : elles viennent de mettre au monde un bébé. Mais pour quelques-unes, le déni de grossesse se prolonge en *déni d'enfant*, et c'est à ce moment-là que s'opère le passage à l'acte criminel.

– Exactement, approuva le psychiatre. D'ailleurs, à bien y regarder, ces femmes se comportent très étrangement ! Lorsqu'un citoyen lambda commet un crime, et que la dénonciation n'est pas une option pour lui, que cherche-t-il à faire – avec plus ou moins d'efficacité, d'ailleurs ?

– Le corps, répondit spontanément Pyrène. Il cherche à se débarrasser du corps.

– Exactement ! approuva Salazar. Est-ce que nos mères infanticides agissent ainsi quand elles recouvrent d'un linge le bébé et le placent au fond de leur propre congélateur familial ? Ou qu'elles enterrent le bébé dans le jardin où gambade le reste de leur progéniture les jours de grand soleil ? Quand on y pense, le corps d'un bébé, c'est minuscule ! Il suffirait de le fourrer dans un sac-poubelle qui rejoindrait une décharge, ou de le placer dans un sac de sport lesté et de jeter le tout au fond d'un lac loin du domicile… que sais-je ?! Tout sauf conserver les vestiges humains dans votre propre maison !

– Si je comprends bien, leur manière d'agir après le passage à l'acte montre que, à leurs propres yeux, ces femmes n'ont pas commis un crime ?

– En psychiatrie, le déni est le phénomène de refus de prendre en compte une réalité externe inacceptable, expliqua le psychiatre. Donc, pour vous répondre : non, *à leurs propres yeux*, ces femmes n'ont pas commis de crime puisqu'elles dénient au bébé sa qualité d'*alter*.

Un ange passa. Louise laissa errer son regard dans les flammes dansantes. Ce *cold case* de 1997 la faisait plonger dans une dimension complexe et cruelle de la réalité, la dimension de *l'intention*, coincée entre la psychiatrie, qui s'intéressait à l'auteur et pour laquelle les frontières de la conscience du bien et du mal se floutaient, et la loi, qui s'intéressait à la victime et pour laquelle la matérialité du crime exprimait toute sa sauvagerie – en l'espèce, un être minuscule, sans défense, lapidé.

28

Violaine quitta les bureaux de l'ASE sur les coups de midi. Son échange avec la dernière psychologue ayant assuré le suivi de Sylvestre Clair avait renforcé les éléments de profil du jeune homme. Clair présentait une profonde immaturité affective et ne savait se définir que par rapport à ce que les autres attendaient de lui. Son besoin de plaire et d'être aimé était tellement puissant qu'il jouait toujours un rôle : l'enfant gentil, le bon élève... Par ailleurs, il avait complètement idéalisé la relation mère-enfant. À chaque Noël, chaque anniversaire ou fête des Mères, il écrivait de longs poèmes en mode « Ma maman chérie ». D'après la professionnelle, les révélations de l'administrateur *ad hoc* avaient profondément ébranlé le jeune majeur qui s'était par la suite montré fuyant et taciturne. La psy avait détecté des signes de dépression, mais Clair avait refusé toute aide. Aujourd'hui, son passage à l'acte criminel posait *de facto* la question de sa santé mentale. D'autant que la mise en scène entourant le meurtre de Valentin Mercier pouvait s'interpréter ainsi : Sylvestre inversait les rôles, faisant de son frère le vilain petit canard de la grotte. Cela signifiait-il qu'il voulait s'approprier la place de Valentin ?! Et, si oui, comment, sachant que l'amour et l'attention d'une mère ne se décrétaient pas ? La jeune gendarme se demandait encore de quelle manière un cerveau malade pouvait s'accommoder de cette réalité, lorsque son téléphone sonna. C'était Thierry qui sortait tout juste de la banque et qui lui proposait de partager un McDo.

*

* *

Après avoir passé commande à la borne tactile, les gendarmes s'installèrent à une table en retrait.

– Alors, cher collègue, cette matinée à la BNP ?

– J'ai appris plein de choses ! répondit Thierry en ouvrant son carnet. Pour commencer, le cumul des avoirs de Clair jusqu'en mars 2022 s'élevait à 130 000 euros.

– Plus que le montant versé par le fonds de garantie des victimes ?

– Oui. Dès qu'il a commencé à travailler, Clair a économisé de l'argent. Il gagnait assez bien sa vie, n'avait pas de gros besoins et parvenait donc à thésauriser.

– O.K. Et donc, cet argent ?

– Grâce au récap de ses opérations bancaires durant les deux dernières années, j'ai relevé plusieurs choses intéressantes. D'abord, en mars 2022, soit juste après avoir arrêté les missions d'intérim, un prélèvement bancaire d'un montant de 8 000 euros a été effectué. Le bénéficiaire de cette somme est la clinique Léman, basée près du lac éponyme et spécialisée en chirurgie esthétique.

– Chirurgie esthétique ?

– Oui. Et ce n'est pas tout. Deux autres prélèvements émanant de cette clinique ont suivi, l'un en mai 2022, d'un montant de 6 000 euros, et l'autre en juillet 2022, d'un montant de 5 000 euros.

Violaine écarquilla les yeux.

– Tu crois que… qu'il a changé de visage ?!

– J'ai appelé la clinique où l'on m'a aimablement confirmé qu'il s'agissait bien de trois chirurgies de la face.

– Tu as demandé qu'on t'envoie des photos ?

– Bien sûr, et figure-toi que la clinique, « à la demande écrite du client qui renonce expressément à tout droit de poursuite », n'a conservé aucun cliché des résultats.

La jeune gendarme secoua la tête de dépit, puis ironisa :

– En même temps, pour un montant total de 19 000 euros, les clients peuvent avoir certaines exigences... Moi-même, à ce prix-là, je me sentirais le droit de poser mes conditions.

Un jeune serveur s'approcha de leur table, vérifia leur numéro de chevalet et déposa leur commande en leur souhaitant un bon appétit. Tout en déballant son burger, Thierry reprit :

– Autre élément intéressant : j'ai relevé une longue série de retraits d'espèces bien trop réguliers pour ne rien cacher. De mars à septembre 2022 inclus, soit durant sept mois, notre homme a procédé à deux retraits mensuels de 500 euros. Ce qui fait un total de 7 000 euros.

– Une idée de la destination de cet argent liquide ?

– Pourquoi ne pas envisager que Clair ait financé de faux papiers avec cet argent ? Après tout, il n'y a guère que les trafiquants pour exiger des paiements en cash.

– 7 000 euros ! C'est une sacrée somme pour des faux papiers, non ?!

– Eh bien... je suppose que tout dépend de la qualité desdits papiers et du nombre d'intermédiaires qui se servent avant que le demandeur n'accède au grand manitou capable de le rebaptiser. De plus, tout indique que Clair a longuement planifié son coup, qu'il est structuré, organisé...

– Donc, pas du genre à se contenter d'un faux permis de conduire obtenu à Barbès pour 200 balles ! conclut Violaine.

– On est d'accord. Et puis, ça collerait niveau timing, ajouta Thierry : Clair entame une succession d'opérations pour changer de visage et profite de ce délai pour rassembler la somme dont il va avoir besoin afin de financer des faux papiers conformes à sa nouvelle tête.

Violaine mordit dans un nugget, l'air contrarié, puis lâcha :

– Je me demande bien comment on va réussir à remonter jusqu'à Clair alors qu'il a changé de nom et d'apparence…

Son collègue lui lança un regard brillant d'excitation. La bouche à moitié pleine, il lui retourna :

– Il m'est venu une idée pendant que j'examinais le procédé qu'a utilisé Clair pour sortir son argent de son compte sans attirer l'attention de Tracfin.

– Donc, tu sais comment il a fait ?

– Absolument. Début décembre 2022, Clair a demandé le virement de 100 000 euros sur les 105 000 qui lui restaient pour procéder à l'achat d'un appartement en Thaïlande. L'intermédiaire bénéficiaire du virement est une agence immobilière située à Bangkok. Clair a fourni à la banque une promesse de vente *a priori* conforme.

– Et qui doit être aussi vraie qu'une pièce en chocolat, ironisa Violaine.

– CQFD. Les fonds ont donc transité de la France jusqu'au compte thaïlandais de l'agence. De là, évidemment, difficile de savoir ce qu'ils sont devenus.

– Jolie manière de ne pas dire qu'il a rejoint un paradis fiscal.

– Tout à fait. Mais cette histoire de Thaïlande, ça m'a donné une idée, dit Thierry avec malice.

– Laquelle ?

– Chanwee Wong.

– Wong… tu veux dire *de la famille Wong* ? fit Violaine en baissant le ton.

– Oui. Chanwee : trente-neuf ans, dernier d'une fratrie de cinq garçons issus de Rama Wong. Inutile de te faire un topo ?

– Merci bien, mais ça ira, lui retourna-t-elle.

Tout OPJ[16] travaillant entre Toulouse et Biarritz connaissait cette petite mafia locale issue de la diaspora d'Asie du Sud-Est. Installées dans le coin depuis les années 1960-1970, plusieurs familles, dont celle des Wong, trempaient dans divers business douteux – import et vente de contrefaçons, écoulement de produits de contrebande, transports de marchandises frauduleuses – et blanchissaient l'argent sale derrière les façades de restaurants asiatiques, de salons de massage ou de sociétés d'import-export. Ces familles avaient, au fil des décennies, démultiplié les activités lucratives qui leur avaient ouvert les portes des milieux argentés, de la sphère politique et des cercles affairistes du grand Sud-Ouest. En quelques décennies, les Wong *and Co* étaient parvenus à se fondre dans l'*upper class* locale et à jouir d'une respectabilité de façade – les dernières générations étaient même passées par de belles écoles de commerce.

– Quel rapport avec Clair ? relança Violaine. Tu as établi un lien entre lui et Chanwee Wong ?

– Oui.

– Grâce aux fadettes ?

– Non, sur ce point, rien de concluant, étant donné que la planification de Clair est antérieure à l'ancienneté légale d'un an de nos fadettes.

– Alors, qu'est-ce qui relie Clair et Wong ?!

– Frank Legrand, surnommé Franky-la-dégaine à cause de ses goûts vestimentaires tout droit sortis des années 1960. Vingt-sept ans, multirécidiviste, ayant déjà purgé trois ans de prison ferme pour vol à main armée. Depuis sa

---

16. Officier de police judiciaire.

sortie de taule, il y a quatre ans, il travaille comme chef de la sécurité dans les entrepôts tarbais de Chanwee Wong et accessoirement comme chauffeur.

– Chef de la sécurité ?

– Oui, tu m'as compris…

– Et donc ? Clair dans tout ça ?

– Legrand est issu d'une famille tuyau de poêle. Mère toxicomane et michetonneuse, père violent alternant les séjours en prison et les magouilles de bas étage… Bref, les six enfants de la fratrie Legrand ont tous fait l'objet de mesures répétées de placement. Et…

– Legrand a été placé dans la même famille d'accueil que Clair ! le coupa Violaine.

– Bingo ! D'après la liste des jeunes que nous avons demandé à Amandine Fournier de nous dresser, Frank Legrand était chez eux de ses quatorze à ses seize ans…

– Donc Franky-la-dégaine aurait pu mettre en contact Clair et Wong, réfléchit Violaine à haute voix. Ça veut dire que Clair et Legrand ont continué de se fréquenter après le placement ?

– Pas selon les informations que j'ai glanées, admit Thierry. Mais ils n'étaient pas des inconnus l'un pour l'autre… et vu le montage autour de l'achat d'un appart en Thaïlande, je me dis que Clair a pu se rappeler au bon souvenir de Franky-la-dégaine au moment où il avait besoin d'aide.

– Et puis, si Franky-la-dégaine a arrangé le coup pour Sylvestre Clair, il s'est servi au passage ! ajouta Violaine. Pour lui, c'était un moyen facile de se faire de l'argent.

– Tout à fait. Côté Wong, l'affaire a dû être pliée en un appel téléphonique et trois clics de souris : un vague tonton implanté à Bangkok, quelques démarches sur place dans un pays peu regardant sur les papiers, et le tour était joué.

– Certes… mais pourquoi Wong aurait-il trempé dans cette transaction douteuse ? demanda Violaine. Le type est richissime, quel intérêt pour lui, pourquoi courir des risques inutiles ?

– Tu as raison… et je ne sais pas… Tu penses que je fais fausse route ?

– Non… Wong est un bon client : il a des contacts solides en Thaïlande, des sociétés-écrans dans plusieurs pays d'Asie… Il a clairement les moyens d'avoir organisé le faux achat d'appartement pour Clair. Mais s'il l'a fait, ce n'est pas par intérêt financier.

– Quoi d'autre, alors ?

– Aucune idée.

– Un collègue de la brigade financière que j'ai contacté m'a indiqué que Chanwee Wong passe tous les lundis en début d'après-midi à l'un de ses restaurants du Tarbais pour ramasser la recette de la semaine écoulée, indiqua Thierry. Du coup, on pourrait aller manger thaï lundi prochain ? Qui sait, avec un peu de tact, on parviendra peut-être à convaincre notre Chanwee Wong de *se mettre à table* avec nous ?

– Vendu ! Mais il nous faut des billes avant d'aller le voir, lui retourna Violaine. Sans quoi, il nous rira au nez.

Leur portable émit un bip synchrone : Louise venait de leur envoyer un texto. Tous deux plongèrent le nez dans leur écran. La cheffe les informait que les résultats d'analyse étaient arrivés. Sans surprise, Valentin Mercier était bien le macchabée de la Comba retirat. Sans surprise non plus, le profil ADN féminin versé au FNAEG en 1998 était bien identique à celui de Marion Mercier, et donc de Victorine Herbeau…

29

Le vieux psychiatre se leva pour remuer les braises et ajouter une bûche dans le foyer ouvert. Quelques escarbilles virevoltèrent en crépitant au-dessus de l'âtre avant de s'échouer au sol. L'esprit toujours accaparé par les propos de Salazar, Louise observa sans les voir les paillettes incandescentes s'éteindre au contact des tommettes. Sa propre voix lui parut étrangère quand elle demanda :

– Et ce déni d'*enfant*, alors ? C'est quoi exactement ? Si l'esprit de ces femmes n'identifie pas le bébé comme tel, alors comment l'identifie-t-il ?

L'homme reposa le tisonnier et retourna s'asseoir.

– Je crains qu'il ne l'identifie pas au sens où vous l'entendez, Louise. C'est une chose, un objet *personnel et intime*. Une excroissance du corps de la femme.

– Mais… c'est antinomique ! On n'étouffe pas une poupée, on ne lapide pas un objet inanimé ! Il faut bien qu'il y ait conscience de la vie pour la supprimer, non ?!

Cette fois-ci, Salazar sourit franchement, tout en hochant la tête.

– Je vous le concède ! Nous nous trouvons dans un champ flou et controversé… Parce que, autant que ce soit clair dès maintenant, il n'y a à ce jour aucune réponse unanime. Certains procès retentissants ont offert un peu de matière concrète à la réflexion et à la théorisation, mais les affaires demeurent rares et, qui plus est, chacune est un cas en soi. Or, vous n'ignorez pas le nombre de facteurs qui entrent en compte au cours d'un procès : le choix de tel ou tel expert, l'angle d'attaque de l'avocat, l'inclination du président de la cour, l'importance de la pression médiatique… tous ces éléments participent de l'examen du dossier et influent sur l'appréciation des faits.

– Alors, si je comprends bien, cette notion de *déni d'enfant* relève de votre point de vue ?

– Un point de vue ?! Examinez par vous-même : quelle femme pourrait, durant deux ans, dissimuler et transporter dans le coffre d'une voiture un *enfant,* si elle le considérait comme tel ? J'irai plus loin : amènerait-elle un véhicule dont le coffre contient un *enfant* passer le contrôle technique ?

– Mais qu'est-ce qui passe alors dans la tête de ces femmes quand elles commettent l'irréparable ?

– Leur récit est truffé de « Je ne sais pas ». Laissez-moi vous citer l'une d'elles lors de son procès : « Je n'ai pas de réponse qui puisse éclairer des actes si graves. Ces grossesses n'ont pas été comme celles de mes deux fils. Avec eux, j'ai établi un lien, je leur ai parlé quand ils étaient dans mon ventre. » Lorsque le président l'interroge sur ses souvenirs lors de ses passages à l'acte, elle répond : « Il m'a semblé… que je les avais étranglés… Ce sont des images très brèves… Je me souviens d'une sensation physique, le bébé qui glisse à travers mon corps… je n'ai pas le souvenir, mais l'image de ma main sur leur visage. »

Louise et Pyrène échangèrent un regard : tout cela était terrifiant. Salazar, lui, replongea le nez dans ses notes et reprit :

– Face aux questions du président, la mère infanticide finira par dire ceci : « À chaque fois, c'était comme si je n'avais pas réellement vécu les faits. »

– On serait dans une sorte de cauchemar semi-éveillé ?

– En quelque sorte, oui. En psychiatrie, on parle de *dissociation* : pour faire très simple, ces femmes ne sont plus dans leur corps, elles ne sont plus dans la réalité.

– Et après, alors ? demanda Louise. Comment leur cerveau traite-t-il l'événement, une fois qu'il est passé ?

– S'est-il seulement passé ? s'amusa le psychiatre.

– Mais dans l'affaire des bébés congelés, par exemple, les bébés sont juste là, au fond du congélateur de la cuisine ! Il suffit d'aller voir pour attester de la véracité de la chose, non ?!

– On en revient à ceci, Louise : les bébés n'ont jamais acquis la qualité d'*enfants* dans l'esprit de la mère. Lorsqu'on l'a interrogée sur le fait qu'elle avait gardé deux bébés durant quatre ans au fond du congélateur plutôt que de s'en débarrasser, elle a répondu : « C'est très confus… Ils n'avaient pas pour moi d'existence réelle, donc je n'avais pas de problème à résoudre. »

Louise comprenait sans comprendre. Intellectuellement, son cerveau saisissait les propos du psychiatre, mais la connexion émotionnelle n'opérait pas, et elle se sentait amputée d'une part de son intelligence. Car, depuis qu'elle était gendarme, la dimension intuitive, sensitive avait toujours alimenté sa fonction cérébrale, participant pleinement de sa lecture d'une enquête et des personnes soupçonnées. Là, elle se sentait comme une boussole ayant perdu son aimantation.

– Existe-t-il un profil type de femmes susceptibles de faire un déni de grossesse ? demanda-t-elle.

– Le déni ne figure pas dans les classifications médicales internationales. Quelques études ont été conduites, mais en l'absence de cadre et de définition faisant consensus, les critères de recrutement des populations observées varient selon les études, et les résultats obtenus sont difficiles à mettre en perspective.

Le psychiatre marqua une courte pause pour fouiller dans ses notes et en sortit une page.

– Je m'attendais cependant à ce que vous me posiez cette question, étant donné que vous êtes confrontée à des jumelles et qu'il vous faudra déterminer laquelle est coupable... Puisqu'il n'est pas permis d'établir un lien causal entre déni de grossesse et néonaticide, j'ai mis de côté cette question du déni, pour m'intéresser aux études sur les femmes infanticides.

Louise acquiesça, Salazar avait vraiment pensé à tout.

– Bien... Les femmes infanticides sont généralement âgées de moins de trente ans. Mais cela ne vous aide pas beaucoup face à des jumelles ! ironisa-t-il. Elles appartiennent plutôt à la classe moyenne et ont un emploi.

Cette tendance correspondait davantage à Victorine Herbeau, mais elle n'était qu'une tendance...

– Concernant l'hypothèse d'antécédents psychiatriques, les études sont contradictoires et non concluantes, poursuivit-il. En revanche, après le passage à l'acte criminel, on relève assez souvent l'apparition de troubles dépressifs ou d'un stress comparable au syndrome de choc posttraumatique.

Louise souligna cette dernière information et griffonna : « investiguer sur l'état psychique des jumelles après le 31/12/97 ».

– Pour finir, reprit Salazar, les résultats laissent suggérer que ces femmes sont plutôt célibataires ou dans une relation instable avec le père de l'enfant.

Ce point, également, constituait un élément distinguant les jumelles, et Louise nota de s'intéresser à la vie affective de Marion Mercier durant l'année 1997.

*

* *

Les deux gendarmes prirent congé une demi-heure plus tard. Encore secouée par sa rencontre avec Salazar, Louise s'accorda quelques minutes avant de reprendre le volant. Appuyée contre la murette, la mine songeuse, elle s'ouvrit à sa jeune collègue :

– À ce stade, malgré les éléments de profil, je me demande bien comment incriminer une jumelle plutôt qu'une autre.

– On a le collier perdu, tempéra Pyrène. Il indique clairement que c'est Marion Mercier qui a accouché dans la grotte.

Louise laissa échapper un soupir.

– La juge Berton te répondrait que ce n'est pas une preuve formelle, et elle aurait raison ! Après tout, le collier a très bien pu être égaré la veille ou l'avant-veille de l'accouchement…

– C'est tiré par les cheveux !

– Non, Pyrène, c'est un fait : le bijou prouve seulement que Marion s'est promenée à cet endroit-là, pas qu'elle y a accouché ! Et n'importe quel avocat, même le plus mauvais des commis d'office, saurait le dire.

La jeune gendarme opina à contrecœur et ajouta d'une voix morne :

– Dans ce cas, ce sera exactement la même chose avec les indicateurs que nous a transmis Achille. Une période de stress ou de dépression et une relation affective instable ne feront pas la preuve de la culpabilité d'une des jumelles…

– En effet, ces éléments vont nous aider mais ne suffiront pas en soi, approuva Louise. Pourtant, il doit bien exister un moyen de… Le père ! s'exclama-t-elle, soudain.

– Quoi, le père ? Comment serait-il au courant qu'il est père ?

– Il l'ignore sûrement. En revanche, il n'ignore pas avec laquelle des deux sœurs il a eu une liaison courant avril 1997 !

– Tu suggères qu'on enquête sur les relations sexuelles des jumelles durant la période où Sylvestre Clair a été conçu ?

– Exactement.

– Pour ce qui concerne Victorine, elle était déjà mère de trois enfants et en couple depuis plusieurs années avec Bastien Herbeau.

– Parfait ! Demandons-lui de se soumettre à un test ADN, alors.

– Tu crois vraiment que Herbeau pourrait être le père ? Et Victorine, la mère ?

– Peu importe ce que je crois, Pyrène ! Seuls les faits comptent et nous devons solliciter Herbeau. Il a tout intérêt à faire ce test : s'il n'est pas le père de Clair, ce sera un élément de disculpation supplémentaire pour son épouse.

– Vu sous cet angle, en effet.

– Parallèlement, nous devons nous renseigner sur le passé affectif de Marion Mercier. Qui fréquentait-elle courant mars 1997 ? Avait-elle une relation officielle ? Plusieurs petits amis ? Le ou lesquels ? Si nous parvenons à isoler des individus et à les soumettre à un test, l'ADN pourra peut-être désigner l'un d'entre eux, conclut Louise.

Elle marqua un temps, mais son air absorbé témoignait de ce qu'elle n'en avait pas tout à fait fini. De fait, un instant plus tard, elle ajouta :

– Pendant que j'y suis, à partir de l'empreinte de Clair, je vais également demander une recherche de parentèle dans le FNAEG. Après tout, le père est peut-être fiché, sait-on jamais ?

30

Vingt-neuvième jour de captivité, « L'esprit de Noël »

Les lentilles sont cuites. Un fumet mêlant oignon et lard se dégage de la cocotte qu'elle écarte du dessus de la cuisinière à bois. La nausée lui soulève l'estomac. Encore. Elle se précipite au-dessus de l'évier et régurgite un filet de salive acide. Depuis l'épisode du repas-surprise, les odeurs de cuisine la rendent malade. Elles convoquent le goût du civet de chat, et ce goût lui tapisse la langue avec un réalisme effroyable. L'image de Miracle s'impose dans la foulée, crue, cruelle. Abominable. La tête, de la taille d'un poing, au pelage anthracite partiellement aggloméré par les coulures et les projections de sang. Les yeux d'un bleu arctique terni par un voile laiteux. La gueule entrouverte d'où pendouille une langue d'un rose fané encadrée par deux petites canines luisantes. Elle le sait, cette image-là ne s'effacera jamais. Son orteil manquant, désormais, lui semble presque anodin. Elle s'en veut de raisonner ainsi. Ça signifie que la lente escalade vers le *toujours pire* opère efficacement : une horreur, plus vive, plus tordue, diminue la gravité de la précédente. À la faveur de quelle cruauté nouvelle avoir mangé un chat – ce chat-là, qui plus est, bien sûr – lui paraîtra-t-il *tolérable* ?

Il va réussir. Il va te rendre dingue. Sa folie va t'aspirer. Bientôt, tu trouveras normal de cuisiner toi-même tes neuf orteils restants : « petons-de-Marion-sauce-tartare ». Régalez-vous !

Le ronron du moteur l'extirpe de ses songes. Elle frémit. En repartant en début d'après-midi, *le Fou* avait marqué un temps dans l'encadrement de la porte. Il affichait cette expression d'enfant excité qui dissone avec son imposante stature. Il avait hésité, se dandinant sur place, les mains entortillées à hauteur de son ventre. Elle savait qu'il n'y tiendrait pas. Elle savait qu'il allait parler. Et il lui avait finalement annoncé : « J'ai posé une RTT cet après-midi ! C'est pour une surprise, *maman*… Je ne te dis rien, tu verras ce soir ! » Elle n'avait pas réussi à faire semblant de se réjouir. Depuis qu'il lui avait fait bouffer le chat, c'était devenu impossible. Une énième lueur de contrariété avait éclairé le regard du *Fou*. Puis un masque d'impassibilité était tombé sur son visage, et la voix atone – celle qui laisse augurer du pire – s'était élevée. « C'est toi qui m'as obligé, *maman*, ne l'oublie pas. Tu connais les règles et tu as quand même fait la zizanie. » Un silence avait couru, puis son ton s'était fait plus caressant – un instituteur reprenant gentiment un enfant vexé : « Mais ça fait presque trois jours maintenant, et tu dois passer à autre chose… Ce soir, c'est justement l'occasion rêvée. » Son esprit lui hurlait de faire un effort. À défaut de sourire comme la *bonne maman* qu'elle était censée être, acquiescer au moins ! Sauf que… elle n'y arrivait plus. La fonction exécutive de son cerveau n'obéissait plus, cabrée comme un cheval rebelle refusant de sauter l'obstacle. Quelques secondes s'étaient égrenées avant que *le Fou* n'assène de ce timbre redevenu métallique : « Alors, j'espère *vraiment* que tu sauras apprécier à sa juste valeur le moment que je nous concocte. » Traduction : *tu as plutôt intérêt à être à la hauteur de mes attentes, ce soir.*

Elle s'écarte de l'évier pour se placer dans le champ de vision de l'œilleton. Tandis qu'elle attend, son esprit s'embourbe dans une mélasse d'usure, d'appréhension et de résignation – *à quoi ça rime, tout ça, hein ?* Son corps, lui, se pétrifie. Elle le sent, elle ne peut plus jouer la comédie.

– Coucou, *mamaaan* !

Il se tient sur le seuil. À quelques pas d'elle. Un sapin de deux mètres dans une main, plusieurs sacs dans l'autre. Si elle lui fonçait dessus, là, maintenant, tête la première, alors qu'il est encombré, elle pourrait peut-être réussir à… Mais son élan se disloque avant même d'être né. La paralysie a gagné chaque particule de son être, et ses raisonnements ne trouvent aucun écho. Elle est absente à son corps. Sachant, mais ne pouvant.

– C'est moooi ! Regarde un peu ce que j'ai rapporté !

La porte blindée s'est refermée derrière lui, avalant toute velléité d'évasion. Désormais, il se tient devant elle, la bouche en croissant de lune, et il la scrute d'un œil brillant et plein d'espoir. Semblable au gamin qui revient à la maison avec un collier de nouilles pour la fête des Mères. Parce qu'elle ne bouge pas – elle ne peut pas, elle n'y parvient pas ! –, le sourire du *Fou* se casse la gueule et son regard se transforme, devenant noir et liquide, comme du mazout. Il la frôle dans un mouvement d'humeur, lâche son sapin et ses sacs à terre et se vautre dans le fauteuil, près de la cheminée. Toujours tournée vers la porte, elle est désormais dos à lui. Terrorisée et soulagée à la fois. Terrorisée à cause de la sentence qui va tomber – comment pourrait-il en être autrement et, surtout, que lui réserve-t-il cette fois-ci ? Mais soulagée, malgré tout, de se soustraire à la comédie qu'il exige d'elle et qui draine ses forces et sa santé mentale.

– Je vois, dit-il enfin, et sa voix vibre d'indignation. Tu as donc décidé de bouder !

Bouder ? Espèce de connard, va ! Malade ! Tueur de chat ! Psychopathe de mes deux ! Enfoiré ! Fils de pute ! Encu…

– J'ai prévu que nous nous lancions dans les préparatifs de Noël, ce soir, *maman*. Faire un beau sapin, dans une ambiance de fête et de réjouissance, comme la tradition le prévoit et parce que nous formons une famille !

Une famille ? Sérieux, tu t'entends ! Famille de pacotille, ouais ! Famille en carton, comme dans les encarts publicitaires au dos des paquets de céréales ! T'aurais mieux fait de lire la mention écrite en tout petit, après l'astérisque : « Image non contractuelle. »

– Tu sais bien de quoi je parle, *maman* ?… De New York à Paris, toutes les familles du monde préparent Noël !

De New York à Paris… Elle se raidit. Aucun sarcasme ne vient plus zébrer son esprit. Cette allusion n'est pas le fruit du hasard. *Le Fou* sait parfaitement ce qu'il dit.

– C'est une fête mondiale, reprend-il d'un ton doucereux… Un peu comme… *la Saint-Valentin*, si tu vois ce que je veux dire, susurre-t-il.

Vlan ! La menace voilée est un coup de poignard en plein ventre. Elle en a le souffle coupé. Ses jambes chancellent. Un infime gémissement se fraie un passage entre ses lèvres pincées, et elle lutte de toutes ses forces pour retenir le hurlement de panique et de rage qui menace de jaillir.

– Ça va, *maman chérie* ?

Sa vue se trouble. La pièce tangue. Elle pose les mains sur la table pour éviter de s'effondrer. Valentin-Valentin-Valentin-Valentin… Dans sa tête, elle répète mécaniquement le prénom de son fils, comme une formule magique qui conjurerait un mauvais sort.

– Oui, parvient-elle à articuler *(Je pourrais te crever les yeux ! te broyer les couilles ! ou t'arracher la carotide avec les dents, si tu menaçais de nouveau mon fils !)* Oui, ça… ça va… un léger… malaise… rien de grave… *(Je vais te crever, sale ordure ! Je te jure que tu…)*

– Ne bouge pas, *mamounette*, je t'apporte un verre d'eau.

Il la frôle, et une puissante bouffée de haine la traverse. Elle doit se mordre les joues pour réfréner le flot d'insultes qui dégringole en cascade dans sa tête.

– Tiens, ça devrait te faire du bien, *maman*.

Le Fou accompagne ses mots d'une main sur son épaule. Ce contact la répugne. Elle s'empresse de vider son verre.

– Tu te sens mieux ? D'attaque pour m'aider à décorer le sapin, maintenant ?

L'humiliation est cuisante, mais elle hoche la tête. Elle est prête à tout pour protéger Valentin de la furie de ce taré. Une question lui brûle les lèvres. Elle n'est pas certaine qu'il faille la poser. C'est peut-être même une très mauvaise option, mais sa détresse prend le dessus, et la question jaillit dans un souffle transpirant la panique :

– Tu ne lui feras rien, hein ?

Il s'est rapproché. Elle sent son haleine chaude sur sa nuque – une brûlure. Sa présence dans son dos est envahissante. Dévorante. Carnassière. Un instant, elle imagine sa mâchoire se refermer d'un coup sec sur le lobe de son oreille. Tchac !

– Jure-moi… que tu ne lui feras rien, le supplie-t-elle d'une voix chevrotante.

– … Je ne vois *vraiment* pas de quoi tu parles, *maman*, murmure-t-il d'un ton malicieux.

Il joue avec elle. Un gros matou, toutes griffes dehors, face à une minuscule souris blessée. Elle retient ses larmes.

– Bon… Est-ce qu'on fait la décoration, *maman*… oui, ou non ?

– Oui.

– Parfait !

Un instant plus tard, elle l'entend qui commence à défaire les paquets en sifflotant un chant de Noël. Les paroles s'insinuent immédiatement dans sa tête : *Vive le vent, vive le vent, vive le vent d'hiver, qui s'en va, sifflant soufflant, dans les grands sapins verts, ho !*

– Maman ! l'appelle-t-il de sa voix criarde. T'as vu ?!

Elle se retourne – un automate téléguidé par l'instinct maternel. Elle tente de masquer sa frayeur. *Le Fou* a enfilé un bonnet vert à pompon rouge ballant à hauteur d'oreille, avec un liseré de moumoute jalonné de led multicolores et clignotantes – version ultra kitsch de l'elfe du père Noël. Le rendu est grotesque, mais ne prête pas plus à rire que si Freddy avait peinturluré ses griffes en rose avant de les planter dans le cœur de ses proies.

– Tiens, j'ai pris celui-là pour toi ! s'exclame-t-il avec emphase.

Et il lui lance un sachet. Elle arrache le blister et enfile nerveusement un bonnet rouge à pompon blanc. Sa propre voix éraille le silence – une éraflure sur la peau du semblant :

– Je dois avoir l'air cruche, non ?!

Son enthousiasme sonne aussi juste qu'une corde qui casse. Mais *le Fou* affiche une mine réjouie. Il a retrouvé sa petite *maman chérie* des comédies sentimentales bon marché. Il glousse.

– Pas du tout, tu es par-fai-te ! C'est ça, l'esprit de Noël ! dit-il en riant trop fort.

Elle rit en écho, les yeux embués, la trouille au ventre. *Valentin, mon chéri.* La louve en elle hurle à la mort, à gorge déployée. *Le Fou* la tient.

Il ramasse le sapin, enfonce d'un geste puissant sa tige dans un socle en bois percé et se frictionne les mains en laissant échapper une série de petits glapissements.

– Allez, maman, attrape le sac avec les décorations !

Elle s'exécute. Et tandis qu'elle lui passe boules et guirlandes, elle voit la scène comme sur un écran.

Il y a ce grand balèze chapeauté d'un bonnet clignotant qui sifflote *Vive le vent* avec l'expression lumineuse d'un enfant de cinq ans, néanmoins capable d'arracher une à une les pattes d'une mouche qui l'agace.

Et elle, que la terreur dévore, prisonnière d'une dînette géante, poupée mue par un marionnettiste fou qui l'oblige à jouer à la marchande avec des fruits en plastoc.

31

L'habitation qui avait tout d'une mansarde était partiellement dissimulée par la végétation. La pelouse du jardin ressemblait à une friche. Çà et là, des empilements de pneus usés crevaient la surface des herbes hautes qui dévoraient le terrain, ajoutant à l'inhospitalité des lieux. De gigantesques ronciers colonisaient un arpent de terre accolé à une vieille grange en ruine dont les hautes portes de bois cadenassées branlaient sur leurs gonds. À l'arrière-plan trônait la fermette de Kamol Boonma, lointain cousin de Chanwee Wong. Boonma était aux Wong ce qu'un mélanome est à la peau : une tumeur. Et malgré les nombreuses thérapies financées par ses proches, Boonma avait poursuivi sa lente mais consciencieuse croissance cancérigène. Oiseau de nuit, flambeur invétéré, joueur compulsif, il avait cramé sa jeunesse insouciante entre les boîtes de nuit et les casinos, laissant derrière lui ardoises et dettes de jeux que finissaient par éponger ses parents. Entre deux cures de désintoxication dans des cliniques privées au prix exorbitant, Boonma cultivait l'art de la rechute et des plans foireux. La mort de sa mère, sept ans plus tôt, avait marqué un virage. Son père avait décidé de retourner vivre en Thaïlande et, comptant développer des affaires depuis l'Asie, avait proposé à son fils unique de le suivre pour en finir une fois pour toutes avec ses errances. Il voulait faire de lui un homme neuf et responsable, capable de reprendre un jour les rênes du business. Boonma avait alors trente ans et il avait refusé avec l'arrogance des enfants gâtés qui s'imaginent que l'argent tombe du ciel. Bien décidé à décupler, par quelques investissements juteux, le douillet capital hérité de sa mère, il s'était lancé dans les affaires. Choisissant soigneusement ses amis parmi la crème des raclures, il avait investi et perdu des sommes colossales dans des montages financiers aussi bancals qu'un pied bot bilatéral. Aujourd'hui, Kamol Boonma affichait trente-sept ans au compteur. Ruiné, il était le tricard de la famille et, ne pouvant plus compter sur la prodigalité d'un père avec lequel il s'était fâché, il magouillait avec des petits malfrats bien connus des services de police, tout en continuant à participer aux fêtes de famille durant lesquelles il délestait ses oncles, tantes et cousins de quelques milliers d'euros.

– Kamol Boonma vit ici ? s'étonna Violaine.

– Non. Il a un appartement en ville. Cette maison est une des propriétés dont il a hérité à la mort de sa mère. Il a vendu les autres pour se renflouer.

– Vu l'état de celle-ci, il n'est pas près de la vendre... se moqua la gendarme. Et ce serait donc dans cette grange pourrie que notre gusse entreposerait la marchandise ? demanda Violaine en regardant dans ses jumelles.

– Oui. D'après les collègues de l'OCLDI[17], il y en aurait pour 50 000 euros.

– 50 000 euros ! Ça fait un paquet de tee-shirts Adidas tombés du camion, dis donc !

– Pas tant que ça, en fait, lui retourna Thierry. Si tu comptes qu'ils se vendent entre 50 et 100 euros l'unité, il doit y en avoir entre 500 et 1 000. En réalité, le réseau qui est dans le viseur des collègues dispose d'une dizaine d'entrepôts de stockage entre la Belgique, la France et l'Espagne. D'après ce que j'ai compris, la grange de Boonma est une sorte de point

17. Office central de lutte contre la délinquance itinérante.

de transit entre deux entrepôts. La marchandise ne reste pas très longtemps chez lui. D'ailleurs, Boonma est ici parce que les tee-shirts Adidas doivent justement repartir cette nuit. Et nous, on profite de la fenêtre de tir.

– C'est pour cette raison que l'OCLDI nous le laisse ? Parce que le recel de Boonma, c'est *peanuts* ?

– Non. Ils ont déjà un dossier accablant contre lui, et ils se le feront quand ils auront procédé à l'arrestation des têtes du réseau, d'ici deux, trois semaines.

– Mais, avec notre petite visite, on ne risque pas d'alerter Boonma ? Si jamais il panique et qu'il prévient les autres, on peut foutre en l'air tout le travail des co...

– Il ne le fera pas, la coupa Thierry.

– Et pourquoi ça ?

– Parce que ce con doit un paquet de fric à un des bonnets du réseau qui l'a plumé au poker ! Du coup, sa grange, c'est une sorte d'arrangement unilatéral, si tu vois ce que je veux dire. Non seulement Boonma court des risques importants pour recel de marchandises volées, mais en plus, ce business ne lui rapporte rien ! Bref, si le bonnet en question tombe, pour lui, c'est jackpot : plus de dette, plus de recel !

– Sérieux ? Mais ce type est vraiment un gros tocard !

Thierry partit d'un petit rire moqueur.

– Un tocard en passe de devenir un baltringue ! Allez, on y va. On s'approche discrètement, histoire de le cueillir.

Le ciel commençait à s'assombrir, et un voile de pénombre ternissait déjà les contours des bosquets et des broussailles. Thierry et Violaine avancèrent à couvert jusqu'à la grange. À une cinquantaine de mètres, la fermette se découpait dans une luminosité entre chien et loup. Malgré la distance, les vibrations d'une musique techno leur parvenaient, rompant le silence de la campagne tarbaise. Violaine adressa un signe de tête à son coéquipier qui la suivit. Ils contournèrent les ronciers et longèrent le terrain en suivant la clôture. Parvenus à hauteur du flanc gauche de la maison, ils se séparèrent. Thierry se colla à la façade, se baissa pour passer sous une fenêtre allumée, et patienta, dos au mur, juste à côté de la porte d'entrée. La musique faisait un vacarme de tous les diables. Une trentaine de secondes plus tard, il sentit son portable vibrer. « Il y a une porte à l'arrière. Je reste pour sécuriser. » Il se posta alors devant l'entrée et frappa trois grands coups, en s'époumonant pour couvrir le tapage :

– Gendarmerie ! Ouvrez !

Le son diminua d'un coup, et Thierry en profita pour réitérer son ordre. Juste après, il perçut du raffut à l'intérieur – raclement de chaise, bruit d'une course, porte qui claque. *Merde ! Le con !* se dit-il. Il abattit la poignée de la porte, mais elle était fermée à clé. Il se précipita vers la fenêtre allumée, jeta un coup d'œil prudent à l'intérieur. La pièce était vide. Il courut vers l'arrière de la maison et déboula à l'angle au moment même où Violaine se relevait d'un bond pour prendre en chasse le fuyard. Une poignée de secondes plus tard, il l'entendit hurler :

– Halte ! Boonma, arrête-toi immédiatement !

Malgré ses vingt mètres de retard, il se lança à la suite de sa collègue. Violaine, elle, piquait un sprint dans les herbes hautes, avec l'envie d'en découdre ! Ce gros débile de Boonma avait violemment poussé la porte pour s'enfuir, et elle sentait encore son crâne palpiter de douleur, à l'endroit même où le PVC l'avait percutée. Folle de rage, les yeux rivés sur le Thaïlandais qui tentait de déguerpir, elle levait les genoux et tirait sur les bras, réduisant peu à peu l'écart entre eux. Bien que mince et athlétique, l'homme manquait d'entraînement, elle non ! Trente secondes plus tard, Boonma se dévissa le cou pour jauger son avance. Grand mal lui en prit, car il heurta un obstacle au sol, trébucha et manqua de tomber. Violaine en profita pour donner un ultime coup de reins, elle se jeta en avant et lui fit une cuillère à la manière d'un rugbyman. Sa main balaya le pied de Boonma qui s'affala de tout son long. Elle roula sur le côté, se releva et, d'un bond véloce, lui sauta sur le dos. Son genou heurta plus ou moins malencontreusement les muscles ischiojambiers du type qui hurla de douleur.

– Fallait pas me chercher, mon vieux ! lui ahana-t-elle à l'oreille en lui passant les menottes.

Thierry déboula un instant plus tard. Hors d'haleine, et surtout soulagé pour sa collègue.

*

* *

Assis sur le canapé, le visage et la main droite éraflés, Kamol Boonma n'en menait pas large et sondait les lames du vieux plancher comme s'il pouvait se glisser dans un interstice. Dressée face à lui, Violaine fulminait encore. Elle fit un signe à Thierry avant de s'écarter d'un petit mètre, histoire de lui signifier : « Vas-y, il est à toi, maintenant. »

– Ka-mol Boon-ma ! entama Thierry d'un ton théâtral. Tu peux m'expliquer à quoi tu joues, là ?! C'était quoi ton idée lumineuse de détaler comme un lapin, hein ? Tu t'es pris pour Usain Bolt, mon gars ?

Le type se tassa sur lui-même sans moufter.

– Refus d'obtempérer, résistance à agent dans l'exercice de ses fonctions... Ça viendra compléter ton joli CV.

Thierry laissa volontairement filer quelques secondes.

– Tu sais à quoi ça me fait penser, moi ? À ces gars qui prennent la fuite parce qu'ils ont quelque chose à cacher... tu vois ce que je veux dire ?

Boonma haussa les épaules, feignant la décontraction, alors que ses jambes tressautaient comme s'il avait la dengue.

– Tu as quelque chose à cacher, mon gars ?

– Non.

– Vraiment ? Je me demande bien ce qu'on trouverait si on fouillait chez toi.

– La vérité, rien ! Parce qu'y a rien à trouver ! fit-il d'un ton trop nerveux. D'ailleurs, vous pouvez regarder ! La maison est pas bien grande, ça sera vite fait.

– Mmm... Pour la maison, c'est vrai... Mais pour la grange, hein ?! Elle est pourrie, mais immense !

L'homme lui jeta un regard furtif et aussi surpris que paniqué, avant d'enfoncer la tête entre ses épaules.

– Je t'ai cloué le bec, on dirait ?

– Je... non, non...

– Cela étant, on s'en fout un peu, nous, de ta grange. Je veux dire, on n'est pas là pour ça, tu vois ?

Boonma cessa net tout mouvement des jambes. On pouvait presque voir les rouages de son cerveau se mettre en marche. Et, vu son air absorbé, il était clairement en train de faire un état des lieux accéléré de sa vie délinquante et de se demander pour quel motif – en dehors des 50 000 euros de marchandises volées entreposées dans sa grange – la flicaille pouvait bien lui rendre visite. Thierry le laissa mariner une petite minute, puis s'assit en face de lui, sur la table basse pour être à sa hauteur. Les coudes posés sur les genoux, il se pencha vers l'avant et baissa la voix :

– Chanwee Wang...

Boonma se raidit.

– Quoi, Chanwee ?! C'est la famille, mec ! C'est sacré, ça, tu comprends !

– On sait que ton cousin a rendu service à un type qui s'appelle Sylvestre Clair.

– Je sais pas de quoi vous parlez ! Je connais même pas ce gars, là, Sylvain je-sais-pas-quoi !

– Sylvestre Clair.

– Ouais, voilà, lui, là !

– Ton cousin l'a notamment aidé à faire sortir 100 000 euros de son compte via une acquisition immobilière fictive en Thaïlande.

– Tsss ! Vous croyez quoi ? Que Chanwee, il me tient au courant de ses affaires, ou quoi ? Je sais pas, moi, s'il a fait ce business des 100 000 balles ! O.K. ?

– Tu écoutes un peu ce que je te dis, Kamol ? Je ne te demande pas de me confirmer que Chanwee a opéré cette transaction, je te dis que nous *savons* qu'il l'a faite, mentit Thierry avec aplomb.

Les jambes de Boonma reprirent leurs tressautements.

– Ce qu'on a du mal à piger, en revanche, c'est pourquoi… Pourquoi ton cousin a rendu ce service à un type sorti de nulle part ? Évidemment, on sait que Sylvestre Clair et Franky-la-dégaine ont vécu dans la même famille d'accueil durant deux ans… mais, même ça, ça ne nous dit pas pourquoi le grand Chanwee aurait levé le petit doigt pour Clair.

Les gendarmes échangèrent un coup d'œil rapide. À l'évocation de Franky-la-dégaine et de la famille d'accueil, Boonma avait, sans même s'en rendre compte, marqué un arrêt dans ses mouvements intempestifs.

– Et pourquoi vous le demandez pas directement à Chanwee, hein ?

– Peut-être parce que ses entrepôts de stockage sont plus discrets que le tien ? ironisa Thierry.

– Tsss, cracha de nouveau le Thaïlandais entre ses lèvres serrées. Vous me prenez pour une poucave, ou quoi ?

– Kamol, regarde-moi.

Boonma planta deux yeux incendiaires dans ceux de Thierry.

– Un, tes marges de manœuvre sont plutôt limitées. Deux, c'est Sylvestre Clair qui nous intéresse, pas ton cousin.

– Ah, ouais ?! Alors, pourquoi c'est si important pour vous de savoir pourquoi Chanwee il aurait aidé ce mec, là ?

– Parce qu'il n'y a que ton cousin qui peut nous aider à loger Clair. Tu piges ?

Furax, Boonma fit mine de cracher par terre.

– Je pige, ouais ! T'as besoin d'un moyen de pression pour faire parler mon cousin et tu me demandes, à moi, de te le refiler, hein ?!

– C'est exactement ça, Kamol, lui retourna Thierry dans un calme olympien.

Le type le scruta, les yeux menaçants, mais Thierry ne sourcilla pas. Des guignols à la Kamol Boonma n'étaient pas de taille à l'impressionner. Finalement, face au flegme du gendarme, le Thaïlandais se dégonfla comme un ballon de baudruche.

– La vérité, c'est ce charlot d'infirmier, là, qui vous intéresse ?

Les enquêteurs échangèrent un regard entendu, le tocard de la famille Wong allait enfin se mettre à table. L'instant suivant, le bruit d'un moteur en approche s'éleva. Violaine fondit vers la fenêtre et jeta un coup d'œil à l'extérieur. Un gros utilitaire progressait lentement sur le chemin de terre défoncé qui conduisait à la fermette.

– Il y a un trente mètres cubes qui approche !

– Putain, c'est eux, ils sont en avance, bordel ! lâcha Boonma, en bondissant du canapé. Merde, merde, merde ! ajouta-t-il, au bord de l'hystérie. Boris est un fou furieux, s'il vous trouve ici, je suis mort !

Livide, le délinquant s'agitait et lançait des œillades paniquées dans tous les sens, comme un animal piégé. Redoutant une nouvelle tentative de fuite, Thierry s'empressa de lui faire une clé de bras.

– Calme-toi, bordel ! Tu as juste à faire comme si on n'était pas là, c'est pas compliqué !

– Vous connaissez pas Boris, putain ! éructa Boonma, en se tortillant. Il renifle la flicaille à des kilomètres ! Il va…

– Stop ! gronda Thierry en resserrant sa prise. Ma collègue et moi, on va se planquer, et toi, tu vas gérer la situation comme d'ordinaire, et basta ! Dans dix minutes, l'affaire est pliée, ton Boris repart, et nous, on achève notre discussion. Pigé ?

– Ils viennent de se garer devant la grange, indiqua nerveusement Violaine qui surveillait le dehors. Ils descendent du camion… Et maintenant, ils approchent, acheva-t-elle en s'écartant prestement de la fenêtre.

Thierry relâcha légèrement la pression sur le bras de Boonma, puis d'un ton menaçant, lui souffla :

– T'as vraiment pas intérêt à faire le con, mon gars. Parce que si ma collègue et moi on est contraints de sortir nos armes, tu vas te retrouver au milieu de tirs croisés, et je ne donne pas cher de ta peau ! T'as bien compris, là ? C'est clair dans ta petite tête de piaf ?!

D'un mouvement brusque, il le poussa alors vers la porte d'entrée. Un instant après, il rejoignit Violaine qui s'engouffrait dans le couloir. Conscients que l'affaire reposait désormais sur les épaules d'un guignol susceptible de perdre son sang-froid, les gendarmes échangèrent un regard inquiet.

– On se sépare pour pouvoir se couvrir au cas où, chuchota Violaine en entrant dans une salle de bains aussi engageante que des sanitaires publics un soir de bal.

Thierry opina et passa le seuil d'une pièce en vis-à-vis. Il découvrit une chambre en désordre plongée dans une pénombre odorante. Électrisé par la tension, il dégaina son arme. Puis il rabattit la porte, laissant un entrebâillement suffisant pour surveiller le couloir et une partie de la pièce principale. Une seconde plus tard, Boonma ouvrit la porte d'entrée et deux types patibulaires s'engouffrèrent. Le plus grand salua le Thaïlandais d'une voix puissante aux inflexions slaves – il devait s'agir du fameux Boris. Le second se contenta d'un vague hochement de tête, avant de balayer la pièce d'un regard circulaire et de scruter en direction du couloir. Un voyant rouge s'alluma immédiatement dans la tête de Thierry.

– Ça va, mon gars ? lança Boris avec une fausse désinvolture.

– Oui, ça…

– Rassure-moi, tu es seul ?

Boris s'avança alors dans le salon et sortit du champ de vision de Thierry. Boonma, en revanche, non, et le gendarme vit clairement sa mine se décomposer. Visiblement, la *poker face* n'était pas dans ses cordes. *Tu m'étonnes qu'il se fasse plumer au jeu !* songea Thierry en raffermissant sa prise sur son arme. *Ressaisis-toi, petit con !* Non seulement leur visite de routine était en passe de se transformer en guet-apens, mais en plus, elle menaçait de faire foirer l'opération d'envergure programmée par l'OCLDI !

– Euh… Seul ?… Pour… pourquoi tu demandes ça ? balbutia Boonma, avant de laisser échapper un petit ricanement stressé.

Retenant son souffle, plaquée derrière la porte, Violaine sentit la peau de ses bras se hérisser. Les murs étaient aussi épais que du papier à cigarette, et les inflexions de Boonma puaient l'aveu de culpabilité à plein nez. Elle scruta de nouveau la pièce – une baignoire sans rideau et un lavabo cradingue, un amas puant de linge sale dans un angle à côté de W.-C. qui n'avaient probablement jamais connu la caresse d'une éponge. Impossible de se cacher.

– Pourquoi ?! s'esclaffa bruyamment Boris. Tu entends ça, Mathias ? Ce nabot de *Viet* me demande, à moi, pourquoi !

Le Mathias en question approuva le sarcasme d'un court grognement. Thierry distingua alors le canon d'une arme au bout d'un bras tendu se poser contre la tempe de Kamol Boonma. La tension monta brutalement d'un cran.

– Mais parce qu'on a vu quelqu'un à la fenêtre et que ce quelqu'un fait une tête de plus que toi ! éructa Boris, en ponctuant sa phrase d'une insulte en russe.

– S'il te plaît, Boris ! cria Boonma d'une voix paniquée. Ce n'est pas… ce n'est pas ce que tu crois… Jamais, je ne… Arrête de me braquer, je t'en supplie, arrête !

Sous l'effet de l'adrénaline, la petite frappe gesticulait dans tous les sens. On aurait dit la figurine d'un ouistiti montée sur pile.

– Mathias, fais le tour !

Ce dernier hocha la tête, dégaina une arme de son ceinturon et s'avança vers le couloir. Quelques perles de sueur froide glissèrent sur la nuque de Thierry qui ôta la sécurité de son pistolet pour faire face au gros balèze. Vu son profil, ledit Mathias ne lèverait pas sagement les mains au ciel à la première sommation. Bon sang, cette affaire allait s'achever dans un bain de sang ! Le malfrat avisa les deux portes qui se faisaient face et tendit la main vers celle entrouverte de la chambre. Il s'apprêtait à la pousser quand le bruit d'une chasse d'eau s'éleva côté droit. Il se tourna brusquement vers la salle de bains, et Thierry sentit son rythme cardiaque accélérer davantage encore sa cadence. Pourquoi Violaine s'était-elle signalée ? Qu'attendait-elle de lui ? Flingue tendu, index sur la détente, il ne quittait pas des yeux le gangster qui se découpait désormais de trois quarts dans l'entrebâillement. Un instant plus tard, la porte de la salle de bains s'ouvrit, et le gendarme découvrit sa collègue, les cheveux en pagaille, pieds nus, uniquement vêtue d'une chemise d'homme qui avait connu des jours meilleurs.

– Putain, c'est quoi ce cirque ? maugréa le type.

En guise de réponse, Violaine ouvrit de grands yeux terrorisés et commença à brailler comme une hystérique en appelant Kamol à l'aide. Impassible, le balèze la chopa par le col et la porta sans ménagement jusqu'au salon. Le cœur battant à rompre, Thierry suivait la scène d'un air ahuri, prêt à intervenir. Ça ne pouvait pas être aussi simple, tout de même, si ? Lorsque Boris découvrit la donzelle court vêtue qui poussait des cris d'orfraie en se débattant comme une furie, il marqua un temps, puis éclata d'un rire tonitruant. Soulagé, Boonma reprit quelques couleurs.

– Tu as bon goût, mon salaud ! lâcha-t-il ensuite en scrutant Violaine d'un œil appréciateur.

La gendarme lui lança un regard noir, mais se mordit les joues pour retenir les insultes que ce sale type lui inspirait.

– Et elle a son petit caractère, on dirait bien, ajouta-t-il amusé.

Il rengaina alors son arme et fit signe à son comparse de faire de même. Puis il décocha un regard mauvais à Boonma et, d'une voix aussi glaciale qu'une saute de blizzard, il balança :

– Pour rappel, tu es censé être seul quand on te rend visite, mon gars.

– C'est que… vous avez deux heures d'avance… je croyais… enfin, je…

Boris fit claquer sa langue en signe d'agacement.

– Tes excuses, tu te les carres où je pense. Quand tu sais qu'on vient, t'es seul, point barre. C'est clair ?

– Oui, oui… très clair.

– Parfait. Maintenant, file-moi la clé du cadenas de la grange, qu'on en finisse.

32

Victorine Herbeau avait vieilli de cinq ans en quarante-huit heures. Et ce n'était pas une expression. Son chignon désordonné était strié de nombreux cheveux blancs, et les pattes-d'oie à l'angle de ses yeux s'étaient creusées. Soucis, doutes, questions et manque de sommeil étaient à l'œuvre, et Louise n'ignorait pas que les révélations qu'elle lui avait faites l'avant-veille en étaient la cause. Cela faisait une heure que l'enquêtrice lui posait des questions – enfance, personnalités, relations intrafamiliales et de sororité –, et la belle montagnarde pleine de vie et de dynamisme se fanait à vue d'œil.

– Ce bijou de naissance, demanda-t-elle soudain, vous ne le quittez jamais ?

Comme prise en faute, son interlocutrice détacha sa main du pendentif, puis répondit :

– Je l'enlève quand je me lave les cheveux, pour éviter que des mèches ne s'emmêlent à la chaînette. Mais, oui, j'y suis très attachée et je le porte tous les jours.

– C'est une sorte de porte-bonheur ?

– Disons plutôt que je me sens incomplète si je ne l'ai pas. Il fait partie de moi, un peu comme mon alliance… Mais pourquoi revenir encore une fois sur ce bijou de naissance ? Vous deviez m'expliquer et vous ne l'avez pas fait !

Louise hésita, mais opta finalement pour ne révéler que les éléments indispensables.

– Désolée, je préfère ne pas vous répondre pour le moment.

La femme la regarda avec un air d'incompréhension, mais abdiqua.

– Vous m'avez parlé de Marion et vous durant votre enfance. Pourriez-vous désormais me parler de votre sœur plus tard, au début de l'âge adulte ?

– Pour ne rien vous cacher, papa et elle avaient une relation houleuse. Notre père était un chic type, mais... il était dur, exigeant, et ne jurait que par le labeur. Le prototype même du montagnard dur à cuire. Il consacrait sa vie à l'hôtel-restaurant, c'était son œuvre, sa fierté. Et il ne comprenait pas qu'un de ses enfants ne s'y intéresse pas. Que sa fille passe sa vie le nez dans les bouquins, ça le dépassait ! Marion était pour lui une énigme totale. Bref, les disputes étaient fréquentes, et dès qu'elle a pu, ma sœur a pris le large. De fait, après son entrée en fac de droit, dit-elle d'une voix émue, on ne l'a presque plus revue. Les week-ends, elle restait à Toulouse pour travailler. De notre côté, Bastien et moi étions très amoureux et sûrs de nous, malgré notre jeune âge. J'ai eu Lise à dix-huit ans, puis Pauline et Aymeric ont suivi. Bref, Marion et moi n'avions pas du tout les mêmes vies, les mêmes préoccupations et priorités...

– Et avec ses neveux, justement ? relança la gendarme. Marion se manifestait-elle parfois, à l'occasion des anniversaires, par exemple ? Prenait-elle des nouvelles ? S'intéressait-elle à eux ?

– Pas vraiment... avec les études, elle avait sûrement d'autres chats à...

– Si je comprends bien, votre sœur n'était pas très « enfant » ? la coupa Louise.

Les yeux d'Herbeau s'embuèrent et, sans cesser de frotter son pendentif, elle détourna le regard et haussa légèrement les épaules d'une façon résignée qui signifiait *vous vous êtes déjà fait un avis, alors à quoi bon.*

– Madame ?

– Vous extrapolez ! Je dirais plutôt que Marion n'était pas très « famille ». Comme je vous l'ai expliqué, ma sœur était en conflit avec notre père et, avec les années, elle a pris du champ.

– Mais le lien existait encore avec vous ?

– Oui. Il était distendu, mais il existait.

– Bien. Alors que savez-vous de la vie de votre sœur entre 1996 et 1998 ? Fréquentait-elle quelqu'un ? Était-elle bien dans ses baskets ? Vous semblait-elle épanouie, heureuse ? demanda Louise en se rappelant son échange avec le psychiatre.

Les doigts toujours accaparés par son tic, la femme réfléchit. Au bout de longues secondes, elle consentit à contrecœur :

– D'après mes souvenirs, Marion n'allait pas fort.

– C'est-à-dire ? Et pourquoi ?

– Je ne sais pas trop… Après son départ de la vallée, on ne se voyait presque plus. Avec le temps, Marion est devenue plus secrète, plus réservée. Je pense qu'elle était attachée à son indépendance chèrement acquise. Alors, elle se confiait peu…

Louise observa son interlocutrice. Son regard fuyait obstinément la confrontation, ses lèvres se pinçaient comme pour empêcher les mots de sortir. *Elle redoute de desservir sa sœur en évoquant certaines réalités.*

– Madame Herbeau, je vous enjoins de me dire tout ce que vous savez, la relança-t-elle d'un ton ferme. Retenir des informations pourrait vous attirer des ennuis !

Les frottements sur le pendentif se firent plus nerveux, et, comme une enfant prise en faute, la sœur jumelle remua sur son siège. Quelques secondes filèrent, puis elle releva la tête et se décida. D'une voix contrite, elle lâcha :

– Je crois que… je crois que ma sœur s'était enferrée dans une relation toxique et qu'elle souffrait beaucoup.

– Vous croyez ?

– Eh bien… Marion ne m'en a jamais parlé. J'ai juste entendu des bribes de conversation entre elle et une de ses amies.

– Quelle amie ? Quand et où avez-vous surpris cette conversation ? Expliquez-moi plus clairement, s'il vous plaît.

– J'y ai repensé après votre départ, il y a deux jours… C'était courant mars 1997…

*

* *

Elle referme l'arrière de la camionnette remplie du matériel de montagne qu'elle a acheté chez un nouveau fournisseur. Prix d'appel pour cette enseigne de sport qui vient d'ouvrir : le déplacement en valait vraiment la peine ! Un coup d'œil à sa montre lui indique qu'elle a plus de trois heures devant elle. Elle hésite, les fins de mois sont très difficiles en ce moment, et chaque dépense compte. D'un autre côté, quitte à être à Toulouse, il serait dommage de ne pas en profiter. Aymeric fête son premier anniversaire dans six semaines, et cette virée inopinée à la *capitale* est l'occasion rêvée de farfouiller dans les magasins de jouets pour dégoter un cadeau à petit prix.

Il est 19 h 30. Un seul samedi en ville, et elle se sent lasse, fourbue, les pieds douloureux. Non, vraiment, elle n'est pas faite pour cette agitation, ces piétinements et bousculades dans les magasins bondés. Malgré tout, elle étire un sourire ravi : elle serait bien incapable de dire à quand remonte sa dernière plage libérée des contraintes familiales. Entre les couches, les repas, le quotidien des enfants et son métier de guide, elle ne touche pas terre. Elle ne se plaint pas, loin de là. Cette vie de famille lui convient parfaitement. Elle en a toujours rêvé. Mais elle apprécie aussi à sa juste valeur cette parenthèse égoïste !

Elle appuie sur l'interphone de Marion. Son cœur bat un peu trop fort tandis qu'elle attend qu'on lui ouvre. Depuis combien de temps n'a-t-elle pas partagé un moment complice avec sa jumelle ? Leur dernière rencontre remonte aux obsèques de leurs parents, six mois plus tôt. Il avait fallu ce terrible drame pour que la fratrie Mercier soit de nouveau réunie. Victorine se rappelle son émotion lorsque Marion et elle s'étaient enlacées. Peu importaient les années passées et perdues. Peu importait cette distance absurde qui s'était immiscée entre elles. Elles s'étaient tombées dans les bras, et, l'espace d'un instant, rien n'avait changé. Elles s'aimaient, elles étaient unies par un lien indestructible et irremplaçable, elles étaient jumelles !

Alors, pourquoi est-elle si nerveuse ?

Troisième et dernier étage de la grande maison de ville aménagée en appartements. L'unique porte du palier est entrouverte, laissant se propager les échos d'une musique trop forte, ainsi que des rires et des éclats de voix. Surprise, elle pousse la porte et entre. Sur le canapé est assise une jeune fille très apprêtée, un carré Hermès noué autour du cou. Un gars, grand et fin comme un échalas, vêtu à la dernière mode, lui tourne le dos, occupé à sélectionner des CD sur une étagère. Près d'une fenêtre, une table ronde accueille verres, bouteilles et biscuits apéritifs. Ne connaissant personne, elle hésite à s'imposer. Suivie d'un jeune homme tiré à quatre épingles, Marion surgit alors d'une pièce attenante. Élégante et pleine d'assurance, elle se fond parfaitement dans cette faune urbaine ultrabranchée. Elle dépose un plateau contenant des boissons sur la table et se tourne vers la petite assistance.

– Je vous présente Vic ! Ma sœur jumelle, si certains en doutaient !

Le feu aux joues, Vic tente un sourire gêné. Avec son vieux jean usé, ses tennis fatigués et son pull hors d'âge, elle se fait l'effet d'une plouc débarquant de sa montagne, en décalage total avec la grappe d'invités BCBG présents chez sa sœur.

– Viens, Vic ! Je te montre où tu dors !

Elle ne se fait pas prier. Elle suit Marion dans un couloir et débouche dans une petite chambre meublée d'un lit deux places, d'un chevet et d'une armoire.

– On partagera le lit, sœurette, si ça ne te dérange pas !

Marion parle un peu trop fort. Elle est excitée comme une puce.

– Si tu veux te doucher, la salle de bains est au fond du couloir ! Et n'hésite pas à ouvrir l'armoire et à te servir pour te faire belle ! lui crie-t-elle avant de disparaître.

Elle ferme la porte pour diminuer le bruit et pose son petit bagage. Elle est déçue. Elle avait imaginé autre chose, un tête-à-tête intimiste, l'occasion de se retrouver entre sœurs, d'échanger… Un téléphone sans fil traîne au sol, près du chevet. Elle s'empare du combiné, s'allonge sur le lit et compose le 05 de chez elle. Martine, la voisine qui a accepté de jouer la nounou, décroche. Tout se passe bien. Bastien est venu en coup de vent embrasser les enfants, puis il est reparti en cuisine. Aymeric dort déjà, et les filles vont bientôt se mettre au lit. La voix fluette des petites lui réchauffe le cœur. Elle raccroche, mortifiée. Mais que fait-elle donc loin de chez elle ?!

Un coup d'œil rapide dans le miroir, oui, ça ira bien comme ça. Elle a enfilé un pantalon cigarette de Marion, passé un chandail camel échancré aux épaules et chaussé une paire de Sebago noires. Elle ôte la serviette nouée sur sa tête et se sèche les cheveux. Puis elle attrape son collier posé sur la tablette, le rattache, s'engage dans le petit couloir et pousse la porte. Les décibels lui frappent les oreilles. Une dizaine de personnes supplémentaires s'entasse dans le salon où plane une épaisse fumée. Aux parfums raffinés des convives se mêlent les odeurs d'alcool et de cannabis. Il est à peine 21 h 15, mais l'ambiance est déjà survoltée. Elle salue les uns et les autres, se présente à celles et ceux qui le lui demandent et accepte le verre que lui propose aimablement un des gars présents. Malgré son look citadin dernier cri, son côté petit-bourgeois beau gosse et ses manières racées, son regard trahit un éclat sincère d'intérêt et de considération pour elle. La musique et le brouhaha empêchant toute vraie conversation, elle s'écarte et sirote son verre, une fesse posée sur l'accoudoir du canapé. Mal à l'aise, elle observe ces jeunes bien nés qui semblent se couler partout avec l'aisance et l'aplomb inhérents à leur rang. Elle en est là de ses considérations lorsqu'un petit plateau passe devant elle. Dessus, une poudre blanche, un ticket de métro et une paille. Elle met une seconde à comprendre et son malaise augmente. Vautré dans le canapé, juste à côté d'elle, un copain de Marion dessine un sillon et le renifle, avant de lui tendre le plateau. Elle se détourne, désemparée. Sa sœur est-elle au courant ? *Forcément, Vic*, se dit-elle en mesurant subitement le fossé qui s'est creusé entre elles deux.

La pendule au mur indique 22 h 30. Sa sœur a bu, beaucoup trop, et sniffé plusieurs rails de coke. Elle a aussi avalé d'autres substances dont Vic ignore le nom. Les yeux brillants, elle ne tient pas en place. Elle se rue sur la piste improvisée pour brailler un refrain festif, slalome d'un pas incertain entre ses amis, échange quelques mots avec l'un d'eux, part aux toilettes, rapporte des bières fraîches de la cuisine, fume un joint dans l'air froid qui s'engouffre par la fenêtre ouverte, fait de nouveau trois pas de danse, retourne en cuisine… De temps en temps, elle s'isole dans un angle du salon. Le regard lointain et triste, elle semble alors errer dans les contrées secrètes et désolées de son âme.

Plusieurs fois, Victorine s'approche, elle veut l'aborder, lui parler. Mais Marion esquive.

23 h 30. Debout devant l'évier de la cuisine, elle se sert un grand verre d'eau fraîche. L'inquiétude, le chagrin et l'incompréhension face aux excès de sa sœur ont chassé sa fatigue. Depuis quand Marion se drogue-t-elle ? Comment et pourquoi sa jumelle si studieuse, douée et ambitieuse a-t-elle glissé sur cette mauvaise pente ? Que s'est-il donc passé pour que sa sœur se gâche ainsi ? Elle ne peut rester les bras ballants à assister à cette déconfiture, elle doit absolument lui parler.

Dans le salon, la fête continue de battre son plein. Un rapide tour d'horizon lui indique que Marion n'est pas dans la pièce. Elle se faufile entre les convives et pousse la porte du couloir distribuant la partie privée. À peine a-t-elle refermé la porte que des sanglots déchirants lui parviennent. Son ventre se noue. Elle avance jusqu'à la porte de la chambre et se fige dans l'encadrement.

La fille au carré Hermès est assise sur le lit à côté de Marion qui pleure à chaudes larmes. Elle a passé un bras sur les épaules de sa sœur et, de sa main libre, lui essuie les joues en chuchotant des phrases apaisantes. Victorine est gênée. Les deux amies sont dans une bulle intime qu'elle n'a pas le droit de violer. Elle recule d'un pas. Entre deux hoquets, Marion braille des phrases à peine compréhensibles. Il est question de sa relation avec un homme qui ignore ses appels et souffle sans cesse le chaud et le froid.

– Je te l'ai déjà dit, ma chérie : ton boss est un égocentrique et un manipulateur ! Sérieux, Marion, comment peux-tu gober qu'il va quitter sa femme ?! Il a déjà fait le coup à une bonne dizaine de stagiaires avant toi ! Réveille-toi, bon sang ! Cette relation est toxique, elle est en train de te rendre malade !

*

* *

– Comment s'appelait cet homme ? demanda Louise.

– C'était il y a vingt-six ans, je ne m'en souviens pas ! Et puis, quelle importance aujourd'hui ?

– Stagiaire ? éluda Louise.

– Peu de temps avant, Marion avait achevé son CAPA avec un stage en cabinet. Il doit s'agir de cela ?

– Quel cabinet ?

– Aucune idée… C'était un prestigieux cabinet en droit des affaires internationales, c'est tout ce que je sais.

Louise griffonna quelques notes et releva la tête.

– Vous n'avez pas pu parler à votre sœur ?

– Non, hélas. Vers minuit, le groupe a décidé de se rendre en boîte de nuit. J'ai suivi le mouvement, je voulais veiller sur Marion. Elle était totalement à côté de ses pompes, elle avait l'air tellement… vulnérable.

– Comment s'est finie la soirée ?

– Comme elle avait commencé, répondit tristement Victorine Herbeau. Marion a continué à boire et à se droguer. Vers 3 heures du matin, elle tenait à peine debout. Un de ses amis, le gars plutôt sympa qui m'avait servi un verre, nous a ramenées chez elle. Il m'a aidée à lui faire monter les marches et à la mettre au lit… Le lendemain matin, j'ai espéré, sans trop y croire, qu'elle se lève avant que je parte. La voisine qui gardait les enfants avait un repas de famille à midi. J'ai nettoyé et rangé l'appartement et j'ai attendu jusqu'à 10 h 15, mais Marion ne s'est pas montrée. Alors, je lui ai laissé un mot et je suis partie.

33

L'énorme cataclysme dans sa tête s'est apaisé. La main impitoyable qui se refermait sur lui, le tirant vers les abysses ténébreux de ses origines, s'est enfin desserrée. Il se sent beaucoup mieux, maintenant. Ses astres sont enfin alignés. Aujourd'hui, il va tout reprendre de zéro. Le soleil d'hiver diffuse une douce chaleur et une lumière blanche. Il s'installe sur un banc, en face du numéro 13 de la rue Ozenne où elle habite – la boîte aux lettres est marquée « Mercier » – et où elle a son petit cabinet – en attestent la plaque dorée et une seconde boîte aux lettres au nom de *Business Consulting*. Un calme parfait règne sur le quartier, au contraire de son cœur qui tambourine. C'est le dimanche 16 janvier 2022, il est 8 h 35, des vols d'étourneaux zèbrent le ciel clair, et il va rencontrer sa mère.

Toulouse s'est éveillée tranquillement dans la torpeur propre au repos dominical. Emmitouflés dans leurs vêtements d'hiver, les habitants du cœur de ville reprennent peu à peu possession de leurs rues qui ne charrient pas, le dimanche, les flux tumultueux de colons périurbains. D'un pas indolent, certains déambulent, profitant du calme. D'autres se hâtent vers une boulangerie. D'autres, encore, leur cabas à la main, se rendent au marché des Carmes tout proche.

Il attend depuis une bonne heure ainsi. À regarder passer tous ces anonymes qui vivent leur vie, tandis que lui ose à peine respirer, jouant la sienne.

À 9 h 42, la porte de la maison de ville s'ouvre enfin, et il la voit en chair et os. Elle ne ressemble plus à la jeune femme des photos que lui a montrées Bastien. L'âge et l'expérience l'ont changée. Oh, elle demeure belle ! Mais elle a perdu son air candide. Ses traits sont plus secs, plus féroces. Son extrême minceur lui confère une allure rigide et rêche qu'accentuent ses vêtements stricts et son port altier.

Un vertige le saisit lorsqu'il se lève. Il doit prendre appui sur le dossier du banc pour conserver l'équilibre. Les questions déboulent dans sa tête, lui donnant le tournis. Doit-il se présenter à elle, la confondre, la confronter à ses actes ? Ou bien se contenter de l'observer, d'épier sa vie, ses habitudes, ses goûts, sa façon d'être, pour qu'elle se révèle sans le savoir ? Le moment venu, il pourrait alors l'aborder, sachant comment s'y prendre…

Durant les mois précédents, il a évacué ce genre de questions. *Tu sauras quand tu la verras*, se disait-il, *ce sera une évidence*. Sauf que non. D'un coup, il comprend qu'il n'existe aucune évidence. Il se sent comme un marathonien qui a enduré toute la course en se représentant obsessionnellement la ligne d'arrivée. Mais pour lui, la ligne d'arrivée n'est rien d'autre qu'une nouvelle ligne de départ.

Son innocence, son immaturité, son impréparation lui reviennent en pleine face. Il se rassoit sur le banc, confus, les jambes en coton. Comme un enfant dépassé.

Dix minutes plus tard, sa mère revient, un sachet de viennoiseries et une baguette à la main. À travers une fenêtre du rez-de-chaussée, derrière les voilages blancs, il distingue les mouvements de sa silhouette floue.

Les minutes coulent, incertaines, fébriles. Puis, sur les coups de 10 h 30, la porte de la maison s'ouvre de nouveau, et sa mère réapparaît. Cette fois-ci, elle n'est pas seule. Un beau jeune homme l'accompagne.

La gifle ! Il n'a aucun doute. Leur ressemblance, leur complicité, la façon qu'elle a de lui replacer une mèche derrière l'oreille avant de glisser son bras sous le sien... C'est clair, limpide – cette fois-ci, évident. Ce garçon est son frère. Ce garçon est un autre fils. Un fils chéri. L'image se fixe sur sa rétine – un uppercut dans l'âme.

Non, il n'a pas imaginé un seul instant que la femme qui l'a agressé et abandonné à sa naissance avait pu donner la vie, avant ou après lui. Et tandis que, sidéré, il regarde le duo remonter la rue, il sent la crise arriver. L'étau enserrant son corps. La suffocation, l'insoutenable stridence dans les tympans, le tournoiement du monde et sa disparition... Cette fois-là, son voyage dure plus de trois heures puisque sa montre affiche 13 h 43 quand il reprend pied dans le monde. Son corps est glacé, ses mains gourdes fourmillent, et il se sent confus, désorienté, submergé par le désespoir. Rien ne l'a préparé à un tel choc.

Sur le chemin du retour, une violente migraine l'oblige à s'arrêter sur une aire de service. Chancelant, le corps tremblant et transpirant, il vomit. Puis il s'installe à nouveau sur son siège, bascule le dossier vers l'arrière et demeure prostré, les yeux clos. Il redoute une nouvelle crise et se concentre pour essayer de chasser cette désagréable sensation de tangage qui lui soulève le ventre. Mais l'incessant passage des véhicules sur la A64 toute proche et les vrombissements constants brouillent l'air d'ondes épaisses qui le secouent comme des remous.

C'est dans l'habitacle de sa voiture glaciale, alors qu'il lutte de toutes ses forces contre le mal de mer, que Renato pointe son nez. Bien sûr, il ne s'appelle pas encore

Renato. À cet instant, il n'est qu'un embryon d'entité. Une céphalée lancinante le submerge, son estomac chavire, son esprit charrie en vrac les images du matin, quand la voix de Renato se fraye un chemin. Placide, intransigeante, déterminée. Elle dit : *Il est grand temps de changer le cours de l'histoire.*

34

À l'issue d'une pause de dix minutes, Louise retourna en salle d'audition. Victorine Herbeau paraissait harassée.

– Je voudrais désormais revenir sur les vacances de Noël 1997, entama Louise. De longs mois se sont écoulés depuis la fameuse soirée de mars et vos appels sont restés sans suite, c'est bien ça ?

– Oui.

– Mais, après ce long silence, votre sœur accepte, contre toute attente, votre invitation de fin d'année ?

– Antoine et Haruki venaient de s'installer en France. Ils avaient besoin d'aide pour vider l'*Hôtellerie des Sources.* Marion a probablement accepté l'invitation pour revoir notre cousin et lui donner un coup de main, rétorqua la femme.

– Admettons. Que pouvez-vous me dire sur le déroulement de ce séjour à l'*Hôtellerie des Sources* ?

La quinquagénaire laissa échapper un soupir de lassitude et se lança dans le récit d'une semaine besogneuse, durant laquelle tous avaient mis la main à la pâte pour désencombrer l'Hôtellerie avant le démarrage des travaux de rénovation programmés début janvier 1998. Le lieu non habité depuis des années offrait un confort rudimentaire : le chauffage central étant hors service, les jumelles avaient partagé la même chambre et combattu le froid de l'hiver grâce à un simple convecteur électrique. Le séjour avait donc des allures et une ambiance de camping en famille, et Victorine Herbeau en gardait un souvenir ému. Elle admettait cependant que Marion lui avait paru taciturne et nerveuse. Alors qu'elle-même ne jurait que par le grand air et la vertu des plantes, sa sœur surconsommait antidépresseurs et pilules contre les insomnies. Elle avait tenté d'ouvrir des discussions, mais Marion avait refusé de s'épancher, se bornant à dire que si, si, ça allait.

– Racontez-moi la journée du 31 décembre 97, énonça Louise.

– Elle remonte à vingt-six ans !

– C'est important, insista la gendarme. Il s'agissait du dernier jour de votre présence à l'*Hôtellerie des Sources*, si ça peut vous aider.

La quinquagénaire laissa échapper un soupir fatigué. Elle replongea néanmoins dans ses souvenirs.

– Le dernier jour, il me semble qu'on a vidé l'entresol… Oui, c'est ça… Il y avait des lits déglingués, des matelas pourris et du vieux mobilier qui traînaient en bas.

– Marion était avec vous ?

– Je crois, oui…

– Vider l'entresol vous a-t-il pris la journée ? demanda Louise qui, en recoupant le témoignage de Dussolier et les comptes rendus hospitaliers, estimait que l'accouchement sauvage s'était produit entre 13 heures et 17 heures.

– Non… puisque je me souviens avoir fait une marche l'après-midi. Donc, on a dû finir avant le repas de midi, manger tous ensemble, et je suis allée me promener juste après.

– Seule ?

– Oui… Oui, j'étais seule.

Inflexion embarrassée. Regard fuyant. Louise comprit que Victorine Herbeau ne lui disait pas tout et opta alors pour la provocation :

– Étonnant que vous n'ayez pas proposé à votre sœur de vous accompagner alors même que, selon vos dires, elle n'allait pas très fort et que vous vous inquiétiez pour elle !

– J'ai voulu lui proposer ! Mais…

– Mais ?

Conscience de ce que sa réponse impliquait, la femme pinça les lèvres et ferma les yeux. Lorsqu'elle les rouvrit, Louise décela dans leur éclat l'amertume liée à son sentiment de traîtrise.

– Je l'ai cherchée partout, mais je ne l'ai pas trouvée, confessa-t-elle d'une voix coupable. Alors, je suis partie me promener en espérant tomber sur elle.

– Et ça n'a pas été le cas ?

– Non.

– Vous vous rappelez votre trajet ?

Herbeau se massa les tempes et prit le temps de la réflexion.

– Je me revois gravir le raidillon longeant la forêt et emprunter le chemin qui s'enfonce dans les bois.

– Celui qui conduit aux sources ?

– Oui, c'est ça.

– Vous y êtes montée ? demanda la gendarme.

– … Je n'en ai pas le souvenir, non… En revanche, je me revois descendre le sentier menant jusqu'au lac Saphir et, de là, remonter jusqu'aux thermes. Je me souviens de cette portion, car je me suis dit : *Grouille-toi, le temps est en train de tourner, la neige arrive.* Et j'ai accéléré le rythme parce que j'avais mes vieilles chaussures de rando aux pieds et qu'elles n'étaient plus étanches. Ça, je me le rappelle nettement.

– Durant votre marche, avez-vous entendu, ou vu quelque chose d'étrange ?

La femme marqua un temps, puis secoua la tête.

– Je ne crois pas, non.

– Après votre randonnée, vous souvenez-vous de ce que vous avez fait ?

– Oui. Je suis montée prendre une douche, affirma-t-elle. Je ne risque pas de l'oublier, parce que j'ai dû me rincer la tête à l'eau froide : Antoine et Haruki avaient quasiment vidé le ballon d'eau chaude pour faire un grand ménage dans la salle de restauration, seul espace qui ne serait pas en travaux.

– Et, à votre retour à l'*Hôtellerie des Sources*, votre sœur était-elle présente ?

De nouveau, Victorine Herbeau baissa le regard.

– Madame ?

– Eh bien… Je… je me souviens que, au moment du départ, on a dû l'attendre, souffla-t-elle.

– Soyez plus précise, s'il vous plaît.

– La voiture était chargée, on était prêts à redescendre à la station, mais Marion n'était pas là. Avec Antoine et Haruki, on a patienté sur le parking.

– Combien de temps ?

– Je ne sais pas ! Pas très longtemps ! Un quart d'heure, vingt minutes, tout au plus ! s'énerva-t-elle.

Bien que consciente du conflit de loyauté qui tiraillait Victorine Herbeau, Louise lui décocha un avertissement du regard.

– À quelle heure votre sœur est-elle arrivée sur le parking ?

– Je vous jure que je n'en ai plus aucune idée.

– … Neigeait-il ? demanda la gendarme, après une seconde de réflexion.

À bout de nerfs, la quinquagénaire triturait son pendentif d'une main tremblante. Elle acquiesça nerveusement et précisa :

– La neige tombait quand on est redescendus à la station. Du coup, Antoine m'a demandé de prendre le volant.

Une chappe de silence coula. Louise savait que les chutes de neige avaient commencé vers 16 heures. Il faudrait bien entendu confronter les allégations de Victorine Herbeau avec celles du cousin et de son conjoint, mais plus l'enquête avançait, plus Marion Mercier était suspecte.

– Comment votre sœur a-t-elle justifié son retard ?

– Je ne sais pas… Je n'ai pas le souvenir qu'elle nous ait expliqué quoi que ce soit.

– Quand elle est arrivée, vous a-t-elle paru dans son état normal ?

– Oui, elle était normale ! Je vous jure que je n'ai rien remarqué de spécial ! fit-elle, les yeux embués.

La gendarme opina. Inutile de continuer à acculer son interlocutrice, elle était à deux doigts de s'effondrer.

– Entendu. Et la soirée du 31 décembre ?

– Il n'y a pas grand-chose à raconter. C'était une fête de la Saint-Sylvestre comme une autre. On était à l'hôtel-restaurant. On a mangé en famille et on a dansé. Je ne sais pas trop quoi vous dire de plus.

– Là encore, vous n'avez rien noté de particulier concernant votre sœur ? Des signes de fatigue ou de mal-être ?

Victorine Herbeau s'empourpra, les doigts resserrés sur son bijou comme s'il s'agissait d'un talisman magique capable de modifier la réalité.

– Elle était ivre… Elle avait trop bu… Je voyais bien qu'elle était malheureuse, mal dans sa peau, poursuivit-elle, les larmes aux yeux, mais…

– Mais ?

– Elle me fuyait, précisa-t-elle d'une voix craquelée, comme peuvent le faire certaines personnes quand elles vont mal… Peut-être que j'aurais dû m'imposer, me planter devant elle et l'empêcher de se soustraire à mes questions ? Peut-être que si j'avais insisté, elle aurait fini par se confier ? Depuis votre passage chez nous, je n'arrête pas de tourner tout ça en boucle dans ma tête.

Les larmes coulèrent subitement sur le visage de la femme. Des larmes alourdies par le poids des regrets. Louise attrapa un paquet de Kleenex et le lui tendit.

*

* *

Le couple Herbeau était touchant. Comme le sont les vieux couples qui ont résisté, malgré l'usure du temps, les incontournables dissensions, les épreuves, et qui forment une entité à part entière. Lui avait attrapé la main libre de son épouse – l'autre étant occupée avec son irrépressible tic. Il lui tenait la main pour l'empêcher de vaciller, parce que les propos de Louise étaient autant de piques plantées dans le cœur de sa femme : le corps de la Comba retirat était bien celui de son neveu, les analyses ADN confirmaient le lien maternel entre une des sœurs et le bébé sauvé *in extremis* en 1997, et, ultime révélation, l'assassin de Valentin Mercier n'était autre que cet enfant, ce demi-frère abandonné vingt-six ans plus tôt. Sidérée, Victorine Herbeau hoqueta.

– Un des objectifs de notre enquête, poursuivit Louise d'un ton didactique, est de parvenir à identifier formellement la mère du nouveau-né des grottes. Or nos analyses génétiques se heurtent à une gémellité homozygote.

– Qu'êtes-vous en train de dire ?! s'insurgea Bastien Herbeau. Vous croyez vraiment que Vic a…

Louise l'arrêta net d'un geste autoritaire de la main.

– La question n'est pas ce que je crois, monsieur, mais ce que je peux prouver. De plus, afin que vous compreniez bien de quoi il retourne, sachez que ce bébé a été lapidé, et qu'un chef d'inculpation pour tentative d'homicide sur enfant de moins de quinze ans court toujours.

L'annonce généra un silence consterné et tendu.

– Dans ce contexte, établir *de manière formelle* l'identité de la mère du bébé est un enjeu de taille.

Louise marqua une petite pause, puis en vint au fait :

– Monsieur, accepteriez-vous de vous soumettre à un test ADN ?

– Moi ? Mon ADN ? répéta-t-il, déstabilisé.

– S'il est établi que vous n'êtes pas le père, sans que ce résultat crée une preuve disculpatoire pour votre épouse, il constituera néanmoins pour elle un indice favorable.

L'homme comprit le raisonnement et approuva sans aucune hésitation :

– Oui, bien sûr, j'accepte. Je n'ai pas le moindre doute quant à l'innocence de Vic et je suis prêt à faire tout ce qui est possible pour qu'elle soit mise hors de cause.

Il tourna alors la tête vers sa femme qui avait suivi l'échange sans dire un mot et remarqua son profond désarroi. D'un coup, il prit conscience de l'enfer qu'elle subissait. Sa disculpation entraînerait obligatoirement la culpabilité de sa propre jumelle... Honteux, il s'empourpra.

– Je suis désolé, ma chérie, murmura-t-il. Mais... toi, tu n'y es pour rien, donc...

Les épaules tombantes et le visage défait, Victorine Herbeau plissait la bouche pour se retenir de pleurer. Visiblement, son abattement était un crève-cœur pour son époux qui lui caressait le dos de la main avec sollicitude. Louise patienta quelques secondes. Quand l'émotion fut retombée, elle se racla la gorge et reprit :

– Finissons-en, voulez-vous. Nous connaissons l'identité de l'enfant des sources et nous disposons de la photo de son permis de conduire. Cependant, celle-ci remonte à huit ans, précisa-t-elle, en ouvrant une pochette.

Nous avons besoin de savoir si cet homme vous dit quelque chose.

Louise fit glisser le cliché vers eux et énonça :

– Il s'appelle Sylvestre Clair.

– Sylvestre ?! réagit immédiatement l'époux, sans même regarder l'image. Non ! Non… c'est impossible !

Abasourdie, Victorine Herbeau plaqua une main sur sa bouche et se mit à fixer la gendarme avec effarement.

– Donc, vous le connaissez !

– Sylvestre a assuré une saison d'été comme commis de cuisine au restaurant ! Un gars sérieux et gentil, qui s'est vraiment intéressé à l'histoire de l'entreprise familiale !

D'abord désarçonnée, Louise ne réagit pas. Puis, après un silence, elle s'enquit :

– Quelle saison ? Quand ?

– C'était l'été suivant le dernier confinement, lui retourna l'époux. Je suis formel : recruter du personnel était devenu un vrai casse-tête. J'ai cru que je n'y arriverais pas. Du coup, lorsque j'ai reçu la candidature de Sylvestre, j'ai de suite décroché mon téléphone.

Louise fit rapidement le point. L'hôtelier faisait référence à l'été 2021. L'infirmier avait donc lâché l'intérim pour effectuer une saison d'été à l'hôtel-restaurant Mercier, et Violaine avait certainement supposé que ce trou dans l'activité de Clair correspondait à des vacances d'été… *Ça ne peut pas être un hasard*, raisonna-t-elle. Cela signifiait que Clair avait établi un lien entre Victorine Herbeau et lui. Mais comment ?! Soudain, elle fut frappée par l'évidence.

– Madame Herbeau, avez-vous été hospitalisée l'année qui a précédé l'été 2021 ?

– Oui, en avril. J'ai subi une chirurgie du genou, à la suite d'une entorse des ligaments. Pourquoi ?

– À quel endroit ?

– À l'hôpital de Tarbes.

– Je reviens !

La gendarme quitta la pièce à la hâte et revint deux minutes plus tard avec le listing des missions de Clair.

– Vous connaissez les dates de votre hospitalisation ?

– Mon accident a eu lieu le 7 avril... et je suis restée quatre jours entiers à...

– Au service de traumatologie ! la coupa la gendarme, d'un ton triomphant.

– Oui, c'est ça.

– Sylvestre Clair est infirmier de profession, il effectuait un remplacement en traumato durant votre séjour. C'est là qu'il vous a rencontrée, c'est là qu'il a repéré votre pendentif !

– Je ne comprends rien... Qu'est-ce que mon pendentif vient faire dans tout ça ?

L'enquêtrice consentit alors à lui expliquer comment et pourquoi le collier avait été versé au dossier pénal. L'anxiété s'imprima sur les traits de Victorine Herbeau : ce nouvel élément incriminait davantage encore sa sœur. Puis Louise déroula ses déductions : Clair avait reconnu le médaillon et suivi sa piste, il avait manœuvré pour se rapprocher d'elle et de sa famille dans l'espoir de glaner des informations utiles à sa quête de vérité. Au regard du meurtre de Valentin Mercier, force était d'admettre qu'il avait atteint ses objectifs.

– Mais un détail me chiffonne, fit Louise, lorsque Clair est venu travailler à la Comba retirat, vous ne l'avez pas reconnu ?

La femme essuya les larmes qui fuitaient à la commissure de ses yeux. Quand elle recouvra son calme, elle répondit :

– À l'hôpital, c'était compliqué avec la crise Covid... Tout le monde portait le masque. Les soignants ne savaient plus où donner de la tête, ils étaient débordés... Je vous avoue que, dans ce contexte, j'étais bien plus préoccupée par la question des gestes barrières que par les visages derrière les masques des infirmiers.

Louise opina. Comme toute personne ayant vécu cette période hors du commun, elle se faisait une idée assez précise du tableau.

– Je vois. Et vous, monsieur Herbeau, vous avez spontanément évoqué un type gentil, ce qui – hélas – était loin d'être le cas. Que pouvez-vous me dire de plus sur Sylvestre Clair ? Le moindre détail peut avoir son utilité pour remonter jusqu'à lui.

Désormais conscient du rôle qu'il avait joué malgré lui, l'homme affichait une mine défaite. Il respira un grand coup et commença à raconter tout ce qui lui revenait en mémoire.

35

Trente et unième jour de captivité, « Fuis ! »

La carcasse d'acier ressemble à un gigantesque monstre marin agonisant, échoué sur la grève d'un marécage hostile. Le bras d'eau est presque vide. Depuis le ponton du cargo où elle se tient, elle surplombe un paysage de désolation, un bourbier invaginé de racines torturées et rampantes. Elle frissonne, elle a froid. Elle s'éloigne du bastingage, examine le pont et repère une écoutille ouverte. Elle se penche. La bouche de métal s'ouvre sur les profondeurs ténébreuses du bateau et exhale une haleine pestilentielle d'eau croupie et de décomposition. Le cœur au bord des lèvres, elle recule. *Non ! Descends dans la fosse ! Va voir !* lui intime alors une force surnaturelle. Son esprit proteste, mais elle ne peut résister. Et sous la coupe d'une main invisible, sombre et impérieuse, elle s'enfonce finalement dans le boyau de noirceur nauséabond.

En fond de cale stagne une eau huileuse qui lui arrive à la poitrine. Au-dessus d'elle, l'écoutille ouverte se découpe en un minuscule cercle de lumière terne. Elle a peur, un sanglot lui noue la gorge. *Regarde,* lui susurre la même voix maléfique. Elle tourne alors la tête, sonde les ténèbres et, loin dans les profondeurs, détecte une loupiotte qui répand un halo rouge sans ampleur. *Va là-bas, va voir !*

Elle est terrorisée, elle ne veut pas s'éloigner de la sortie, elle ne veut pas ! Mais elle obéit, mue par l'emprise de cette force invisible. Pas après pas, elle fend l'épais liquide dans lequel elle baigne et qui pue atrocement. Bientôt, elle prend conscience qu'il est moins froid. Il se réchauffe, il est tiède. Dans la touffeur rance qui l'enserre, elle entend le métal de la coque geindre, se dilater comme un poumon qui grincerait des dents. L'odeur de pourri se fait plus forte encore et devient suffocante. Un instant, elle songe *Je suis dans les entrailles d'une épave vivante.* Mais malgré le dégoût, malgré l'angoisse des ombres fétides, elle continue d'avancer vers le halo rougeâtre. Il est tout proche désormais. Son instinct lui hurle de s'éloigner, mais la puissance malfaisante l'empêche de fuir. Dans l'auréole nébuleuse et rouge, elle distingue les contours d'un couvercle. *Ouvre*, lui intime la voix d'outre-tombe. Elle obéit. Sa main s'avance en tremblant. Elle soulève le couvercle et se penche pour regarder. La faible lumière rouge peine à repousser les ombres. Ses yeux fouillent l'obscurité et finissent par distinguer un lit ensanglanté de pelages de chats sur lequel trône la tête de son fils Valentin. Elle hurle.

Son cri la réveille. Elle sursaute et se redresse sur le fauteuil, le corps trempé, le souffle court. Son cauchemar avait l'air tellement réel ! La dernière image, atroce, terrifiante de la tête de Valentin reste imprimée sur sa rétine et lui donne la chair de poule. Depuis que *le Fou* a prononcé le prénom de son fils, la veille au soir – *je ne vois* vraiment *pas de quoi tu parles,* maman –, une peur viscérale s'est frayé un chemin en elle. Elle n'a pas fermé l'œil de la nuit. Cloîtrée ici, elle est totalement impuissante, elle ne peut pas jouer son rôle de mère, elle ne peut pas protéger Valentin. Et cette situation la rend dingue ! *Si jamais... si jamais ce taré s'en prenait à...* Elle ne finit pas sa phrase, c'est trop dur ! Insurmontable ! Aucune mère n'est préparée à ça. Et surtout pas elle. En réalité, elle peut souffrir toutes les amputations, mais pas celle de Valentin.

Encore marquée par son cauchemar, elle s'extirpe du fauteuil, contourne le gros sapin de Noël clinquant qui empiète dans la niche où se loge la fenêtre et s'approche de la vitre. Il est 17 heures passées, et la belle luminosité réverbérée par les cristaux de neige disparaît dans les vestiges du jour. Le soleil plonge derrière la crête, et les ombres rampent sur les hauteurs du versant montagneux. Prisonnière d'une croûte blanche désormais sans éclat, la forêt semble pétrifiée par le froid. Une corneille craille trois fois et, par contraste, ses cris vifs et rauques exacerbent le silence qui draine la solitude des âmes. Balayée par un vent de déprime, Marion s'écarte de la fenêtre. En se retournant, elle accroche une branche du sapin, et une des boules de Noël tombe et se brise sur la chape de ciment. *Et merde !*

Elle file vers le placard, récupère pelle et balai et rassemble en un petit tas les morceaux scintillants répandus par terre. En s'accroupissant, elle repère un éclat isolé. Situé au niveau d'un des angles de l'alcôve, il est inaccessible à cause des ramages bas du sapin. Elle s'agenouille, place le balai à l'horizontale pour le glisser sous les branchages et, d'un mouvement du poignet, cherche à ramener le débris vers elle. Son geste est imprécis et un peu vif, et la tête du balai cogne contre la courte plinthe épousant le renfoncement, côté gauche. Un son creux s'élève, qui l'interpelle. Elle retire alors le balai de sous le sapin et le cogne contre la courte plinthe en vis-à-vis, côté droit. Le choc produit un son mat. Nouveau test avec la longue plinthe courant sous la fenêtre : son mat. Un pic de tension l'électrise à cause de l'idée qui a germé dans son esprit. Elle se redresse, considère le sapin surchargé qui la sépare de l'angle gauche et se décide. Précautionneusement, en essayant d'épargner les décorations suspendues, elle referme ses mains sur deux rameaux bas qu'elle tire lentement jusqu'à extraire l'arbre de l'alcôve sans le renverser. Puis elle s'agenouille derrière le sapin, écarte les débris de la boule de Noël et observe attentivement le morceau de plinthe bordant le renfoncement. Elle ne repère rien d'étrange. Pourtant, si elle toque dessus, ça sonne creux. *Règle n°2 : il est strictement interdit de détériorer l'habitat, d'abîmer le mobilier ou de casser des objets*, se rappelle-t-elle, comme un chien dressé à suivre les règles de son maître. Cette simple idée la met en rage. Elle se lève, récupère un couteau dans le tiroir et retourne s'asseoir près de la fenêtre. D'une main légèrement tremblante, elle insère la lame entre le mur de pierre et le bois de la plinthe, puis fait levier. Claquement sec, la courte et fine lame de bois se détache du mur. Elle approche la tête au plus près du sol et n'en croit pas ses yeux ! Un galet long comme une main a été retiré de la base du mur, et de chaque côté de la petite cavité, le mortier a été fraisé pour accueillir un aimant. Un coup d'œil sur la face interne du tronçon de plinthe lui confirme ce qu'elle a déjà compris : deux autres aimants sont incrustés dans le bois. *Le Fou* s'est donné beaucoup de mal pour créer cette cachette. Avec fébrilité, elle plonge ses doigts dans la béance. Elle détecte immédiatement le contact d'une pièce métallique et s'en empare. Une clé ! Elle l'observe de plus près, et son cœur bondit : elle ressemble beaucoup à celle que *le Fou* utilise pour ouvrir la porte blindée. *Non, ça n'aurait aucun sens !... Sauf si tu étais parvenue à t'emparer du trousseau et à sortir. Il se serait alors retrouvé enfermé*, raisonne-t-elle, mais elle n'y croit pas vraiment. Elle se lève néanmoins sans attendre, rejoint la porte, puis insère la clé dans la serrure où elle glisse sans la moindre résistance. Son pouls pulse à une cadence folle quand elle opère une première rotation, puis une seconde, et que la gâche se rétracte. Hallucinée, elle tire la lourde porte blindée et découvre un minuscule hall. En un coup d'œil, elle avise, d'un côté, un grand placard mural, de l'autre, une porte d'entrée fermée de l'intérieur par un simple verrou. La situation est tellement insensée et l'émotion, si vive qu'elle en a le souffle coupé. Sidérée, incapable de réguler sa respiration, elle pose les mains sur ses genoux en haletant bruyamment. Un laps de temps file durant lequel son cerveau est un vaisseau sans pilote englouti par un trou noir. Puis, d'un coup, une voix s'élève en elle, impérieuse, urgente : *Fuis !*

*

* *

L'air glacial lui fouette la peau. Le décor a quitté son cadre de fenêtre, et le paysage qui s'ouvre devant elle est immense et lui donne le vertige. C'est à la fois enivrant et terriblement effrayant. Des odeurs d'humus et de résineux lui montent au nez. Dans sa tête, un chaos émotionnel empêche toute pensée construite. *Cours ! Les bois ! Non ! Le chemin carrossable ! Non, surtout pas !* Et la voilà qui zigzague, apeurée, paniquée. *Allez, Marion, réfléchis, magne-toi, cours !* Sous ses pieds, la croûte neigeuse craque et crisse, imprimant un trajet de pas désordonnés. Finalement, elle entame une course éperdue entre les arbres dans l'idée de rester à couvert. Hors de question de se retrouver nez à nez avec *le Fou* remontant le chemin en voiture ! Un résidu de pragmatisme l'incite cependant à ne pas trop s'éloigner de l'étroite voie carrossable. Parce que celle-ci conduit nécessairement vers la sortie, sur une route. Et qui dit route dit passage.

Le cœur battant à rompre, les poumons en feu, elle progresse au plus vite dans la forêt. Mais ses pantoufles gorgées d'humidité la ralentissent, et elle perd du temps à contourner les obstacles et les zones buissonneuses infranchissables. Plus les secondes filent, plus le froid la pénètre. Bientôt, elle ne sent plus ses pieds et elle claque des dents. Pas le choix, elle persévère, lutte, se bat. *Tu vas y arriver, continue !* Des ronces s'agrippent au bas de son jogging, et leurs épines se plantent dans sa chair à travers le tissu, lui arrachant des petits cris de douleur. Mais rien ne compte tant que de mettre de la distance entre cette maudite bergerie et elle ! Elle trébuche, elle se rattrape. Elle tombe, elle se relève... Chaque pas l'éloigne de l'enfer et la rapproche de la délivrance. Dépenaillée, ahanant, les cheveux collés au front par la sueur, elle oblique pour contourner un sapin et percute violemment la branche masquée d'un chêne. Elle s'effondre. Sonnée par le choc, elle se palpe le front qui palpite de douleur et sent une grosse bosse se dessiner sous la pulpe de ses doigts. Quelques secondes filent, elle parvient enfin à se remettre debout. À cet instant précis, elle prend conscience qu'elle distingue à peine les troncs devant elle. Une pénombre épaisse tapisse les sous-bois, le ciel entre les ramages a viré au bleu sombre. Dans quelques minutes, elle n'y verra plus rien. Nerveuse, elle tente de repérer la voie gravillonnée qui ne doit pas être bien loin, mais la végétation lui obstrue la vue. Le jour s'éteint, et ses espoirs avec. Dans l'urgence de se sauver, elle n'a pas réfléchi. Elle aurait dû se vêtir plus chaudement, embarquer une lampe à huile... ou même remiser la clé à sa place et attendre sagement le lendemain. Elle aurait alors pu se préparer et mettre les voiles au moment où le soleil était haut dans le ciel ! Maintenant... maintenant, c'est trop tard ! Poussée par l'incroyable opportunité qui s'offrait à elle, elle s'est lancée aveuglément dans une fuite perdue d'avance… La preuve : l'obscurité l'engloutit, la neige lui glace les pieds, le froid l'enserre, elle tremble de tout son corps. L'abattement fond sur elle. Les larmes coulent. Au mieux, elle va crever là. Au pire, *le Fou* va la rattraper. Que lui fera-t-il ?! Comment la punira-t-il cette fois-ci ? Une terrible pensée surgit. Et s'il s'en prenait à Valentin ? Cette idée lui tord le ventre. Elle plaque une main sur sa bouche et son cri se meurt dans un long gémissement désespéré. Un instant plus tard, l'écho d'un moteur lui parvient.

La peur crépite en elle comme un feu de Bengale. L'oreille tendue, elle essaie de suivre la trajectoire du véhicule et se tasse parce que le vrombissement se rapproche. *Et si c'était* le Fou *?!* Son cœur cogne si fort qu'il lui fait mal à la poitrine. Le pinceau de phares surgit au loin, à sa droite, perçant les ombres. Son balayage éclaire les alentours : à travers les ramages de résineux, elle distingue un grillage haut et rigide, puis une ouverture entre deux piliers de béton reliés par une épaisse chaîne et, de nouveau, le grillage. La voiture passe à hauteur des piliers sans ralentir et poursuit sa course, tandis que le faisceau lumineux s'invite dans l'entrelacs de buissons et de branches, l'éclaire dans un flash puis disparaît. Elle pousse un cri de détresse – la plainte d'un animal agonisant – car, non, ce n'était pas *le Fou*… À cet instant précis, le souffle court, le corps grelottant, les yeux larmoyants, elle n'est déjà plus qu'une proie affaiblie et traquée.

Malgré le bouillon d'émotions dans lequel elle se noie, elle parvient à se redresser. Les images du décor qu'elle a vu défiler grâce aux phares sont gravées dans sa tête. Elle situe les deux poteaux d'entrée, là, à une vingtaine de mètres sur sa droite, derrière un rideau de végétation persistante. Balayant frénétiquement l'air avec ses mains tendues afin de détecter les obstacles qu'elle ne distingue plus, elle progresse, un petit pas après l'autre. Elle évite un arbre, un deuxième, des branches lui blessent la paume des mains, des buissons la griffent, des ramages de sapins s'agrippent à ses cheveux, elle a l'impression que la forêt s'efforce de la retenir. Entre deux halètements, elle laisse fuser des couinements apeurés ou des grognements d'efforts. Ses doigts nerveux rencontrent de nouveau la rugosité d'une écorce, elle palpe le tronc, le contourne, s'érafle profondément le visage contre une ramille, couine, tressaille, mais mue par l'énergie du désespoir, continue d'avancer à l'aveugle et à tâtons. Sous la fine semelle de ses chaussons détrempés, elle ressent et évalue le langage du sol sous la neige, la terre bosselée des sous-bois, l'arête de roches ensevelies, les brindilles mortes qui craquettent sous son poids. Puis son pied gauche se pose sur un lit régulier de graviers. Prisonnière des ténèbres, elle piétine prudemment la couche neigeuse devant elle jusqu'à en être certaine : elle y est ! C'est la sente gravillonnée, et les deux poteaux de l'entrée se trouvent désormais à cinq ou six mètres ! Gagnée par une irrépressible frénésie, elle se laisse tomber sur les genoux et avance à quatre pattes, ses mains en éclaireuses dans le noir absolu. De ses doigts gangrenés par le froid, elle fouille le sol pour rester sur le chemin. Elle souffle, s'essouffle, s'invective comme une pauvre folle – *Allez, vas-y, dépêche !* Poussée par l'urgence, elle se précipite, ignorant la douleur de ses mains meurtries et de ses genoux qui cognent et raclent sur les graviers. Dans sa fuite désespérée, elle heurte quelque chose et se retourne le petit doigt. La douleur est fulgurante, elle braille. Puis, de sa main blessée et tremblante, elle examine l'obstacle et identifie un des piliers. Victoire ! Elle se redresse en s'appuyant sur l'ouvrage de béton, puis elle balaie l'air de sa main, pour déceler la chaîne d'acier qu'elle a entrevue dans les phares. Elle la trouve enfin, l'enjambe et s'avance en titubant dans le noir. Très vite, ses pieds rencontrent une surface plane, lisse et déneigée. La route !

Une bouffée d'adrénaline l'enivre ! Elle doit faire vite, maintenant !

Oui, mais vers où aller ? Et comment ? Cette fichue route de montagne n'est pourvue d'aucun éclairage. Les ombres sont épaisses, elle ne voit rien, c'est un coup à dégringoler dans un ravin… Bon sang, elle ne va pas abandonner si près du but, tout de même ?! Pantelante, désorientée, glacée jusqu'aux os, elle scrute les ténèbres, fait un pas d'un côté, puis de l'autre. Elle ne sait pas… Elle ne sait pas et, d'un coup, la frustration et l'impuissance explosent en elle comme une bombe à fragmentation. Ses nerfs lâchent, elle tombe à genoux, le corps secoué de sanglots. Ses plaintes désespérées s'élèvent dans la nuit comme celles d'une enfant abandonnée. Elle pleure sur le mauvais sort qui s'acharne.

Une minute vient de filer qui lui en a paru dix, quand un nouveau ronronnement de moteur lui parvient. Malgré sa confusion, elle le comprend, cette voiture, c'est sa dernière chance. Sa dernière chance de ne pas mourir congelée. Sa dernière chance de retrouver son fils. Alors elle réprime ses hoquets, renifle, ravale ses larmes en respirant d'un souffle chevrotant et se relève. Transie de froid, elle grelotte, et son corps frissonne pour combattre la gangue glacée qui l'enserre. Elle avance de deux pas chancelants sur la chaussée et patiente en tremblant, son regard suppliant sondant les ténèbres. Le véhicule se rapproche, elle l'entend, mais ne le voit pas encore. Puis subitement, dessinant un arc de cercle à l'amorce d'un virage qu'elle ne pouvait deviner, surgissent deux phares. Aveuglée, elle ferme les yeux et attend, statufiée sur la voie, vaguement consciente qu'elle pourrait être percutée. Un instant plus tard, elle perçoit le crissement des pneus sur l'asphalte, devine l'embardée et le dérapage de la voiture, puis le ronron d'un moteur au point mort.

Elle entrouvre les paupières et porte une main fébrile en visière pour se protéger de la lumière des phares, mais ne distingue rien. Une portière s'ouvre à la volée.

– Alors, maman… tu fais encore la zizanie !

Un cri la tétanise. Un cri d'horreur. Le sien…

36

Situées au cœur de la zone d'activités d'Ibos, à une encablure de Tarbes, *Les Saveurs des Sept Dragons* consistait en un grand préfabriqué de forme rectangulaire à la façade habillée d'un décor ostentatoire d'inspiration asiatique : lampions rouges, avant-toit en forme de pagode, ponton de bois sombre gardé par deux statues de dragon pour accéder à l'entrée, profusion de plantes façon jungle birmane… Une parodie d'exotisme en trois dimensions, pour le plus grand bonheur des clients de la zone commerciale venus se restaurer à volonté pour un prix défiant toute concurrence.

Grâce aux informations extirpées à Kamol Boonma, Violaine et Thierry avaient travaillé d'arrache-pied durant trois jours pour préparer leur rencontre. Ils franchirent le ponton, en uniforme et la tête haute, et poussèrent la porte à la fin du service, au moment même où une serveuse s'apprêtait à donner un tour de clé. Face à leur posture autoritaire, elle ravala sa réplique et les laissa passer. Une salle presque aussi vaste qu'un hall de gare s'ouvrit devant eux. Pour casser cet effet, des claustras en bois ouvragé de couleur rouge sang découpaient les espaces latéraux en compartiments d'une huitaine de tables. Au centre de la pièce, un grand buffet garni de chinoiseries en tout genre avait été dévalisé par les clients, et des senteurs de friture planaient dans l'air. Au fond, un pan de mur coupé à mi-hauteur par une longue baie vitrée offrait une vue imprenable sur la chaîne des Pyrénées. Les gendarmes traversèrent lentement la longue salle de restaurant et s'installèrent à une des tables alignées sous les fenêtres. Ils patientèrent, bras croisés sur la poitrine, le regard fixé sur une reprographie bon marché d'estampe chinoise aux motifs floraux. Moins de cinq minutes plus tard, un homme apparut et posa sur la table un plateau de trois cocktails et un bol de chips aux crevettes. Taille moyenne, cheveux mi-longs, raides et noir de jais contrastant avec la blancheur de sa peau, visage oblong, traits fins, yeux bridés – c'était Chanwee Wong.

– Sans alcool, précisa-t-il en déposant deux verres devant les gendarmes.

Ceux-ci apprécièrent le geste d'un léger hochement de tête, et Chanwee Wong s'installa à leur table. Le silence aussi. Violaine goûta sa boisson et esquissa un sourire appréciateur.

– C'est frais et bon.

– Cocktail maison, précisa Wong en inclinant le buste. Réservé à nos clients spéciaux.

L'homme d'affaires but à son tour une gorgée de son breuvage. Puis il sonda les gendarmes du regard.

– Souhaitez-vous que je nous fasse préparer quelques plats de qualité en cuisine ?

– Nous étions plutôt demandeurs de conseils en investissement immobilier à Bangkok, mais pourquoi refuser un moment de partage et de dégustation ? répondit Violaine. Qu'en dis-tu ? ajouta-t-elle à l'attention de Thierry.

– L'un n'empêche pas l'autre, en effet.

Impassible, Wong claqua des doigts. Un instant plus tard, la serveuse se matérialisa devant eux. Suivit un lapidaire échange en thaïlandais. La femme s'inclina, bras droit replié sur son ventre, et disparut aussi furtivement qu'elle était apparue.

– Je suis très honoré de vous accueillir dans un de nos établissements. Mais ôtez-moi d'un doute, nous n'avons pas encore eu le plaisir de faire connaissance ?

– Brigade de recherches de Tarbes, les présenta Thierry. Enchantés d'établir un contact réel avec une personne qui fait si souvent parler d'elle.

Wong ne cilla pas, mais répliqua :

– Plus que de ceux qui font parler d'eux, méfiez-vous des gens qui parlent… Ils racontent souvent n'importe quoi.

– Vous croyez ? interrogea Violaine.

– Absolument, madame.

– Ah, c'est dommage… car nous nous étions laissé dire que vous étiez à même de nous aider.

Impassible, Wong laissa filer un court silence.

– Eh bien, cela dépend des domaines. Vous évoquiez un placement immobilier à Bangkok, si je ne m'abuse ?

– Oui, et non, répondit-elle. L'idée serait plutôt d'utiliser le biais d'une transaction bidon pour faire sortir une somme – disons, 100 000 euros – du territoire français.

– …Vous savez que c'est illégal, commenta Wong, après avoir marqué un temps.

– Vraiment ?

– M. Wong n'a pas tort, intervint Thierry, c'est de l'évasion fiscale.

Violaine laissa passer un temps, puis entra dans le dur en s'adressant à son collègue :

– Je tenais pourtant pour acquis que M. Wong avait déjà pu rendre ce service par le passé.

Un sourire narquois sur les lèvres, l'homme d'affaires ironisa :

– Vous voyez bien ? Les gens disent n'importe quoi !

Violaine s'en tint à un silence courtois. Peu importaient les paroles de leur hôte, Thierry et elle venaient implicitement de poser le motif de leur présence : Sylvestre Clair, le bénéficiaire de l'aide de Wong. La serveuse se présenta avec un grand plateau d'assortiments et disposa trois petits bols devant chacun d'eux.

– Soupe *Tom Yum*, salade *Tigre qui pleure* et *Phla Kung*.

– Faites honneur, je vous prie, invita Wong en dépliant sa serviette.

Les assiettes étaient appétissantes, raffinées et soigneusement dressées, à l'opposé du tout-venant réchauffé mis à disposition sur l'îlot central du restaurant. Les gendarmes *firent honneur* à leurs plats, comme le leur avait demandé l'homme d'affaires. Ils échangèrent plusieurs regards conquis : les trois préparations étaient divines. Lorsqu'ils eurent terminé, Chanwee Wong se tapota la bouche avec l'angle de sa serviette et, avisant leurs bols vides, inclina la tête.

– Ravi de voir que vous avez apprécié.

– Pas vous ? lui retourna Violaine avec un petit signe du menton.

Wong avait à peine touché à ses portions.

– Je suppose qu'on apprécie moins ce dont on prend l'habitude.

– Ah ? Intéressant ! Voyez-vous, je me suis toujours demandé pourquoi les gens fortunés changeaient si fréquemment de voiture, la réponse est peut-être là, alors ? Parce qu'ils se lassent rapidement de leur dernier joujou ?

En entendant le mot « voiture », une étincelle avait traversé le regard de Wong, attestant que l'allusion ne lui avait pas échappé. Thierry décida d'enfoncer le clou.

– Il leur arrive aussi d'en changer à la suite d'un accident. À ce propos, figure-toi que M. Wong en a eu un, en 2022. Sa Porsche Cayenne n'y a pas survécu ! acheva-t-il d'un ton navré.

– C'est exact. Mais que suis-je censé comprendre ?

– Je crois que vous avez parfaitement compris, monsieur Wong.

– Je vous assure que non, chère madame ! protesta-t-il en dévoilant une rangée de dents impeccables. Mais je suis curieux, éclairez-moi donc.

Les deux gendarmes se regardèrent d'un air entendu. Wong voulait qu'ils dévoilent leurs cartes. Thierry attrapa la chemise plastifiée qu'il avait posée sur un angle de la table, l'ouvrit et en sortit quelques feuillets.

– Vendredi 14 janvier 2022. Il est environ 21 h 15 quand vous quittez les bureaux d'un de vos entrepôts situés à Lourdes. Vous roulez depuis quinze minutes sur la nationale 21 vers Tarbes, quand surgit une voiture derrière vous. Celle-ci s'est fait flasher quelques minutes plus tôt à la sortie du village d'Adé à une vitesse de 135 km/h sur une portion limitée à 70. Par ailleurs, le rapport mentionne les témoignages de deux habitants de la commune d'Adé qui ont vu le véhicule traverser le bourg : « Il y avait quatre jeunes à l'intérieur, musique à fond. Le conducteur était complètement ivre, il roulait pied au plancher, et la voiture faisait des embardées. Les trois passagers se tenaient tête et buste dehors, assis sur le châssis des fenêtres ouvertes. Ils hurlaient et buvaient des bouteilles au goulot. » Bref, lorsque la voiture arrive derrière vous, le conducteur déboîte pour vous doubler. Vous avez déclaré après l'accident que vous aviez freiné pour laisser passer le véhicule dès que vous avez repéré sa dangerosité. Malheureusement, ça n'aura pas suffi puisque le chauffard se rabat à la hâte pour éviter une voiture arrivant à contresens et que, ce faisant, il percute l'avant gauche de votre véhicule qui part en tête-à-queue. L'aile arrière de votre Porsche est alors propulsée contre la petite Smart qui arrive dans l'autre sens. Le bilan est lourd. Après vous avoir accroché, le véhicule du chauffard part en tonneaux. Les trois jeunes assis aux fenêtres sont éjectés.

Deux d'entre eux meurent sur le coup, le troisième, peu de temps après son arrivée à l'hôpital. Le conducteur est aujourd'hui tétraplégique. De votre côté, vous échappez aux blessures graves et vous en sortez avec une luxation de la hanche et quelques commotions. Pour la Smart d'en face, moins de chance : Alison Lemonier, vingt et un ans, décède trois jours plus tard.

Lorsque Thierry mentionna la jeune Alison, le regard de Chanwee Wong se teinta de colère.

– Une jeune vie fauchée à cause de l'idiotie et de l'égoïsme de quatre dégénérés, jeta-t-il froidement.

– C'est tragique, en effet, approuva Violaine. Qui plus est, vous risquiez gros, vous aussi, à cause d'eux.

– Vraiment ?

– Eh bien… Le rapport de police ne le mentionne pas, mais vous aviez bu quelques coupes de champagne. Oh, pas énormément, mais suffisamment pour être au-dessus du seuil toléré !

– Un instant, madame, intervint Wong, si le rapport de police ne le mentionne pas, je vois mal comment vous pourriez affirmer que j'avais bu du champagne.

– Parce que nous avons entendu la version officieuse de l'histoire.

– Je vous le répète, vous devriez vous méfier des gens qui parlent.

Violaine planta son regard dans le sien.

– Mais nous nous en méfions, monsieur Wong. C'est précisément pour cela que nous procédons à des vérifications.

L'air s'épaissit d'un coup. Face à la gendarme, Wong restait de marbre. Il ressemblait à un joueur de poker tentant d'évaluer le bluff de son adversaire à un tournant crucial de la partie.

37

Après deux jours maussades de pluie, le ciel commençait enfin à s'éclaircir. Entre les touffes nuageuses qui s'effilochaient lentement, le soleil perçait comme autant de faisceaux lumineux s'engouffrant à travers des lucarnes. À hauteur du plateau de Lannemezan, côté montagneux, le piémont pyrénéen étendait ses terres rehaussées çà et là de quelques reliefs assagis. De l'autre côté, des sillons mélancoliques zébraient les champs agricoles des plaines gersoises. Assise côté passager, blottie dans une bulle de silence bienfaisante, Louise profitait du trajet vers Toulouse pour faire le point sur l'enquête. Les derniers jours s'étaient révélés éprouvants. Les journalistes rôdaient à proximité de la BR tels des renards autour d'un poulailler, et comme l'avait prédit la juge Berton, les gros titres de la PQR[18] depuis vendredi étaient majoritairement consacrés au meurtre de la Comba retirat. Fait plus préoccupant, une dénommée Amanda Kraft avait signé ce lundi matin dans *La Nouvelle République* une double page consacrée à l'affaire du bébé de 1997. En fin limier, la journaliste avait établi l'édifiant parallèle existant entre le *cold case* et l'assassinat de Valentin Mercier, et terminé son article par la révélation des liens ADN entre les différents protagonistes. L'ultime phrase de son papier constituait une véritable bombe à fragmentation : « Autant d'éléments

18. Presse quotidienne régionale.

qui incitent aujourd'hui à rechercher activement Marion Mercier, cette mère coupable de tentative d'infanticide, et à se demander quel sort son fils maudit lui a réservé vingt-six ans plus tard, alors qu'il a déjà tué son propre frère de sa main vengeresse. » La gendarme serra les dents. Pouvait-il y avoir tournure plus sensationnaliste ?! Sans compter que Kraft faisait l'impasse sur la présomption d'innocence dont aurait dû bénéficier Marion Mercier. Agacée, Louise fit claquer sa langue, rompant ainsi le silence qu'elle avait elle-même imposé à sa coéquipière en affichant sa mine des mauvais jours.

– Un problème ? s'enquit Pyrène.

– Je pense à ce foutu article de *La Nouvelle République*, répondit-elle en désignant le journal plié sur le tableau de bord.

La jeune femme sourit, arborant une expression amusée qui n'échappa pas à Louise.

– Je rêve, ou tu trouves ça drôle ?

– Eh bien… Même si ça ne nous facilite pas la tâche, il faut tout de même admettre que cette journaliste a le nez creux, non ?

– Oh ! s'exclama théâtralement Louise. Parce que s'asseoir sur la présomption d'innocence à laquelle Marion Mercier a droit, tu trouves que…

Le bruyant soupir que laissa échapper Pyrène interrompit la gendarme dans son élan.

– Quoi ?

– Louise… Je comprends que ça ne doit pas se faire et que, déontologiquement, c'est inacceptable…

– Nous sommes d'accord !

– Et j'ai parfaitement compris que le rôle d'un OPJ n'est pas de croire, mais de prouver. Mais, de toi à moi, nous savons qu'elle a très probablement raison.

– Vraiment ? Eh bien je t'écoute !

– Nous avons le droit de soupçonner sérieusement cette avocate parce que nous possédons des éléments qui la chargent, elle, et pas sa sœur ! Son collier perdu sur les lieux du crime, son profil d'instabilité émotionnelle avec un passif de consommation de drogues et une relation amoureuse nocive au moment de la conception de Sylvestre Clair, puis son départ pour New York ! Si ce n'est pas une fuite, ça y ressemble, non ? De plus, samedi dernier, nous avons interrogé Antoine Wagner et son mari, Haruki. Tous deux sont unanimes : durant les vacances de Noël 1997, Marion leur est apparue fragile et émotive. Le cousin a même dit qu'« elle avait l'air complètement à côté de ses pompes ». Ce sont ses propres mots, Louise !

– Humm.

– Alors que Victorine était égale à elle-même : dynamique, enjouée, au mieux de sa forme. Quant au frère des jumelles que nous avons aussi rencontré, il nous a dressé le portrait de deux femmes aux antipodes. Pour lui, Marion a toujours été « compliquée, difficile à cerner, imprévisible ». Et, cerise sur le gâteau, on a reçu ce matin les résultats du test de paternité de Bastien Herbeau : il n'est pas le père de Sylvestre Clair !

– Certes, mais…

– Oui, la coupa Pyrène, je sais : ces éléments ne constituent qu'un faisceau d'indices ! Mais dans cette bagnole, de toi à moi, on peut tranquillement se dire que Marion Mercier fait tout de même une « bonne cliente », pour reprendre une expression qui t'est chère. Non ?

Il y eut un long blanc, durant lequel Louise, la mine contrariée, garda les yeux rivés sur l'autoroute. Puis elle laissa échapper un soupir qui avait tout d'une abdication et admit :

– O.K. D'accord. Tu as raison. Marion Mercier est une bonne cliente… Ce qui ne donne absolument pas le droit à cette Amanda Kraft de…

Pyrène leva une main pour l'interrompre.

– Oui… Même si je pense que ses déductions sont justes, ajouta-t-elle, avec un sourire provocateur.

Louise la fusilla du regard, puis s'esclaffa.

*

* *

Il était presque 11 heures lorsque les deux gendarmes se garèrent devant une maison du quartier des chalets, à Toulouse. Un haut mur se dressait devant le numéro 12 de la rue Saint-Hilaire, dissimulant la propriété et le jardin, mais l'étendue du mur, les matériaux qui le composaient – briques et galets – et l'emplacement en cœur de ville suffisaient à donner le ton. Les enquêtrices ne s'apprêtaient pas à interroger des smicards.

Le bourdonnement au niveau du portillon d'accès leur indiqua que la gâche était déverrouillée, et Louise poussa le vantail en fer plein. Elle découvrit alors un ravissant jardin arboré, de taille modeste, si tant est qu'on puisse le qualifier ainsi alors qu'on se trouvait à deux pas des boulevards intérieurs de Toulouse ! Une maison cossue se dressait au fond du petit parc. Façade de brique modernisée par de grandes baies vitrées et une extension de verre et d'acier façon jardin d'hiver. Une quinquagénaire apparut sur le seuil, resserrant contre elle les pans d'une longue veste en laine peignée.

– Entrez, je vous en prie, les accueillit-elle.

L'intérieur était élégant sans être ostentatoire, meublé et décoré dans un esprit brocante chic. Quelques touches de désordre – chaussures d'ados en vrac près du meuble d'entrée, patère surchargée, manettes de console de jeux traînant sur la table basse côté salon, sachet éventré de bonbons Haribo – reflétaient la réalité d'une vie familiale et ajoutaient, d'une certaine manière, au charme vivant de la maison. Eugénie de Saint Phalle les conduisit dans une grande cuisine chaleureuse et leur proposa de s'asseoir autour de la longue table en bois massif.

– Un café, un thé, un jus de fruits ? leur proposa-t-elle aimablement.

– Un café, merci bien.

– Et un thé pour moi, enchaîna Pyrène.

Leur hôte s'affaira au comptoir tout en tapotant sur son portable.

– Je préviens Léonard de votre arrivée.

– Léonard ?

– Mon mari. Il est en télétravail ce matin et il s'est arrangé pour être libre à partir de 11 heures.

Puis, avisant la mine interrogative des gendarmes, elle précisa :

– Marion et Léonard ont travaillé ensemble au cabinet Delages. C'est d'ailleurs grâce à Marion que j'ai rencontré mon mari… Étant donné l'objet de votre visite, ajouta-t-elle après une courte pause, je pense que certaines précisions de sa part pourraient vous être utiles.

– Entendu, lui retourna Louise. Savez-vous pourquoi nous avons demandé à vous voir ?

Eugénie de Saint Phalle déposa un plateau sur la table et s'installa face aux gendarmes. Elle tenta de leur sourire, mais un certain embarras transforma sa tentative en grimace. Légèrement empourprée, elle se mordilla alors la lèvre, relâcha ses épaules et répondit :

– J'ai appris par la presse qu'un dénommé Valentin Mercier avait été assassiné à la Comba retirat. J'ai pensé qu'il pouvait s'agir du fils de Marion. Et lorsque votre collègue m'a téléphoné, j'en ai déduit que c'était le cas… C'est cela, n'est-ce pas ? questionna-t-elle d'une voix émue.

– En effet, lui retourna sobrement Louise.

La gendarme attendit quelques secondes, mais Saint Phalle n'alla pas plus loin. Apparemment, elle n'avait pas lu l'article de *La Nouvelle République* paru le matin même et ignorait donc encore les accusations de tentative d'infanticide dont Marion Mercier faisait l'objet. Tant mieux, les enquêtrices n'auraient pas à affronter le chapelet de questions que cette révélation aurait soulevées !

– Marion et vous vous êtes perdues de vue ?

– Oui, hélas. Après son départ aux États-Unis, je n'ai plus reçu aucune nouvelle… Je suppose que Marion souhaitait vraiment tourner la page.

– Tourner la page sur quoi exactement ?

Au même moment, le mari passa le seuil. Bel homme, élégant, la démarche assurée. Il s'approcha de la table et tendit une main aux gendarmes tout en se présentant. Puis il précisa :

– C'est moi qui ai insisté auprès d'Eugénie pour être présent. Disons que nous n'avions pas les mêmes relations avec Marion et que nous ne portons pas exactement le même regard sur elle.

Louise tiqua, voilà qui était intéressant.

– Bien. Partons du début. Madame, c'est vous qui avez la première fait la connaissance de Marion Mercier ?

– En effet, oui. Marion et moi nous sommes rencontrées sur les bancs de l'université, en première année de droit, ici même, à Toulouse. Nous avons très vite accroché. Certainement parce que nous venions toutes deux de petites bourgades éloignées de Toulouse et que nous étions issues de familles modestes, ajouta-t-elle sans rougir. En réalité, nous nous sentions parfois un peu… *à part*.

Conscientes qu'une flopée d'étudiants en droit sont issus de la bonne bourgeoisie et de longues lignées de juristes, les gendarmes acquiescèrent.

– Marion était une jeune fille exaltée, ravie de s'émanciper. Je sais, parce qu'elle me l'a confié, qu'elle avait assez mal vécu son enfance et son adolescence à la Comba retirat. Entre elle et son père, c'était conflictuel… Et puis… Elle en voulait à ses parents. Essayez de vous représenter le rythme de travail qu'implique la tenue d'un hôtel-restaurant. Les Mercier étaient de braves gens, mais leur commerce chassait tous les temps familiaux. Les vacances en famille ? Impossible avec deux fermetures annuelles de quinze jours, hors saison touristique et hors vacances scolaires. Les repas tous ensemble, les soirées en famille, ou l'aide aux devoirs ? Impossible également avec les services à assurer, sept jours sur sept, tant à l'hôtel qu'au restaurant.

Louise n'y avait pas songé avant, pourtant, ça tombait sous le sens.

– En plus, Marion était de nature curieuse et sensible. Elle désirait découvrir des environnements nouveaux, s'ouvrir à des cultures différentes, visiter des lieux chargés d'Histoire et d'histoires avec un petit h. Or, que lui proposaient ses parents ? Aucun séjour linguistique, c'était trop cher. Aucune colonie de vacances, puisque les montagnes à portée de main constituaient un terrain de jeu suffisant !

– D'où l'empressement de Marion à mettre les voiles ?

– Oui. Elle étouffait et ne s'en cachait pas. Au fil des ans, la colère contre ses parents a enflé, et à l'adolescence, Marion est entrée en confrontation ouverte avec son père qui lui reprochait sans cesse son désintérêt pour l'entreprise familiale. Durant les week-ends, elle refusait d'aider pendant les coups de feu du midi et du soir. Elle passait son temps à lire. Bref, elle faisait sa merdeuse. Mais comment la juger pour ça ?

Louise griffonna quelques mots. Quand elle eut fini, elle interrogea le mari du regard.

– Les propos d'Eugénie sont certainement justes. Mais, de mon côté, je n'ai rencontré Marion que bien après, lorsqu'elle est entrée au cabinet Delages… et, ça n'engage que moi, je l'ai toujours trouvée un poil arrogante.

38

Trente-sixième jour de captivité, « Un truc »

Les yeux fixés sur les flammes qui dansent, elle rumine son échec. D'ailleurs, depuis cinq jours, elle ne fait que cela. Comment pourrait-il en être autrement ? La liberté était à portée de main, elle l'a même effleurée, touchée du bout des doigts… Bon sang, que n'a-t-elle réfléchi ?! Que n'a-t-elle attendu le lendemain ?! C'eût été si facile, alors ! *Ça l'est aussi de te fustiger de la sorte ! Quelle personne normale, retenue prisonnière depuis trente et un jours ne saisirait pas sa chance de fuir au moment même où elle se présente ?* lui re-re-redit Madame-la-raisonneuse. Marion souffle bruyamment, les yeux embués. Avec la punition que lui a infligée *le Fou*, elle ne risque plus d'aller bien loin, désormais… Pour la énième fois, elle tente de soulager ses chevilles endolories en remuant ses orteils. Elle le sait pourtant, c'est vain. Les bracelets d'acier sont volontairement trop serrés. Ils garrottent ses chevilles, lui comprimant douloureusement la chair. Ses pieds mal irrigués, violacés et enflés fourmillent et bourdonnent. Elle souffre atrocement au moindre pas. Or, bien que recluse, elle en effectue de nombreux dans une journée pour s'acquitter de toutes les tâches qui lui incombent… Un coup d'œil au réveil lui indique qu'il est déjà 11 heures du matin et qu'elle doit se mettre en ordre de marche. Ce qui lui prenait une heure il y a encore cinq jours lui en demande plus du double aujourd'hui, tant et si bien que ses journées entières se résument presque exclusivement aux corvées.

Elle se lève en geignant et pose précautionneusement un pied devant l'autre. La chaîne qui entrave ses jambes ne laisse qu'un ridicule débattement de vingt centimètres. Elle doit donc faire en permanence attention à ses enjambées, sous peine de tomber. Ses déplacements sont d'une lenteur affligeante et d'une effroyable précarité. Aller de la cheminée au placard : dix-huit mini-pas prudents, du placard au bout de la table le plus proche, dix mini-pas prudents, du bout de la table à l'évier, seize mini-pas prudents. Quant à se rendre aux toilettes, ça s'apparente à un voyage à l'étranger ! Elle souffre. Dans un cortège de cliquetis d'acier, elle traîne les pieds à longueur de journée. Au bord de la rupture, elle n'endure plus sa captivité que pour épargner un drame à son fils. Sans lui, elle se laisserait couler. Son calvaire n'est pas humain, songe-t-elle en attrapant les premiers ustensiles pour la préparation du repas…

*

* *

Il sera bientôt 13 heures, et tout est prêt. La table est mise avec soin. Elle regarde le sapin de Noël qui se découpe devant la fenêtre. Il y a tellement de guirlandes et de boules qu'on distingue à peine l'arbre. La décoration est à l'image du *Fou* : outrancière. Pour la énième fois depuis sa fuite ratée, elle se demande comment agir. Que faire pour protéger Valentin alors qu'elle est enfermée ici et que lui est dehors, exposé à un danger qu'il ne peut même pas soupçonner ? Quoi que *le Fou* en dise – *je ne vois* vraiment *pas de quoi tu parles,* maman (*c'est ça, prends-moi pour une idiote !*) – il l'a prévenue. Il lui a implicitement fait savoir qu'il connaissait l'existence de son fils et qu'il pouvait donc prendre des mesures de rétorsion. Or, elle est bien placée pour savoir de quoi il est capable... Comme à chaque fois qu'elle pense à la menace qui pèse sur Valentin, c'est-à-dire presque constamment depuis une semaine, l'angoisse monte et l'oppresse. Elle se retrouve à happer l'air comme une asthmatique redoutant la survenance d'une crise. *Réfléchis, Marion, tu dois bien pouvoir faire quelque chose !*

Les yeux toujours braqués sur le sapin, mais ne le voyant plus, elle se remémore l'expression du *Fou* au moment où il l'a rattrapée sur le bord de la route. Dans le pinceau des phares, son visage n'affichait pas la rage ou la colère. Non, son visage disait sa déception, pire encore, son douloureux sentiment de trahison. Comme s'il n'était pas parfaitement normal qu'une personne retenue contre son gré cherche à s'enfuir ! *Fais un effort, Marion, décentre-toi...*

O.K, se reprend-elle, *comme s'il voulait vraiment croire qu'un lien nous unit.*

Quel lien ?

– Un lien... *maternel,* s'oblige-t-elle à formuler à haute voix.

Oui, c'est ça. *Le Fou* prend ses rêves pour des réalités. Il a décrété qu'elle était sa *maman* et, dans son monde à lui, elle l'est. Or, est-ce qu'une mère prendrait la fuite, laissant seul son fils bien-aimé ? *Non, bien sûr que non,* raisonne-t-elle...

Mais ce léger flirt avec le célèbre syndrome de Stockholm fait naître en elle une réticence, et elle convoque aussitôt son pragmatisme. Eh bien, peut-être pourrait-elle utiliser cet impérieux besoin de relation filiale ?! Pourquoi ne pas essayer d'y répondre, plutôt que de se limiter à obéir au

Fou ? Si le fifils à sa maman se sentait comblé, il n'aurait plus la moindre raison de s'en prendre à Valentin, n'est-ce pas !? De nouveau, elle avise le sapin alourdi par la surcharge de décorations.

Une idée naît.

Il a perdu toute confiance en toi. Ça ne marchera pas.

Essaie quand même.

*

* *

Écrasé de pommes de terre, steaks hachés. C'est le repas du lundi midi. Rudimentaire, mais efficace à en croire les coups de fourchette que *le Fou* met dans son assiette. Elle profite de ce qu'il enfourne une bouchée pour intervenir dans son soliloque habituel.

– Dis-moi, *mon grand*, je me demandais si…

Il ne s'y attendait pas, c'est la première fois qu'elle prend vraiment la parole pendant un repas. Un instant, il semble pétrifié. La fourchette vide est suspendue en l'air. La mastication s'est arrêtée.

– … si tu accepterais de me dire ton prénom.

Il lève un sourcil évaluateur. Il se demande s'il y a un piège – ce qui prouve qu'il n'est pas aussi fou qu'il veut bien le faire croire. Puis, d'un coup, son expression se transforme. De soupçonneuse, elle devient souriante et lumineuse. Extrêmement ravie – *si, tout de même, il a un sacré grain !*

– Renato, je m'appelle Renato !

– C'est italien ?

– Oui. Du latin « *renatus* », qui signifie « qui renaît ».

Elle attend, mais il en reste là. *Quelle drôle d'idée de s'attarder sur le sens de son prénom plutôt que sur ses origines italiennes*, songe-t-elle.

– Renato… Je trouve ça joli.

– Merci, *maman*, c'est moi qui l'ai choisi !

Paf ! Cette dernière assertion lui cloue le bec. Elle ne sait pas comment réagir. *D'ailleurs, qui saurait ? Qu'est-on censé répondre à quelqu'un qui vous balance ça avec un tel naturel ?!* Le problème, elle le comprend très vite, c'est que *le Fou* – de son prénom Renato qu'il a lui-même choisi – attend qu'elle poursuive. *Vas-y, lance-toi ! C'est le moment.*

– Renato…

– Oui, *maman* ?

– Je… j'aurais besoin que tu m'achètes quelques petites choses.

Il marque un temps. Son visage se ferme, l'air de dire : « Voilà donc ta *vraie* motivation ! » Sa main se crispe sur le manche de son couteau.

– Quel genre de *petites choses, maman* ?

Sa voix est aussi cassante et froide qu'un glaçon. *Allez, sois forte, tu fais ça pour Valentin !* se dit-elle. La chair de poule lui hérisse les bras, néanmoins elle lui tend la courte liste qu'elle a dressée sur le dos d'un emballage. Il la décrypte d'un œil méfiant, puis relève la tête.

– Tu veux te mettre aux travaux manuels, *peut-être* ?

La légère pointe d'ironie ne lui échappe pas. Même s'il n'a rien détecté de louche dans cette liste – elle a fait bien attention à ce que le matériel demandé ne soit pas sujet à interprétation – *le Fou* ne comprend pas. Et *le Fou* se méfie de ce qu'il ne comprend pas. *Tu tiens le bon bout, continue,* s'encourage-t-elle, pour chasser la peur qui la tenaille. *Fais-lui ton mélo avant qu'il ne lui prenne l'envie d'aller chercher son sécateur !*

– … D'une certaine manière, oui… Je… je voudrais juste essayer de fabriquer… un truc.

– Un *truc* ?

Ses yeux sont deux lances qui cherchent à la percer. Elle baisse piteusement la tête, à la manière d'un enfant confronté à sa faute.

– Quel truc, *maman* ?

– Laisse, tant pis, ce n'est pas grave, se précipite-t-elle. Je me débrouillerai autrement... Tu devrais manger pendant que c'est chaud, ajoute-t-elle, changeant de sujet.

Il se raidit. La colère toque à la porte de son regard.

– Quel truc, *maman* ? Est-ce que tu vas me répondre, *oui ou non* ?

Elle tremble légèrement. Ses yeux s'embuent tandis qu'elle fixe son assiette. Puis, comme vexée de se sentir acculée, elle relève les yeux et l'affronte.

– C'est bientôt Noël, Renato ! Et, vu que je ne peux pas t'acheter de cadeau, j'ai pensé que je pourrais peut-être...

Sa main retombe sur la table, et elle laisse sa phrase en suspens. Inutile de trop en dire. Son air contrarié parle de lui-même. *Le Fou* l'observe longuement, mais elle ne cille pas – elle pense à Valentin, sa chair. C'est pour lui qu'elle manœuvre.

– Tu veux *vraiment* me confectionner un cadeau ? demande-t-il finalement de sa voix aiguë d'enfant de maternelle. Oh, *mamaaan* !

Émoustillé par cette perspective, il sourit et ses yeux brillent d'un éclat aussi joyeux qu'incrédule. *Allez ! Rajoutes-en une louche !*

– J'aurais préféré... ça devait être une surprise, lâche-t-elle d'un ton un peu froissé.

– Mais ce sera une surprise, puisque je ne sais pas ce que c'est ! s'exclame-t-il avec emphase.

– Euh, Renato, écoute-moi... je ne voudrais pas que tu t'imagines... Ce ne sera pas grand-chose, tu comprends ?

– Mais si ! Ce sera merveilleux, *maman* !

– Calme-toi, Renato, s'il te plaît… Je ne voudrais pas que tu sois déçu… je ne suis pas très douée de mes mains, donc…

Il la couve d'un œil radieux, remue sur sa chaise, se tord les mains, trahissant ainsi un puissant désir de démonstration affective. Une tension quasi charnelle électrise l'air. Alors, pour esquiver un contact physique qui la hérisse, elle baisse pudiquement les yeux, feignant d'être gênée par l'ampleur de ses propres émotions. Les secondes passent, la tension reflue.

– Je ferai les achats ce soir, en sortant du travail.

– Merci beaucoup, Renato.

– Oula ! On parle, on parle, et l'heure tourne !

Ça y est, les choses ont repris leur cours habituel. Elle se lève – ses traits se crispent de douleur – pour aller récupérer la corbeille de fruits. Le cliquètement de la chaîne et le frottement exaspérant de ses mini-pas sur le sol emplissent la pièce. Lorsqu'elle pose enfin la corbeille de fruits près de Renato, il lui attrape le poignet. Elle se fige, et son cœur s'emballe.

– Écoute, *maman*… Tu as fait la zizanie et tu m'as obligé à te punir une fois de plus… Mais je n'y prends aucun plaisir, tu comprends ?

Un pic de stress lui harponne le ventre.

– Je sais, *mon grand*… Je t'ai profondément déçu et je te demande pardon… Je n'aurais jamais dû, jamais…

Elle conserve les yeux baissés, simulant la honte. Mais lui ne relâche pas la pression sur son bras. Il semble hésiter sur la conduite à tenir. Mesurant l'infime intervalle qui s'ouvre, elle puise dans ses ultimes réserves pour surmonter sa répugnance et sa crainte et, de sa main libre, lui caresse doucement le sommet du crâne.

– Je te demande pardon… répète-t-elle dans un souffle. Tu mérites mieux, ajoute-t-elle, après un silence.

Elle le sent qui frémit au contact de ses doigts. La trouille au ventre, combattant son dégoût, elle continue de lui passer les doigts dans les cheveux. Une minute file ainsi, puis, feignant la gratuité de son attitude, elle cesse ses caresses, laisse retomber sa main et dit :

– Je ne le referai plus, je m'y engage… Allez, mange ton dessert, Renato, tu vas te mettre en retard.

La pression sur son poignet se relâche.

– Le dessert ne compte pas… Va t'asseoir dans le fauteuil, *maman.*

Elle lui lance un regard surpris et interrogateur.

– Je te pardonne, d'accord ? Il est temps que j'enlève tes entraves.

La perspective de sa délivrance est un pur bonheur, et elle se sent presque flotter en rejoignant le fauteuil à mini-pas traînants. Il enfile une paire de gants en vinyle, étire le tortillon relié à son trousseau et en extrait une minuscule clé. Puis il s'agenouille devant elle et décadenasse les deux larges bracelets incrustés dans sa peau. La compression cesse d'un coup et une onde de soulagement coule en elle. L'instant d'après, une armée de fourmis piquantes lui dévore les jambes. Elle laisse alors échapper une plainte.

– C'est normal, maman, c'est le brutal afflux sanguin, explique-t-il en lui frottant énergiquement les mollets. *Rhooo*… Regarde-moi ces petits petons boudinés !

Et il commence à lui masser les pieds. La douleur est si vive que les larmes lui montent aux yeux. Au bout de quelques minutes cependant, la stimulation agit, et Marion a l'impression de revivre.

– Je te remercie infiniment d'avoir retiré la chaîne, dit-elle, d'une voix reconnaissante.

– Mmm… Tu verras, demain déjà, ça ira beaucoup mieux !

Puis il se lève, balance ses gants à la poubelle avant de se laver les mains et se tourne vers elle, en attrapant sa parka.

– Je file, *maman* !

– D'accord… Bon après-midi, *mon grand* !

– Merciiii ! Toi aussi, *mamaaan* !

– … Ah, au fait, Renato !

– Oui ?

– Tu n'as pas apporté le journal, aujourd'hui ?

Léger flottement. Il détourne le regard.

– Mince ! J'ai complètement oublié de l'acheter, désolé. Allez, j'y vais. Bisou, *mamounette* !

La porte blindée se referme. Un instant file. *Il te ment,* assène Madame-la-raisonneuse, *il a prétexté la même chose samedi et dimanche.*

Une alarme résonne dans son esprit, et elle se tend. Pourquoi cet *oubli* répété ? Serait-ce un moyen supplémentaire de la punir pour sa *zizanie* et de marquer son emprise sur elle ?… Ou bien… *Ou bien, quoi ?* Le quotidien contient-il des informations qu'il ne veut pas qu'elle apprenne ?

39

Après un long silence évaluateur, Chanwee Wong se décida à parler :

– Donc, vous affirmez que j'avais bu, ce soir-là, alors que je n'ai pas été poursuivi – autrement dit, qu'il n'existait aucune charge contre moi ?

D'un geste volontairement lent, Violaine attrapa la chemise plastifiée. Elle en sortit la photo de Clair quand il avait dix-huit ans et celle de Frank Legrand, directement issue de l'identité judiciaire.

– Je ne vous présente pas ces deux hommes, vous les connaissez parfaitement. L'un travaille pour vous, l'autre est un infirmier qui vous a fait une faveur. Et ces deux hommes sont liés : de leurs quatorze à leurs seize ans, ils étaient dans la même famille d'accueil, fit-elle.

– On sait, enchaîna Thierry, que Frank Legrand vous a rejoint à l'hôpital de Tarbes où vous avez été conduit après l'accident.

– On sait aussi que Sylvestre Clair y travaillait ce soir-là : durant deux mois, il a assuré un remplacement infirmier au service des urgences.

– On sait aussi que vous aviez descendu quelques verres.

– Pour finir, on sait que vous êtes un homme intelligent, monsieur Wong, et que vous redoutiez ce qui se passerait si vous étiez contrôlé positif.

– Fautif ou non, vous alliez vous retrouver dans une belle merde. Vous risquiez des poursuites pénales, les assurances ne joueraient pas, une jeune fille était décédée, il y aurait des indemnités colossales à verser à la famille de la victime…

Chanwee Wong s'était raidi durant leur numéro de duettistes, mais conservait les yeux baissés, dissimulant ainsi son regard aux gendarmes. Violaine décida de porter l'estocade finale.

– Le code de la santé publique est très clair sur la procédure à suivre dans les cas d'accidents. L'agent de police judiciaire dépêché sur les lieux doit remplir une fiche A correspondant à un « examen de comportement » qui peut comprendre un éthylotest. Bien sûr, cet examen n'est possible que s'il n'y a pas d'intervention médicale. Or, le soir du 14 janvier 2022, tous les protagonistes encore en vie ont été conduits à l'hôpital. L'agent s'est donc borné à décrire les circonstances de l'accident.

Elle posa la fiche en question sur la table et reprit :

– La suite se déroule donc à l'hôpital. Le code de santé publique prévoit que le médecin ou l'interne procède à une prise de sang ainsi qu'à un examen clinique dont les résultats sont versés sur une fiche B. Il est bien spécifié que c'est au médecin de faire la prise de sang et que celle-ci s'effectue à l'aide d'un nécessaire pour prélèvements en présence de l'agent de police judiciaire qui ferme lui-même les scellés.

Elle marqua un temps pour sortir la fiche B remplie par le médecin.

– Cette nuit-là, le médecin et l'interne étaient aux prises avec trois urgences vitales : celle de la jeune Alison Lemonier, celle d'un des passagers et celle du conducteur fautif. Votre examen clinique a donc attendu 6 h 14 du matin, dit-elle en tapotant une mention sur la fiche B.

En revanche, votre prise de sang a été faite bien avant, parce que la loi prévoit qu'elle doit être effectuée dans les plus brefs délais et au maximum dans les six heures suivant l'accident. Dans le cas contraire, l'agent de police doit l'indiquer noir sur blanc dans son P-V, ce qui n'est pas le cas, ici.

Violaine pointa une signature en bas de la fiche A et poursuivit :

– Nous avons rencontré Olivier Lopez, l'agent présent ce soir-là. Il s'est souvenu du déroulement de cette tragique soirée. Les médecins, a-t-il confirmé, avaient d'autres chats à fouetter, et lorsque, vers minuit, un infirmier s'est enfin proposé d'effectuer la prise de sang, Lopez a accepté. Où était le mal ? Le temps filait, et on ne parlait là que d'une banale prise de sang ! Il a admis avoir remis le nécessaire à prélèvements à l'infirmier et l'avoir laissé entrer seul dans le box où vous vous trouviez. Lopez est formel : il est resté devant le box tout le temps de la prise de sang.

La gendarme fit un signe à Thierry pour qu'il prenne le relais.

– Voilà ce que nous avons logiquement déduit : Franky-la-dégaine rapplique à l'hôpital et tombe sur Clair. Les deux hommes ne se sont probablement pas vus depuis neuf ans, mais Clair a une tête qu'on n'oublie pas : il n'était pas surnommé Frankenstein pour rien. Franky-la-dégaine mesure immédiatement l'opportunité qui s'offre à lui. Menace-t-il Clair, ou lui fait-il une offre ? Nous l'ignorons. En revanche, le résultat est là : la prise de sang effectuée à l'hôpital atteste que vous n'avez pas la moindre goutte d'alcool dans le sang… Lopez qui surveillait le box n'a pas imaginé un instant que l'infirmier pourrait prélever un autre sang que le vôtre. En l'occurrence, et par élimination, le sien propre.

Chanwee Wong leur offrit de nouveau un sourire étincelant, puis il applaudit discrètement, comme au spectacle.

– Quelle imagination ! Bravo !

– Monsieur Wong, lorsqu'on lui a montré la photo de Sylvestre Clair, l'agent Lopez l'a formellement identifié comme étant l'infirmier ayant effectué votre prise de sang. Comme je l'ai déjà évoqué, il a une tête qu'on oublie difficilement.

– Cela ne prouve aucunement que ledit Clair aurait donné son sang à ma place. De plus, si je ne m'abuse, dans les cas d'accident routier, une fois analysés par deux biologistes, les échantillons de sang ne sont pas conservés.

L'homme d'affaires était bien renseigné, ce qui ne surprit guère les gendarmes.

– En d'autres termes, reprit-il, il ne vous est pas possible de prouver que le sang des scellés n'était pas le mien, et vous le savez parfaitement... Alors, pourquoi me servir cette histoire qui ne tient que par la force de votre conviction ?

– Peut-être parce qu'elle ne tient pas qu'à cela, lui rétorqua Thierry en sortant son téléphone portable de sa poche. Regardez.

Une vidéo apparut sur l'écran : une bonne cinquantaine de personnes étaient rassemblées au cœur d'un vaste espace aux allures d'entrepôt décoré pour l'occasion. Elles se tenaient par grappe autour de mange-debout, et adressaient un signe amical à la caméra lorsque celle-ci s'approchait. Puis la personne qui filmait avança jusqu'à une estrade au-dessus de laquelle était suspendue une banderole clinquante : « Excellente retraite ! » L'appareil tangua un peu quand on le posa sur son pied, puis se stabilisa après une mise au point. Quelques instants plus tard, Wong monta sur l'estrade, un micro à la main, un feuillet dans l'autre. Thierry appuya sur pause et commenta :

– Soirée hommage à Nicolas Brecht, manager opérationnel de l'entrepôt de Société Lourdes Transport, filiale du groupe Wong Import-Export dont vous êtes l'actuel P.-D.G. Je propose de nous faire gagner du temps, la vidéo dure une heure vingt-cinq. Elle a été tournée le 14 janvier 2022 par l'épouse de Brecht, fière d'immortaliser l'événement du départ en retraite de son mari, après quarante-deux ans de bons et loyaux services au sein de la SLT. L'essentiel du film tient en une longue succession de prises de parole sur l'estrade, dit-il en pointant l'image arrêtée. Vous noterez également que les costards-cravates, dont vous, monsieur Wong, se sont naturellement regroupés autour du même mange-debout, ici, à proximité de l'estrade, et en bordure du champ caméra.

– La vidéo démarre avec votre discours qui dure huit minutes, enchaîna Violaine. Ensuite viennent le directeur de site, la D.R.H., le contrôleur de gestion, puis le secrétariat. Entre les hommages, il y a quelques séquences musicales, des chansons aux paroles revisitées pour l'occasion et interprétées par les chauffeurs. La soirée s'achève sur l'émouvant discours de Nicolas Brecht qui, autant le dire franchement, n'a pas vraiment brillé par sa concision.

La gendarme marqua un temps. Elle posa ses coudes sur la table, joignit ses mains sous son menton et harponna le regard de l'homme d'affaires. Puis elle conclut :

– La vidéo a été tournée entre 19 h 30 et 21 heures, le soir de l'accident. Nous avons compté le nombre de coupes de champagne que vous avez bues durant la fête. Elles sont au nombre de quatre. Sachant qu'un verre fait en moyenne monter l'alcoolémie à 0,20 gramme par litre de sang et qu'environ deux heures sont nécessaires pour l'éliminer, il est biologiquement impossible que l'analyse de la prise de sang effectuée à minuit – soit trois heures seulement après l'ingestion de votre quatrième coupe – aboutisse à l'absence totale de trace d'alcool. Cela prouve que ce n'est pas votre sang qui a été analysé.

Elle se tut, laissant à Wong quelques secondes pour prendre la mesure des enjeux en cours.

– Que proposez-vous ? demanda-t-il finalement.

– Ce n'est pas vous qui nous intéressez, monsieur Wong, mais Sylvestre Clair. Alors, de deux choses l'une. Option un, nous nous affrontons sur le terrain de l'accident avec cette prise de sang trafiquée, et la presse sera ravie d'alimenter ses feuilles de chou en accolant votre nom à celui de Clair. À vous de voir, mais je ne suis pas certaine que l'emploi du conditionnel par les journalistes constitue une nuance suffisante pour vous préserver. Les gens retiendront que votre nom est associé à celui d'un meurtrier.

– D'un meurtrier ?

Thierry finit de vider le contenu de la pochette sur la table et étala plusieurs coupures de presse, dont une de *La Dépêche du Midi* qui titrait : « Homicide à la Comba retirat : la BR de Tarbes envisage la piste familiale ». Wong fit glisser vers lui une des coupures et la balaya des yeux. Abasourdi, il releva la tête et demanda :

– Alors, selon vous, Clair aurait tué ce… Valentin Mercier ?

– Pas selon nous, mais selon les preuves. Car voyez-vous, monsieur Wong, on peut changer d'apparence, on peut changer de nom, mais on ne peut pas changer d'ADN.

Le masque d'impassibilité de l'homme d'affaires se craquela, laissant transparaître son inquiétude. Il lâcha un soupir face à l'inéluctable issue de cet entretien, puis lança :

– Option deux ?

– Vous nous dites tout ce que vous savez sur Sylvestre Clair. Absolument tout. D'autant que, au moment où nous parlons, la mère de Valentin Mercier a disparu. Nous ignorons si cette femme est encore en vie… Mais, si elle l'est, le seul moyen de la sauver est d'arrêter Clair à temps.

Sachant désormais qu'il avait apporté son concours à un meurtrier, Wong opina avec gravité.

– Il vous sera impossible de le prouver, mais j'ai en effet aidé Clair à transférer son épargne en Thaïlande, puis vers un compte offshore. Concernant la raison de ce geste, disons que je vous laisse à votre hypothèse.

– Quelle hypothèse ? ironisa Violaine, pour le rassurer sur leurs intentions.

– Bien, apprécia Wong. En revanche, pour ce qui concerne les faux papiers de Clair, il va falloir traiter avec Frank. Lui et moi n'évoluons pas tout à fait dans les mêmes cercles, si vous voyez ce que je veux dire ?

Les gendarmes opinèrent. La grande famille des criminels comptait ses propres strates et, même si toutes étaient reliées et interdépendantes, un petit caïd des cités avait autant de chances de conclure une affaire avec un promoteur véreux qu'Alain Souchon d'interpréter un duo avec Metallica.

– On voit bien, en effet. Mais, monsieur Wong, puisque vous êtes le patron de Franky-la-dégaine, votre présence à la table des négociations devrait constituer un élément de persuasion déterminant.

Vaincu, l'homme d'affaires attrapa son téléphone portable et composa le numéro de Legrand.

40

Louise griffonna « un poil arrogante » sur son carnet et elle releva la tête vers Léonard de Saint Phalle.

– Vous travailliez donc au cabinet Delages quand Marion Mercier y est entrée ?

– En effet. J'ai quatre ans de plus qu'Eugénie et Marion. Lorsque Marion a démarré son stage de CAPA, je travaillais déjà depuis trois ans chez Delages.

– Selon Victorine, courant 1997, Marion aurait été aux prises avec une relation amoureuse tourmentée. Savez-vous…

Mais l'échange de regards entre les époux arrêta Louise. Oui, manifestement, les époux Saint Phalle savaient. La mine sombre, le mari se racla la gorge et déclara :

– En plus d'être brillante, Marion était pétillante et très jolie… Quant à Romain Delages, l'associé principal du cabinet, il n'a jamais été insensible aux charmes des jeunes femmes… Loin de là, ajouta-t-il.

– Pour le dire clairement, enchaîna l'épouse d'une voix pincée en fixant son mari d'un œil noir, Romain Delages était un grossier personnage ! Les *#MeToo* n'hésiteraient pas aujourd'hui à le qualifier de prédateur sexuel, avec raison !

Il y eut un silence crispé, et Louise décida d'intervenir :

– Marion Mercier a vécu une relation avec le patron du cabinet, c'est ça ?

– Oui.

– À quelle période ? demanda la gendarme qui cherchait à remonter jusqu'au père de Sylvestre Clair.

– À l'issue de son stage au cabinet, donc… à partir de septembre 1996, peu de temps après que Delages l'avait embauchée comme avocate junior, lui retourna l'épouse. Delages avait beau avoir vingt ans de plus que Marion et être marié depuis quinze ans, il lui a fondu dessus comme un aigle sur sa proie. Soit dit en passant, Marion n'a été qu'un numéro dans une longue série !

– Là n'est pas le propos, intervint mollement le mari.

– Si, Léonard ! Établir que Delages était coutumier des relations adultères avec des jeunes femmes placées dans une situation d'infériorité, et par leur âge et par leur statut au cabinet, permet de brosser le profil d'un salopard. J'ajouterai qu'il avait certainement eu tout le loisir de peaufiner ses méthodes de don Juan lorsque Marion s'est retrouvée sous ses fourches Caudines !

L'homme laissa échapper un soupir las qui trahissait à lui seul l'antériorité d'un débat houleux et usant avec son épouse. Il joignit ses mains, comme pour rassembler ses esprits et s'exprimer concisément et précisément, puis rétorqua :

– Delages n'était vraiment pas le genre de type à briller par son élégance vis-à-vis des femmes, je n'ai jamais prétendu le contraire. Coureur de jupons invétéré, il a dû manipuler et promettre le mariage à des dizaines de jeunes femmes… Je suis resté cinq ans au cabinet avant d'aller voir ailleurs, et la mentalité de mon patron n'a pas été étrangère à ma décision. Cela étant, selon moi, Marion s'est jetée volontairement dans la gueule du loup.

– Comment peux…

– Je l'avais prévenue ! Dès que l'occasion s'est présentée, je l'ai avertie du genre de type qu'était Delages. Mais

Marion avait l'arrogance de croire que ce qui arrivait aux autres ne pouvait pas lui arriver à elle…

– Bon sang ! Pourquoi faut-il toujours que les victimes soient responsabilisées, hein ?! s'agaça sa femme.

– Eugénie, je…

– Excusez-moi de vous couper, intervint fermement Louise, mais je voudrais qu'il soit bien clair, pour l'un comme pour l'autre, que nous n'enquêtons pas sur une histoire de harcèlement ou d'abus de pouvoir, mais sur une affaire de meurtre. Valentin Mercier a été sauvagement assassiné, ça, c'est un fait, asséna-t-elle. En d'autres termes, peu nous chaut de répartir la responsabilité des deux amants dans cette relation adultère. En revanche, comprendre les effets que cette relation a pu générer dans la vie de Marion Mercier à l'époque pourrait nous éclairer.

Les Saint Phalle se regardèrent honteusement, prenant subitement conscience que, dans le contexte de cette sombre affaire, leurs dissensions avaient tout de gamineries. Le mari posa une main tendre sur celle de son épouse en guise de trêve. Elle lui répondit par un sourire triste, puis se tourna vers les gendarmes.

– Désastreux… les effets ont été désastreux. J'ai vu se ternir et dépérir, mois après mois, l'une des filles les plus pétillantes qu'il m'ait été donné de rencontrer. Elle avait Delages dans la peau. C'était obsessionnel ! Et, malheureusement, elle a fini par basculer…

– Basculer ?

– Pour faire très court, on va dire que les six premiers mois de cette relation ont été idylliques. Marion est totalement tombée sous le charme de ce type intelligent et charismatique, professionnellement aguerri et respecté, qui faisait d'elle une petite princesse en la couvrant de cadeaux et d'attentions. Vous trouvez que mon début de récit ressemble à la caricature d'une mauvaise *dark romance* ?

plaisanta-t-elle. Eh bien, attendez de voir la suite ! Les choses ont commencé à se gâter six mois, environ, après le début de leur relation.

– Vers février-mars 1997, donc ?

– … Euh, oui, c'est ça, approuva la femme après un instant de réflexion. Marion voulait plus que des 5 à 7… Récriminations, disputes, déchirements, réconciliations sur l'oreiller… ont alors commencé.

L'épouse marqua une pause, visiblement émue de se replonger dans ces lointains et désagréables souvenirs.

– Je ne sais pas vraiment à quel moment et de quelle manière ça a débuté, mais Marion s'est mise à boire et à prendre des substances récréatives.

– D'après le témoignage de sa sœur, intervint Louise, la consommation de drogues avait déjà commencé en mars 1997. Elle a passé une soirée à Toulouse chez Marion et…

– Exact ! Ça me revient, maintenant. C'est la seule et unique fois où j'ai croisé la jumelle de Marion, d'ailleurs… Mars 1997, vraiment ? fit-elle.

Puis elle baissa les yeux et confessa :

– Je l'admets, à ce moment-là, je n'étais pas encore inquiète. Peut-être que je me voilais la face ? Pour moi, Marion faisait des excès, mais bon, on était jeunes, on profitait de la vie !… En réalité, j'ai commencé à me poser de sérieuses questions en août 1997, lorsque nous sommes parties en vacances ensemble à Ibiza. C'est à ce moment-là que j'ai pris conscience qu'il y avait vraiment un problème : Marion n'allait plus à la moindre soirée sans consommer drogues et alcool. Parallèlement, je me suis rendu compte qu'elle prenait toutes sortes de cochonneries : anxiolytiques, antidépresseurs, barbituriques. Son sac était une vraie pharmacie ambulante.

– Vous diriez qu'elle était en dépression ?

Elle regarda son mari.

– Vas-y, Léo, raconte-leur.

– Au cabinet, je voyais Marion perdre pied. Ça a été un lent processus étalé sur plusieurs mois. D'abord un dossier égaré, un rendez-vous oublié, un retard, une petite erreur dans la rédaction de tel ou tel contrat, puis des erreurs plus fréquentes, plus lourdes… Ensuite, les retards se sont multipliés, ainsi que les absences injustifiées. Il y a aussi eu des oublis graves qui ont impacté l'avancée de gros dossiers, jusqu'au ratage sur un énorme contrat client. Heureusement, je veillais au grain et j'ai pu rattraper le coup *in extremis*. Un soir, j'ai pris mon courage à deux mains et j'ai attendu Marion à la sortie du cabinet, je voulais lui parler entre quat'z-yeux. Pour moi, c'était une évidence, elle présentait une dépression sévère et elle devait absolument se faire aider. Elle a tenté d'esquiver la discussion en prétextant qu'elle avait un rendez-vous.

– C'était vrai, Marion et moi avions prévu de nous retrouver pour manger ensemble, précisa sa femme.

– Alors, je suis passé en force en l'accompagnant jusqu'au restaurant et j'ai profité du trajet pour lui parler de sa relation avec Delages. Lorsque nous sommes arrivés sur place, elle a éclaté en sanglots.

– J'étais installée, j'attendais, poursuivit l'épouse. Quand j'ai vu Marion en pleurs, je me suis précipitée dehors. C'est ainsi, d'ailleurs, que j'ai rencontré Léonard.

L'anecdote fit sourire les gendarmes, puis Louise relança :

– C'était à quelle période ?

– Début 1998.

Après l'accouchement sauvage, releva mentalement Louise, en se rappelant les propos de Salazar. D'après le psychiatre, il était fréquent que les mères infanticides développent un stress intense ou une dépression après leur passage à l'acte…

– À ce moment-là, Marion Mercier était encore en relation avec Romain Delages ? relança-t-elle.

Le visage d'Eugénie de Saint Phalle s'assombrit.

– Leur relation a duré un an de plus encore, jusqu'en janvier 1999 ! Pourtant, le soir de notre rencontre avec Léonard, lui et moi, on n'y a pas été de main morte, croyez-moi !

– Et toute l'année qui a suivi, non plus, ajouta l'époux.

– Mais nos raisonnements ne servaient à rien. Même l'arrêt maladie de trois mois que lui a prescrit son médecin ne l'a pas aidée.

La femme marqua une pause, le regard lointain et peiné.

– Marion n'a pas réussi à profiter de ce break et de son éloignement du cabinet pour se refaire une santé, reprit-elle. Au contraire. Elle s'est repliée sur elle-même. Enfermée chez elle, Marion tournait en rond, ruminait, elle n'en démordait pas : Romain était l'amour de sa vie. Lui, de son côté, en bon pervers, continuait à lui donner le minimum pour qu'elle demeure attachée à lui. Si jamais il la sentait s'éloigner, il la rattrapait... Il la rattrapait toujours, murmura-t-elle avec dégoût.

– Elle a tout de même fini par le quitter, dit Louise.

– Oui, cette grossesse inattendue est arrivée à point nommé ! lui retourna l'épouse, dont le visage venait de s'éclairer.

– Comment ça ?

– Eh bien... c'était le 27 octobre 1998, le jour d'anniversaire de Léonard. Marion m'a appelée, en larmes. Elle venait d'effectuer un test de grossesse, et il était positif. Passé l'instant de surprise, je suis tombée des nues en comprenant que ses larmes étaient des larmes de joie.

– Ce n'était pas une bonne nouvelle ?

– Eh bien... Delages était l'amant de Marion, mais il était avant tout son patron ! Vu son profil, je le voyais mal la laisser lui faire un enfant dans le dos sans réagir ! Marion était tout juste diplômée et elle n'était personne. Delages, au contraire, était un avocat influent dans le milieu des affaires. Je n'osais imaginer sa réaction si Marion décidait de garder ce bébé. Un claquement de doigts et il ruinait sa carrière… et sa vie.

– Donc, Delages serait le père de Valentin ?

– Qui, sinon lui ? Marion a eu ce type dans la peau pendant deux ans et demi. Il faisait la pluie et le beau temps sur sa vie !

– Je vois… Et comment a-t-il réagi à l'annonce de la nouvelle ?

– Figurez-vous qu'il n'en a jamais rien su. Étrangement, alors même qu'elle était enceinte de l'homme qu'elle aimait follement, Marion a pris la décision de disparaître à l'étranger… Comme si cet enfant, à lui tout seul, constituait une seconde chance.

L'expression « seconde chance » sonna étrangement dans l'esprit de Louise qui ne put s'empêcher de penser au bébé agressé de la Comba retirat. Elle s'obligea néanmoins à ne pas tirer de conclusion hâtive. Tant que la paternité de Delages vis-à-vis de Clair n'était pas établie, rien ne prouvait que Marion Mercier fût la jumelle coupable de tentative d'infanticide.

– Ce Romain Delages, on peut le trouver où ?

Les époux Saint Phalle lui jetèrent un regard surpris.

– Il est mort il y a une dizaine d'années, d'un cancer du pancréas, l'informa le mari.

41

Le contact dégoté par Franky-la-dégaine pour fournir une identité fictive à Clair s'appelait Francesca Albertini. Et ce contact-là, comme Clair l'avait exigé, avait tout d'un véritable virtuose de la corruption – étant entendu qu'il n'y avait pas plus confondant de réalisme que des papiers fabriqués par les autorités compétentes elles-mêmes… Comme tout malfaiteur qui se respecte, Francesca Albertini n'accueillait pas le premier venu à bras ouverts. Pour obtenir ses faveurs, il fallait impérativement remplir deux conditions : la première, montrer patte blanche – à ce titre, la recommandation d'une personne de confiance était nécessaire –, la seconde, pouvoir s'acquitter en espèces de la somme de 7 000 euros, et ce, dès le premier rendez-vous – ce genre de prestation *high level* représentait un coût considérable, puisqu'il fallait graisser la patte à un ou deux fonctionnaires complaisants.

Or, si les gendarmes souhaitaient piéger Albertini, ils ne remplissaient aucune des deux conditions. Legrand avait peut-être consenti à la balancer, mais il n'était pour autant pas prêt à passer ouvertement pour un vendu dans le milieu en lui recommandant un client qui se révélerait être un flic. Il savait qu'il ne craignait rien : les enquêteurs étaient pris par le temps et n'avaient utilisé ce dossier de prise de sang que pour faire pression sur son boss et lui.

Dans ce contexte, les gendarmes pouvaient abandonner l'idée de compromettre Francesca Albertini dans une nouvelle affaire de faux papiers, pour l'obliger à révéler la fausse identité de Sylvestre Clair. Quant à la surveiller pour la prendre en flagrant délit, non seulement l'exercice aurait demandé beaucoup de moyens et du temps – denrée précieuse dont ils manquaient cruellement –, mais en plus, l'atteinte de l'objectif aurait été très aléatoire. Albertini, bien que défavorablement connue des services de police, exerçait un métier : elle était la patronne de quatre night-clubs disséminés entre Toulouse et Perpignan, dont deux dédiés aux personnes LGBT. Si son appartenance au milieu de la nuit lui permettait de tremper dans de nombreuses affaires louches, elle ne vivait cependant pas de l'argent du crime. Autrement dit, ses compromissions *pour compléments de revenus* étaient trop parcimonieuses pour que les gendarmes espèrent la cueillir à coup sûr et rapidement.

Heureusement, il en va du réseau des officiers de police judiciaire comme il en va du réseau des malfrats : une connaissance appelle un contact qui lui-même se renseigne… et en quelques ricochets, la barque enlisée d'une enquête retrouve toute sa flottaison. L'information venait des stups du commissariat central de Toulouse : la sulfureuse quadra, Francesca Albertini, était depuis quatre ans à la colle avec une jeune et superbe métisse issue du quartier Empalot, nommée Maryam Boussaïdi. Cette dernière, de quinze ans sa cadette, présentait pour les gendarmes un attrait majeur : l'intrépidité de sa jeunesse ajoutée à un tempérament de tête brûlée lui avait déjà valu de nombreuses arrestations. Boussaïdi dealait des produits dans les milieux huppés et festifs de la Ville rose. Elle était jeune, belle, en colère, elle voulait vivre vite et intensément – autant de qualités qui faisaient battre plus fort le cœur d'Albertini, mais qui ouvraient aussi une porte aux enquêteurs…

*

* *

Une musique assourdie lui parvenait depuis les profondeurs souterraines du night-club. Le rythme des basses pulsait l'air, répandant des ondes bourdonnantes qui faisaient frémir sa chair jusque dans le hall d'entrée. Violaine tendit son blouson en sky noir à la jeune vestiairiste grimée façon *sugar baby* – couettes brunes, frange longue, chemisier moulant blanc ouvert sur un soutien-gorge pigeonnant, kilt ultracourt au sommet de jambes galbées par de longues chaussettes blanches, et chaussures vernies de type écolière. En échange, la jeune femme lui donna un ticket que Violaine glissa dans la poche de son pantalon. Puis elle s'enfonça dans un long couloir tapissé de velours pourpre et garni d'une galerie de cadres noir et blanc où figuraient des images de fin du monde raccord avec le nom du club : *L'Apocalypse*. Un type balèze, mains croisées devant l'entrejambe, lui ouvrit une double porte battante, et de la jungle jaillit des entrailles invisibles du club dans une gifle d'air grondant. La jeune gendarme passa le seuil et la porte se referma sur une bouche de pénombre. Une odeur rance flottait dans l'atmosphère épaisse et moite – celle de l'animal humain mêlant transpiration et parfums. Elle avança et devina un escalier grâce aux arêtes des marches et aux rampes rétroéclairées. D'un pas hésitant, elle descendit vers la cacophonie. Elle parvint à un premier palier, sorte de large cursive faite d'un caillebotis en acier qui surplombait la fosse et en faisait le tour. *Parfait pour repérer ma cible*, se dit-elle. Elle s'appuya contre le garde-corps et laissa son regard errer sur la marée humaine qui gesticulait un étage en dessous. Zébrés de lumières intermittentes qui s'enchaînaient dans une chorégraphie stroboscopique, les corps abrutis de sons et d'alcool remuaient et se frottaient sans relâche dans une décoration de béton et d'acier d'inspiration postapocalyptique. On n'était que jeudi soir, et la boîte était déjà à moitié pleine. Violaine se demanda à quoi ressembleraient les deux soirées à venir. Perché sur un podium dans un angle de la fosse, le D.J. sautait avec la régularité et la permanence du gars qui carbure au L.S.D. Sur le mur opposé, un écran géant diffusait des images de bombes champignonnesques, de catastrophes naturelles, de guerres, d'accidents nucléaires, de terres arides... Une expression de répulsion sur le visage, Violaine détacha ses yeux de ces visions infernales et se mit en quête de Maryam Boussaïdi. La repérer au milieu d'une foule aussi serrée aurait relevé de la gageure si la jeune femme ne s'était distinguée par une splendide chevelure afro teinte dans un rouge rubis. Malgré ce signe distinctif, il fallut à la gendarme une dizaine de minutes et deux tours de déambulatoire pour poser le regard sur la belle métisse. Accoudée à l'extrémité d'un des bars situés sous la cursive, elle sirotait un verre, les yeux braqués sur le *dancefloor*. Violaine la détailla. Moulée dans un élégant combishort, Boussaïdi dévoilait des courbes parfaites. Sa peau ambrée qu'elle avait pris soin de pailleter scintillait sous les jeux de lumière, et ses yeux émeraude éclairaient un visage fin, aux pommettes hautes et à la bouche gourmande. Une véritable beauté, mais la gendarme repensa aux avertissements de ses collègues toulousains : *Boussaïdi a un radar à flics implanté dans le cerveau, elle est vive, maligne, nerveuse, et n'a pas peur d'en découdre.*

Violaine sortit son portable et tapa un texto à la va-vite : « cible repérée ». Puis elle rengaina son téléphone, hésita à emprunter l'escalier pour se rapprocher de la jeune femme, mais opta pour un premier round d'observation depuis son promontoire. Une minute plus tard, un trentenaire torse nu, vêtu d'un jean déchiré et de rangers, vint saluer Boussaïdi. Violaine se raidit. Le long de la colonne vertébrale, des implants sous-cutanés en forme de demi-cercles formaient de dérangeants reliefs. Sous la peau de son crâne rasé se dressait une crête de picots d'acier. Ses arcades sourcilières étaient tapissées de piercings, comme ses lèvres et ses tétons. L'homme s'approcha de l'oreille de la dealeuse pour qu'elle l'entende malgré le bruit. La jeune femme hocha imperceptiblement la tête et descendit de son siège haut. Le type lui fourra alors discrètement quelque chose dans la main puis s'accouda au bar. *Il l'attend*, déduisit Violaine. *Il vient de passer commande et il l'attend.* La gendarme suivit Boussaïdi des yeux. Elle sinua entre les danseurs du bord de piste et s'enfonça dans un recoin obscur. Violaine la perdit de vue. Un laps de temps assez long fila – cinq minutes environ – et Boussaïdi refit son apparition en surgissant de l'angle invisible où elle avait disparu. Puis elle se colla dans le dos du type qui l'attendait – la gendarme détecta à peine le mouvement de main de la dealeuse fourguant sa came – et celui-ci s'écarta du bar et se fondit dans la foule agitée. La gendarme patienta une vingtaine de minutes, le temps d'être sûre du manège qui s'opérait en bas. À trois reprises, elle surprit le même ballet, du bar à un endroit inconnu, puis l'attente avant la livraison. Conclusion, Boussaïdi était trop méfiante pour transporter la drogue sur elle. Elle rejoignait un point de ravitaillement situé quelque part dans les méandres dissimulés de la discothèque. Il fallait donc loger son lieu de stockage et la prendre la main dans le sac, parce que l'interpeller en cours de livraison ne mènerait pas bien loin : ce n'était pas une dizaine d'acides ou un pochon de coke qui suffiraient à acculer Albertini. Violaine en était là de ses réflexions quand Boussaïdi braqua les yeux droit sur elle. La gendarme sentit le regard de la jeune dealeuse la transpercer, et un frisson galopa sur sa peau. Elle résista *in extremis* au réflexe de détourner les yeux. *De toute façon, si tu es grillée, autant ne pas la perdre de vue !* raisonna-t-elle. Accoudée au balcon, dans une pose qu'elle espérait nonchalante, elle soutint le regard scrutateur durant de longues secondes. Puis elle opta pour un large sourire aguicheur. En réponse, la métisse se détourna. *C'était moins une*, songea Violaine. Elle emprunta l'escalier d'un pas rendu prudent par les bottes ultra compensées sur lesquelles elle était juchée. Pour qu'elle se fonde dans la faune ambiante, ses collègues lui avaient concocté un look digne de *Mad Max* : pantalon moulant en élasthanne noir, haut résille noir, collier en cuir ras de cou à picots façon dominatrice, maquillage noir et coiffure éclatée. Un attifage punk qui la changeait de l'uniforme. Restait à espérer qu'elle n'ait pas besoin de piquer un sprint au moment de l'interpellation.

Dans la fosse, la température gagna quelques degrés, et l'odeur âcre de transpiration se précisa. Sur la piste, les corps déchaînés par la tornade sonore luisaient comme des anguilles. Bras et mains se levaient et ondulaient, suivant les rythmes technoïdes trépidants. Violaine commença à contourner la piste pour rejoindre l'angle du bar où se tenait Boussaïdi. Les images de fin du monde continuaient de crépiter sur l'écran, et des mots comme « *Destroy* », « *Reign of Zombies* », « *Punishment* »… apparaissaient parfois avant de dégouliner à la manière de coulures de sang. La gendarme contourna une grappe de jeunes survoltés et parvint tout près de sa destination. Elle se figea. Boussaïdi n'était plus là. Et personne ne l'attendait, elle n'était donc pas en train d'aller chercher une commande.

Merde.

Violaine balaya des yeux les bords de piste, se concentrant sur les coiffures, pour tenter de repérer la gouffa rubis. Rien. Elle plongea alors le regard dans la marée humaine survoltée étalée devant elle. Son œil rebondissait de tête en tête, comme une balle de ping-pong frénétique, mais elle dut se rendre à l'évidence : la fille avait disparu. Redoutant d'avoir sabordé l'opération, la gendarme étouffa un juron. Elle sentit alors une présence juste derrière elle, et une voix aussi suave que menaçante s'éleva tout près de son oreille :

– Alors, tu me surveilles ?

Violaine tressaillit. En un quart de seconde, elle décida de sa réplique. Elle inclina la tête vers l'arrière et répondit :

– J'ai toujours apprécié les belles choses.

– Choses ?

– Façon de parler... les tableaux de maîtres, les œuvres d'art, si tu préfères.

Un rire grave, incrédule et moqueur s'éleva alors.

– N'en fais pas trop !... Dis-moi, je t'ai jamais vue ici, avant.

– Normal, c'est la première fois que je mets les pieds à Toulouse... Je t'offre un verre ? improvisa Violaine, toute à son rôle.

Nouveau gloussement.

– Et plus si affinités, c'est ça ?

La gendarme étira un sourire pour se donner une contenance. Elle se sentait prise au piège : elle n'avait pas son arme sur elle, elle n'était pas censée établir le contact et son dévouement pour la mère patrie avait ses limites... Bref, la situation était en train de lui échapper !

– Laisse tomber, va, reprit la dealeuse. T'es jolie, mais t'es pas mon genre. Je n'aime que les dandys, ajouta-t-elle en levant un sourcil narquois.

Le soulagement coula en Violaine comme une onde bienfaisante. Elle n'avait effectivement rien de l'élégance racée et subtilement masculine qui caractérisait Francesca Albertini, avec sa coupe garçonne, ses smokings impeccables et ses indémodables derbies. Pour la circonstance, elle étira néanmoins une moue désappointée. Indifférente, Boussaïdi haussa les épaules, tourna les talons et rejoignit sa place au bar. Durant de longues minutes, la gendarme fit mine de s'intéresser au parterre de fêtards, tout en coulant des regards de biais en direction de la dealeuse. Lorsque Boussaïdi se leva une nouvelle fois pour aller chercher une commande, Violaine rasa le mur du fond et se dirigea discrètement vers l'angle obscur où s'engouffrait la dealeuse. En s'enfonçant dans le recoin, elle eut tout juste le temps de voir un vigile s'écarter, puis la jeune femme disparaître derrière un rideau noir. Au-dessus de la tête du vigile, elle distingua le logo d'un escalier surmonté du mot « exit » qui se détachait sur fond vert luminescent. Elle en déduisit que la dealeuse devait rejoindre un extérieur situé à l'arrière du night-club. Elle s'éloigna, attrapa son portable et envoya un nouveau message à Louise. Quinze minutes plus tard, elle reçut une réponse. Ses collègues venaient de repérer une sortie donnant sur une arrière-cour.

42

Ce sont des vacanciers, ils parlent une langue de l'Est. Il sourit poliment, dit bonjour et détaille la petite famille qui vient d'entrer dans la supérette. Les parents, d'abord, encore assez jeunes pour se donner la main. Leurs deux garçons, ensuite. L'aîné doit avoir dix ans, le cadet, huit. Ils se ressemblent. Un visage pointu, un nez légèrement retroussé constellé de taches de son, des oreilles décollées. Le plus grand a des yeux noisette, l'autre des yeux bleus. Ce qui le frappe en les regardant, c'est leur complicité et l'aisance *naturelle* qui imprègne leur relation. Lui n'a jamais connu ça. Il a pourtant essayé. Il a même essayé toute sa vie. Mais ça n'a jamais vraiment fonctionné. Enfant, il avait appris par cœur des répliques de films. Il avait répété des dizaines et des dizaines de fois devant sa glace, pour trouver la bonne intonation, ajuster le regard au geste, que ça ait l'air *naturel*. Le problème est que la réalité se prête rarement aux répliques de films… Alors, aussi loin qu'il se souvienne, malgré toutes ses tentatives pour plaire aux autres, il n'avait jamais eu un seul ami. Alice, sa presque sœur chez les Fournier, avait certainement été celle qui se rapprochait le plus d'une amie. Sauf que c'était une fille, qu'elle avait plein de copines et que celles-ci n'aimaient pas trop qu'il joue avec elles. *C'est pas des jeux de garçon !* disaient-elles. *En plus, les garçons, c'est trop nul !* Et puis, après l'entrée au collège, Alice avait changé. Elle fermait la porte de sa chambre. Elle avait mieux à faire que de s'amuser avec lui… Avec Damien, son presque frère adopté, comment dire… c'était conflictuel. Damien se plaignait toujours, il pleurnichait : *Maman, Sylvestre, il recommence ! Il fait que de me copier !* Quel mal y avait-il à vouloir faire comme lui, à désirer lui ressembler, lui que tout le monde aimait, hein ?

Il soupire. *Sois toi-même*, lui répétait Amandine, sa presque maman, à longueur de journée. O.K., d'accord. Sauf que ça ne voulait strictement rien dire. Quand on est le fils de *Personne*, difficile d'être quelqu'un. Les psychologues, les éducateurs, les assistantes sociales, tout le monde à l'ASE pérorait sans cesse sur cette histoire de *modèles parentaux*. Mais lui qui n'avait pas de parents n'avait pas le droit de se choisir des modèles ?

– *23,90 euros*, dit-il.

Et comme le père de famille n'a pas l'air de comprendre, il écrit les chiffres sur un bout de papier. L'homme hoche la tête en sortant son portefeuille et règle la note. Les garçons ont obtenu un paquet de biscuits au chocolat, ils sont contents et sortent du magasin en sautillant. Ce sont des enfants ordinaires qui n'ont probablement aucun problème d'*intégration*.

Quand il était infirmier, il avait choisi l'intérim parce qu'il avait bien remarqué, durant ses stages de formation, qu'il n'était pas fait pour *intégrer* une équipe. Question d'*à-propos*. Ça avait été une réflexion de la prof de français de seconde lors d'une rencontre parents-prof. *Sylvestre ? Oh, rien à dire, il est sérieux, poli et travailleur… mais sur le plan des interactions, il manque cruellement d'à-propos…*

Puis, sur un ton ironique, elle avait ajouté : *Il est plus dans l'à-peu-près que dans l'à-propos, si vous voyez ce que je veux dire !* Satisfaite de son jeu de mots, elle avait gloussé. Amandine l'avait regardée avec sérieux et lui avait répondu, sans ciller : *Je ne comprends pas ce que vous dites, mais ça n'a pas l'air d'être très gentil, je me trompe ?* Elle ne se démontait jamais, Amandine.

Bref, de retour à la maison, il avait cherché sur Internet, cette histoire d'à-propos. Et il avait compris. Quand il désirait créer du lien par la discussion, il tombait toujours à côté. Dont acte. Avec le temps, il avait fini par se faire une raison. Il serait seul. Être seul, ça n'était pas non plus un drame, si ?... Une fois diplômé, il avait donc choisi l'intérim. Il enchaînait les missions sans avoir besoin de s'intégrer en faisant preuve d'*à-propos*. Choix pratique et lucratif.

Il gagnait bien sa vie, quand il y pense. Aujourd'hui, c'est une autre musique. Mais, avec maman à la maison, il a bien été obligé de choisir un travail proposant des horaires réguliers. Les nuits, les week-ends, les fériés, les heures sup... c'est bien lorsqu'on est seul. Mais pas quand on a la responsabilité de quelqu'un. Et puis, être son propre patron, ça lui laisse des latitudes. S'il doit fermer en urgence parce que maman fait encore la zizanie, par exemple, nul besoin d'une autorisation. Il tire le rideau et, en vingt-deux minutes, il est rentré. Dix-sept, s'il ne respecte pas les limitations de vitesse, mais ça, il n'aime pas trop...

Mme Rodriguez franchit le seuil, avec son cabas et Mino, son caniche. Il la salue. Elle est gentille, Mme Rodriguez, c'est une très bonne cliente, qui vient tous les jours et qui lui raconte plein de souvenirs de sa vie d'avant, quand elle gravissait les échelons à la Poste. C'est grâce à elle, d'ailleurs, qu'il a eu l'idée de s'inventer un travail de guichetier. Parce que, dixit Mme Rodriguez, on ne croirait pas comme ça, mais, à la Poste, il se passe plein de choses ! Avec le patron, avec les collègues et avec les clients. Ça permet d'avoir beaucoup d'anecdotes à partager, ce qui est important pour tenir une conversation. Elle n'a qu'un défaut, Mme Rodriguez, elle vient tous les jours en fin de matinée. Et, comme elle a toujours mille choses à dire, il n'est pas rare que, une fois en caisse, elle s'éternise, quitte à dépasser l'heure de fermeture affichée à l'entrée. Ça, il n'apprécie pas. Que dirait maman s'il arrivait en retard, alors que le déjeuner est prêt, hein ? Il jette un œil à la pendule. 11 h 15. Ça devrait aller…

Mme Rodriguez parle, parle, et il l'écoute attentivement. Il *enregistre*. Ça va lui faire pas mal de choses à raconter à *maman*, c'est bien…

43

2 h 30 du matin. Un froid mordant et humide coulait sur le grand parking du night-club en périphérie de la ville. Au gré de légères brises, une odeur de vase et des relents d'eau saumâtre balayaient l'air par intermittence. Louise et Thierry avaient contourné la boîte de nuit plantée sur un grand terrain le long du chemin de Fenouillet, juste en face du cynodrome de Toulouse. La discothèque et son parking étaient entourés d'une haute clôture qui les séparait du parc de loisirs du lac de Sesquières à l'est, d'une aire de stationnement pour les gens du voyage au sud, et du chemin de Fenouillet à l'ouest – côté où se découpait le long portail d'entrée. Au nord, un étroit chemin de terre défoncé, parallèle à l'allée des Foulques, servait de frontière naturelle. C'est précisément sur ce chemin que les gendarmes étaient stationnés.

Depuis leur voiture, ils bénéficiaient d'une vue sur une dalle bétonnée à l'arrière du night-club qui permettait certainement le déchargement des livraisons. Celle-ci était desservie par une étroite voie de bitume prise en sandwich entre le grillage et le flanc de la discothèque. Une lumière extérieure surmontait une double porte servant d'accès vers l'intérieur ou de sortie de secours en cas d'urgence, mais le spot fatigué n'éclairait que faiblement la dalle, si bien que les ombres épaisses avalaient tout le reste.

À un mètre de la porte, un scooter était garé le long du mur.

– Boussaïdi doit sortir par là, dit Louise, c'est le seul accès en dehors de l'entrée. On va surveiller. Elle a probablement son stock de produits dans un recoin.

Moteur et feux éteints pour la discrétion, les gendarmes en planque sentaient le froid s'insinuer dans l'habitacle de minute en minute. Louise remonta la fermeture de son anorak et se frotta les mains en maugréant :

– J'espère que ça va bouger bientôt, parce que je suis en train de congeler sur pied !

– Moi pareil, lui retourna Thierry. J'ai l'impression de…

Il s'interrompit net. La porte venait de s'ouvrir, laissant apparaître Maryam Boussaïdi. Emmitouflée dans un long et superbe manteau imitation fourrure, la jeune femme activa la fonction torche de son portable et braqua le faisceau de lumière vers le scooter dont elle souleva la selle.

– Voilà où elle planque sa came, murmura Louise.

La dealeuse récupéra ce qu'elle devait, rabattit la selle, fourra un sachet au fond d'une poche de son manteau et en sortit une clé qui lui permit de déverrouiller la porte depuis l'extérieur. Louise s'empressa de taper un message à Violaine : « Stock repéré. On prend position pour interpellation. » Une minute plus tard, sa collègue lui répondit : « O.K. Prête à verrouiller de l'intérieur. J'attends le top. »

– Violaine empêchera tout repli de Boussaïdi, énonça Louise.

– Entendu. On gère comment ?

– Retourne au parking et tiens-toi prêt à condamner cet accès, dit-elle en désignant l'unique voie qui desservait la dalle. Si Boussaïdi parvenait à me filer entre les doigts, elle serait obligée de l'emprunter.

– Elle pourrait aussi fuir par ce terrain vague, rétorqua Thierry.

Une friche bosselée où s'épanouissaient chiendent et broussailles s'étendait en effet entre le chemin de terre où ils étaient garés et la dalle à l'arrière du bâtiment.

– Peu probable, jugea Louise. C'est hyper casse-gueule sur un deux-roues.

– Mmm… et tu ne préfères pas qu'on soit deux pour l'interpellation ?

– Laisse tomber. Elle est seule, ça ne devrait pas être très compliqué pour moi. De toute façon, au cas où, tu assures les arrières.

Sur quoi, Louise ouvrit la portière et sortit. Le froid chargé d'humidité se plaqua sur elle. Elle fit signe à Thierry qui mit le contact, remonta la voie terreuse et s'engagea chemin de Fenouillet. De son côté, elle scruta les ombres, et le terrain vague qui la séparait de la dalle lui parut soudain bien lugubre. Sous le ciel couvert, elle n'y voyait pas grand-chose. Mais, ignorant si des vidéosurveillances étaient placées sur la face arrière de la boîte de nuit, elle choisit d'avancer sans lumière. Elle avait progressé de deux mètres à peine, lorsqu'elle shoota dans une bouteille de bière que dissimulait un buisson. Le bruit de verre se répercuta dans la nuit. Elle se figea net. Non qu'elle redoutât d'être entendue – le barouf à l'intérieur du night-club aurait certainement couvert les salves d'une mitraillette –, mais de là où elle se tenait, elle venait d'entendre un léger plouf qui l'alerta. Si elle avait raison, la bouteille était tombée dans la flotte. Elle avança donc d'un pas prudent et finit par détecter un fossé d'un bon mètre de large et d'autant de profondeur qui longeait le chemin de terre qu'elle avait laissé derrière elle. Les pluies des jours précédents s'y étaient accumulées et une eau stagnante en remplissait le fond qui miroitait sous les rares rayons de lune. Louise sonda attentivement le côté opposé avant de sauter, puis continua d'avancer, ne distinguant les obstacles ou inégalités du terrain qu'au dernier moment. Elle parvint néanmoins aux abords de la dalle sans se tordre la cheville ou se planter un bout de ferraille dans le pied. Elle s'accroupit alors derrière un arbrisseau et, nappée de pénombre, observa de nouveau les alentours. Dès qu'elle sortirait, Boussaïdi serait faite comme un rat. La gendarme prit son téléphone et avertit ses collègues qu'elle était en position. Thierry lui répondit que lui aussi. Une minute plus tard, Violaine lui envoya à son tour un texto : « Boussaïdi vient de prendre une commande. » Louise sentit une coulée nerveuse l'électriser. Elle envoya « TOP INTERPEL », rengaina son téléphone et se tint prête à surgir de l'ombre pour prendre la dealeuse en flag.

*

* *

Violaine découvrit le message, son cœur cogna, et elle souffla un grand coup. *C'est parti !* se dit-elle. Dans un geste réflexe, elle porta la main à sa ceinture, avant de se rappeler qu'elle n'était pas armée. Dans ce genre de situation, intervenir sans son arme de service était plutôt inconfortable. Même si la jeune gendarme n'avait jamais eu à faire feu, le pistolet constituait autant un moyen de dissuasion qu'une sécurité psychique. Là, elle devrait s'en passer… Concentrée, le corps tendu, elle s'enfonça dans l'obscurité à l'arrière de l'angle du bar. Elle observa le vigile laisser passer la dealeuse et reprendre sa place devant le rideau noir. Violaine se carapata dans un recoin et patienta. Elle n'avait pas chronométré le temps nécessaire à Boussaïdi pour rejoindre l'extérieur et elle ne voulait pas prendre le risque d'intervenir trop tôt. Si la dealeuse repérait qu'elle était suivie, elle n'irait pas jusqu'à sa réserve de drogues, et le flagrant délit serait compromis. En outre, son rôle consistait à prendre la cible en sandwich pour empêcher son éventuel repli vers l'intérieur. Violaine extirpa sa carte de gendarme et laissa donc filer deux bonnes minutes avant de quitter sa planque et de fondre sur le vigile dans un élan déterminé. À son approche, le type se raidit et bomba le torse en lui décochant un regard d'avertissement. Elle brandit sa carte et ordonna :

– Gendarmerie ! Écartez-vous !

Surpris, il recula d'un pas, puis reprit ses esprits et décida de jouer au plus malin en s'emparant de la carte pour la détailler. Violaine la récupéra d'un geste vif, et lui mit un coup d'épaule pour qu'il s'écarte.

– Ne m'obligez pas à sortir mon arme et à vous embarquer pour obstruction ! le menaça-t-elle.

L'homme fit lentement un pas de côté, l'œil mauvais, mais ne pipa mot. La gendarme passa le rideau et gravit l'escalier aussi vite que ses bottes compensées le lui permettaient, tout en fixant la porte à battants qui se découpait au sommet.

*

* *

La porte s'ouvrit sur Boussaïdi. Sous le spot lumineux, les contours de son visage se dessinèrent. Louise entrevit son beau minois halé, son expression détendue et la nonchalance de ses mouvements corporels amplifiée par son long manteau. Dès que la jeune femme lui tourna le dos pour fouiller dans la réserve placée sous la selle du scooter, la gendarme bondit de sa cachette en dégainant son arme et cria :

– Maryam Boussaïdi, ne bougez plus ! Mains en l'air !

La dealeuse se raidit.

– Mains en l'air, j'ai dit ! Et fissa !

Boussaïdi s'exécuta. Louise parcourut en deux secondes les quelques mètres qui la séparaient de la dalle et s'approcha de la délinquante. Tout en maintenant d'une main son arme pointée, elle attrapa de l'autre les menottes accrochées dans son dos. Mais ses doigts rendus gourds par le froid les laissèrent s'échapper et les menottes tombèrent dans un tintement métallique. Surprise, la gendarme amorça un mouvement vers le sol. C'est l'instant que choisit Boussaïdi pour se retourner et lui asséner un magistral coup de pied dans l'épaule. Louise perçut un craquement tandis qu'explosait en elle une douleur blanche. Elle s'affala sur la dalle en haletant et vit la jeune femme bondir sur son scooter et mettre le contact. Elle démarrait quand la porte du night-club s'ouvrit à la volée et que Violaine surgit. Avisant sa collègue au sol, elle ignora le grondement du moteur à sa droite et se précipita vers elle.

– Louise, ça va ?

– Chope cette furie !

Boussaïdi avait déjà effectué un demi-tour, prête à foncer vers la voie bitumée menant au parking. Violaine se plaça alors au centre de la dalle, face à la dealeuse, pour tenter de lui barrer le passage. Les deux femmes se toisèrent, et la jeune gendarme décela l'expression haineuse de la dealeuse. Celle-ci fit rugir sa bécane tandis que son regard l'avertissait : elle n'hésiterait pas une seconde à lui rouler dessus. De son côté, Louise parvint à se relever. Une douleur lancinante irradiait son épaule, mais elle serra les dents. De sa main gauche, elle récupéra l'arme qu'elle tenait toujours fermement serrée dans la droite et la tendit à Violaine. Lorsque Boussaïdi repéra le flingue, elle accéléra avant d'être mise en joue. Mais au lieu de foncer vers la gendarme, elle opta pour le terrain vague baigné d'une obscurité qui la dissimulerait. Arme au poing, Violaine recula vivement et se positionna alors au milieu de la voie bitumée reliant l'arrière du night-club au parking, afin de dissuader la dealeuse de surgir des ombres pour emprunter cet accès. Dans l'intervalle, Louise avait disparu dans la nuit pour se lancer à la poursuite de la fuyarde. Faisant fi de sa douleur à l'épaule, elle sprintait en direction des grondements du scooter, son téléphone en mode torche braqué devant elle.

Boussaïdi, elle, n'avait pas allumé ses feux pour éviter de devenir une cible mouvante. *Parfait*, songea Louise, *tu ne vas rien comprendre à ce qui va t'arriver !* Quelques secondes plus tard, un grand fracas se fit entendre, suivi de cris de rage et de douleur. Louise obliqua vers le bruit et éclaira la scène. Dans sa fuite éperdue, Boussaïdi venait de planter sa bécane dans le fossé. Son long manteau s'était retourné sur elle, et elle était en train de se débattre pour tenter de s'extraire du bourbier dans lequel elle avait plongé tête la première. Louise ne lui laissa aucune chance. Elle dégaina sa matraque télescopique, leva son bras gauche et, dès que la tête pointa, lui asséna un puissant coup à l'arrière du crâne. La dealeuse s'effondra et la gendarme glissa au fond du fossé pour enfin lui passer les menottes.

44

Trente-neuvième jour de captivité, « Mistinguette »

Il a flotté toute la nuit sans discontinuer, la pluie n'a cessé qu'au petit matin. Désormais, une grisaille uniforme obstrue la vue. Des odeurs de terre mouillée et de champignons flottent dans l'air et se mélangent aux effluves du repas qu'elle a préparé et qui mijote tranquillement sur la cuisinière à bois. Malgré le feu qu'elle alimente depuis son lever, la baraque est humide, confite dans un jus pluvial, et elle a l'impression que la moiteur ambiante fait regonfler ses chevilles qui étaient pourtant en voie de guérison.

Assise à table, elle contemple d'un air morose l'espèce de fabrication artisanale dans laquelle elle s'est lancée. Elle avait envisagé la construction d'un mobile, une œuvre simple et jolie faite de matériaux légers et naturels – balsa, laines et ficelles, cartons découpés, papiers pliés… –, mais elle doit se rendre à l'évidence, les premières étapes ne donnent pas le résultat escompté. *Va droit au but : ta création est à chier !* Elle laisse échapper un long soupir nerveux. *Le Fou* – Renato – piaffe déjà. Il attend son cadeau au pied du sapin clinquant pour le 25 décembre. Sa manœuvre semble l'avoir apaisé, mais qu'en sera-t-il s'il déballe un objet décoratif d'une incontestable mocheté ?!

Se sentira-t-il humilié, trahi par sa *prétendue maman chérie* ? Décidera-t-il de lui couper les doigts à cause de leur maladresse ? Ou franchira-t-il le pas de la menace voilée pour finalement s'en prendre à Valentin ? *À moins qu'il ne l'ait déjà fait ?!* À cette idée, un pic de stress lui torpille le ventre. Les larmes montent sans prévenir, elle se mord la lèvre, et ses mains commencent à trembloter.

Son dernier journal remonte au vendredi 15 décembre. Elle continue de graver le dessous de la table, elle sait donc qu'on est le jeudi 21. Elle voudrait ne pas y penser, elle *devrait* ne pas y penser. Mais cela fait six jours que *le Fou* n'a pas rapporté le journal. Pourquoi ? Pourquoi, hein ? Elle joue peut-être la comédie jusqu'à la nausée, mais après trente-neuf jours de captivité, à ne voir que lui, à n'entendre que lui, à tenter de percer les secrets de sa folie maladive, elle n'a aucun doute sur le fait qu'il lui ment ! Les prétextes qu'il invente, ses réponses évasives… tout cela lui met l'esprit en alerte. Une question tourne en boucle dans sa tête : que lui cache-t-il ? La nuit, alors que son cerveau ne dispose plus d'aucune distraction, elle tourne et retourne dans son lit en se demandant si Valentin va bien… Elle donnerait tout ce qu'elle possède pour sortir d'ici et le rejoindre, pour le rejoindre et le protéger ! *Mon Dieu, faites que…*

Elle sursaute. Tend l'oreille… Non, rien… Elle a cru entendre l'écho lointain d'une voix. Mais non. C'est le silence absolu. Elle est en train de devenir dingue. *Voilà que tu commences à avoir des hallucinations auditives !*

– …inguette !

Son cœur s'emballe. Elle n'a pas rêvé ! Il y a bien une voix, loin, au-dehors. D'un bond, elle se lève et file aux toilettes, seul endroit où elle peut ouvrir une fenêtre. Elle tourne la poignée, ouvre brusquement le fenestron et patiente de longues secondes, l'oreille tendue. Et soudain, le son lui parvient de nouveau, et plus distinctement : « Mis-tin-gueeette ! » C'est une voix d'homme assez âgé qui appelle depuis les bois noyés dans la brume grise. Elle ne le voit pas, mais elle l'entend ! Vlan ! Elle sent naître et enfler en elle une vague d'espoir puissante, enivrante, rageuse. Ça lui part des pieds, ça lui monte en frémissant le long des jambes, lui remue le ventre, lui retourne le cœur et, pour finir, ça explose dans sa tête comme un feu d'artifice émotionnel. Délivrance ! Le mot s'impose, et elle se hisse sur l'abattant des W.-C. en agrippant les barreaux. Elle gonfle alors ses poumons d'air et hurle : « AU SECOURS ! » Elle hurle à s'en faire péter les cordes vocales, parce que sa vie en dépend. Parce que, enfin, après trente-neuf jours de captivité, un être humain est là, tout près, qui peut alerter la police.

– AU SECOOOURS ! AIDEZ-MOI ! PAR ICI ! PAAAR ICIIII !!!

Elle fouille nerveusement des yeux la forêt qui s'étend de ce côté de la maisonnette, par-delà le haut tas de bois coupé. Des lambeaux de brume s'entortillent aux branches dénudées des arbres. Les sapins gouttent mollement. Les sous-bois détrempés fourmillent et bruissent d'une vie qui se dissimule : mulots, musaraignes, insectes, araignées, lièvres, renards… bruit de moteur. Bruit de moteur ! Elle hoquette, plaque son visage contre les barreaux et se dévisse la tête pour regarder du côté d'où provient le ronronnement, mais ça ne sert à rien, elle est trop en retrait, et l'avant-toit qui plonge vers le sol lui bouche la vue. Une irrépressible panique la submerge d'un coup. Ce bruit de moteur, elle le connaît désormais : c'est *le Fou* qui rentre ! Là ! Maintenant ! Avec plus d'une demi-heure d'avance ! Putain, ce taré a une chance insolente ! Si jamais il la surprend en train de…

– OHÉ ! Y A QUELQU'UN ?

Le timbre est légèrement voilé et chevrotant, c'est la voix de l'homme âgé qui appelait « Mistinguette » quelques secondes plus tôt. Elle est tellement paniquée qu'elle a envie de vomir.

– FOUTEZ LE CAMP ET APPELEZ LA POLICE ! s'époumone-t-elle. JE SUIS RETENUE PRISONNIÈRE PAR UN TARÉ ! IL EST DANGEREUX, FUYEZ IMMÉDIATEMENT ET APPELEZ LA POLICE !!!

Malgré sa mise en garde, une vague silhouette se dessine bientôt dans la brume, sillonnant entre les troncs luisants d'humidité.

– FOUTEZ LE CAMP ! hurle-t-elle en faisant de grands gestes.

La silhouette disparaît derrière une grappe de sapins et réapparaît quelques instants plus tard, plus nette, plus proche.

– PARTEZ ET APPELEZ LA POLICE !

Les contours de l'homme – assez grand et mince, protégé par une cape de pluie, un bâton de marche dans une main – se précisent. Il l'a vue, il vient vers elle ! Son visage est englouti par l'ombre du capuchon qui lui tombe juste au-dessus des yeux, mais Marion distingue le mouvement de sa main libre qui glisse sous le vêtement et trifouille au niveau de l'oreille. *Sérieusement ?! Un vieux avec un sonotone !* a-t-elle le temps de se dire. Puis l'effroi déferle en elle. Si l'homme ne déguerpit pas dans la seconde, il…

– Mais, bon sang, pourquoi criez-vous comme ça, que se passe-t-il par ici ? lui lance-t-il d'un ton contrarié, en se rapprochant dangereusement de la maison.

D'un geste autoritaire, elle lui fait signe de la boucler et tend l'oreille. Le moteur vient de s'éteindre ! *Oh non, pitié, Seigneur !*

– Je suis revenu hier de vacances, et mon chat a disparu, un jeune chat gris, vous ne l'auriez pas vu, par hasard ?

Mon Dieu, pauvre Miracle…

– Partez, partez ! marmonne-t-elle en postillonnant entre ses dents serrées, alors que l'écho d'une portière que l'on claque lui parvient.

L'homme se fige. Il relève un peu sa capuche. Il doit avoir dans les soixante-quinze ans, et son froncement de sourcils accentue deux rides verticales au sommet de son arête nasale. Il la scrute d'une manière inquiète et interrogative.

– Est-ce que vous allez bien, madame ? demande-t-il, en ajustant une nouvelle fois son appareil auditif.

Mais elle ne peut pas répondre ! Elle ne peut pas, bordel ! Et elle en chialerait de cette nouvelle chance qui est en train de lui filer entre les doigts ! Elle place un index tremblant devant sa bouche pour intimer au vieux de se taire, puis elle tente de lui faire comprendre qu'il doit disparaître. Les yeux écarquillés par la peur, elle désigne le côté de la maison où *le Fou* vient de se garer. Puis, avec ses mains, elle lui mime *ouste, ouste !* Le type semble enfin percevoir l'urgence de sa mise en garde. Il recule lentement d'un pas, tout en jetant un coup d'œil méfiant vers l'endroit qu'elle a pointé. Elle lui refait signe de fuir, et l'homme opère un demi-tour hésitant, une expression interloquée sur le visage. Marion sent son cœur tambouriner dans sa cage thoracique. Elle suit des yeux la progression maladroite du vieil homme qui se presse, en l'encourageant mentalement : *Oui, voilà, dégage ! Allez, dépêche-toi !*

– Hé, bonjour, monsieur ! clame subitement une voix aigrelette provenant d'un angle invisible.

Elle a l'impression de recevoir un uppercut. *Trop tard !* Le Fou *a vu le fuyard !* Ses jambes flageolent d'un coup. Un haut-le-cœur lui soulève l'estomac et un relent acide lui tapisse le palais. Dans un mouvement qu'elle souhaite discret, elle referme doucement le fenestron, verrouille la poignée et s'accroupit sur l'abattant, le corps aussi tremblant qu'une feuille au vent.

– Hé, vous, là, je vous parle !

Oh, non, non, non ! Elle plaque une main sur sa bouche pour étouffer un cri. *Que va-t-il lui faire ?* Elle perçoit une sorte de raclement, tout près, au niveau de l'empilement de bûches. Malgré sa terreur, elle bascule la tête vers l'ouverture. Mais elle est en contreplongée et ne voit rien, que les lames en bois de l'avant-toit et un bout de ciel nuageux.

– *Paaapy !* Wou-hou ! Pourquoi tu fuis, hein ?! Viens là !

Le timbre du *Fou* a vrillé dans les aigus. Son intonation faussement caressante suinte la menace. *Ça y est, il bascule*, songe-t-elle, et une angoisse terrible commence à l'étouffer.

– *Paaapy !* Viens me voir, *paaapy* ! N'aie pas peur !

Aux échos qui lui parviennent, *le Fou* est en train de s'éloigner de la maison. Elle hoquette, et des larmes ruissellent sur ses joues. Prenant son courage à deux mains, elle se relève lentement, le corps toujours tremblant, le cœur tambourinant. Et ce qu'elle aperçoit lui noue les tripes. D'un pas vif et déterminé, *le Fou* s'enfonce dans les bois jusqu'à disparaître dans la brume, une hache posée sur l'épaule.

45

Après trois jours de frénésie, le calme avait envahi le bureau. Louise contempla d'un œil effaré mais satisfait le capharnaüm qui régnait dans la pièce. Piles de documents, Post-it collés çà et là sur les claviers d'ordinateurs, sur les dossiers en vrac, ou autour des différents schémas du grand tableau blanc, notes épinglées sur le mur de liège, cartes routières et topographiques stabilotées et annotées… Ce désordre-là faisait écho à un travail acharné qui avait porté ses fruits. Ils touchaient enfin au but. Le lendemain matin, c'était Noël, mais pas de trêve des confiseurs, son équipe et elle avaient rendez-vous à Lourdes. Dans une salle communale réquisitionnée pour l'occasion et qui servirait de Q.G. se préparait la prise d'assaut d'une bergerie perchée au-dessus du village d'Ayros-Arbouix, dans la vallée d'Argelès-Gazost – là où, selon toute vraisemblance, se terrait Sylvestre Clair, alias Renato Pietra.

Renato Pietra… Il n'avait pas fallu plus de huit heures après l'arrestation de Maryam Boussaïdi pour que Francesca Albertini fasse son entrée dans les locaux de la gendarmerie. L'information lui était bien parvenue – son amante avait été interpellée avec une quantité de stupéfiants suffisante pour écoper, au regard de ses antécédents, d'une peine de prison ferme… mais un arrangement était envisageable. Louise l'avait accueillie et lui avait présenté le deal :

un dossier égaré contre la nouvelle identité de Sylvestre Clair. Albertini s'était offusquée et avait résisté pour la forme. Deux heures plus tard, elle quittait la BR, sa jeune dulcinée au bras, et l'équipe mettait les bouchées doubles pour remonter la trace d'un dénommé Renato Pietra.

Louise se leva et laissa échapper un long soupir. Elle parcourut la pièce d'un regard circulaire, en se demandant par où elle allait commencer à mettre de l'ordre. Naturellement, elle opta d'abord pour son bureau. Armée de la corbeille à papiers, elle procéda à un grand tri. Puis elle classa les documents dans des pochettes. L'opération lui prit vingt bonnes minutes. Elle allait passer au bureau de Violaine, quand elle aperçut un Post-it sous le pied de son fauteuil. Elle le ramassa et déchiffra machinalement « Scellé du collier ? Rappeler gendarmerie Arreau ». *Merde*, se dit-elle. Avec tout ça, elle avait complètement oublié de relancer l'adjudant-chef Morel censé mettre la main sur la seule pièce à conviction du *cold case* de 1997. Elle attrapa son portable et tapota un texto à Pyrène pour qu'elle s'en occupe. *In extremis*, elle pensa à ajouter : « Excellent réveillon à toi, et par avance joyeux Noël ! »

– Waouh ! C'est Beyrouth, ici !

Elle sursauta et se retourna. Farid avait passé la tête par l'ouverture et lui souriait avec tendresse.

– Qu'est-ce que tu fais là ? s'étonna Louise.

– Eh bien… Je me demandais si nous faisions encore vie commune ! Tenaillé par le doute, j'ai décidé de prendre le taureau par les cornes.

– On s'est tout de même appelé tous les jours, lui retourna-t-elle, amusée.

– Certes… Mais on est le 24 décembre, Louise, le soir du réveillon ! dit-il en poussant la porte et en brandissant un sachet plastique. Salade bo bun nems, bœuf lok lak et riz cantonais à partager.

– Oh Farid, c'est super sympa, mais…

– Tu es censée mettre de l'ordre, je sais ! Violaine m'a appelé pour m'expliquer que tu avais refusé tout net son invitation au motif que *tu* devais ranger les bureaux !

– Ils ont bossé comme des malades toute la semaine ! Et, demain, au lieu de fêter Noël en famille, ils doivent être à Lourdes dès 8 heures du matin. Ceci explique cela.

– Dois-je en déduire que, demain, tu ne pars pas à Lourdes et que tu fêtes Noël avec moi ?

– Je suis la cheffe d'équipe, mon cœur !

– Et alors, ça fait de toi Wonder Woman ?

Elle leva les yeux au ciel en souriant. Puis elle alla se lover dans les bras de son compagnon et lui murmura :

– Non, tu as raison. Ça fait de moi une femme vieille, fatiguée et affamée.

– Alors, pour ce qui est de ta vieillesse, je ne peux hélas pas faire grand-chose. Mais pour le reste, voilà ce que je te propose : on prend cet extraordinaire repas de réveillon ensemble, et ensuite je t'aide à ranger.

Il déposa un baiser sur son front, puis ouvrit le paquet, étala quelques serviettes en papier sur un tas de dossiers et posa les barquettes dessus. L'odeur de nourriture fit immédiatement saliver Louise. Il était plus de 21 h 30 et elle n'avait rien avalé depuis le petit déjeuner.

– Alors, cette affaire dans le Jura ? demanda-t-elle avant de piocher dans sa salade avec appétit.

– Un réseau de voitures volées en Allemagne qui transitent par la France avant de rejoindre l'Espagne. Deux points névralgiques pour nos trafiquants français : Tarbes et Lons-le-Saunier. Du coup, on travaille avec les gendarmes de là-bas. Bref, rien de bien palpitant… Et toi ? J'ai cru comprendre que tu étais sur une grosse affaire ?

Tout en dévorant ses plats, Louise se fendit d'un résumé de l'enquête qu'elle conclut sur les dernières révélations :

– Albertini a un sacré réseau dans l'administration italienne. Grâce à l'intervention d'un fonctionnaire véreux, elle a fait établir un *vrai* faux certificat de naissance, au nom de – tiens-toi bien – Renato Pietra.

– Pourquoi « tiens-toi bien » ?

– Renato Pietra ! *Renato* signifie « qui renaît » et *Pietra*, « caillou ».

Farid poussa un sifflement admiratif.

– Madame a révisé son italien ! *Bravissimo !*

– Moque-toi ! N'empêche qu'il n'a pas choisi ces nom et prénom au hasard. Albertini nous a dit que Clair avait lourdement insisté pour en décider lui-même.

– Et alors, en quoi ça t'inquiète ?

– Son profil psy m'inquiète ! Cet homme a élaboré un plan qui a débuté il y a deux ans et demi !

Louise dédaigna sa barquette et se leva. De l'index, elle désigna la ligne temporelle tracée sur une partie du tableau blanc et expliqua :

– Avril 2021, il rencontre Victorine Herbeau à l'hôpital, ce qui lui permet de remonter jusqu'à sa sœur jumelle. Mais pas seulement ! C'est aussi là qu'il fomente son plan et commence à le mettre en œuvre. À compter de mars 2022, il lâche ses remplacements d'infirmier, subit trois opérations de chirurgie et se crée une nouvelle identité. Fin octobre, il dispose de papiers italiens au nom de Renato Pietra. En tant que ressortissant de l'Union européenne, il est en droit de chercher du travail sur le territoire français. D'abord, il ouvre un compte dans une agence de la Société générale à Tarbes. Pour cela, il fournit une attestation d'hébergement, et je te le donne en mille, qui la lui donne ?

– Sylvestre Clair ?

– Exactement ! De là, notre Renato Pietra file à Toulouse où il trouve un CDI de magasinier dans une supérette. Dans la foulée, il dégote une chambre dans un foyer pour jeunes travailleurs. Il effectue alors un changement d'adresse et rapatrie son compte à Toulouse. Grâce au travail, il s'affilie à la Sécurité sociale française. Parallèlement, son autre moi, Sylvestre Clair, donne congé de son appartement tarbais. Puis, en décembre 2022, grâce à l'aide de Wong, son argent part en Thaïlande, et Clair clôture son compte.

Louise laissa filer de longues secondes, avant de conclure :

– C'est un sacré montage qui n'a rien d'une simple vengeance, non ?

– Je te le concède… C'est pour cette raison que tu parlais d'un profil psy ?

– Oui ! J'ai appelé le docteur Achille Salazar, un psychiatre à la retraite qui nous est venu en aide durant l'enquête. Pour lui, l'année et demie que je viens de résumer correspond à un temps de transition, de transformation. Clair a travaillé à sa propre mort symbolique : il a changé de visage et de corps. Franky-la-dégaine nous a confié que le jeune homme maigrichon avait dû soulever un paquet de fonte pour devenir le type balèze qui s'est présenté à lui en septembre 2022. Pour faire simple, pendant que meurt Sylvestre Clair, Renato Pietra prend corps et vie.

– Celui qui renaît.

– Je dirais même plus : celui qui renaît du caillou.

– D'accord… je vois bien le *processus*, et donc ?

– Admets que c'est démentiel, Farid ! Ce « processus » est aussi organisé qu'effrayant, car il nous indique un point de rupture psychique. Bon sang, Renato Pietra n'existe pas : il est une pure construction de l'esprit ! Ce personnage n'a de réalité que par la force d'un puissant délire, en d'autres termes, d'un profond désordre mental !

Farid qui commençait à entrevoir la logique de Louise acquiesça, le regard songeur.

– En gros, ton gusse relève de la psychiatrie ?

– Je ne suis pas médecin, mais Salazar, si ! Pour lui, on est probablement face à une décompensation dissociative, puisque, à partir de janvier 2023, Sylvestre Clair n'existe plus et cède la place à Renato Pietra.

– O.K… Et vous avez pu reconstituer la trajectoire de ce type de janvier 2023 à aujourd'hui ?

– Renato Pietra a poursuivi son travail de magasinier à Toulouse. Nous pensons qu'il s'est installé là-bas pour garder un œil sur la mère et le fils Mercier, tout en préparant son passage à l'acte. Début février 2023, le compte de Renato Pietra à la Société générale se voit créditer de la somme de 100 000 euros versés par une agence immobilière thaïlandaise, à la suite de la prétendue vente d'un prétendu appartement dont Pietra était le prétendu propriétaire. Avec cet argent, en mars 2023, Renato Pietra achète une petite bergerie à Ayros-Arbouix, dans la vallée d'Argelès-Gazost. D'après ses relevés de compte, il y a effectué pas mal de petits travaux entre mai et août, mais le confort de la bergerie demeure très précaire puisque l'habitation n'est même pas alimentée en électricité. Mi-novembre 2023, Renato Pietra ne se rend plus à son travail de magasinier et disparaît du foyer-logement.

– Conclusion, mi-novembre, votre homme tue son frère et emménage dans les montagnes ?

– Tout à fait. D'ailleurs, grâce aux déclarations mensuelles des employeurs à la suite de la mise en place de l'impôt à la source, on sait que Renato Pietra a été embauché le 1er décembre dernier comme gérant d'une toute petite supérette à Argelès-Gazost.

– Je suppose que vous y avez fait un saut ?

– Tu supposes bien ! Le hic, c'est que la supérette n'a pas ouvert depuis plusieurs jours… Pour quelles raisons, cela reste à définir, ajouta-t-elle d'un ton songeur.

Elle se tut, le regard rivé sur la rétrospective inscrite sur le tableau blanc. Farid profita du calme pour finir d'assimiler les différents éléments de l'enquête, puis, d'un coup, demanda :

– Et la mère, dans tout ça, alors ?

Louise se raidit et tourna la tête vers lui, affichant une expression préoccupée.

– Je t'ai parlé de travaux dans la bergerie, dit-elle. Figure-toi que Thierry a joint le fournisseur chez lequel Renato Pietra a dépensé les sommes les plus importantes. Parmi les matériaux achetés, il y a une porte blindée et une fenêtre incassable.

46

Quarante-deuxième jour de captivité, « Aux confins de l'esprit »

On est le 24 décembre, et le chalet est plongé dans le froid et l'obscurité. Le très fragile équilibre qu'elle était parvenue à construire est rompu. Depuis trois jours, elle a l'impression d'avoir dévissé et plongé dans un abîme sanglant inspiré d'un film d'horreur. Malgré elle, des images traumatisantes fracturent régulièrement la porte de son esprit. D'abord, elle revoit le promeneur fuir d'un pas hésitant en lançant des regards affolés par-dessus son épaule. L'instant suivant se déroule la scène du *Fou* qui disparaît derrière le rideau de brume, une hache posée sur l'épaule, et qui crie, de cette voix nasillarde et ourlée de malice : « *Paaapy !* Viens me voir, *paaapy* ! N'aie pas peur ! » À chaque fois, ça lui flanque la chair de poule. Mais le pire… le pire, c'est la séquence d'après. Lorsque la porte blindée s'ouvre, révélant son tortionnaire. Cette vision-là reflète la folie pure, l'irrémédiable passage à l'acte, la barbarie. Des giclées d'hémoglobine et de fluides grumeleux maculent son sweat – on dirait un *dripping* de Pollock, version gore. Quelques coulures lui zèbrent la joue droite, et une touffe de cheveux durcie par du sang séché quille sur le dessus de son crâne. Ses mains, elles, sont rouges et poisseuses, trahissant la sauvagerie avec laquelle elles viennent de donner la mort. Le regard absent, il prononce d'une voix désincarnée : « Je monte, *maman*. J'ai besoin de me reposer. »

La peur est une tenaille. Elle se souvient qu'elle n'a rien dit. Qu'elle n'a pas bougé. Qu'elle osait à peine respirer. Des idées bizarres et sans intérêt perçaient de temps en temps le plancher de sa conscience, à la manière de petites bulles de gaz remontant à la surface d'un lac : est-ce qu'il ne devrait pas retourner travailler ? Pourquoi ne se lave-t-il pas de tout ce sang répugnant ? A-t-il abandonné le corps du promeneur dans les bois ? Quelqu'un va-t-il chercher le promeneur et donner l'alerte ?... Durant un très long laps de temps, elle est demeurée prostrée, debout à côté de la cheminée. Le corps engourdi par le froid, l'esprit comme un disque rayé repassant en boucle la scène qui venait de se produire.

Elle entend le plancher de la mezzanine geindre à cause des mouvements agités du *Fou* dans son lit. Depuis le meurtre, il est terré dans sa chambre. Il ne descend que pour boire un verre d'eau et avaler machinalement un ou deux biscuits qui traînent dans le placard. Son regard est éteint. Une pellicule brumeuse voile ses émotions, si tant est qu'il en ressente – elle ne saurait le dire. Sa démarche est traînante et mécanique, comme celle d'un robot avant que la batterie ne rende l'âme. Il ne s'est toujours pas lavé. Le sang craquelé marbre la peau de ses mains et de sa joue. De temps en temps, alors que le silence plombe lourdement l'atmosphère de la maisonnette, *le Fou* se met à pousser des petits glapissements aigus qui ressemblent à des cacardements de geai. Surprise, elle sursaute, le cœur battant à rompre. Un psychiatre le dirait probablement autrement, mais Renato a dévissé. À la façon d'un escaladeur dont les pitons casseraient en cascade et qui n'aurait plus le moindre frein pour ralentir sa chute. Elle ignore tout de ses élucubrations mentales, mais une chose est certaine, il va très, très mal.

Elle ne sait pas quoi faire, s'il faut seulement faire quelque chose. Elle redoute d'empirer le mal en tentant d'agir. Alors, terrorisée, elle conserve un silence anxieux et limite ses mouvements au strict nécessaire. Son réflexe est celui des chiens maltraités qui patientent sans bouger, oreilles rabattues, dans une angoisse sourde, redoutant un coup de trique. Ce *repos* forcé alimente ses sombres ruminations. Sans rien avoir à faire de ses dix doigts, difficile de s'occuper l'esprit. Elle pense à Valentin, elle prie pour lui de toutes ses forces, puis elle revoit le vieux monsieur qui cherchait son chat, se rappelle le ragoût qu'elle a mangé, sursaute aux glapissements étranges qui éruptent dans le silence monacal de sa prison. Durant ses indomptables divagations, elle envisage parfois avec audace de monter jusqu'à la mezzanine, de s'emparer du jean ensanglanté et d'en décrocher le trousseau. Elle ferait cela dans un élan naturel, sans marquer la moindre hésitation. Et lui, lui qui est complètement déconnecté de la réalité, ne verrait rien, ne réagirait pas, resterait couché dans son lit à fixer le plafond ou à se refaire le film de ses exactions… Elle s'imagine agir de la sorte. Elle rêve de le faire. Mais la peur la paralyse. Parce que, à l'instar de ces volcans qui sommeillent avant l'irruption inattendue, *le Fou* pourrait se *reconnecter* d'un coup, être envahi par une fureur dévastatrice et se jeter sur elle. Elle n'aurait aucune chance, il la réduirait en purée.

De nouveau, les images se collent à sa rétine et défilent. La hache. Les appels : « Paaaapy ! » Son apparition sur le seuil, après le massacre. Recroquevillée sur son lit, elle tremble d'horreur et se mord le poing, parce que la douleur l'empêche de sombrer, la ramène à l'ici et maintenant.

La maintient dans la réalité. Une réalité abominable, certes, mais son instinct lui hurle que si elle lâche prise elle dérivera jusqu'aux confins de l'esprit humain, là où s'étendent des landes brouillardeuses et où les dingues dansent leur ronde solitaire, au rythme d'une musique que personne n'entend.

47

Un voile nuageux ternissait les façades en pierre de calcaire des maisons, et les contours lointains du sanctuaire de Notre-Dame de Lourdes s'estompaient dans le dégradé grisâtre de l'aube. Louise, Violaine et Thierry échangèrent un regard tendu – leur enquête les avait conduits ici, à l'entrée de la vallée d'Argelès-Gazost, tout près d'une bergerie qui, selon toute vraisemblance, avait été aménagée en geôle. L'effroyable déduction ajoutait à la pression reposant sur les épaules des forces d'intervention : Marion Mercier était peut-être en vie, otage de son présumé fils, et cette hypothèse rendait plus difficile et périlleuse encore la préparation d'un assaut. Parce que, quoi que Marion Mercier ait pu faire par le passé, elle était aujourd'hui la victime, et le travail des forces spéciales consistait à l'extraire de sa prison, saine et sauve. Louise poussa la porte de la salle communale et se présenta au jeune gendarme qui en sécurisait l'accès.

Le lieu, d'une soixantaine de mètres carrés, constituait le point névralgique de la phase préparatoire de la prise d'assaut. Au centre de l'espace, des tables accolées formaient un vaste îlot central dont une partie était réservée aux écrans et postes informatiques de l'unité SIC[19], et l'autre à des cartes routières et topographiques de

19. Système d'information et de communication.

la vallée. Le long d'un des murs étaient alignées quelques caisses verrouillées, contenant probablement du matériel militaire. De nombreuses personnes déambulaient dans la pièce – hauts gradés, préfet, délégation restreinte de politiques locaux en costards-cravates, gendarmes du SIC, du GIGN[20], de la brigade de proximité… Debout dans un angle, la juge Berton échangeait avec un homme dont la posture et la stature indiquaient qu'il occupait une place importante dans le dispositif. La gendarme s'approcha du duo et repéra le pull bleu floqué du sigle AGIGN[21] du type.

– Ah, major Caumont ! s'exclama la juge en la voyant.

L'homme se tourna vers Louise et se présenta :

– Commandant Louis Dessy, je dirige les opérations de l'AGIGN. Nous vous attendions pour en apprendre davantage sur le profil du forcené.

Louise et ses équipiers suivirent Dessy et la juge. Ils s'installèrent autour des cartes posées à plat sur la table et furent rapidement rejoints par un autre membre de l'antenne, un dénommé Richard Lebreton, négociateur régional.

– Trois de mes hommes sont partis ce matin, à 7 heures, en mission de reconnaissance. Grâce à des drones miniatures, nous devrions recevoir sous peu les premières images de la bergerie et de son environnement, entama Dessy. Dans le cadre de la préparation de l'assaut, et pour parer à toute éventualité, je souhaiterais revenir une dernière fois sur la personnalité et les motivations du forcené, indiqua-t-il.

Louise se lança alors dans un nouveau résumé de l'enquête et brossa la description la plus complète possible de Sylvestre Clair – son parcours avant la découverte de ses origines, puis le déroulé du plan qu'il avait fomenté.

20. Groupe d'intervention de la gendarmerie nationale.

21. Antenne du groupe d'intervention de la gendarmerie nationale.

– Les motivations de notre individu sont donc d'ordre psychologique. Cet homme a un profil revendicatif : il s'estime légitime et mène une croisade personnelle censée réparer l'agression et l'abandon dont il a été victime, conclut-elle.

– Pour ma part, je note que le forcené est organisé et déterminé. Il a planifié son coup et a déjà tué, énonça Dessy d'une voix empreinte de gravité. C'est donc un individu dangereux. Savez-vous s'il possède des armes ?

– Nous l'ignorons. Mais aucun élément de notre enquête ne nous permet de le supposer. La mort de Valentin Mercier a été causée par une injection massive de myorelaxants. Ceux-ci ont entraîné l'arrêt des fonctions respiratoires. Les coups de pierre ont été portés *post mortem.*

– Mais ce mode opératoire répond à une mise en scène miroir à sa propre naissance, intervint le négociateur. Autrement dit, le recours à des drogues pour provoquer la mort ne signifie pas que notre individu ne détient pas d'armes, mais qu'il voulait que le corps de la victime soit intact – en dehors des coups de pierre, bien sûr.

– En effet.

– Sur le plan psychiatrique, un passif ? relança Lebreton.

– Non. Aucun internement, aucun soin en dehors de l'accompagnement de l'ASE, répondit Violaine.

– Et il y a bien un psychologue à l'ASE, non ?

– Oui. La psychologue a mis l'accent sur deux points caractéristiques de la personnalité de Clair, durant l'enfance et l'adolescence. Premièrement, un déficit majeur dans le processus d'individuation qui s'est traduit par un besoin permanent de plaire et de se conformer aux désirs supposés de l'adulte référent. Deuxièmement, une idéalisation de la mère absente à l'aide de scénarios extravagants. Selon la psychologue, lorsque cette idéalisation s'est heurtée au récit du réel – Sylvestre Clair avait dix-huit ans –, l'équilibre psychique s'est rompu. Elle a alors noté l'apparition de troubles dépressifs, mais le jeune homme a refusé toute aide.

Bien que le profilage ne fût pas son domaine de prédilection, Louise prit la parole après sa collègue. Tout en argumentant, elle déroula l'hypothèse de Salazar, celle de la mue de Sylvestre Clair en Renato Pietra. Un long silence inquiet suivit, puis le négociateur commenta :

– Autrement dit, si l'on pousse la logique jusqu'au bout, ce n'est pas Sylvestre Clair qui a tué Valentin Mercier et qui se trouve aujourd'hui dans cette bergerie, mais Renato Pietra ?

– C'est ça, approuva-t-elle. Mais qui est ce Renato Pietra ? Comment fonctionne-t-il ? Quel but poursuit-il avec Marion Mercier ? Le sait-il seulement ?

Durant tout l'échange, le commandant Dessy s'était raidi. Il décocha un regard incrédule à Louise et lui lança avec sarcasme :

– De quoi on parle, là ?! D'une sorte de personnalité maléfique surgie des méandres de son cerveau ?!

– … Plus vraisemblablement d'une décompensation ayant entraîné un puissant délire psychotique, lui retourna-t-elle d'un ton calme, mais ferme, avant de reprendre les explications qu'elle avait déroulées la veille au soir à Farid. Pour conclure, je dirais donc que Pietra présente un désordre psychique qui limite *de facto* nos capacités d'anticipation sur ses réactions.

Mouché, Dessy s'en tint à un silence renfrogné. L'instant d'après, le chef des techniciens du SIC, micro-écouteur à l'oreille, s'approcha du commandant pour lui transmettre une information à voix basse.

– Montrez-moi les images… réagit Dessy, devenu livide. Suivez-moi, ajouta-t-il au groupe attablé avec lui.

Tous se massèrent devant l'un des grands écrans posés sur l'îlot central. Le technicien activa une télécommande et les images de l'intérieur d'une forêt apparurent, d'une netteté surprenante.

– Voilà la retransmission des images filmées à 8 h 24 par un des drones en vol de reconnaissance, expliqua-t-il. Nous sommes sur la parcelle où se situe la bergerie.

L'appareil serpentait lentement et avec fluidité entre les arbres. Soudain, au pied d'un sapin, apparut une forme qui ressemblait étrangement à une main. Piloté par un des trois gendarmes dépêchés à Ayros-Arbouix à l'aube, le drone stoppa sa progression et descendit vers la forme. Sur l'écran, en gros plan, se matérialisa l'image d'un poignet tranché et de doigts maculés de sang séché. Le drone opéra alors un lent balayage du sol en contournant le sapin. Les restes d'un corps gravement mutilé se dessinèrent bientôt, et les spectateurs eurent tous un mouvement de recul. Il s'agissait d'un septuagénaire quasiment décapité et dont la tête pendouillait à angle droit d'un cou béant. Le tronc et les membres portaient la marque de profondes entailles attestant de la sauvagerie de l'attaque. L'image se figea sur cette vision d'horreur.

– Bon Dieu, c'est quoi ce délire ? marmonna Thierry.

– Au vu des blessures, je dirais un meurtre à la hache, lâcha Violaine du bout des lèvres.

D'un coup, les propos de Louise sur le désordre psychique de Sylvestre Clair, alias Renato Pietra, prirent une dimension sinistrement concrète. Car qui, sinon lui, avait pu s'adonner à un tel carnage ?

– Voilà sûrement la raison pour laquelle notre homme a rompu avec son rythme habituel de travail à la supérette, énonça Louise : Clair a franchi un cap dans son errance criminelle.

La juge Berton détourna alors son regard de l'écran et, par souci de vérification, demanda :

– Ce corps se situe à quel endroit exactement par rapport à la bergerie ?

Le technicien tapota sur sa télécommande, et une nouvelle image apparut sur l'écran.

– Voici une vue aérienne de l'environnement, entama-t-il.

On distinguait le toit d'une petite habitation au bas d'un pan montagneux et boisé. Située au cœur d'une clairière, la bergerie bénéficiait de la barrière visuelle que formait la forêt tout autour. Un étroit chemin gravillonné serpentait depuis une route principale pour la desservir. Le technicien s'approcha de l'écran, entoura d'un feutre numérique l'emplacement de la bergerie, puis traça une croix dans les bois et commenta :

– D'après les coordonnées GPS, le corps est ici, à soixante-dix mètres de la bergerie.

– Et où se trouve l'habitation la plus proche de la bergerie ? demanda Louise, un nœud dans la gorge.

Le jeune homme fit apparaître une nouvelle vue qui avait déjà fait l'objet d'un marquage et s'approcha de l'écran.

– Le rond blanc au milieu de la clairière, c'est la bergerie. Les contours blancs qui sont dessinés correspondent aux limites de la parcelle. Comme vous le voyez, elle est vaste puisqu'elle s'étend sur un hectare. Mais, surtout, elle constitue une sorte d'enclave en bordure de la forêt intercommunale. Ici, en contrebas, entouré en rouge, le village d'Ayros-Arbouix, à un kilomètre à vol d'oiseau de la bergerie, ce qui correspond à deux kilomètres par voie terrestre. Le chemin forestier privatif menant à l'habitation s'étire sur trois cents mètres de long. Pour vous répondre précisément, dit-il en regardant Louise, le voisin le plus proche n'habite pas le village d'Ayros-Arbouix, mais se trouve ici.

Il pointa un rond rouge isolé dans la forêt.

– Il s'agit d'un chalet récemment construit et situé à dix minutes à pied de la bergerie si l'on coupe à travers bois. Nous sommes en train de nous renseigner auprès du maire de la commune, et…

Il s'interrompit, attentif à un message dans son oreillette, et griffonna soigneusement des informations. Une minute plus tard, il releva la tête.

– L'info vient de tomber, expliqua-t-il : le chalet a été construit, il y a deux ans, par M. Francis Belley. Il s'agit d'un homme de 72 ans, veuf, ancien professeur des écoles, mesurant 1 m 80 environ, mince, cheveux gris et frisés.

– La description correspond à notre victime, commenta Dessy, mais il faudra vérifier en envoyant discrètement une patrouille au domicile de ce Belley.

– On peut s'en charger, proposa Louise.

– Il faut d'abord nous assurer que le forcené et l'otage se trouvent bien à l'intérieur de l'habitation. Si tel est le cas, nous devrons ensuite sécuriser le périmètre autour de l'habitation.

Louise opina. Inutile de courir des risques inutiles : comme le laissait croire le corps atrocement mutilé du septuagénaire, Renato Pietra avait irrémédiablement franchi une limite. Ce qui s'apparentait à une « croisade personnelle », comme elle l'avait indiqué dans sa présentation, s'était transformé en une tuerie aveugle, attestant de la folie galopante du jeune homme. S'il repérait les forces de l'ordre dans son environnement, il sentirait l'étau se resserrer autour de lui, et Dieu seul savait comment il pourrait réagir…

*

* *

Elle se réveille en sursaut. Ou, plus précisément, quelque chose la réveille. Une impression désagréable. D'un coup, l'idée s'impose : elle sent une présence. Ses paupières papillonnent nerveusement pour percer la pénombre de la pièce. Et, soudain, elle le voit. Il est là. Dressé au pied de son lit. Immobile. Qui l'observe. Il porte un bas de jogging propre et un pull épais. Dans ses mains, il tient le mobile qu'elle a confectionné. Elle l'avait caché sous son lit, il l'a donc récupéré pendant qu'elle dormait. Son cœur cogne fort à cause de la peur. Elle jette un coup d'œil à la fenêtre. Les ombres de la nuit ont commencé à se déliter et l'aube d'un jour grisâtre perce par le carreau.

– Renato ? ose-t-elle d'une voix étranglée. Ça va ?

– … Ça va, oui, *maman.*

Elle reconnaît le ton mat et froid. Celui avec lequel il ne faut pas transiger. Elle sent les poils se dresser sur ses bras et se mord la langue pour retenir les cris, les pleurs et les supplications qui bouillonnent en elle.

– Il faut que tu montes.

– … Je… Renato… que se passe-t-il ?

– Rien, *maman.* Je veux juste que tu grimpes à l'échelle et que tu ailles en haut.

Aucune inflexion, aucun relief dans sa voix, ses mots pourraient tout aussi bien émaner d'un foutu GPS !

– Oh, mon Dieu ! gémit-elle. S'il te plaît, Renato… que… qu'est-ce que tu vas me faire ?

Il laisse échapper un soupir contrarié.

– Rien, *maman.* Mais tu dois obéir… Maintenant, ajoute-t-il après un silence.

– Mais…

– Tu montes, *maman, oui ou non* ?

Les quarante-trois jours passés en tête à tête avec *le Fou* lui ont appris certaines choses, entre autres qu'il serait parfaitement stupide de résister quand il dit « oui ou non ? ».

Elle rabat les couvertures et s'assoit sur le bord du lit. La pièce est glaciale depuis que le feu s'est éteint parce qu'elle ne l'a pas entretenu. Elle enfile une grosse veste en laine qui gratte mais qui tient chaud, une paire de chaussettes épaisses et se lève. Lui n'a pas bougé d'un centimètre, ses mains aux ongles encore rougis de sang séché refermées sur le mobile inachevé. Un coup d'œil rapide à l'ouvrage lui confirme que c'est *à chier*. Étrangement, elle sent poindre la honte.

– Avec… avec *tout ça*, je n'ai pas eu le temps de le terminer… je suis désolée, Renato, murmure-t-elle.

– C'est pas grave, *maman*. C'est le plus beau cadeau de ma vie parce qu'il vient de toi.

La honte se dissipe et fait place à la pitié : elle a presque perçu les inflexions de l'enfant extravagant et grotesque qui se frottait les mains en se tortillant de joie… Presque… Il est toujours là, quelque part, perdu à l'intérieur de ce grand corps trapu. Elle se tourne avec la trouille au ventre et se hisse vers la mezzanine. Que va-t-il faire ? Pourquoi lui demander de monter ? Sa dernière heure est-elle arrivée ? L'odeur sur la plateforme lui pique le nez : elle est organique et ferreuse à la fois, c'est celle du sang. Dans la lumière de la lampe à huile, elle distingue le lit défait. Au sol, le jean raidi par l'hémoglobine coagulée. Le trousseau n'est plus attaché au passant, note-t-elle. *Le Fou* est resté en bas, elle entend ses pas résonner sur le ciment. Elle se place dans l'encadrement de la porte pour se faire une idée de ce qu'il prépare et voit sa silhouette se découper devant la fenêtre, à contrejour, dans la pâle luminosité du jour naissant. Il fixe longuement elle ne sait quoi, dans un statisme effrayant. Puis d'un coup, comme mû par une impulsion électrique indécelable, il opère un quart de tour et se dirige mécaniquement vers la porte blindée. Il plonge la main dans la poche de son jogging, en sort le trousseau de clés et déverrouille la porte. Un instant plus tard, il réapparaît, un sac à dos sur les épaules. Il devait être stocké dans le grand placard du vestibule, se dit-elle. Il referme et lève robotiquement la tête vers elle.

– Ne t'inquiète pas, j'arrive, *maman*... J'arrive.

Ne t'inquiète pas... Au lieu de quoi, elle sent monter en elle une terreur irrationnelle. Sa démarche d'automate, son regard inhabité, son timbre atone, tout cela lui indique qu'elle est en danger. Elle envisage un instant de se barricader sur la mezzanine, puisque le verrou est placé pour condamner la porte depuis l'intérieur de la pièce. Mais à quoi cela servirait-il, sinon provoquer la fureur de son geôlier qui ferait voler le bois en éclats en quelques coups d'épaule ?! Elle chasse l'idée – inutile, absurde, contreproductive... En bas, *le Fou* est en train de vider le placard et de remplir le sac à dos avec les maigres restes de paquets de biscuits et quelques bouteilles d'eau. Elle frémit parce qu'elle comprend son intention : les cloîtrer tous les deux là-haut et tenir un siège. Il referme le sac, se redresse et se fige devant le sapin surchargé de décorations et dont les boules blanches luisent sous la caresse du jour. Dans un flash, elle revoit le mauvais film de cette soirée-là : l'éclat jubilatoire dans le regard du *Fou* sifflotant *Vive le vent*, un bonnet clignotant sur la tête. Son ventre se serre durant ces réminiscences. Elle baigne en plein délire depuis presque un mois et demi. Comment a-t-elle pu croire, un seul instant, que cette histoire se finirait autrement que mal ?

*

* *

Profitant d'un temps mort, Louise traversa le Q.G. jusqu'à un recoin aménagé en self. Quelqu'un avait cru bon de fixer une couronne de Noël au mur. Elle leva deux sourcils incrédules, puis avala un biscuit pioché dans une corbeille et se servit un café. Tout en savourant la chaleur et l'amertume de la boisson, elle consulta son portable. Farid lui avait envoyé un texto auquel elle répondit, un sourire tendre accroché à la bouche. Puis elle jeta machinalement un coup d'œil à ses mails professionnels. Rien… *En même temps, c'est la trêve des confiseurs*, pensa-t-elle. Elle s'apprêtait à refermer sa boîte mail quand son attention fut attirée par le chiffre 1 indiqué dans sa boîte spam. Le mail provenait d'un nouveau salarié du labo et il datait de trois jours ! *Voilà les effets de la politique de lutte contre les cyberattaques*, pesta intérieurement Louise. Elle cliqua. Il s'agissait des résultats des recherches en parentèle qu'elle avait demandées dans l'espoir d'établir le lien de paternité de Sylvestre Clair. Son cœur cogna quand elle découvrit qu'il existait une correspondance ADN à hauteur de 49,2 pour cent avec un individu nommé Martial Sirieix, fiché au FNAEG depuis 2018 pour escroquerie. Excitée par ce rebond inespéré, la gendarme s'empressa de composer le numéro de Pyrène. Quatre sonneries se succédèrent, et elle tomba sur messagerie. *Normal*, songea-t-elle, *c'est Noël !*

– Bonjour Pyrène. L'ADN a parlé, on a un nom pour le père de Sylvestre Clair ! Je te fais suivre le mail que j'ai reçu et qui dormait dans mes spams ! Si tu as cinq minutes aujourd'hui, trouve-moi tout ce que tu peux sur ce Martial Sirieix… et tiens-moi au courant… Ah, et joyeux Noël !

*

* *

Abattue, l'esprit plombé par de sinistres présages, Marion a subitement perdu toute énergie, toute velléité de combattre. Elle se sent comme une poupée de chiffons entre les mains d'un enfant tyrannique et seul, tellement seul qu'il en est devenu dément…

– Allez, *maman*, va t'asseoir sur le lit.

Elle s'exécute. Lui tourne le verrou, pose son sac à dos et le mobile inachevé au sol et s'assoit entre le lit et la porte fermée de la mezzanine.

– Que va-t-il se passer, maintenant ? murmure-t-elle, résignée.

– On attend.

– On attend quoi, Renato ?

Il ouvre le sac à dos et balance l'eau et les maigres provisions sur un coin du lit. La tension dans la chambre est si dense qu'elle épaissit l'air.

– La fin, *maman*... On attend la fin.

C'était une évidence, pourtant elle tressaille. Les yeux embués, elle convoque l'image de Valentin et sourit tendrement en recomposant dans sa tête les contours de son visage. Elle prie pour que son fils adoré ait une belle vie et que jamais, au grand jamais, il ne se sente seul au monde. Soudain, une lumière d'écran attire son attention, et elle découvre avec stupeur que *le Fou* détient un téléphone portable. Le regard rivé sur l'appareil, il affiche une expression illisible.

– Que... qu'est-ce que tu regardes, Renato ?

– Les images prises par les caméras extérieures.

– Mais...

– J'ai plus d'un tour dans mon sac, tu sais, *maman*.

Elle hoquette de surprise. Fou, et pas si fou, finalement.

– Ils nous ont trouvés... Ils se préparent à donner l'assaut.

L'assaut ! Le mot lui percute l'esprit, et son cœur s'emballe d'un coup. Elle se représente des hommes surentraînés, et dans la foulée, les réminiscences d'opérations spéciales lui reviennent en tête : la libération des otages du vol Alger-Paris, l'assaut de la maternelle de Neuilly, ou celui de l'immeuble de Mohammed Merah. Les autorités savent forcément qu'elle est là, qu'elle est retenue prisonnière. De nouveau, elle entrevoit une issue...

– C'est dommage, *maman*, ajoute-t-il dans un souffle contrarié. On y était presque.

On y était presque ? Alors qu'elle l'interroge du regard, elle le voit se contracter d'un coup, comme si son corps entier était saisi d'un spasme rétractile. Ses mains se rejoignent et se poussent l'une l'autre avec une force telle qu'elles en tremblent, tandis qu'une intense crispation déforme l'expression de son visage. Puis, pour libérer la pression, il se force à ouvrir la bouche et pousse trois courts craillements :

– Arrh !... Arrh !... Arrh !

Un long silence suit, elle entend son cœur battre dans ses tympans.

– Je voulais tellement fêter mon anniversaire avec toi, *maman*.

– Ton... ? Mais... il est quand ton anniversaire, Renato ? ose-t-elle d'une voix tremblante.

– Tu sais bien, *maman*... le 31 décembre, répond-il d'une voix glaciale.

Non, non, non, elle ne sait pas !!! Comment diable pourrait-elle savoir ?! Décontenancée, elle le scrute. Croit-il *vraiment* qu'elle est sa mère ?

*

* *

Dessy s'écarta du chef du SIC, puis adressa un signe aux gendarmes de la BR pour qu'ils le rejoignent devant un des écrans.

– Nous disposons d'éléments et d'images supplémentaires, entama-t-il d'un ton nerveux. Un drone équipé d'une caméra thermique a survolé l'habitation. Deux personnes se trouvent à l'intérieur, apparemment à l'étage.

– Il y a un étage dans cette bergerie ? s'étonna Louise.

– Une petite mezzanine, vous allez voir, fit-il en appuyant sur une télécommande. Ces images ont été saisies par un de mes hommes, il y a une dizaine de minutes.

Sur l'écran, apparut d'abord une Clio blanche garée près de la bergerie, en haut du long chemin privatif qui serpentait entre les arbres.

– Après vérification au fichier des immatriculations, le véhicule appartient au dénommé Renato Pietra. Le forcené serait donc bien sur place. Et maintenant, voilà l'intérieur filmé par notre éclaireur à l'aide d'une caméra miniature fixée à une tige télescopique.

Dessy activa la télécommande, et de nouvelles images surgirent. Tous les regards se fixèrent sur l'écran pour découvrir une pièce rustique d'une trentaine de mètres carrés, plutôt sombre en l'absence de source de lumière. Un morceau de sapin de Noël surchargé de décorations obturait une partie de la vue.

– Le plan a été pris depuis une fenêtre située face sud de la bergerie, au pied du pan montagneux. Comme vous pouvez le voir, l'espace de vie se réduit à cette unique pièce. Nous apercevons ici une échelle de meunier qui conduit à une mezzanine. En dessous se trouve un lit vide.

– Et sur la rochelle, aucun mouvement ? demanda Louise.

– La séquence dure un peu plus d'une minute, et durant ce laps de temps, la porte qui ferme le haut n'a pas bougé, lui répondit-il, avant de réenclencher la lecture.

La caméra balaya alors un des côtés de la pièce, révélant une grande cheminée, un fauteuil et un petit placard. Puis elle révéla l'autre côté, et apparurent sur l'écran une vieille cuisinière, un évier, quelques rangements, et en fin de travelling, l'entrée. Bien qu'ils le sussent, les enquêteurs frémirent en découvrant l'épaisse porte blindée munie d'un œilleton, aussi austère et solide que celle des prisons de haute sécurité.

– Cette pièce, reprit Dessy, ne comprend que deux accès. La porte blindée et la fenêtre au travers de laquelle les images ont été saisies. Aucune ouverture sur le toit de type vasistas.

– La fenêtre est conçue dans un matériau incassable, précisa Louise.

Le commandant opina et précisa :

– Cette ouverture constituait l'ancienne porte d'entrée de la bergerie. Elle était trop haute et trop large, et le forcené a préféré percer un des murs en pierre pour y placer la porte blindée. D'ailleurs, regardez, fit-il en affichant une image de l'extérieur. (Une petite extension de quatre mètres carrés apparut sur l'écran.) Il s'agit d'une construction neuve située derrière la porte blindée, une sorte de hall d'entrée fermé par une porte lambda. Revenons à l'ancienne porte d'entrée réduite à une fenêtre, fit Dessy, en cliquant sur la télécommande. Comme vous pouvez le constater, un IPN a été posé au-dessus pour maintenir la solidité du mur, mais on voit que le matériau utilisé pour construire le pan de mur sous la fenêtre n'est pas de la pierre. Il s'agit probablement de briques ou de parpaings cimentés recouverts d'un enduit. Il en résulte qu'une charge explosive serait en mesure de souffler la fenêtre et le bas de mur sans effondrement total du mur. Ce type d'intervention permettrait au groupe un accès rapide. Mais nous disposons également d'une autre option.

Dessy marqua un temps, cliqua de nouveau sur la télécommande, et une autre prise de vue apparut. Au-dessus d'un haut amas de bûches rampant le long d'un mur se découpait un fenestron fermé par une grille barreaudée.

– Notre éclaireur a également détecté cette petite ouverture, située à l'arrière de la bergerie, face nord, côté forêt.

Le commandant fit apparaître une dernière image prise devant l'encadrement, au sommet des rondins de bois. Le fenestron donnait sur des toilettes.

– La grille est fixée par des vis chevillées dans le mur extérieur, remarqua Thierry.

– Exactement. Il serait donc aisé de desceller la grille, puis de découper le verre du fenestron. Mais l'accès étant réduit, il ne permettrait qu'un passage en enfilade. L'avantage serait une infiltration discrète vers l'intérieur dans l'objectif d'une neutralisation surprise du forcené dès que l'opportunité se présenterait. Nous étudions aussi ce scénario, ou une possibilité de le coupler avec une charge explosive de la fenêtre vue précédemment.

– L'assaut est donc privilégié à la négociation ? demanda Louise.

– Entamer des négociations signalerait notre présence. Or, au regard de l'instabilité psychique et de la dangerosité du forcené, nous prendrions le risque que celui-ci s'attaque à l'otage. L'effet de surprise constitue donc à nos yeux un avantage substantiel.

Silence. Échange de regards. L'expertise de la partie opérationnelle de l'intervention revenait au commandant de l'AGIGN.

*

* *

Attendre la fin, comme le lui a dit Renato, ou attendre la délivrance par les forces spéciales, comme elle veut y croire, c'est avant tout attendre une éternité. Les minutes sont des heures. Et, puisque le temps joue à s'étirer, elle oriente son âme vers son fils, Valentin. C'est étrange, la vie… c'est étrange, oui, de balayer le condensé de souvenirs qui émaille la relation à un enfant. Ce qui vous revient en mémoire est tellement peu, finalement, au regard de l'immense charge d'amour et d'émotions qui vous attache à votre progéniture…

– Tiens, *maman*, mange.

Elle sursaute. *Le Fou* lui tend un biscuit.

– Quelle heure est-il ?

– Bientôt midi.

– Merci, Renato.

Elle pioche un biscuit et le porte machinalement à la bouche. Autant ne pas contrarier *le Fou* maintenant qu'une issue favorable se profile pour elle. Dans la lumière sans éclat de la lampe à huile, elle l'observe à la dérobée. En tailleur par terre, son sac à dos posé juste devant lui, il triture le mobile en fixant le néant d'un regard vidé de tout substrat. Qu'y a-t-il dans sa tête à cet instant précis ?

*

* *

Le petit chalet appartenant à Francis Belley avait tout d'un havre de paix retiré au cœur des bois. Il suffisait d'imaginer le lieu au cœur de l'été pour se représenter l'indolence et la douceur de vivre sous l'ombre portée des arbres feuillus. Mais à l'approche de Noël, écrasé par un ciel maussade, humide et si bas que la cime des hauts sapins le crevait, le chalet inanimé avait des airs de désolation.

Louise désigna de l'index la voiture garée sous un appentis attenant au chalet. Thierry lui fit signe qu'il l'avait repérée, et les coéquipiers échangèrent un regard inquiet. L'absence de lumière à l'intérieur de l'habitation alors que la voiture du septuagénaire stationnait sur place laissait craindre le pire. La cheffe d'équipe avala la volée de marches, traversa la terrasse en bois et cogna à la porte. Elle tendit l'oreille, mais ne perçut aucun bruit. Elle fit quelques pas jusqu'à la fenêtre, mit ses mains en œillères et colla le nez au carreau. Une pièce chaleureuse agrémentée d'une cheminée éteinte se matérialisa. Elle en inspecta les angles, sans voir personne. Elle appela Belley d'une voix forte, en vain. Elle retourna alors devant la porte dont elle actionna la poignée. Contre toute attente, elle s'ouvrit.

Tandis que Thierry surveillait les alentours, la gendarme entra et fit le tour du propriétaire. Sans surprise, elle ressortit cinq minutes plus tard en secouant négativement la tête.

– Pauvre homme, dit-elle en rejoignant Thierry.

Et elle lui montra un petit cadre photo où Belley apparaissait avec une femme qu'il tenait par la taille – vraisemblablement, sa défunte épouse. Le couple souriait à l'objectif, et les traits de l'homme étaient bien ceux de la tête tout juste reliée au corps par quelques ligaments et lambeaux de chair filmée plus tôt dans la matinée, à soixante-dix mètres de la bergerie où Renato Pietra se terrait.

*

* *

Un mouvement sur l'écran du portable extirpe *le Fou* du vide abyssal dans lequel il semblait se laisser couler. En une fraction de seconde, ses yeux reprennent vie et se teintent de la dureté d'un roc. Il fait glisser la prise de vue sur l'écran et en observe une autre. Puis, le visage fermé, il relève la tête et lui décoche un regard où coule une rivière de regrets.

– C'est la fin. Ils sont là… J'ai été très heureux de faire ta connaissance, *maman*.

Mais les regrets se désagrègent en un instant, et une drôle de lueur s'invite et brille sur sa rétine – une sorte de résolution placide qui l'alerte et qu'elle met un instant à déchiffrer : « promesse de mort. » Elle hoquette, la panique coule en elle, et elle s'entend supplier :

– Renato ! Pourquoi ne pas te rendre, hein ?!

– Parce que j'ai tué pour nous, *maman*, dit-il de sa voix sans âme, tout en se levant. Et je n'irai pas en prison. Jamais.

J'ai tué pour nous. Flash de la poursuite dans les bois – le monsieur au sonotone fuit en regardant derrière son épaule, *le Fou* sur les talons, sa hache sur l'épaule. Elle sent les larmes rouler sur ses joues, et son cerveau commence à dérailler : *Notre Père qui êtes aux cieux, j'admets, je ne crois pas en vous, mais je me trompe peut-être et, si je me trompe, alors c'est vraiment,* vraiment *le moment de me le montrer.* Elle stoppe net sa prière, *le Fou* vient de sortir deux grandes bouteilles du sac à dos et il en débouche une. Ce qu'elle voit alors la percute en plein cœur. Son pouls s'accélère, pulse et cogne douloureusement, tandis qu'une déferlante d'effroi s'abat sur elle. Elle pousse des cris terrifiés, tout en se carapatant au fond de la mezzanine.

– ARRÊTE, RENATO ! JE T'EN SUPPLIE, ARRÊTE ! hurle-t-elle.

Mais il n'entend pas. Il est déconnecté. Ses yeux luisent d'un éclat démentiel qui lui glace le sang.

*

* *

L'homme vêtu de noir fit passer derrière lui la grille barreaudée qu'il venait de dévisser et s'attaqua à la vitre du fenestron. Il plaqua une ventouse au carreau, fit courir un diamant en suivant la boiserie d'encadrement, puis mit un coup sec dessus. La vitre découpée se détacha sans bruit. L'opération n'avait pas pris plus de trois minutes. Il leva un pouce vers le haut pour signifier qu'il était prêt à entrer. Dessy lui donna alors le top dans l'oreillette, et avec une agilité surprenante, il s'introduisit dans les W.-C.

Il poussa prudemment la porte, risqua un œil dans la pièce principale, puis adressa un signe à hauteur du fenestron pour indiquer que la voie était libre. L'information parvint au commandant Dessy par oreillettes interposées.

Côté sud de la bergerie, le corps et le cerveau frémissant sous la montée progressive d'adrénaline, Louise, Violaine et Thierry s'étaient tapis en retrait du groupe d'intervention. Depuis leur position, ils pouvaient suivre le déroulement de la charge et se tenaient prêts à foncer vers la bergerie dès que le lieu serait sous contrôle. Non loin, dissimulées derrière les arbres, deux colonnes de trois hommes se tenaient prêtes à intervenir. Un septième qui venait de poser du plastic sur le châssis de la fenêtre fila le long de la façade et se fondit à pas de loup dans les bois. Lorsqu'il fut à couvert, le commandant lui ordonna d'amorcer le compte à rebours. La minute précédant l'assaut commença alors à s'égrener sous la chape d'une immobilité alourdie par le ciel grisailleux et rampant.

Alors que tout le monde retenait son souffle, le commandant Dessy, posté à équidistance des deux colonnes humaines, leva haut une main gantée et entama, de ses doigts, le décompte final. Cinq… Quatre… Trois… Mais un hurlement perçant et désespéré fit subitement sursauter le silence : « ARRÊTE, RENATO ! JE T'EN SUPPLIE, ARRÊTE ! », et une onde nerveuse électrisa alors l'ensemble des hommes prêts à donner l'assaut. Perturbé par cette irruption inattendue, Dessy rata la fin du compte à rebours, si bien que l'explosion programmée surprit les assaillants. La fenêtre fut soufflée vers l'intérieur dans une détonation grondante. Une partie du mur s'éboula, soulevant un épais nuage de poussière. Il y eut un court flottement dans les troupes, puis les meneurs de chaque colonne – plastron vissé au corps, casque sur la tête, bouclier d'assaut dans une main et fusil à visée laser dans l'autre – se lancèrent vers la brèche, immédiatement suivis par leurs coéquipiers. Les deux premiers hommes se placèrent chacun d'un côté de l'ouverture, genou au sol, pour couvrir leurs collègues, tandis que, à l'intérieur, l'homme entré par les W.-C. se postait au pied de la mezzanine prêt à faire feu. Le premier preneur d'assaut venu du dehors surgit une seconde plus tard, alors que s'élevaient, depuis la mezzanine fermée, d'abominables cris de femme. Il posa un pied sur le premier barreau de l'échelle lorsqu'il détecta l'odeur volatile de l'essence. Il sentit alors un halo de chaleur rayonnante, et l'instant d'après, la mezzanine s'embrasa dans un souffle. Coupé net dans son ascension, l'homme se propulsa en arrière pour échapper aux flammes qui, telles des langues assoiffées, léchaient déjà la rochelle de bois en crépitant. Aux gémissements et craquements mats du bois dévoré par le feu s'ajoutaient des braillements de souffrance déchirants. Contraints par le brasier ardent qui galopait désormais sous la vieille charpente, les hommes de l'AGIGN durent se replier. À l'extérieur, figés derrière un rideau de brumes empyreumatiques, les gendarmes assistèrent impuissants au terrible spectacle de la bergerie dévorée par l'incendie.

48

La défaite et l'horreur provoquée par le supplice de Marion Mercier s'imprimaient sur tous les visages ayant assisté au drame. L'opération se soldait par un échec patent, et les premiers journalistes, informés de la prise d'assaut, faisaient le pied de grue à l'entrée de la propriété.

Les pompiers eurent raison de l'incendie en début d'après-midi. Les dernières fumerolles noires s'échappaient encore de la bergerie calcinée et se dissipaient dans l'air humide en répandant une odeur âcre de suie, lorsque les équipes scientifiques débarquèrent sur place. Les premières analyses des TIC confirmèrent sans surprise que le feu était d'origine criminelle : Sylvestre Clair s'était aspergé d'essence et avait également arrosé la mezzanine. Après s'être immolé, il avait fondu sur son otage : les restes carbonisés des deux corps avaient été retrouvés dans un angle de la rochelle, quasiment soudés l'un à l'autre. À défaut d'avoir grandi près de sa mère, Clair avait fait le choix de mourir avec elle… Une question, cependant, planait dans tous les esprits, celle du timing du passage à l'acte de Clair, deux secondes seulement avant l'assaut : s'agissait-il véritablement d'un hasard ?

Les ombres du soir commençaient à ramper dans les sous-bois lorsqu'un technicien héla ses collègues. Interpellé par la présence de nombreux nichoirs à oiseaux disséminés dans la clairière, l'homme était pris d'un doute. Après vérification et ratissage méthodique des sous-bois, il s'avéra que chacun d'eux – huit, en tout – abritait une caméra alimentée par des petits panneaux solaires fixés sur leur toit. Les caméras autonomes étaient probablement reliées via la couverture 4G au portable calciné que les techniciens avaient retrouvé sur la scène de crime. Les enquêteurs en déduisirent que Renato Pietra rechargeait son téléphone et quelques batteries sur son lieu de travail. En tout état de cause, dissimulé derrière des apparences de normalité, l'homme surveillait les alentours de la propriété et devait se tenir prêt à intervenir en cas d'intrusion…

Louise, Thierry et Violaine reprirent la route pour Tarbes aux alentours de 20 heures. Dans la voiture planait un silence sinistre. Malgré tous leurs efforts, et alors qu'ils touchaient au but, ils n'étaient pas parvenus à sauver Marion Mercier. En découlait pour eux le sentiment d'un énorme loupé que les médias relaieraient sans vergogne dès le lendemain… Assise côté passager, Louise sortit son portable de sa poche. Elle l'avait mis en mode silencieux avant la prise d'assaut et découvrit donc une galerie d'appels en absence et plusieurs messages vocaux, dont un de Pyrène. Elle les écouta, et celui de la jeune gendarme lui remit un coup de boost.

– Je crois bien que nous arrivons au bout de cette sombre enquête, commenta-t-elle, après avoir raccroché.

– On t'écoute.

– Pyrène s'est rencardée sur Martial Sirieix, le géniteur de Sylvestre Clair. Notre type est actuellement incarcéré à la maison d'arrêt d'Angoulême. Il achève une peine de sept ans pour escroquerie en bande organisée. Et, je vous le donne en mille, notre homme a suivi des études de droit de 1990 à 1995 à Toulouse.

– En même temps que Marion Mercier, donc ?

– Oui. Ils étaient dans la même promotion durant leur DEA[22] de droit des affaires internationales et, d'après Eugénie de Saint Phalle, une vieille amie de fac que Pyrène a contactée en fin d'après-midi, Martial Sirieix et Marion Mercier étaient devenus de vrais amis. Ils se sont perdus de vue lorsqu'elle a décidé de tirer un trait sur son passé en embarquant pour les États-Unis.

– De *vrais* amis ?! réagit Thierry d'un ton moqueur. J'ai toujours pensé que les amitiés homme-femme étaient ambiguës.

Un long silence courut, durant lequel Violaine et Louise scrutèrent leur collègue et ami à travers le rétroviseur, d'un air incrédule. Mesurant alors sa bourde, il s'empourpra et tenta de se défendre :

– Non, mais… sérieux, vous voyez ce que je veux dire ?!

– Eh bien, lui retourna Violaine d'un ton gêné, pour moi il était clair qu'il ne se passerait jamais rien de sexuel entre nous… mais j'ignorais que, de ton côté, c'était… disons, moins… *évident.*

Thierry vira au cramoisi.

– Non ! Je ne… enfin…

Les deux femmes échangèrent une œillade vainqueur, avant de partir d'un grand éclat de rire.

– Bon sang, Violaine, t'es con, hein ! J'ai vraiment cru que tu étais sérieuse ! lança Thierry, partagé entre vexation et soulagement.

Hilare, la jeune gendarme lui décocha un clin d'œil.

– T'as vraiment le chic, Thierry !

La parenthèse fut de courte durée, mais eut au moins pour effet de détendre l'atmosphère. Quand le calme fut revenu, Louise reprit le fil de l'échange :

---

22. Diplôme d'études approfondies, aujourd'hui remplacé par le master 2.

– Comme je le disais, notre *cold case* est en passe d'être résolu.

– En passe ? fit Violaine. Absolument tous les éléments glanés désignent Marion Mercier comme la coupable de la tentative d'infanticide de 1997 !

– Oui, je sais. Et dès que je me serai entretenue avec ce Martial Sir…

– Louise, enfin, tu n'es pas sérieuse !

– Quoi ?

– Tu comptes vraiment aller rencontrer cet homme en prison ? s'étrangla Violaine.

– Où est le problème ?

Interdite, la jeune gendarme fixa un instant sa collègue sans rien répondre. Puis elle secoua la tête.

– Sirieix est peut-être un escroc, mais ça ne veut pas dire qu'il n'a pas de cœur, chère amie ! Et toi, tu vas te pointer au parloir d'Angoulême pour qu'il te confirme avoir couché avec sa vieille amie de fac. Suite à quoi, il te posera des questions qui t'obligeront à lui annoncer qu'il a été le père d'un jeune homme conçu il y a vingt-six ans avec Marion Mercier, et que celle-ci est morte brûlée vive parce que le fils qu'il n'a jamais connu, *son fils*, s'est immolé avec sa mère pour se venger d'avoir été abandonné au fond d'une grotte à la naissance… C'est bien ça ?

Louise accusa le coup et répondit :

– Pour être totalement sincère avec toi, j'en étais restée à la phase un de ton déroulé, celle où je bouclais la boucle avec la question du rapport sexuel… D'ailleurs, je pourrais fort bien ne pas lui dire le reste.

– Sauf que *le reste* va faire la une des médias dès demain, Louise ! Tu crois vraiment que Sirieix est assez sot pour ne pas relier les points entre eux après que tu seras allée lui rendre visite ?

– Et alors, tu proposes quoi, Violaine ?! Que je laisse l'affaire filer plutôt que de faire mon job ?

– Pas avec moi, Louise, je te connais trop bien ! Il y a une différence entre faire ton job et t'acharner inutilement.

– Comment ça, m'acharner inutilement ?!

– Récapitulons, tu veux ? Concernant Marion Mercier, tu as le collier retrouvé dans la grotte, tu as sa présence le 31 décembre 1997 à l'*Hôtellerie des Sources* alors même que cette fille n'avait plus mis un pied à la Comba retirat depuis des années, tu as plusieurs témoignages attestant de son instabilité émotionnelle, affective et psychique durant la période de conception et d'accouchement de Sylvestre Clair et, maintenant, tu as un lien direct entre elle et le géniteur de Clair ! énuméra Violaine.

– Oui, mais…

– Il y aura toujours un mais, c'est ce que j'essaie de te dire ! Supposons que tu ailles voir Sirieix et qu'il confirme avoir eu une liaison avec Marion Mercier, en quoi cette affirmation constituera-t-elle un élément de preuve, au sens légal du terme ?

Un ange passa, et Violaine conclut, d'une voix teintée d'empathie :

– Louise, avec cette histoire de jumelles toutes deux présentes au même endroit le jour de l'accouchement sauvage, on ne pourra jamais – *ja-mais*, tu m'entends ? – prouver de manière irréfragable la culpabilité de Marion Mercier… Et parce que je sais comment tu fonctionnes, je sais aussi que cette réalité est compliquée pour toi.

– Elle n'est pas compliquée, mais totalement insupportable ! râla Louise.

– Sauf que c'est avec cette réalité qu'il va falloir composer.

– Pff ! On était à deux doigts ! Si on avait réussi à sauver Marion Mercier, j'aurais pu la cuisiner et la faire avouer ! Mais là…

– Là, elle est morte.

Louise s'enfonça dans son siège, mine fermée et bras croisés sur le ventre.

– Tu agiras comme bon te semble, Louise, poursuivit la jeune gendarme. Mais avant de risquer de faire du mal à quelqu'un, prends cinq minutes pour te demander si la réponse que tu obtiendras sera réellement de nature à *boucler la boucle*, pour reprendre tes mots.

– … Ça va, ça va, j'ai bien compris l'idée ! Mais puisqu'on est en train de faire un remake de « Bas les masques », laisse-moi te poser une simple question, chère *Mireille Dumas* : suis-je la seule à qui il importe d'être certaine que Marion Mercier n'est pas morte brûlée vive pour rien ?

Violaine serra les dents pour retenir sa repartie, parce que Thierry était assis à l'arrière et que Louise ne lui pardonnerait pas de trahir son secret. Elle se contenta donc de penser : *Non, en revanche, tu es la seule à avoir perdu un bébé. Et tu n'en as peut-être pas conscience, mais ta quête de vérité fait écho à une soif tellement* intime *de justice que tu perds toute empathie vis-à-vis des autres, en l'occurrence de ce pauvre Sirieix.* Une citation s'imposa dans son esprit, et elle répondit sobrement :

– « Celui qui lutte contre les monstres doit veiller à ne pas en devenir un lui-même. » C'est de Nietzsche.

Louise lui coula un regard surpris, ouvrit la bouche, puis la referma. Visiblement, la pensée du philosophe l'interpellait.

*

* *

Louise ouvrit les yeux sur les coups de 5 heures. Malgré la fatigue accumulée, elle n'avait réussi à fermer l'œil qu'une poignée d'heures plus tôt, et son maigre sommeil avait été perturbé par des images de brasier et de corps carbonisés, ou par la vision d'un corps sans tête courant entre les arbres comme un canard après l'abattage. Harassée, elle se lova contre Farid, cherchant à caler le rythme de sa respiration à la sienne – apaisée, régulière. Mais ses mouvements dans le lit réveillèrent Omoko qui décida alors de quémander son lot de caresses. Après avoir tenté de rabrouer trois fois le félin, Louise capitula. Elle rabattit la couette et se leva.

Tout en buvant son café, elle repensa au discours que Violaine lui avait tenu, la veille. Son amie n'avait pas tort : pour clore l'enquête de la bonne manière – c'est-à-dire, à *sa* manière –, Louise était en quête d'une preuve matérielle, tangible, irréfutable que ne pouvait hélas pas lui fournir Martial Sirieix. Son témoignage ne ferait que s'ajouter au faisceau d'indices déjà existants. En contrepartie, les révélations qu'elle devrait lui faire modifieraient à jamais la vie de cet homme. *Je ne veux pas moi-même devenir un monstre,* pensa-t-elle d'un ton honteux en posant sa tasse vide dans l'évier. Comment boucler la boucle ? se demanda-t-elle, pour la énième fois. Elle remonta d'un pas lourd les escaliers vers le premier et s'enferma dans la salle de bains. Elle en ressortit vingt minutes plus tard avec la même question.

La pendule murale affichait 6 h 18 lorsque Louise alluma les plafonniers du bureau de la BR en ce mardi 26 décembre 2023. Posés côte à côte en évidence au centre de son bureau, l'attendaient le scellé du pendentif de 1997 et un dossier marqué « Martial Sirieix » au feutre indélébile. Pyrène avait laissé un Post-it juste à côté : « Voici les éléments que tu m'as demandés. J'ai suivi les infos, mais appelle-moi quand tu pourras, STP. Merci. » Louise sentit ses joues chauffer. Non seulement la jeune gendarme avait essuyé un refus de son supérieur pour assister aux opérations de terrain la veille, mais elle avait en plus effectué du travail et un trajet jusqu'à Tarbes pour satisfaire, le jour de Noël, les exigences d'une cheffe d'équipe qui ne lui avait même pas passé un coup de fil à l'issue du désastre. Honteuse, elle prit son téléphone et lui envoya un texto : « Désolée, journée compliquée, hier. Fais-moi signe quand tu es disponible, je t'appelle. » Puis, profitant du calme, elle s'attela à ses rapports en souffrance.

À 7 h 35, son portable vibra. C'était Pyrène, déjà au garde-à-vous. Louise interrompit alors la rédaction de son P-V, se dépêcha d'aller se chercher un café au distributeur et appela sa jeune collègue. La conversation durait depuis dix minutes, quand Louise termina son récit de l'assaut avorté par l'incendie et bascula sur le volet de Martial Sirieix. Tout en parlant, elle fit machinalement glisser vers elle le scellé du bijou et commença à défaire les méandres de la chaînette du bout des doigts. Lorsque le bijou fut bien à plat sous la poche plastique, elle détailla la potentille des montagnes gravée sur l'une des faces du médaillon, fleur qu'elle ne connaissait pas avant que Victorine Herbeau ne la nomme. Elle observait les feuilles en forme de cœur, quand un détail presque invisible attira son attention. Pensant d'abord à un jeu de reflet entre le plafonnier et le plastique, elle s'approcha pour regarder de plus près, mais dut se rendre à l'évidence : non, ce n'était pas un reflet. Là, son rythme cardiaque s'accéléra et, entrevoyant qu'elle pouvait peut-être *boucler la boucle*, son cerveau se mit à fonctionner à plein régime.

49

Une semaine avait filé depuis l'échange téléphonique durant lequel Louise avait mis le doigt sur un détail significatif du pendentif. Un café dans une main, un dossier et le scellé du collier dans l'autre, elle prit place dans la salle d'audition où planait un silence chargé d'électricité.

Assise face à elle, Victorine Herbeau affichait une mine défaite et vieillie. Après avoir organisé les obsèques d'un neveu qu'elle n'avait jamais connu, la guide de montagne venait d'enterrer les restes de sa sœur jumelle brûlée vive le jour de Noël – ce qui constituait certainement une des morts les plus atroces qui puissent exister. Valentin et Marion Mercier reposaient désormais au cimetière d'Arreau, dans le caveau familial. Sylvestre Clair, quant à lui, avait bénéficié d'une incinération – ou, plutôt, d'une *fin d'incinération,* comme tout le monde l'avait songé sans jamais le dire à haute voix – discrète et expéditive financée par l'assurance obsèques qu'il avait contractée durant l'été 2021, alors qu'il travaillait comme commis de cuisine à l'hôtel-restaurant Mercier. Le jeune homme était profondément perturbé, mais on ne pouvait pas lui enlever un grand sens de la planification et de la prévoyance. Les époux Fournier – ancienne famille d'accueil –, quelques éducateurs et l'ancien administrateur *ad hoc* avaient fait le déplacement au funérarium, certainement mus par leur sentiment de culpabilité. Après tout, aucun d'eux n'avait jamais pris la mesure de la détresse, de la fragilité psychique et de la solitude de ce môme de l'ASE. À bien y regarder, il en est souvent des hommes comme du chiendent : difficile de dire s'il pousse à cause d'une mauvaise terre ou d'un jardinier défaillant… peut-être des deux…

– Bonjour, madame Herbeau.

– Bonjour, répondit la femme d'une voix fatiguée, en caressant machinalement son médaillon.

– Merci d'avoir accepté de venir. J'ai demandé à vous voir dans l'optique de clore définitivement le dossier de 1997.

La guide de montagne acquiesça. Louise laissa fuir un instant, puis plaça le scellé sous les yeux de la témoin.

– Reconnaissez-vous ce collier ?

– C'est le bijou de naissance de Marion, c'est ça ?

– En effet… Comment le savez-vous ?

– Pardon ?

– Comment le savez-vous ? répéta Louise.

– Parce que j'ai le même ! répliqua la guide sur le ton de l'évidence. Mais vous le savez déjà, alors pourquoi me demander ça ?

– Comme je vous l'ai expliqué lors de notre dernière entrevue, ce collier correspond à un scellé du *cold case* de 1997. Le gendarme mandaté à l'époque pour enquêter sur la tentative d'infanticide de la Comba retirat l'a trouvé dans la cavité, près des sources d'eau chaude, juste à côté de l'endroit où le bébé avait agonisé quelques jours auparavant.

Heurtée par les derniers mots de Louise, Herbeau baissa le regard et protesta d'une voix meurtrie :

– Je sais ce que vous pensez de Marion… ce que tout le monde pense d'elle… À vos yeux, elle n'est que cette mère monstrueuse qui a tenté de tuer son fils… Je… je sais qu'elle a commis l'impensable, mais…

– Mais ?

– … Mais elle ne se résume pas à ça ! Et puis, elle n'était pas dans son état normal, vous le comprenez, ça ? avança-t-elle d'une voix chevrotante.

– Dans quel état était-elle ?

– Vous avez bien vu la photo ! Elle ne savait pas qu'elle attendait un bébé ! Elle… elle a dû être terrifiée… elle a paniqué… Oh, mon Dieu, cette histoire est un enfer ! hoqueta-t-elle en reniflant.

Louise attrapa un paquet de Kleenex dans la poche arrière de son pantalon et le tendit à Victorine Herbeau. Celle-ci interrompit son tic avec son pendentif pour se moucher, puis s'essuya les yeux du bout des doigts. Quand elle eut repris ses esprits, l'enquêtrice relança :

– Votre sœur portait-elle souvent son collier de naissance ?

– Enfant, oui, mais ensuite… pas forcément. Ça dépendait. Marion était coquette, bien plus que moi, c'est un fait. Donc, en grandissant, elle s'est acheté des bijoux plus… plus féminins, vous voyez ?

– Je crois, oui.

– Elle avait tendance à changer régulièrement de parures. Elle les assortissait à ses tenues.

– Mmm… sur cette photo prise le 30 décembre 1997, continua Louise en ouvrant sa pochette, elle portait justement son pendentif de naissance, n'est-ce pas ?

La femme attrapa le cliché issu de son propre album souvenir et le détailla. Un petit sourire nostalgique se dessina sur ses lèvres.

– Oui, on avait joué aux jumelles durant l'essayage, fit-elle d'une voix tendre. Même robe, même collier.

– Je comprends. Vous dites que vos bijoux sont identiques, je peux regarder le vôtre ?

– … Je ne vois pas où vous voulez en venir, mais oui, comparez-les, si c'est ce que vous voulez.

D'un geste las, elle dégrafa l'attache de la chaînette et posa son bijou sur la table. Louise le récupéra, l'observa de près, puis le rendit à Victorine Herbeau qui s'empressa de le remettre.

– Et donc ? relança la femme, désarçonnée.

– Eh bien, ils sont parfaitement identiques, en effet… Or, voyez-vous, madame Herbeau, c'est ce qui m'a alertée, il y a une semaine, et qui me chiffonne de nouveau aujourd'hui.

La femme fronça les sourcils en signe d'incompréhension.

– Savez-vous ce qu'est une marque d'usure ?

Louise attendit pour la forme, puis reprit :

– La répétition constante d'un frottement sur un matériau, quel qu'il soit, finira nécessairement par l'altérer. Vous ne vous en rendez certainement pas compte, poursuivit-elle, mais au moment même où je vous parle vous êtes en train de frotter le bord de votre médaillon avec vos doigts.

Prise sur le fait, Victorine Mercier interrompit son tic.

– De votre naissance à 1997, il s'est écoulé vingt-quatre ans. De 1997 à aujourd'hui, vingt-six. Un temps quasi équivalent. Si vous regardez attentivement les deux bijoux, vous constaterez qu'ils présentent une marque d'usure similaire qui ne peut être liée qu'à un frottement répété. C'est infime, mais visible à l'œil nu. Les minuscules dents qui cerclent le médaillon sont émoussées sur la partie basse, au plus près de l'échancrure. C'est-à-dire à l'endroit précis où vos doigts frottent.

La gendarme marqua volontairement un temps, avant de reprendre :

– Bien entendu, je me suis enquise de savoir si votre jumelle avait, elle aussi, cette même manie. Après tout, il peut exister des similitudes comportementales surprenantes entre jumeaux, hein ?

– Euh… je…

– J'ai donc appelé les anciens amis de Marion pour leur poser la question, la coupa Louise d'un ton égal. Ils n'avaient aucun souvenir de ce tic. Mais cela ne constituait pas une preuve en soi, ai-je ensuite songé. En effet, cette photo vous montre toutes les deux avec le médaillon autour du cou, la veille du 31 décembre 1997. Or, vous m'aviez indiqué, lors de notre première rencontre, avoir partagé la chambre de votre jumelle durant votre semaine à l'*Hôtellerie des Sources* lorsque vous aidiez votre cousin à vider les lieux… Même chambre, même salle de bains. Une interversion d'effets personnels peut facilement se produire, n'est-ce pas ?

Victorine Herbeau était désormais aussi pâle qu'un linge. L'ascenseur émotionnel auquel la soumettait Louise la déstabilisait profondément.

– D'autant que vous m'aviez également indiqué retirer votre collier quand vous vous lavez les cheveux. Sachant que votre jumelle ne portait ce bijou qu'occasionnellement, il est envisageable que vous ayez, à l'issue d'une douche, pris le sien traînant sur la tablette de la salle de bains à la place du vôtre. Ceci expliquerait que le bijou retrouvé dans la grotte porte la fameuse marque d'usure de votre propre tic, vous comprenez ?

– Oui, je comprends… Alors, c'est ce qui s'est passé, vous croyez ? s'étrangla-t-elle, les yeux embués.

L'enquêtrice posa ses avant-bras sur la table et se pencha vers Herbeau, avant de laisser échapper un soupir.

– Ce que je crois n'a aucune importance, madame. Ne compte que ce que je prouve… Martial Sirieix. Ce nom vous dit-il quelque chose ?

Victorine Herbeau secoua négativement la tête. Les mains tremblantes, les yeux rougis, le regard implorant, elle semblait à un cheveu de la rupture.

– Nos recherches dans le FNAEG nous ont appris qu'il s'agit du géniteur de Sylvestre Clair, expliqua Louise en ouvrant de nouveau sa pochette.

Elle fit glisser la photo d'un jeune homme au centre de la table.

– Martial Sirieix a fréquenté la fac de droit en même temps que votre sœur, ils étaient très proches tous les deux. Ils auraient donc pu avoir une aventure… Mais voilà, au moment où Sylvestre Clair a été conçu, votre jumelle était amoureuse et sous l'emprise totale de Romain Delages, le boss du cabinet d'avocats où elle faisait ses armes. Dans ces conditions, pourquoi aurait-elle couché avec son ami Martial ?

La gendarme s'arrêta un instant, comme posant à son interlocutrice une question qu'elle ne lui posait, en réalité, aucunement. Ébranlée par ce simulacre de ping-pong verbal, Victorine Herbeau ne parvint pas à retenir ses larmes.

– Mais, reprit Louise, Delages était apparemment un sale type. Du genre narcissique et manipulateur. Marion a donc beaucoup souffert… Alors, lasse d'être maltraitée, humiliée, rejetée, elle aurait pu chercher, ne serait-ce qu'un soir, du réconfort dans les bras protecteurs de son ami Martial ? Après tout, ce serait humain… Non ?

Court silence. La femme hoquetait, les yeux rivés sur la photo de Sirieix, les épaules affaissées, résignée à encaisser le coup suivant.

– Qui plus est, Marion buvait beaucoup et prenait des drogues à ce moment-là. Elle n'avait plus tout à fait les yeux en face des trous… Mais vous le savez, suis-je bête, puisque vous avez partagé une soirée à Toulouse chez votre sœur !

Le sous-entendu fit tressaillir Herbeau qui plaqua son mouchoir contre sa bouche pour ravaler un nouveau sanglot.

– C'était en mars 1997, neuf mois avant le drame de la Comba retirat... Vous savez, la soirée où vous vous êtes légèrement encanaillée, puisque vous avez indiqué être allée en boîte de nuit ?

Face à ce nouvel assaut, la femme éclata en larmes. Puis, entre deux tressautements, elle implora la gendarme d'une voix éraillée et suraiguë trahissant sa détresse :

– S'il vous plaît, arrêtez, ça suffit, maintenant !... Pour... Pourquoi faites-vous ça, hein ?!

– Le hic avec cette seule et unique soirée de mars 1997, reprit Louise sans sourciller, c'est qu'une nouvelle possibilité s'ouvrait à moi ! Comme vous me l'aviez raconté, votre sœur avait invité des copains. Donc, Martial était peut-être présent en même temps que vous. Sûrement, même, puisqu'il était le plus proche ami de Marion...

Elle s'interrompit. D'un geste extrêmement lent, elle glissa une main dans la pochette et en sortit une petite liasse de feuilles dactylographiées.

– Comme je vous l'ai déjà dit, mon travail consiste à chercher la vérité et en faire la preuve. J'ai donc rendu une petite visite à Martial Sirieix et recueilli sa déposition.

Anéantie, Herbeau enfouit son visage entre ses mains. De longues plaintes désespérées s'élevèrent dans la salle. La gendarme patienta sans un mot jusqu'à ce que la crise de larmes s'apaise. Puis, d'une voix douce et compréhensive, elle déroula :

– Bastien et vous vous étiez endettés en rachetant à votre sœur et votre frère leurs parts de l'hôtel-restaurant. Votre époux passait la majeure partie de son temps à en assurer le bon fonctionnement. Vous-même n'aviez que vingt-quatre ans et assumiez déjà trois enfants, en plus de votre activité de guide. Votre quotidien était surchargé, lourd en responsabilités. Cette soirée chez votre sœur s'est ouverte et refermée comme une parenthèse dans une existence stressante et laborieuse. Alors, malgré le souci que vous vous faisiez pour votre sœur, vous vous êtes laissé griser par cette sortie en boîte de nuit. Martial m'a tout raconté, c'est écrit ici…

Le regard flottant de Victorine Herbeau indiquait qu'elle était repartie loin en arrière et qu'elle voyait défiler les souvenirs de ce soir-là. Les traits bouffis, la voix chevrotante, elle confessa :

– Ça a été ma seule et unique incartade en trente-quatre ans de mariage avec Bastien. Et pourtant, des occasions, il y en a eu bien d'autres…

– Je n'en doute pas.

– Je n'étais pas du tout à l'aise chez Marion. Les invités étaient tous tellement différents de moi, tellement sophistiqués… Je me faisais l'effet d'une verrue sur une peau soyeuse… Un jeune homme, lui, Martial, fit-elle en désignant la photo, s'est approché et m'a proposé un verre. J'ai vu dans son regard qu'il n'était pas tout à fait comme les autres. Il était ouvert… bienveillant… Plus tard, en boîte de nuit, il a commencé à plaisanter avec moi, à m'offrir des verres, et… j'ai descendu deux whiskys-Coca durant la soirée, moi qui ne bois jamais plus d'un verre de vin… L'alcool aidant, je me suis relâchée, j'ai ri, j'ai dansé… Je me sentais de nouveau vivante. Je n'étais plus cette mère de famille totalement sous pression, prisonnière d'un quotidien rempli de mille obligations, j'étais… j'étais une jeune femme qui profitait de la vie… Avec les enfants et la cadence infernale que Bastien et moi devions tenir, notre couple était comme… en stand-by depuis des mois… Alors, c'est vrai, les avances de ce garçon m'ont flattée. Dans ses yeux, je me suis sentie jolie, désirable. En plus, Martial était un jeune homme séduisant, drôle, et je le trouvais prévenant avec Marion – c'était un chic type. Quand il a proposé de nous raccompagner, je n'ai pas dit non… Quand il est sorti de sa voiture pour m'aider à faire monter les escaliers à Marion, je l'ai laissé faire… Une fois chez elle, on l'a mise au lit, et de fil en aiguille… vous imaginez la suite.

La femme essuya de nouveau les larmes silencieuses qui coulaient de ses yeux gonflés et murmura :

– J'avais oublié, vous savez… Cette parenthèse, comme vous l'avez qualifiée, je l'avais complètement occultée… Dès le lendemain, je suis retournée à la Comba retirat et j'ai repris ma vie exactement là où je l'avais laissée vingt-quatre heures plus tôt, auprès de mes enfants et de mon mari. Je n'ai jamais repensé à Martial, jamais… jusqu'à ma déposition ici, quand vous m'avez interrogée sur Marion et son passé.

– Oublié, occulté, ce sont vos propres mots, dit Louise dans un souffle aussi léger qu'une caresse. Semblablement à votre accouchement neuf mois plus tard ?

Submergée par l'émotion, incapable de parler, Victorine Herbeau secoua négativement la tête, comme pour se défendre, alors même que son regard écarquillé et terrifié disait oui. Louise s'accrocha au fil ténu qu'elle était parvenue à tisser entre elles et tenta une légère impulsion.

– On est le 31 décembre 1997. Vous êtes à l'*Hôtellerie des Sources* avec Marion, votre cousin et son compagnon. La dernière matinée de labeur vient de s'achever avec le désencombrement du sous-sol. Bien que Marion paraisse, aux yeux de tous, à côté de ses pompes, l'ambiance du repas est sympathique. Dans une poignée d'heures, tout le monde redescendra à la station pour fêter le réveillon du Nouvel An… Après manger, les deux garçons trouvent encore à s'occuper… Marion, elle, vaque à ses occupations… Vous la cherchez, mais ne la trouvez pas. Elle est probablement allée se promener. Alors vous décidez de faire de même, dans l'espoir de tomber sur elle, m'avez-vous indiqué… À moins que ce ne soient les premières douleurs qui vous aient incitée à vous éloigner des autres ?

La femme fixait un point invisible. Elle se rappelait. Pour peu, elle eût presque paru inhabitée, parce que son esprit était retourné là-bas.

– Non. Je n'avais pas de douleurs… pas à ce moment-là… Ça m'a pris après… après avoir gravi le raidillon menant au chemin qui traverse la forêt.

– Je vois. Vous êtes donc à la hauteur du panonceau indiquant les diverses destinations ?

– Oui, c'est ça.

– … Et ces douleurs, alors, qui vous prennent d'un coup, vous les reconnaissez ?

– Non… enfin, oui, mais juste un court instant… après, cette terrible idée s'évapore… je me souviens qu'il fait froid et que je me dépêche d'avancer dans les bois parce qu'il faut que je me mette à l'abri, au chaud… parce que, oui, ça va arriver, j'en ai comme l'intuition, mais sans me le dire vraiment… c'est *instinctif*… Après, ce n'est plus très clair dans ma tête… je me revois m'approcher de la grotte, riper sur l'escarpement abrupt qui monte aux sources… à ce moment-là, j'ai mal, très mal. Je glisse, mais je m'accroche, je dois aller là-haut, je dois me mettre à l'abri… heureusement, j'ai pris mon petit sac de randonnée avec de l'eau et une lampe, aussi… je l'attrape et j'avance dans la cavité… je transpire abondamment, mon ventre se contracte de plus en plus fort… je chancelle, je m'appuie sur la roche pour ne pas chuter… maintenant, je suis près de la petite rivière souterraine… j'ai chaud, beaucoup trop chaud, mes cheveux sont collés sur mon front, je me sens mal, vraiment mal… il faut que je me déshabille, j'enlève mon bonnet, mon écharpe, mon anorak, et puis le bas, aussi, il faut… il faut que *ça* sorte, maintenant… vite…

je suis terrorisée et, l'instant suivant, je suis détachée… je suis là et pas là en même temps, comme dans une sorte de rêve… une part de moi sait que ça m'arrive, mais c'est comme si ça arrivait à quelqu'un d'autre… je m'accroupis, je pousse, le haut de mes cuisses est poisseux, je sens que ça glisse lentement en moi, puis hors de moi, j'en ai la sensation, même si ce n'est pas vraiment réel… après, je tire sur ce qui gêne et la poche tombe par terre… et puis il y a ces cris aussi, je me souviens… ils sont stridents, ils me paniquent parce que… parce que je les entends et que je ne veux pas les entendre… non, je ne veux pas les entendre… j'ai l'image de moi avec une pierre entre les mains… je crois me rappeler que je tape avec… et que le calme revient… ensuite, je me revois dehors, il fait très froid, alors je marche, je marche… je marche le plus vite possible… je longe le lac Saphir, j'oblique vers l'Hôtellerie, et une fois sur place, je file dans la chambre… je me sens étrangère à moi-même, je suis toujours dans cette sorte d'état second… je m'enferme dans la salle de bains, j'ai besoin de me laver.

Tout le long de l'effroyable récit, Louise avait à peine osé respirer. Maintenant que Victorine Herbeau avait raconté son histoire, elle regardait l'enquêtrice d'un air complètement perdu et horrifié, un peu comme si elle venait elle-même d'entendre sa propre confession – ce qui était le cas, d'une certaine façon. Les premiers mots qu'elle avait posés sur son crime donnaient désormais à celui-ci une effroyable tangibilité. Il ne s'agissait plus seulement d'images floues, aux contours oniriques, dont on pouvait s'accommoder par quelques pirouettes dans l'*antre-soi* de l'esprit, mais de la confession d'une réalité glaçante, celle d'une tentative d'infanticide. Après un long moment de flottement, la femme secoua de nouveau la tête, très lentement, encore incrédule, mais déjà rattrapée par la gravité de ses actes.

– Ce… cet épisode a toujours été quelque part dans les brumes de ma tête… mais c'était un mauvais rêve dont je gardais des images vagues et des sensations désagréables… Parfois, un court instant, je me disais *ça s'est passé*, et puis je l'oubliais aussitôt… Si je m'arrêtais une seconde pour réfléchir, ça n'avait pas pu avoir lieu ! La preuve, personne n'avait jamais parlé de ça… les gens continuaient d'aller aux sources chercher de l'eau… Rien n'avait changé, rien ne s'était passé…

– L'avalanche du 1er janvier 1998 a constitué un tel drame que l'affaire de l'enfant des sources est passée inaperçue. De plus, le bébé avait survécu. L'enquête s'est donc limitée au strict minimum.

Victorine Herbeau avait écouté ses explications avec attention, en opinant, comme un enfant qui assimile une leçon. Puis, d'un ton effrayé, elle murmura :

– Alors, c'est vrai… je l'ai vraiment fait ? Ce n'était pas juste un rêve ?

Ses traits se décomposèrent lentement et son teint devint blême. Puis d'un coup, son regard s'agrandit, elle plaqua une main sur sa bouche et elle secoua nerveusement la tête, comme refusant d'admettre l'impensable.

– La pierre dans ma main… Je… j'ai fait du mal à un enfant ?… *Mon* enfant ?

Louise conserva le silence.

– Et mon neveu… ma propre sœur… ils… ils sont morts à cause de moi ?… Oh, mon Dieu !

Cette horreur supplémentaire eut raison des dernières forces de Victorine Herbeau qui s'effondra sur la table. Louise jeta alors un regard appuyé vers la vitre sans tain, et la porte de la salle d'audition s'ouvrit quelques secondes plus tard. Violaine entra, effleura d'une main l'épaule de sa cheffe et amie, puis prit sa place. Elle devinait sa douleur, la béance dans son ventre après qu'elle eut porté la vie durant de longs mois en vain. Elle attendit que Louise fût sortie, et d'une voix qu'elle voulut ferme, elle énonça à Victorine Herbeau ses droits et son placement en garde à vue.

Épilogue

C'est une belle journée de janvier. Froide mais lumineuse sous le ciel limpide. Appuyée à la balustrade qui la sépare du vide, Louise balaie des yeux la longue chaîne des Pyrénées qui dentelle l'horizon. Sous sa parure neigeuse, la montagne impose sa beauté brute. Un aigle étire son vol, plane et tourne, majestueux, avant de fuir vers les sommets inatteignables qui se découpent au loin.

– Tatie !

Louise s'arrache à sa contemplation. Lucas se tient à ses côtés. Emmitouflé dans sa doudoune rouge, un bonnet enfoncé jusqu'aux yeux, il arbore une mine radieuse. À cause du froid, ses joues sont deux pommes rouges et le bout de son nez ressemble à une guigne.

– J'ai faim !

– Toi, tu as surtout très envie de reprendre le téléphérique, hein ?

Il glousse. Et son rire cascade, cristallin, dans l'air glacial.

– Oui, c'est vrai, j'adooore le téléphérique ! C'est comme si je serais un oiseau !

– Comme si j'étais, mon cœur, le reprend Louise.

– Et puis, aussi, tu as promis qu'on mangerait une gaufre au Nutella à la station.

– Moi ?! Je n'ai jamais dit ça !

– Si, si ! Tu l'as dit, crie-t-il, en riant.

Louise fait mine de réfléchir, puis elle fronce les sourcils et secoue lentement la tête, l'air dubitatif.

– Tu en es sûr ?

– Oui, oui, oui, t'as promis, tatie !

– Zut, alors... Je suis vieille, maintenant, et ma mémoire me joue des tours.

– Mais, non, t'es pas vieille ! T'as même pas de canne, d'abord !

La réflexion enfantine l'amuse.

– Attends... Je crois que je me souviens, murmure-t-elle en plissant les yeux. Ah, oui, ça me revient maintenant. J'ai dit : après la visite du pic du Midi, je t'offrirai une énorme gaufre avec plein de Nutella et des tonnes de chantilly, c'est ça ?

Lucas lui jette un regard malicieux. Son sourire est un croissant de lune.

– Et aussi, tu avais dit un paquet de bonbons Haribo... ça te revient ?

Ils se sondent l'espace d'un silence stupéfait, puis éclatent de rire en même temps. Louise s'accroupit et ouvre grand ses bras. Lucas se pend à son cou. Durant de longues secondes, elle le mange de bisous et respire son odeur d'enfant – crème hydratante, shampoing à l'amande douce. Elle sait, comme seuls le savent les adultes, la fugacité et la valeur de ce moment.

– On va y aller, souffle-t-elle, les yeux embués. Mais avant...

– Tu pleures, tatie ?

– Non, mon loulou, je suis émue.

– Ça veut dire quoi ? C'est grave ?

– Émue, ça veut dire que j'ai de fortes émotions, que je suis heureuse d'être ici et de partager ce moment en tête à tête avec mon filleul préféré.

– ... Préféré ?! Mais tu as d'autres filleuls ?

– Non. Et alors ?

Lucas rigole, sans trop savoir si sa tatie plaisante ou si elle est bête.

– Je disais : on va y aller, mais avant, tu sais ce qu'on va faire ? demande-t-elle en attrapant son téléphone portable.

Louise n'aurait jamais cru proposer cela un jour, mais la réception, quelques jours plus tôt, d'un courrier de l'administration l'informant qu'elle avait ouvert ses droits à la retraite a modifié son regard sur certaines réalités. Le temps fuit. Il s'échappe inexorablement. Alors, à défaut de pouvoir ralentir sa course folle, autant lui voler quelques précieux instants.

– On va immortaliser ce souvenir en prenant un selfie, tu veux ?

– Ouais, chouette ! Et on fait la grimace, hein, tatie ?!

Remerciements

Je démarre ici en réparant une erreur passée : Christine, je suis sincèrement désolée de vous avoir oubliée dans mes remerciements concernant *Précipice* alors même que vous en aviez assuré une bêta-lecture sérieuse et efficace. Je n'ai guère d'excuse, sinon que le temps du livre est long et que la rédaction des remerciements qui en est l'ultime étape se fait souvent chez moi dans l'urgence !

Toutes mes pensées à mon mari, ma famille et mes amis, pour leur présence et leur soutien constants durant toutes ces années d'écriture.

Un immense hommage à Christiane, mon ancienne professeure de lettres et aujourd'hui amie, pour ses (très) nombreuses lectures et relectures en sa qualité supplémentaire de bêta-lectrice assignée ! Merci aussi à Karen pour ses premières impressions sur ce polar qui m'ont incitée à fouiller, ajuster et retravailler la psychologie de certains personnages.

Encore une fois, merci à Antonio Rodriguez, officier de gendarmerie, ancien enquêteur d'unité de recherches, ancien formateur OPJ et passionné de procédure pénale, pour ses éclairages , notamment sur le FICOBA et sur la création du FNAEG.

Merci également à Julie-Anne Tjoncké, médecin légiste à Libourne, pour ses éclairages professionnels et le temps qu'elle me consacre. Julie-Anne, je vous le dis sans détour : je garderai longtemps le souvenir ému de l'éloquente photographie du corps saponifié que vous m'avez envoyée !

Bien sûr, je remercie du fond du cœur Elsa Lafon pour la confiance qu'elle me renouvelle à chaque opus. Toute ma gratitude à Maïté Ferracci et Marie Barlois pour leur présence, leur aide et leur éclairage quand je perds confiance (ce fut le cas ici !) et la qualité de leur accompagnement éditorial. Merci aussi à toutes les équipes des Éditions Michel Lafon qui travaillent pour que mes ouvrages prennent corps et vie dans la chaîne du livre. Merci enfin à Carine Fanius, Angélique Joyau, Perrine Brehon et toute « la team » des Éditions Pocket qui s'investissent pour donner une seconde et belle vie en format poche à chacun de mes ouvrages – le succès de *Précipice* en est la magnifique illustration, et je leur en suis profondément reconnaissante !

Parce qu'un livre ne rencontrerait pas son public sans leur implication et leur travail, je veux témoigner de mon immense gratitude aux représentants qui défendent nos titres auprès des libraires et aux libraires qui les défendent auprès des lecteurs.

À l'heure de clôturer ce neuvième roman, je tiens à saluer mes lecteurs pour leur fidélité, leur enthousiasme, leurs messages, leurs sourires et tous nos échanges sincères et passionnés en salons ! Mes pensées vont aussi à mes consœurs de plume et, notamment, aux « Louves du Polar » fédérées par les valeurs d'entraide, de sororité et de partage. Chères louves, je suis certaine que nos efforts permettront peu à peu aux autrices françaises de polars de gagner en visibilité.

Pour finir, parce que je suis facétieuse, je tiens à remercier l'homme qui refuse de l'être, alors même qu'il joue un rôle précieux dans ma vie d'autrice et qu'il m'offre, en plus, sa fidèle amitié. Je gage qu'il se reconnaîtra…

PRESS·PROD

Imprimé en France par
CPI Brodard & Taupin
en janvier 2025

Dépôt légal : février 2025
N° d'impression : 3060422
ISBN : 978-2-7499-6039-5
LAF : 3560